D1918368

Das Buch

Kaum hat Penryn ihre kleine Schwester Paige aus dem Hauptquartier der Engel in San Francisco gerettet, wird diese erneut entführt – dieses Mal von einer Gruppe fanatischer Rebellen. Der Versuch, sie zu befreien, misslingt: Es gibt Tote, Penryns labile Mutter ist verzweifelt und Paige selbst bleibt spurlos verschwunden. Und so muss sich Penryn erneut auf die Suche nach ihrer kleinen Schwester machen. Dabei findet sie heraus, welch finstere Pläne die Engel auf der Erde wirklich verfolgen. Penryns letzte Hoffnung ist der gefallene Engel Raffe, der jedoch vor der schwierigsten Entscheidung seines Lebens steht: Soll er versuchen, seine Flügel zurückzubekommen, und seinen rechtmäßigen Platz in den Reihen der Erzengel einnehmen, oder soll er Penryn – dem Mädchen, das sein Herz berührt hat – helfen, die Pläne der Engel zu vereiteln und die kleine Paige zu retten?

Die *Angelfall*-Serie
Erster Band: *Nacht ohne Morgen*
Zweiter Band: *Tage der Dunkelheit*
Dritter Band: *Am Ende der Welt*

Die Autorin

Susan Ee war zunächst Anwältin, bevor sie beschloss, ihre Leidenschaft für die Literatur zu ihrem Beruf zu machen. Sie studierte Kreatives Schreiben in Stanford, nahm an zahlreichen Workshops teil und arbeitet nun als Autorin und Filmemacherin. Sie lebt in San Francisco, Kalifornien.

Mehr über die Autorin und ihre Romane erfahren Sie auf:
www.susanee.com

SUSAN EE

ANGELFALL

TAGE DER DUNKELHEIT

ROMAN

AUS DEM AMERIKANISCHEN
VON SONJA REBERNIK-HEIDEGGER

WILHELM HEYNE VERLAG
MÜNCHEN

Titel der Originalausgabe
ANGELFALL – WORLD AFTER

Sollte diese Publikation Links auf Webseiten Dritter enthalten, so übernehmen wir für deren Inhalte keine Haftung, da wir uns diese nicht zu eigen machen, sondern lediglich auf deren Stand zum Zeitpunkt der Erstveröffentlichung verweisen.

MIX
Papier aus verantwortungsvollen Quellen
FSC® C014496

Verlagsgruppe Random House FSC® N001967

2. Auflage
Deutsche Erstausgabe 02/2017
Redaktion: Diana Mantel
Copyright © 2013 by Feral Dream LLC
Copyright © 2017 der deutschsprachigen Ausgabe
by Wilhelm Heyne Verlag, München,
in der Verlagsgruppe Random House GmbH,
Neumarkter Straße 28, 81673 München
Printed in Germany
Umschlaggestaltung: DAS ILLUSTRAT, München,
unter Verwendung eines Motivs von solarseven/shutterstock
Satz: Leingärtner, Nabburg
Druck und Bindung: GGP Media GmbH, Pößneck
ISBN 978-3-453-31748-2

www.heyne.de

Dieses Buch ist meinen Leserinnen und Lesern gewidmet.
Danke, dass ihr Gefallen an meinen Geschichten findet.

1

Alle glauben, ich sei tot.

Ich liege mit dem Kopf im Schoß meiner Mutter auf der offenen Ladefläche eines großen Lastwagens. Das Morgenlicht fällt auf die Sorgenfalten in ihrem Gesicht, und das Rumpeln des Motors lässt meinen regungslosen Körper vibrieren. Wir sind ein Teil der Widerstandskarawane. Ein halbes Dutzend Lastwagen, Vans und SUVs schlängelt sich durch die liegen gebliebenen Autos und hinaus aus San Francisco. Am Horizont hinter uns steht der Engelshorst nach dem Angriff der Widerstandsbewegung noch immer in Flammen.

Die Schaufenster der Läden entlang der Straße sind mit Zeitungspapier zugepflastert, die Schlagzeilen berichten vom großen Angriff der Engel. Ich muss sie nicht einmal lesen, um genau zu wissen, was dort steht. In der ersten Zeit nach den Angriffen, als die Journalisten noch über jede Einzelheit berichtet haben, haben alle diese Schlagzeilen regelrecht verschlungen:

PARIS IN FLAMMEN, NEW YORK ÜBERFLUTET,
MOSKAU IN TRÜMMERN

WER ERSCHOSS GABRIEL,
DEN BOTEN GOTTES?

ENGEL ZU SCHNELL FÜR RAKETENANGRIFFE

REGIERUNGSCHEFS VERWIRRT UND VERLOREN

DAS ENDE DER WELT

Wir fahren an drei glatzköpfigen Menschen vorbei, die sich in graue Laken gehüllt haben. Sie kleben fleckige, zerknüllte Flyer eines Weltuntergangskults an die Scheiben. Ich frage mich, wie lange es wohl dauern wird, bis sich alle Überlebenden entweder einer Straßengang, einem Kult oder der Widerstandsbewegung angeschlossen haben. Selbst das Ende der Welt hält uns scheinbar nicht von dem Wunsch ab, irgendwo dazuzugehören.

Die Mitglieder des Kults bleiben auf dem Bürgersteig stehen, um uns zu beobachten, während wir in unserem überfüllten Lastwagen an ihnen vorbeifahren.

Für sie sind wir vermutlich bloß eine gewöhnliche kleine Familie – eine verängstigte Mutter, ein dunkelhaariger Teenager und ein siebenjähriges Mädchen, die alle auf einer Feldliege auf der Ladefläche eines Lastwagens voller bewaffneter Männer sitzen. Zu jeder anderen Zeit hätten wir wohl wie drei verlorene Schafe in einem Wolfsrudel gewirkt, doch jetzt umgibt uns etwas, das die Menschen vermutlich als »Aura« bezeichnen würden.

Manche der Männer auf unserem Lastwagen tragen Tarnkleidung und Schusswaffen. Einige halten ihre Maschinengewehre noch immer in den Himmel gerichtet. Viele kommen frisch von der Straße und haben selbst gemachte Tattoos, wobei jede der absichtlich zugefügten Verbrennungen für einen Mord steht, den sie verübt haben.

Und trotzdem drängen sich diese Männer so weit wie möglich zusammen, um einen Sicherheitsabstand zu uns einzuhalten. Zu uns!

Seit wir vor einer Stunde aus dem explodierenden Engelshorst geflohen sind, schaukelt meine Mutter sanft vor und zurück und spricht in ihrer ganz eigenen, einem Singsang gleichenden Sprache mit sich selbst. Ihre Stimme hebt und senkt sich, als würde sie gerade eine erbitterte Diskussion mit Gott führen. Oder vielleicht auch mit dem Teufel, wer weiß das noch.

Eine Träne tropft von ihrem Kinn und fällt auf meine Stirn, und ich weiß, dass ihr gerade das Herz bricht. Und schuld daran bin ich, ihre siebzehnjährige Tochter, deren Aufgabe es war, sich um die Familie zu kümmern.

Ihrer Meinung nach bin ich bloß noch ein lebloser Körper, der ihr vom Teufel persönlich übergeben wurde. Sie wird den Anblick meines schlaffen Körpers in Raffes Armen und seine Dämonenschwingen vor dem Hintergrund des lodernden Feuers vermutlich nie mehr vergessen.

Ich frage mich, was sie wohl dazu sagen würde, wenn sie wüsste, dass Raffe eigentlich ein Engel ist, dem man durch eine Hinterlist Dämonenflügel angenäht hat. Wäre das so viel seltsamer als die Tatsache, dass ich eigentlich gar nicht tot bin, sondern nur gelähmt, nachdem ich von einem monströsen Skorpionengel gestochen wurde? Mom würde vermutlich denken, dass jemand, der solche Behauptungen aufstellt, genauso verrückt ist wie sie selbst.

Meine kleine Schwester sitzt wie erstarrt vor meinen Füßen. Ihre Augen blicken ins Leere, und sie hält den Rücken vollkommen gerade, obwohl der Lastwagen hin und her schaukelt. Es wirkt, als hätte Paige sich selbst abgeschaltet.

Die harten Männer auf unserem Truck werfen ihr immer wieder verstohlene Blicke zu wie kleine Jungen, die unter der Bettdecke hervorspähen. Paige sieht jetzt aus wie eine aufgeschnittene und wieder zusammengenähte Puppe aus einem Albtraum. Ich hasse den Gedanken an das, was ihr zugestoßen sein muss. Ein Teil von mir wünscht sich, er wüsste mehr darüber, während ein anderer froh ist, das nicht zu tun.

Ich atme tief ein. Früher oder später muss ich aufstehen. Was habe ich schon für eine andere Wahl, als mich irgendwann der Welt zu stellen. Mittlerweile bin ich vollkommen aufgetaut, und selbst wenn ich bezweifle, dass ich schon kämpfen oder überhaupt etwas tun könnte, sollte ich mich aber zumindest wieder bewegen können.

So vorsichtig es geht setze ich mich auf.

Ich nehme an, wenn ich mir die Sache vorher gründlicher überlegt hätte, hätte mich das darauffolgende Geschrei wohl nicht überraschen dürfen.

Die lautesten Schreie kommen von meiner Mutter. Ihre Muskeln spannen sich vor Schreck an, und sie reißt die Augen unglaublich weit auf.

»Ist schon okay«, sage ich. »Alles okay.« Ich lalle ein wenig, stelle aber dankbar fest, dass ich zumindest nicht wie ein Zombie klinge.

Die Situation wäre wohl lustig, würde sich nicht gerade ein durchaus ernster Gedanke in meinem Kopf breitmachen: In der Welt, in der wir jetzt leben, werden Freaks wie ich einfach getötet.

Beruhigend hebe ich die Hände. Ich rede einfach weiter, damit sich alle wieder einkriegen, doch meine Worte gehen in dem Geschrei unter. Offensichtlich greift Panik in einem so begrenzten Raum wie der Ladefläche eines Lastwagens besonders schnell um sich.

Die anderen Überlebenden drängen sich rempelnd ans hintere Ende. Einige sehen so aus, als würden sie jeden Moment von dem fahrenden Wagen springen.

Ein Soldat mit fettigen Pickeln im ganzen Gesicht richtet sein Gewehr auf mich und hält es dabei so fest umklammert, als hätte er furchtbare Angst davor, bald seinen ersten Mord zu begehen.

Ich habe die tiefgreifende Furcht, die uns alle gefangen hält, vollkommen unterschätzt. Diese Menschen haben alles verloren: ihre Familien, ihr Leben in Sicherheit, den Glauben an Gott.

Und jetzt streckt auch noch eine wiederauferstandene Leiche die Hände nach ihnen aus.

»Es geht mir gut«, erkläre ich so langsam und deutlich wie möglich. Ich sehe dem Soldaten in die Augen und versuche, ihn davon zu überzeugen, dass hier nichts Übernatürliches vor sich geht. »Ich bin am Leben.«

Einen Moment lang bin ich mir nicht sicher, ob sich die Lage tatsächlich entspannen wird, oder ob sie mich, begleitet von einem Kugelhagel, einfach vom Lastwagen werfen werden. Ich trage noch immer Raffes Schwert am Rücken, versteckt unter meiner Jacke. Es gibt mir ein wenig Sicherheit, auch wenn es natürlich keine Gewehrkugeln abwehren kann.

»Kommt schon.« Ich bemühe mich, freundlich zu klingen und mich nur langsam zu bewegen. »Leute, ich war bloß bewusstlos. Das ist alles.«

»Du warst tot«, sagt der blasse Soldat, der aussieht, als sei er keinen Tag älter als ich.

Plötzlich schlägt jemand auf das Dach des Lastwagens.

Wir zucken alle zusammen, und ich habe Glück, dass der Soldat nicht versehentlich den Abzug drückt.

Das hintere Fenster gleitet auf, und Dei steckt seinen Kopf hindurch.

Er wirkt streng, doch mit seinen roten Haaren und den Kleine-Jungen-Sommersprossen kann man ihn einfach nicht allzu ernst nehmen. »Hey! Hände weg von dem toten Mädchen. Sie gehört dem Widerstand.«

»Genau«, dringt die Stimme seines Zwillingsbruders Dum aus dem Inneren der Fahrerkabine. »Wir müssen eine Autopsie und solche Sachen machen. Glaubst du, Mädchen, die von einem Dämonenprinzen getötet wurden, sind leicht zu finden?« Wie üblich kann ich die Zwillinge nicht auseinanderhalten, deshalb bezeichne ich einfach wahllos einen von ihnen als Dei und den anderen als Dum.

»Niemand bringt das tote Mädchen um«, erklärt Dei. »Ich rede mit dir, Soldat.« Er deutet auf den Kerl mit dem Gewehr und starrt ihn böse an. Man könnte meinen, dass Zwillinge, die wie zugedröhnte Versionen von Ronald McDonald aussehen und unter den Spitznamen Dideldum und Dideldei bekannt sind, nicht sehr autoritär wirken sollten. Aber irgendwie scheinen die beiden ein Talent dafür zu haben, von einem Moment auf den anderen von witzig auf absolut tödlich umzuschalten.

Zumindest hoffe ich, dass die Sache mit der Autopsie bloß ein Scherz war.

Der Lastwagen hält jetzt auf einem Parkplatz. Das lenkt die Aufmerksamkeit von mir ab, und wir sehen uns alle um.

Ich kenne das Lehmsteingebäude vor uns. Es ist zwar nicht meine frühere Schule, aber es ist eine Schule, die ich schon viele Male gesehen habe. Die Highschool von Palo Alto, liebevoll *Paly High* genannt.

Ein halbes Dutzend Lastwagen und SUVs hält auf dem Parkplatz davor. Der Soldat lässt mich nach wie vor nicht aus den Augen, doch er senkt zumindest sein Gewehr in einen 45-Grad-Winkel.

Viele Leute starren uns entgeistert an, als der Rest der kleinen Karawane auf dem Parkplatz zum Stehen kommt. Sie haben mich alle in den Armen des angeblichen Dämons gesehen, der eigentlich Raffe gewesen ist, und sie dachten alle, ich sei tot. Verlegen setze ich mich neben meine Schwester.

Einer der Männer streckt die Hand aus, um meinen Arm zu berühren. Vielleicht will er bloß nachsehen, ob ich warm bin wie ein lebendiger Mensch oder kalt wie eine Leiche.

Das ausdruckslose Gesicht meiner Schwester verändert sich von einem Moment auf den anderen, und sie verwandelt sich in ein knurrendes Tier, das nach dem Mann schnappt. Sie fletscht ihre rasiermesserscharfen Zähne und wirkt gleich noch bedrohlicher.

Sobald sich der Mann zurückzieht, erstarrt ihr Gesicht wieder und gleicht erneut dem einer Puppe.

Der Mann starrt uns an, und sein Blick wandert zwischen

uns hin und her, während er Antworten auf Fragen sucht, die auch ich ihm nicht geben kann. Alle auf dem Parkplatz haben gesehen, was gerade passiert ist, und starren jetzt ebenfalls in unsere Richtung.

Willkommen in der Freak-Show.

2

Paige und ich sind es gewöhnt, angestarrt zu werden. Ich habe es früher so gut es ging ignoriert, während Paige die Gaffer immer von ihrem Rollstuhl aus anlächelte. Und diese lächelten fast immer zurück. Es war schwer, Paiges Charme zu widerstehen.

Früher einmal.

Unsere Mutter brabbelt schon wieder in ihrer eigenen Sprache vor sich hin. Dieses Mal sieht sie mich an, als würde sie mich anbeten, während sie ihren Singsang veranstaltet. Die kehligen Laute, die beinahe wie Worte klingen und tief aus ihrem Hals dringen, hallen über die gedämpften Geräusche der Menge. Mom schafft es hervorragend, selbst diesen dunklen Tag noch eine ordentliche Portion gruseliger zu machen.

»Okay, rücken wir aus«, erklärt Obi mit fester Stimme. Er ist mindestens einen Meter achtzig groß und hat breite Schultern und einen muskulösen Körper, doch es ist seine autoritäre Ausstrahlung, die ihn als Anführer der Widerstandsbewegung auszeichnet. Alle sehen und hören ihm zu, während er an den Lastwagen und SUVs vorbeischreitet wie ein echter Militäroffizier in einem Kriegsgebiet. »Räumt die Lastwagen und lauft ins Gebäude. Haltet euch so gut wie möglich vom offenen Himmel fern.«

Das verlagert die Aufmerksamkeit auf andere Dinge, und die Leute beginnen, von den Lastwagen zu springen. Sie schubsen und drängen einander zur Seite, so eilig haben sie es, von uns fortzukommen.

»Fahrer«, ruft Obi. »Sobald die Lastwagen leer sind, verteilt ihr die Fahrzeuge und parkt sie in Reichweite. Versteckt sie zwischen den liegen gebliebenen Autos oder irgendwo, wo sie von oben nicht gleich zu entdecken sind.« Er wandert durch den Strom an Überlebenden und Soldaten und gibt den Menschen, die ohne ihn verloren wären, Halt und Sinn.

»Ich will nicht, dass es irgendwelche Hinweise darauf gibt, dass dieses Gebiet hier bewohnt ist. Innerhalb eines Umkreises von zwei Kilometern darf nichts entsorgt oder entladen werden.« Obi hält inne, als er Dei und Dum sieht, die nebeneinander stehen und uns anstarren.

»Meine Herren«, meint Obi, und Dei und Dum lösen sich aus ihrer Starre und sehen zu ihm hinüber. »Zeigt den neuen Rekruten, wo sie hinmüssen und was sie zu tun haben.«

»Jawohl«, erwidert Dei und salutiert vor Obi wie ein grinsender kleiner Junge.

»Neulinge!«, ruft Dum. »Alle, die nicht wissen, was sie tun sollen, folgen uns bitte!«

»Kommt mit, Leute«, sagt Dei.

Ich vermute, damit sind wohl auch wir gemeint. Steif erhebe ich mich und greife automatisch nach meiner Schwester, doch dann halte ich inne, als wäre ein Teil von mir plötzlich der Meinung, sie sei ein gefährliches Tier. »Komm, Paige.«

Eigentlich weiß ich gar nicht, was ich tun soll, falls sie sich nicht bewegt. Aber sie steht auf und folgt mir. Keine Ahnung, ob ich mich jemals an den Anblick gewöhnen werde, dass sie jetzt auf ihren eigenen zwei Beinen stehen kann.

Mom folgt uns ebenfalls, doch sie hört nicht auf mit ihrem Sprechgesang. Im Gegenteil, er wirkt sogar noch lauter und eindringlicher als jemals zuvor.

Wir reihen uns in den Strom der Neuankömmlinge ein und folgen den Zwillingen.

Dum geht verkehrt herum, um mit uns zu reden. »Wir begeben uns nun zurück in unsere Highschool-Zeit, wo unsere Überlebensinstinkte am ausgeprägtesten waren.«

»Wenn ihr das Bedürfnis verspürt, Graffiti an die Wände zu sprühen oder euren alten Mathelehrer zu verprügeln«, meint Dei, »dann macht es dort, wo euch die Vögel nicht sehen können.«

Wir gehen am Hauptgebäude aus Lehmstein vorbei. Von der Straße aus wirkt die Schule trügerisch klein, doch hinter dem vordersten Gebäude befindet sich ein ganzer Campus aus modernen Bauten, die durch überdachte Fußwege miteinander verbunden sind.

»Falls ihr verletzt seid, nehmt bitte in diesem Klassenzimmer Platz.« Dei öffnet die nächstgelegene Tür und wirft einen Blick in den Raum dahinter. Es ist ein Klassenzimmer mit einem Skelett, das von einem Ständer baumelt. »Der Knochenmann hier leistet euch Gesellschaft, während ihr auf den Arzt wartet.«

»Und falls ihr ein Arzt seid«, ergänzt Dum, »dann warten hier eure Patienten auf euch.«

»Gibt es außer uns noch andere, oder sind wir alles, was übrig ist?«, frage ich. »Sind wir die einzigen Überlebenden?«

Dei wirft einen Blick auf Dum. »Dürfen Zombie-Mädchen Fragen stellen?«

»Nur wenn sie süß sind und bereit, mit anderen Zombie-Mädchen Schlammcatchen zu veranstalten.«

»Vollkommen richtig.«

»Das ist doch abartig.« Ich werfe ihnen einen Seitenblick zu, bin aber insgeheim froh, dass sie nicht in Panik geraten sind, nachdem ich von den Toten auferstanden bin.

»Die verfaulten Zombies haben wir nicht eingesammelt, Penryn. Bloß solche wie dich, die noch frisch sind.«

»Bloß die mit zerrissenen Klamotten und so …«

»Und hungrig nach Brüüüüsten …«

»Er meint nach Gehirnen …«

»Ja, genau das habe ich gemeint.«

»Könntet ihr bitte ihre Frage beantworten?«, fragt ein junger Kerl mit einer Brille, die nicht einmal einen Sprung hat. Er sieht nicht aus, als wäre er zum Scherzen aufgelegt.

»Klar«, erwidert Dei und wird plötzlich ernst. »Das hier ist unser Treffpunkt. Die anderen werden bald zu uns stoßen.«

Wir gehen im inzwischen schwachen Sonnenlicht weiter, und der Kerl mit der Brille landet schließlich am Ende der Truppe.

Dum lehnt sich zu Dei hinüber und flüstert ihm so laut zu, dass sogar ich es noch hören kann: »Wie viel wettest du, dass der Typ der Erste ist, der bei unserem Zombie-Mädchen-Wettkampf seine Wette platziert?«

Sie grinsen sich gegenseitig an und ziehen abwechselnd die Augenbrauen hoch.

Der kühle Oktoberwind dringt durch meine Bluse, und ich kann nicht anders, als hinauf in den Himmel zu blicken, auf der Suche nach einem ganz besonderen Engel mit Fledermausflügeln und einem abgeschmackten Sinn für Humor. Dabei komme ich fast vom Weg ab, streife mit dem Fuß durch das wuchernde Gras außerhalb des Weges und zwinge mich, den Blick abzuwenden.

Einer der Schaukästen in diesem Gang ist voll mit Postern und Aushängen zu bestimmten Collegezugangsbestimmungen. In einem anderen befinden sich Regale mit selbst gemachten Kunstwerken der früheren Schüler. Ton-, Holz- und Pappmachéfiguren in allen Farben und Formen nehmen jeden Zentimeter des Regals ein. Einige von ihnen sehen so gut aus, dass mich der Gedanke, dass diese Kinder lange, lange Zeit keine Kunst mehr anfertigen werden, irgendwie traurig macht.

Während wir durch die Schule wandern, achten die Zwillinge stets darauf, hinter mir und meiner Familie zu bleiben. Und ich lasse mich etwas zurückfallen, weil ich denke, es wäre vielleicht keine schlechte Idee, Paige vor mir zu haben, um sie im Auge zu behalten. Sie geht ganz steif, als wäre sie es noch nicht gewöhnt, ihre Beine zu benutzen. Ich bin es weiterhin noch nicht gewohnt, sie so zu sehen, und ich kann nicht aufhören, die primitiven Operationsnähte, die sich über ihren ganzen Körper ziehen, anzustarren, denn durch diese sieht sie aus wie eine Voodoo-Puppe.

»Das ist also deine Schwester?«, fragt mich Dei leise.

»Ja.«

»Die, für die du dein Leben riskiert hast?«

»Ja.«

Die Zwillinge nicken höflich, wie Menschen, die nichts Beleidigendes sagen wollen.

»Ist eure Familie denn um so viel besser?«, frage ich.

Dei und Dum werfen einander einen abschätzenden Blick zu.

»Neee …«, antwortet Dei.

»Nicht wirklich«, meint Dum zugleich.

Unser neues Zuhause ist ein Klassenraum, der früher für den Geschichtsunterricht gedacht war. Die Wände sind bedeckt mit Zeittafeln und Postern zur Geschichte der Menschheit. Man sieht darauf Mesopotamien, die großen Pyramiden von Gizeh, das osmanische Reich, die Ming-Dynastie. Und eine Tafel handelt vom Schwarzen Tod.

Mein Geschichtslehrer hatte uns erzählt, dass die Pest damals dreißig bis sechzig Prozent der europäischen Bevölkerung ausgelöscht hat. Er bat uns, uns vorzustellen, wie es wäre, wenn sechzig Prozent unserer Mitmenschen nicht mehr existieren würden. Damals konnte ich mir das einfach nicht vorstellen. Es kam mir so surreal vor.

Einen seltsamen Gegensatz zu all den altertümlichen Geschichtspostern bietet das Bild eines Astronauten auf dem Mond, hinter dem die blaue Erde emporsteigt. Eigentlich musste ich früher jedes Mal, wenn ich unseren blau-weißen Planeten im All auf einem Foto gesehen habe, daran denken, dass er die schönste Welt im ganzen Universum sein muss.

Doch auch das erscheint mir mittlerweile surreal.

Draußen biegen gerade noch mehr Lastwagen rumpelnd auf den Parkplatz ein. Ich gehe zum Fenster hinüber, während Mom schon mal Tische und Stühle auf die eine Seite des Raumes schiebt. Als ich einen Blick aus dem Fenster werfe, sehe ich wieder einen der Zwillinge, der die benommenen Neuankömmlinge gerade wie der Rattenfänger von Hameln in die Schule führt.

Hinter mir sagt meine kleine Schwester plötzlich: »Hunger.«

Ich erstarre und schließe meine vielen schrecklichen Erinnerungen schnell in dem Tresor in meinem Kopf ein.

Im Fenster kann ich Paiges Spiegelbild sehen. Sie blickt zu Mom hoch wie ein ganz normales Kind, das nach seinem Abendessen verlangt. Doch in dem etwas krummen Glas wirkt ihr Kopf fast verzerrt, ihre Stiche treten deutlich hervor und ihre rasiermesserscharfen Zähne erscheinen noch viel länger.

Mom beugt sich nach unten und streicht ihrem Baby übers Haar. Dann beginnt sie, ein schauriges Lied zu summen, das sie immer anstimmt, wenn sie sich für etwas entschuldigen will.

3

Ich mache es mir auf einer Pritsche in der Ecke bequem. Dort liege ich mit dem Rücken zur Wand, sodass ich den ganzen Raum im Mondlicht sehen kann.

Meine kleine Schwester liegt auf einer Pritsche an der gegenüberliegenden Wand. Paige sieht unter der Decke und den überlebensgroßen historischen Figuren über ihr einfach winzig aus. Konfuzius, Florence Nightingale, Gandhi, Helen Keller, der Dalai Lama.

Wäre sie eine von ihnen geworden, wenn wir uns nicht im Krieg befänden?

Meine Mutter sitzt mit überkreuzten Beinen neben Paiges Pritsche und summt ihr Lied. Wir haben versucht, meiner Schwester die einzigen beiden essbaren Dinge zu geben, die ich in dem unorganisierten Chaos der ehemaligen Cafeteria auftreiben konnte, die sich bis morgen früh in eine Küche für alle verwandelt haben soll. Doch Paige konnte weder die Dosensuppe noch den Proteinriegel bei sich behalten.

Vorsichtig verlagere ich mein Gewicht auf der Baumwollpritsche und versuche, eine Liegeposition zu finden, bei der sich der Griff meines Schwertes nicht in meine Rippen bohrt. Ich trage das Schwert immer bei mir, weil es die einfachste Möglichkeit ist zu verhindern, dass jemand es findet und bemerkt, dass ich die Einzige bin, die es hochheben kann. Das Letzte, was ich jetzt brauche, ist, jemandem auch noch erklären zu müssen, wie ich an ein Engelsschwert gekommen bin.

Die Tatsache, dass ich mit einer Waffe schlafe, hat übrigens nichts damit zu tun, dass sich meine Schwester im selben Zimmer befindet. Absolut nichts.

Und es hat auch nichts mit Raffe zu tun. Es ist ja nicht so, dass dieses Schwert meine einzige Erinnerung an die Zeit mit ihm ist. Ich habe ja genug Schnitte und Blutergüsse, die mich an die Tage erinnern, die ich mit meinem Feind, dem Engel, verbracht habe.

Den ich vermutlich nie mehr wiedersehen werde.

Bis jetzt hat noch niemand nach ihm gefragt. Ich glaube, heutzutage ist es wohl normal, Weggefährten aus den Augen zu verlieren.

Schnell verdränge ich die Gedanken an ihn und schließe die Augen.

Das Stöhnen meiner Schwester übertönt erneut Moms Summen.

»Schlaf jetzt, Paige«, sage ich. Und zu meiner Überraschung wird ihr Atem ruhiger, und sie entspannt sich. Ich atme ebenfalls tief durch und schließe erneut die Augen.

Das Summen meiner Mutter verklingt langsam.

Ich träume, dass ich mich erneut in dem Wald befinde, in dem das Massaker an den Soldaten stattgefunden hat. Dort stehe ich direkt vor dem alten Widerstandscamp, wo die Soldaten im Kampf gegen die niedrigen Dämonen gestorben sind.

Blut tropft von den Ästen und fällt wie Regentropfen auf die toten Blätter. In meinem Traum sind sämtliche Leichen verschwunden, und auch die wenigen überlebenden Soldaten, die sich verängstigt, Rücken an Rücken und mit ihren Gewehren nach außen aneinandergedrückt hatten, fehlen.

Ich sehe bloß eine blutgetränkte Lichtung.

Und in der Mitte steht Paige.

Sie trägt ein altmodisches, geblümtes Kleid, wie die Mädchen, die damals tot an dem Baum hingen, kurz nach dem Massaker. Paiges Haare und auch ihr Kleid triefen vor Blut. Ich bin mir nicht sicher, welcher Anblick schwerer zu ertragen ist. Das Blut oder die entzündeten Operationsnähte, die ihr Gesicht im Zickzack überziehen.

Sie streckt mir die Arme entgegen, als würde sie von mir erwarten, dass ich sie hochhebe, obwohl sie mittlerweile sieben Jahre alt ist.

Ich bin mir ziemlich sicher, dass meine Schwester nicht an dem Massaker beteiligt war, aber jetzt steht sie dennoch mittendrin. Irgendwo im Wald höre ich meine Mutter: »Sieh ihr in die Augen. Sie sind wie früher.«

Aber ich kann nicht. Ich kann sie überhaupt nicht ansehen. Ihre Augen sind nicht dieselben. Das ist unmöglich.

Schnell wende ich mich ab und laufe vor ihr davon.

Tränen strömen über meine Wangen, während ich vor dem so fremden Mädchen weglaufe und in den Wald hineinbrülle: »Paige!« Meine Stimme bricht. »Ich komme! Halte durch! Ich bin gleich bei dir.«

Doch die einzige Spur von meiner Schwester ist das Rascheln der verwelkten Blätter, als mir die neue Paige wie ein Schatten durch den Wald folgt.

4

Ich wache auf, als ich höre, wie meine Mutter etwas aus der Tasche ihres Pullovers kratzt. Sie legt es auf das Fensterbrett, auf das bereits das Morgenlicht fällt. Es sind mehrere zerbrochene Eierschalen voll gelblich-braunem Glibber. Mom geht sehr sorgfältig vor und versucht, jeden einzelnen ekligen stinkenden Tropfen auf dem Fensterbrett zu verteilen.

Paige atmet ruhig, und es klingt, als würde sie noch einige Zeit schlafen. Ich versuche, den letzten Rest meines Traumes abzuschütteln, doch ein kleiner Hauch bleibt zurück.

Jemand klopft an die Tür.

Sie öffnet sich, und einer der beiden sommersprossigen Zwillinge späht in unser Klassenzimmer. Ich weiß nicht, welcher es ist, also nenne ich ihn einfach Dei-Dum. Er rümpft angewidert die Nase, als er die faulen Eier riecht.

»Obi will dich sehen. Er hat ein paar Fragen an dich.«

»Super«, erwidere ich verschlafen.

»Komm schon. Das wird lustig.« Er wirft mir ein übermäßig breites Lächeln zu.

»Was, wenn ich nicht mitkommen will?«

»Ich mag dich, Kind«, sagt er. »Du bist eine echte Rebellin.« Er lehnt sich gegen den Türrahmen und nickt anerkennend. »Aber um ehrlich zu sein, ist hier niemand verpflichtet, dir etwas zum Essen und ein Dach über dem Kopf zu geben, dich zu beschützen und nett zu dir zu sein. Dich wie ein menschliches Wesen zu behandeln …«

»Okay, okay. Ich hab's verstanden.«

Ich stemme mich aus dem Bett hoch und bin froh, dass ich in meinem T-Shirt und den Shorts geschlafen habe. Dann fällt mein Schwert allerdings mit einem dumpfen Schlag auf den Boden. Ich hatte vergessen, dass ich es mit unter die Decke genommen hatte.

»Psst! Du weckst Paige auf!«, flüstert meine Mutter.

Paige öffnet tatsächlich von einem Moment auf den anderen die Augen. Sie liegt da wie eine Leiche und starrt zur Decke.

»Nettes Schwert«, meint Dei-Dum etwas zu lässig.

In meinem Kopf beginnen die Alarmglocken zu schrillen. »Fast so gut wie ein Viehtreiber.« Ich erwarte beinahe, dass Mom gleich mit dieser Art von Elektroschocker auf Dei-Dum zielt, doch ihr Viehtreiber hängt weiterhin unschuldig an ihrem Bettgestell.

Noch mehr schlechtes Gewissen überkommt mich, als mir klar wird, dass ich froh bin, dass Mom den Viehtreiber hat, falls sie sich verteidigen muss. Gegen … andere Menschen.

Mehr als die Hälfte der Leute hier trägt irgendeine Art behelfsmäßiger Waffe. Das Schwert gehört sicher zu den besseren, und ich bin froh, dass ich nicht erklären muss, warum ich es bei mir trage. Aber etwas an ihm scheint mehr Aufmerksamkeit zu erregen, als mir lieb ist. Ich hebe es hoch und stecke es in meinen Schulterholster, um Dei-Dum nicht auf die Idee zu bringen, damit herumzuspielen.

»Hat es einen Namen?«, fragt Dei-Dum.

»Wer?«

»Dein Schwert«, erwidert er, als wollte er sagen: *Was denn sonst?*

»Oh, bitte. Nicht du auch noch.« Ich durchsuche den Haufen zufällig zusammengewürfelter Klamotten, die meine Mom gestern Abend noch zusammengesucht hat. Sie hat auch eine ganze Ladung leere Limo-Flaschen und anderen Müll von weiß Gott woher mitgebracht, aber ich würdige diesen Haufen keines Blickes.

»Ich kannte einmal einen Kerl mit einem *Katana.*«

»Mit einem was?«

»Einem japanischen Samurai-Schwert. Wunderschön.« Er legt sich eine Hand auf die Brust, als wäre er verliebt. »Er nannte es sein *Lichtschwert.* Ich hätte meine Großmutter dafür verkauft.«

Ich nicke, als wäre das nur allzu verständlich.

»Darf ich deinem Schwert einen Namen geben?«

»Nein.« Ich ziehe eine Jeans heraus, die mir vielleicht passen könnte, und finde eine Socke dazu.

»Warum nicht?«

»Weil es schon einen Namen hat.« Ich durchwühle den Klamottenhaufen auf der Suche nach der zweiten Socke.

»Und der wäre?«

»Pooky.«

Sein freundliches Gesicht wird plötzlich ernst. »Du nennst

dieses Sammlerstück, dieses geile Schwert, das dazu gemacht wurde, zu verstümmeln und zu töten und deine riesenhaften Feinde vor dir auf die Knie sinken zu lassen, während ihre Frauen wehklagend danebenstehen, ausgerechnet ... *Pooky?* Wie Garfields Teddybär?«

»Ja. Gefällt dir der Name?«

»Selbst Witze darüber zu machen ist schon ein Verbrechen. Das weißt du doch, oder? Ich versuche echt, hier nie negative Kommentare über euch Mädchen fallen zu lassen, aber du machst es mir nicht gerade leicht.«

»Ja, du hast recht.« Ich zucke mit den Schultern. »Ich sollte es vielleicht Toto oder Fossy taufen. Was meinst du?«

Er wirft mir einen Blick zu, als wäre ich noch verrückter als meine Mom. »Ist das dein Ernst? Hast du vielleicht auch noch einen Schoßhund in deinem Schwertschaft?«

»Nein, aber ich frage mich gerade ernsthaft, ob ich mir vielleicht einen pinkfarbenen Schaft für Pooky zulegen soll. Vielleicht mit kleinen Glitzersteinchen? Was? Wäre das zu übertrieben?«

Dei-Dum verlässt kopfschüttelnd das Zimmer.

Er ist viel zu leicht aus der Fassung zu bringen. Ich lasse mir Zeit beim Anziehen und Fertigmachen, bevor ich Dei-Dum folge.

Der Flur ist voller Menschen.

Zwei Männer mittleren Alters tauschen dort eine Feder gegen eine Packung verschreibungspflichtiger Medikamente. Drogenhandel in der Neuen Welt eben. Ein anderer Mann zeigt etwas herum, das wie ein kleiner Finger aussieht, zieht ihn aber sofort zurück, als ein Kerl ihn anfassen möchte. Sie beginnen flüsternd zu diskutieren.

Zwei Frauen gehen mit ein paar Dosen Suppe an mir

vorbei, die sie so ehrfürchtig tragen, als enthielten sie pures Gold. Sie werfen den anderen nervöse Blicke zu, während sie sich durch den Flur drängen. Neben dem Haupteingang stehen einige Kerle mit frisch rasierten Köpfen und kleben Flyer eines Weltuntergangskults an die Wände.

Draußen weht der Wind den herumliegenden Müll auf irgendwie gespenstische Weise durch das hohe Gras. Jeder, der vom Himmel auf das Gebäude herunterblicken würde, würde annehmen, dass es genauso verlassen ist wie alle anderen.

Dei-Dum erzählt mir, dass bereits Witze darüber gemacht werden, dass die Führungsetage des Widerstands ausgerechnet das Lehrerzimmer und Obi das Büro des Rektors in Beschlag genommen hat. Wir gehen um den Innenhof herum zu Obis Lehmgebäude im Kolonialstil und bleiben dabei immer auf dem überdachten Weg, auch wenn das bedeutet, dass wir einen Umweg machen müssen.

Im Foyer und in den Fluren des Hauptgebäudes geht es sogar noch hektischer zu als bei uns, doch die Leute hier wirken, als hätten sie ein Ziel vor Augen. Ein Kerl eilt den Flur hinunter und zieht dabei ein Bündel Kabel hinter sich her. Mehrere Leute tragen Tische und Stühle von einem Raum in den anderen.

Ein Teenager schiebt einen Wagen voller Sandwiches und Wasserkrüge herum. Die Menschen, an denen er vorbeifährt, greifen nach dem Essen und den Getränken, als hätten sie das Recht dazu, sobald sie in diesem Gebäude arbeiten.

Dei-Dum schnappt sich zwei Sandwiches und reicht mir eines davon. Und von einem Moment auf den anderen gehöre ich damit auch zum inneren Kreis.

Ich schlinge mein Frühstück hinunter, ehe noch jemand einwenden kann, dass ich hier eigentlich nichts verloren habe. Doch dann verschlucke ich mich beinahe an einem Bissen, denn mir wird plötzlich etwas bewusst.

Die Läufe der Pistolen in diesem Gebäude sind ungewöhnlich lang. Sie sehen aus wie die Schalldämpfer, die Auftragsmörder in Filmen immer auf ihre Waffen schrauben.

Falls uns die Engel angreifen, spielt Lärm keine Rolle mehr, denn sie wissen dann ohnehin bereits, wo wir uns aufhalten. Falls wir hingegen einander erschießen wollten …

Das Essen in meinem Mund schmeckt plötzlich wie kaltes, schleimiges Dosenfleisch, und das Brot wirkt steinhart. Es ist nicht mehr der köstliche Leckerbissen, der es noch vor einem Moment war.

Dei-Dum drückt eine Tür auf.

»… Scheiße gebaut«, erklingt eine männliche Stimme aus dem Inneren des Raumes.

Ich sehe mehrere Tischreihen, hinter denen Menschen vor ihren Computern sitzen und vollkommen auf die Bildschirme fixiert sind. Seit den Angriffen habe ich so etwas nicht mehr gesehen. Einige von ihnen geben mit ihren Brillen und den Teufelshörner-Tattoos der Gangs ein ziemlich schräges Bild ab.

Noch mehr Menschen bauen gerade weitere Computer in den hinteren Reihen auf und rollen große TV-Bildschirme vor die Tafel. Es sieht aus, als hätte der Widerstand eine zuverlässige Stromquelle gefunden, zumindest für diesen einen Raum.

Im Zentrum des Geschehens sehe ich Obi. Mehrere Leute haben sich ihm an die Fersen geheftet und erwarten scheinbar seine Zustimmung zu ihren Anliegen. Überhaupt scheinen viele der Menschen im Raum ihn ständig im Auge zu behalten, während sie sich nebenbei auf ihre Arbeit konzentrieren.

Neben Obi steht Boden. Seine Nase ist nach unserer kleinen Schulhof-Schlägerei vor ein paar Tagen noch immer geschwollen und blutig. Vielleicht redet er jetzt das nächste Mal mit anderen, als wären sie tatsächlich menschliche Wesen, anstatt sie niederzumachen, selbst wenn es sich um zierliche Mädchen wie mich handelt, die scheinbar einfache Ziele abgeben.

»Wir haben unsere *Pläne angepasst* und keine Scheiße gebaut«, erklärt Boden. »Und auf keinen Fall war es ein verdammtes ›Verbrechen gegen die Menschlichkeit‹! Wie oft muss ich dir das noch erklären?«

Verblüffenderweise steht neben der Tür sogar ein Korb mit Schokoriegeln. Dei-Dum nimmt zwei heraus und gibt mir einen. Als ich den Snickers-Riegel in meiner Hand spüre, weiß ich, dass ich mich nun im Allerheiligsten befinde.

»Einfach einen Frühstart hinzulegen, ist keine *Anpassung der vorgegebenen Pläne,* Boden«, sagt Obi, während er einen Blick auf ein Dokument wirft, das ihm ein mürrisch wirkender Soldat hinhält. »Wir können keine Militäraktion durchführen, bei der ein einfacher Fußsoldat mal eben beschließt, den Zeitplan über den Haufen zu werfen, bloß weil er seinen Mund nicht halten konnte und sämtliche Details ausgeplaudert hat. Jeder Flüchtling auf der Straße und jede Hotel-Nutte wusste Bescheid.«

»Aber es war nicht …«

»… deine Schuld«, ergänzt Obi. »Das weiß ich. Das hast du bereits bis zum Gehtnichtmehr wiederholt.« Obi wirft einen Blick in meine Richtung, während er mit dem Nächsten in der Reihe spricht.

Nachdem ich einmal abgebissen und den Geschmack des Schokoriegels einen Moment lang genossen habe, lasse ich den Rest davon in meine Tasche gleiten. Vielleicht kann ich später Paige dazu bringen, davon zu essen.

»Du kannst gehen, Boden.« Obi bedeutet mir, zu ihm zu kommen.

Boden knurrt mich an, als er an mir vorbeigeht.

Obi grinst. Die Frau, die als Nächstes an der Reihe gewesen wäre, mustert mich mit mehr als bloß mit professionellem Interesse.

»Schön, dass du noch am Leben bist, Penryn«, sagt Obi.

»Schön, noch am Leben zu sein«, erwidere ich. »Ist heute Kinoabend?«

»Wir installieren gerade ein ferngesteuertes Überwachungssystem in der Bay Area«, erklärt Obi. »Es zahlt sich aus, so viele Genies hierzuhaben, die das Unmögliche wieder möglich machen.«

Jemand in der letzten Reihe ruft: »Kamera fünfundzwanzig ist online.« Die anderen Programmierer tippen weiter in ihre Computer, aber ich kann ihre Aufregung spüren.

»Wonach sucht ihr?«, frage ich.

»Nach allem, was von Interesse ist«, erwidert Obi.

»Ich hab' etwas!«, schreit ein Programmierer von hinten. »Engel im Sunnyvale auf dem Lawrence Expressway.«

»Zeig es auf dem großen Schirm«, befiehlt Obi.

Und einer der großen Fernsehbildschirme vorne im Klassenzimmer erwacht zum Leben.

5

Der Bildschirm geht an.

Ein Engel mit blauen Flügeln stolziert durch die Trümmer einer verlassenen Straße. Ein gewaltiger, gezackter Riss verläuft in der Mitte der Straße, sodass eine Seite höher ist als die andere.

Ein weiterer Engel landet hinter dem ersten, dann zwei weitere. Sie sehen sich um und gehen dann aus dem Bild.

»Kannst du die nächste Kamera anmachen?«

»Diese nicht, tut mir leid.«

»Ich hab noch eine«, ruft ein Programmierer zu meiner Rechten. »Das ist die vom Flughafen.«

»Zeig sie auch auf einem großen Bildschirm«, befiehlt Obi.

Ein weiterer Bildschirm vor der Tafel erwacht zum Leben.

Ein Engel eilt halb humpelnd, halb laufend die Straße entlang. Einer seiner weißen Flügel hängt seltsam hinunter und schleift hinter ihm her.

»Oh, ein verletztes Vögelchen«, ruft jemand hinter mir mit aufgeregter Stimme.

»Wovor läuft er davon?«, sagt Obi beinahe wie zu sich selbst.

Die Kamera hat Probleme mit dem Bild. Es ist entweder zu hell oder zu dunkel. Schließlich stellt sich die Belichtung auf den hellen Hintergrund richtig ein, sodass der Engel nur noch ein dunkler Umriss ist und kaum Details zu erkennen sind.

Als er jedoch näher kommt und sich umdreht, um einen Blick auf seinen Verfolger zu werfen, erhalten wir einen guten Blick auf sein Gesicht.

Es ist Beliel, der Dämon, der Raffes Flügel gestohlen hat. Und er ist in keiner guten Verfassung. Ich frage mich, was wohl passiert ist?

Nur noch einer der gestohlenen Flügel scheint zu funktionieren. Er öffnet und schließt sich immer wieder, als würde er reflexartig versuchen zu fliegen, während der andere durch den Staub schleift. Ich hasse die Vorstellung, dass Raffes Flügel derart schlecht behandelt werden, während ich gleichzeitig versuche, nicht daran zu denken, was ich selbst mit ihnen angestellt habe.

Irgendetwas stimmt nicht mit Beliels Knie. Er humpelt und zieht das Knie nach, selbst wenn er zu laufen versucht. Zwar bewegt er sich immer noch schneller als ein verletzter Mensch, aber ich nehme an, dass er kaum auf die Hälfte seiner üblichen Geschwindigkeit kommt.

Selbst aus einiger Entfernung sehe ich einen leuchtend roten Streifen, der sich etwas oberhalb seiner Stiefel auf seiner weißen Hose ausbreitet. Es ist seltsam, dass der Dämon sich scheinbar dazu entschlossen hat, ausgerechnet Weiß zu tragen, aber vermutlich hat das etwas mit seinen neuen Flügeln zu tun.

Er nähert sich der Kamera und dreht sich erneut um, um hinter sich zu blicken. Ich höre sein vertrautes, höhnisches Lachen. Arrogant und wütend, aber dieses Mal außerdem eine Spur verängstigt.

»Wovor fürchtet er sich?«, stellt Obi die Frage, die ich mir auch schon die ganze Zeit stelle.

Beliel humpelt aus dem Bild, und wir sehen nur noch die verlassene Straße.

»Können wir uns ansehen, wer hinter ihm her ist?«, fragt Obi.

»Weiter lässt sich die Kamera nicht drehen.«

Einige Sekunden vergehen, und es scheint, als würde der ganze Raum den Atem anhalten.

Dann taucht Beliels Verfolger in seiner ganzen Pracht auf dem Bildschirm auf.

Dämonische Schwingen breiten sich über seinem Kopf aus. Licht fällt auf die glänzenden Widerhaken, die die Ränder seiner Flügel säumen, während er sein Opfer verfolgt.

»Jesus Christus«, stöhnt jemand hinter mir.

Der Verfolger scheint keine Eile zu haben, es wirkt fast so, als würde er jeden Augenblick genießen. Er hält den Kopf gesenkt, und seine Flügel werfen einen Schatten auf sein Gesicht, sodass er sogar noch schwerer zu erkennen ist als Beliel. Und im Gegensatz zu Beliel sieht er nicht nach hinten, damit wir ihn uns besser ansehen können.

Trotzdem erkenne ich ihn wieder. Selbst mit seinen neuen Dämonenschwingen.

Es ist Raffe.

Alles an ihm – sein Gang, seine aufgestellten Flügel, sein im Schatten liegendes Gesicht – entspricht dem perfekten Bild eines Teufels, der hinter seinem Opfer her ist.

Obwohl ich weiß, dass es sich um Raffe handelt, zieht sich mein Herz vor Angst zusammen, als ich ihn sehe.

Er wirkt so anders als der Raffe, den ich kennengelernt habe.

Erkennt Obi in ihm den Mann wieder, der bei mir war, als wir zum ersten Mal einen Fuß in das Widerstandslager gesetzt haben?

Vermutlich nicht. Ich bin mir nicht einmal sicher, ob *ich* Raffe wiedererkannt hätte, wenn ich seine neuen Flügel nicht schon einmal gesehen hätte, obwohl sich jedes Detail seines Gesichts und seines Körpers in mein Gedächtnis eingebrannt hat.

Obi wendet sich an seine Männer. »Scheint, als hätten wir den Jackpot geknackt. Ein humpelnder Engel *und* ein Dämon. Ich will, dass in zwei Minuten ein Jagdkommando in Richtung Flughafen aufbricht!«

Die Zwillinge sind auf den Beinen, bevor er seinen Befehl noch fertig ausgesprochen hat. »Das erledigen wir«, erklären sie einstimmig und laufen bereits auf die Tür zu.

»Los! Los! Los!« Ich habe Obi noch nie so aufgeregt erlebt.

Obi bleibt an der Tür stehen. »Penryn, komm mit uns. Du bist die Einzige, die schon einmal einen Dämon aus der Nähe gesehen hat.«

Sie glauben noch immer alle, dass mich ein Dämon zu meiner Familie zurückgetragen hat, als ich allem Anschein nach tot war.

Ich klappe den Mund zu, ehe ich ihnen noch gestehe, dass ich keine Ahnung von alldem habe.

Dann sprinte ich los, um die Truppe einzuholen, die eilig den Flur hinunterläuft.

6

Früher brauchte man aus dem Norden von Palo Alto bis zum Flughafen in verkehrsarmen Zeiten etwa zwanzig Minuten. Doch mittlerweile sind die Autobahnen mit liegen gebliebenen Autos verstopft, und es ist weder möglich noch ratsam, mit hundert Kilometern die Stunde dahinzurasen. Diese Tatsache scheint jedoch noch nicht zu Dei-Dum durchgedrungen zu sein. Er lenkt unseren SUV eilig durch freie Seitenstraßen, schlängelt sich durch die liegen gebliebenen Autos und holpert über Bürgersteige wie ein betrunkener Rennfahrer.

»Ich muss mich gleich übergeben«, erkläre ich.

»Ich befehle dir, das nicht zu tun«, erwidert Obi.

»Ah, sag das nicht«, meint Dei-Dum. »Sie ist die geborene Rebellin. Sie kotzt dann womöglich rein aus Prinzip.«

»Es hat bestimmte Gründe, warum du hier bist, Penryn«, erklärt Obi. »Und dass du dich in mein Auto übergibst, gehört nicht dazu. Kopf hoch, Soldat.«

»Ich bin nicht dein Soldat.«

»Noch nicht«, erwidert Obi mit einem breiten Grinsen. »Also, warum erzählst du uns nicht, was im Engelshorst passiert ist? Erzähl uns alles, was du gesehen oder gehört hast, selbst wenn du glaubst, es sei nicht wichtig.«

»Und falls du dich wirklich übergeben musst«, ergänzt Dei-Dum, »dann in Obis Richtung und nicht in meine.«

Und so erzähle ich ihnen beinahe alles, was ich gesehen habe. Ich lasse Raffe vollkommen aus dem Spiel, aber ich berichte ihnen von der endlosen Engelsparty im Horst mit Champagner und Horsd'œuvres, Kostümen und Dienern und von der puren Dekadenz. Dann erzähle ich ihnen von den Skorpionföten im Kellerlabor und von den Menschen, die von den Engeln an die Skorpione verfüttert wurden.

Ich überlege, ob ich ihnen auch von den Experimenten an den Kindern erzählen soll. Werden sie eins und eins zusammenzählen und genau wie ich den Verdacht hegen, dass es sich bei den kleinen Dämonen, die Leute auf den Straßen in Stücke reißen, um eben diese Kinder handeln könnte? Werden sie sofort annehmen, dass Paige eine von ihnen ist? Ich weiß nicht, was ich tun soll, aber letzten Endes erzähle ich ihnen einfach in vagen Worten, dass auch Kinder operiert wurden.

»Und deine Schwester? Geht es ihr gut?«, fragt Obi.

»Ja, ich bin mir sicher, dass sie bald wieder die Alte ist«, antworte ich, ohne zu zögern. Natürlich geht es ihr gut. Was denn sonst? Welche andere Wahl haben wir schon? Ich versuche, trotz der Sorge, die mich plagt, zuversichtlich zu klingen.

»Erzähl uns mehr von diesen Skorpionengeln«, fordert mich der andere Fahrgast auf. Er hat lockige Haare, eine Brille und karamellfarbene Haut. Und er wirkt wie ein

Wissenschaftler, der sich voller Begeisterung auf sein Lieblingsthema stürzt.

Ich bin so froh, dass wir nicht mehr über Paige reden, dass ich ihnen sämtliche Details verrate, an die ich mich erinnern kann. Also erzähle ich ihnen, wie groß die Skorpionengel waren, dass sie Libellenflügel hatten und dass sie alle vollkommen unterschiedlich aussahen, was sie in jeglicher Hinsicht von den in einem Labor gezüchteten Lebewesen unterschied, die man sonst immer im Kino sieht. Ich erzähle ihnen auch, dass sich einige scheinbar noch im Embryostadium befanden, während andere bereits voll entwickelt waren. Und ich erzähle ihnen von den Menschen, die in den Tanks gefangen waren, und wie die Skorpione ihnen das Leben ausgesaugt haben.

Als ich schließlich fertig bin, schweigen alle und lassen meine Geschichte auf sich wirken.

Und gerade als ich denke, dass die sicher bald folgende Frage-und-Antwort-Runde wohl ein Leichtes für mich werden wird, erkundigen sie sich nach dem Dämon, der mich während der Angriffe auf den Horst zum Lastwagen des Widerstands getragen und mich dort abgelegt hat. Ich habe keine Ahnung, was ich sagen soll, also sage ich einfach: »Ich weiß es nicht. Ich war doch ohnmächtig.«

Ich bin überrascht, wie viele Fragen ihnen zu dem »Dämon« einfallen.

War es der Teufel höchstpersönlich? Hat er gesagt, was er hier auf der Erde vorhat? Wo hast du ihn getroffen? Weißt du, wohin er verschwunden ist? Warum hat er dich zu uns gebracht?

»Ich weiß es nicht«, antworte ich wohl zum hundertsten Mal. »Ich war ohnmächtig.«

»Kannst du Kontakt zu ihm aufnehmen?«

Bei der letzten Frage zieht sich mein Herz ein wenig zusammen. »Nein.«

Dei-Dum reißt das Steuer herum, weil die Straße vor uns plötzlich total verstopft ist.

»Gibt es sonst noch etwas, was du uns erzählen willst?«, fragt Obi.

»Nein.«

»Danke«, meint Obi. Dann wendet er sich um und sieht den anderen Passagier an. »Sanjay, jetzt bist du an der Reihe. Ich habe gehört, du hast eine Theorie über die Engel aufgestellt, die du uns gerne mitteilen würdest?«

»Ja«, antwortet der Wissenschaftler und hält eine Weltkarte in die Höhe. »Ich glaube, dass die meisten Todesfälle während der Angriffe unabsichtlich zustande kamen. Sie waren eine Art Nebeneffekt, als die Engel auf die Erde kamen. Meine Theorie geht davon aus, dass es bloß kleine, lokale Phänomene gibt, wenn nur ein paar Engel auf einmal auf der Erde landen.«

Sanjay durchsticht die Karte mit einer Nadel. »Es entsteht ein Loch in unserer Wirklichkeit, durch das sie hereinschlüpfen können. Vermutlich sind ein paar örtliche Wetterstörungen die Folge, aber nichts allzu Dramatisches. Doch wenn eine ganze Legion auf die Erde kommt, dann passiert Folgendes ...«

Er durchsticht das Papier mit einem Schraubenzieher. Der Griff und seine Hand durchschlagen die Karte ebenfalls.

»Meiner Theorie zufolge zerreißt unsere Wirklichkeit, wenn die Engel einmarschieren. Und genau das hat die Erdbeben, die Tsunamis und die Wetterkapriolen ausgelöst.

Sämtliche Katastrophen, die zu einem Großteil der Zerstörung und der Todesfälle geführt haben.« Donner rollt über den grauen Himmel, als wollte er ihm beipflichten.

»Es waren nicht die Engel, die die Naturgewalten kontrolliert haben, als sie einfielen«, sagt Sanjay. »Darum haben sie auch keinen riesigen Tsunami erschaffen, der uns alle verschlucken hätte können, als wir den Horst angegriffen haben. Dazu sind sie gar nicht im Stande. Sie sind lebende, atmende Geschöpfe wie wir. Vielleicht besitzen sie Fähigkeiten, die wir nicht haben, aber sie sind nicht Gott.«

»Du willst also sagen, dass sie gar nicht vorhatten, all diese Menschen zu töten?«

Sanjay fährt sich durch seine dichten Haare. »Naja, sie haben eine ganze Menge Menschen getötet, nachdem wir ihren Anführer umgebracht hatten, aber sie sind vielleicht nicht so mächtig, wie wir anfangs dachten. Natürlich habe ich keine Beweise. Es ist bloß eine Theorie, die zu dem wenigen passt, das wir wissen. Aber wenn ihr Jungs uns ein paar Engel bringt, die wir untersuchen können, dann könnte das vielleicht etwas mehr Licht in die Angelegenheit bringen.«

»Willst du, dass ich ein paar Engelteile konfisziere, die auf den Gängen im Umlauf sind?«, fragt Dei-Dum.

Ich verkneife mir einen Witz darüber, ob er und sein Bruder womöglich auch damit dealen. Bloß für den Fall, dass es vielleicht zutrifft.

»Wir haben keine Garantie, dass diese Körperteile echt sind«, antwortet Sanjay. »Tatsächlich würde es mich überraschen, wenn es so wäre. Außerdem wäre es hilfreicher, wenn wir einen ganzen Engel untersuchen könnten.« Die zerrissenen Teile der Karte, die unsere Welt darstellt, liegen schlaff in Sanjays Schoß.

»Dann drück uns die Daumen«, sagt Obi. »Wenn wir Glück haben, bringen wir dir ein paar lebende Engel mit.«

Ich spüre ein leichtes Unbehagen. Aber ich rede mir ein, dass es ihnen nicht gelingen wird, Raffe gefangen zu nehmen. Das schaffen sie sicher nicht.

Das Funkgerät auf dem Armaturenbrett erwacht zum Leben, und eine Stimme sagt: »Da geht etwas im alten Horst vor sich.«

Obi packt das Headset und fragt: »Was genau bedeutet *›etwas‹?*«

»Engel. Es sind zu viele, um sie anzugreifen.«

Obi holt ein Fernglas aus dem Handschuhfach und blickt in Richtung Stadt. An den meisten Stellen hier im Valley hätte er wohl nichts gesehen, aber wir befinden uns in der Nähe des Wassers, weshalb die Chance auf klare Sicht besteht.

»Was haben sie vor?«, fragt Dei-Dum.

»Keine Ahnung«, erwidert Obi und schaut weiter durch das Fernglas. »Aber es sind ziemlich viele. Da geht etwas Interessantes vor sich.«

»Wir sind bereits auf halbem Weg in die Stadt«, sagt Dei-Dum.

»Er meinte, es wären zu viele, um sie anzugreifen«, erklärt Sanjay nervös.

»Stimmt«, erwidert Obi. »Aber es besteht die Chance, dass wir herausfinden, was sie vorhaben. Und du wolltest doch Engelskörper, um sie zu untersuchen. Der Horst ist der beste Ort, um welche zu finden.«

»Ich glaube, wir müssen uns für ein Ziel entscheiden,

Boss«, meint Dei-Dum. »Wenn wir zum Flughafen fahren, brauchen wir alle Leute, die wir haben, um unsere Zielpersonen einzukassieren – vorausgesetzt, sie sind noch da.«

Obi seufzt widerstrebend. Dann spricht er ins Funkgerät: »Planänderung. Alle Fahrzeuge zum alten Horst. Nähert euch mit extremer Vorsicht. Ich wiederhole: Nähert euch mit extremer Vorsicht! Aber wenn sich die Möglichkeit ergibt, dann bringt mir ein paar von den Vögeln mit. Tot oder lebendig.«

7

Eisiger Regen prasselt auf mein Gesicht, während wir an den liegen gebliebenen Autos und dem Müll vorbeirasen. Nun, *rasen* ist ein starkes Wort für einen SUV, der mit etwa fünfundvierzig Kilometern die Stunde dahintuckert, aber heutzutage ist diese Geschwindigkeit bereits halsbrecherisch – im wahrsten Sinne des Wortes, denn ich sitze auf dem Fenster und klammere mich an mein bloßes Leben.

»Ein Panzer auf zwei Uhr«, rufe ich.

»Ein Panzer? Echt?«, fragt Dei-Dum. Umständlich reckt er seinen Kopf, um über den Schutt auf der Straße hinweg etwas erkennen zu können. Er klingt aufgeregt, auch wenn wir beide wissen, dass die Engel einen Panzer kilometerweit hören würden.

»Kein Scherz. Aber er sieht kaputt aus.« Meine regennassen Haare kleben an meinem Nacken, und eisige Finger kriechen meine Wirbelsäule hinunter. Es regnet bloß leicht, wie es in San Francisco meistens der Fall ist, doch der Regen ist stark genug, um alles aufzuweichen. Die nasse Kälte dringt in meine Hände, und es fällt mir schwer, mich weiter an dem Haltegriff festzuklammern.

»Bus auf zwei Uhr«, sage ich.

»Ja, den sehe ich auch.«

Der Bus liegt auf der Seite. Ich frage mich kurz, ob er während einem der Erdbeben umgefallen ist, die die Erde erschüttert haben, als die Engel zu uns kamen, oder ob ihn ein rachsüchtiger Engel davongeschleudert hat, nachdem der Widerstand den Horst angegriffen hatte. Allerdings schätze ich, er wurde geworfen, denn neben dem Bus befindet sich ein großer Krater, in dem kopfüber ein Geländewagen steckt.

»Achtung, ein großer Krater ...« Noch bevor ich den Satz beenden kann, reißt Dei-Dum den Wagen herum. Ich klammere mich fest, während ich nach rechts geschleudert werde. Einen Moment lang glaube ich, dass ich jeden Augenblick zerschmettert auf dem Asphalt liegen werde.

Dei-Dum vollführt ein wahnwitziges Zick-Zack-Manöver, bevor er das Auto wieder geraderichtet.

»Eine kleine Vorwarnung wäre nett«, erklärt Dei-Dum mit seiner Sing-Sang-Stimme.

»Eine etwas ruhigere Fahrweise wäre noch netter«, erwidere ich und äffe seine Stimme nach. Das harte Metall der Autotür presst sich gegen meine Oberschenkel und malträtiert meine Muskeln, als wir schließlich auf den Bürgersteig hinaufholpern.

Und als wäre das nicht schon schlimm genug, habe ich, seit wir unterwegs sind, noch kein einziges Anzeichen des muskulösen Körpers mit den angenähten Fledermausflügeln gesehen. Nicht, dass ich erwartet hatte, Raffe zu Gesicht zu bekommen.

»Das war's. Brille oder nicht, aber jetzt ist Sanjay an der Reihe.« Ich gleite vom Fenster herunter und lasse mich in den Rücksitz sinken, während Sanjay in das offene Fenster auf seiner Seite klettert.

Wir nähern uns dem Finanzbezirk aus einer anderen Richtung als Raffe und ich vor ein paar Tagen. In diesem Teil der Stadt sieht es nicht gerade gut aus, aber einige Gebäude stehen noch und sind nur an den Ecken ein wenig angesengt.

Bunte Perlen liegen vor einem Laden mit der Aufschrift PERLEN UND FEDERN auf der Straße. Es ist jedoch keine einzige Feder zu sehen. Die Belohnung, die irgendjemand auf Engelteile ausgesetzt hat, besitzt scheinbar noch immer große Anziehungskraft. Ich frage mich, ob mittlerweile wohl auch alle Hühner und Tauben gerupft wurden. Vermutlich sind ihre Federn sogar mehr wert als ihr Fleisch, wenn man denn nur behauptet, es handle sich um Engelsfedern.

Mein Magen fühlt sich an wie ein Eisklumpen, während wir uns der Katastrophenzone nähern, die einmal der Finanzbezirk war. Das Gebiet ist mittlerweile verlassen, es sind nicht einmal mehr Plünderer unterwegs, die nach brauchbaren Gegenständen oder noch genießbaren Abfällen suchen.

»Wo sind denn alle?«

Der Finanzbezirk steht noch immer, zumindest einige Häuserblöcke. Im Zentrum befindet sich jedoch ein Loch in der Skyline. Hier befand sich früher einmal der Engelshorst. Vor ein paar Monaten war es noch ein Luxus-Artdéco-Hotel. Dann übernahmen es die Engel und machten es zu ihrem Horst. Und nachdem die Widerstandsbewegung einen Lkw voller Sprengstoff hineinkrachen ließ, ist mittlerweile nur noch ein Trümmerhaufen übrig.

»Oh, das ist gar nicht gut«, sagt Dei-Dum und richtet den Blick in den Himmel.

Ich sehe es etwa zur selben Zeit wie er.

»Was tun die da?«, flüstere ich.

Dei-Dum lenkt den SUV an den Straßenrand und stellt den Motor ab. Ohne ein weiteres Wort holt er zwei Ferngläser aus dem Handschuhfach und gibt mir eines davon. Obi hat seines bereits in der Hand, weshalb ich annehme, dass ich meines mit Sanjay teilen soll.

Obi schnappt sich sein Gewehr und steigt aus. Mit pochendem Herzen folge ich ihm.

Ich mache mir Sorgen, dass die Engel womöglich unsere Motorengeräusche gehört haben, doch sie fliegen einfach weiter, ohne auf uns zu achten.

Wir laufen zu Fuß im Zickzack von Auto zu Auto und auf den ehemaligen Horst zu. Es scheint weder Obi noch Dei-Dum in den Sinn zu kommen, einfach davonzulaufen.

Ein Engel mit schneeweißen Flügeln verschwindet in der Wolkendecke. Meine Augen folgen ihm, auch wenn ich weiß, dass Raffe mittlerweile keine weißen Flügel mehr hat.

Wir nähern uns dem zerstörten Gebäude, das einmal der Horst war. Hier ist alles mit Staub bedeckt. Der pulverisierte Beton hat sich auf den Autos, den Bürgersteigen und den Körpern der Toten abgesetzt. Autos liegen auf den Dächern und zur Seite gekippt auf den Bürgersteigen, mit anderen Autos auf einem Haufen oder stecken bis zur Hälfte in den umliegenden Gebäuden.

Aufgebrochener Beton knirscht unter unseren Füßen, während wir zwischen den Autos und den Trümmern laufen.

Die Engel waren nicht gerade begeistert, dass es genau während ihrer Party zu dem Angriff gekommen ist, und sie haben den Ort verlassen wie ein kleines Kind, das nach einem Tobsuchtsanfall seine kaputte Lego-Stadt einfach liegen lässt.

Überall auf der Straße liegen Leichen, und es handelt sich dabei ausschließlich um Menschen. Wo sind die Leichen der Engel? Mir wird schlecht bei dem Gedanken, dass der Angriff den Engeln womöglich gar nicht so viel Schaden zugefügt haben könnte, wie wir ursprünglich erwartet haben.

Ich werfe einen Blick auf Dei-Dum und sehe in seinen Augen, dass er sich gerade dasselbe fragt. Wir bleiben nahe genug stehen, um erkennen zu können, was inzwischen vor sich geht.

Der ehemalige Horst ist bloß noch ein Haufen aus Trümmern und verbogenem Betonstahl. Die Stahlträger, die das hochaufragende Hotel gestützt hatten, ragen nun abgebrochen und entblößt wie blutige Knochen in die Luft.

Ich hatte erwartet, dass der Horst ein einziger Trümmerberg sein würde, doch stattdessen wirken die Trümmer, als wären sie verteilt worden.

Und überall fliegen Engel herum.

Körper mit Flügeln liegen scheinbar willkürlich verteilt in den Ruinen, während andere auf dem Asphalt zu einer säuberlichen Reihe aufgereiht wurden. Engel graben zwischen den riesigen Steinbrocken und schleudern sie zur Seite. Einige ziehen tote Engel hervor und reihen sie entlang der Straße auf.

Mein Herz pocht so schnell, dass ich schlucken muss, um zu verhindern, dass es mir einfach aus dem Mund fliegt.

Ein Krieger mit gefleckten Flügeln kommt mit einem Eimer in jeder Hand aus einem der nahegelegenen Gebäude und spritzt bei jedem Schritt Wasser auf die Straße. Er tritt mit dem Fuß nach einem der Körper.

Der scheinbar tote Engel stöhnt und beginnt, sich zu bewegen.

Der Krieger verteilt das Wasser auf den Körpern, die auf der Straße liegen. Sie waren vom Regen ohnehin bereits durchnässt, doch nun sind sie tropfnass.

Und sobald das Wasser auf die Engel trifft, beginnen sie auch schon, sich zu bewegen.

8

»Was zum …?«, fragt Sanjay und ist so überrascht, dass er vergisst, dass wir eigentlich leise sein wollten.

Einige der Engel, die auf dem Asphalt liegen, erwachen sofort zum Leben und schütteln sich energisch die Tropfen aus den Haaren wie nasse Hunde. Andere stöhnen und bewegen sich träge, als wäre ihr Wecker heute Morgen zu früh losgegangen.

Einige von ihnen wurden ganz offensichtlich erschossen. Sie haben schlimme Einschusswunden und noch schlimmere Austrittwunden, die aussehen wie rohe Frikadellen.

Der Krieger mit den gefleckten Flügeln nimmt den nächsten Eimer und spritzt Wasser auf die anderen »Leichen«. Außerdem tritt er mit dem Fuß nach einigen Verwundeten, die noch immer auf dem Asphalt liegen.

»Aufstehen, ihr Maden! Was glaubt ihr, was das hier ist? Zeit für ein Mittagsschläfchen? Ihr seid eine Schande!«

Offensichtlich ist Sanjay nicht der Einzige, der vergessen hat, leise zu sein, denn einer der Engel hebt plötzlich einen

Brocken Beton hoch und wirft ihn auf ein Auto, wie jemand, der einen Stein nach einer Ratte wirft. Und genau wie Ratten stolpern zwei unserer Männer hinter dem Auto hervor, das ihnen als Versteck gedient hatte.

Einige weitere Engel schnappen sich jetzt ebenfalls Gesteinstrümmer und Stahlbetonteile und werfen sie nach uns. Ich habe kaum genug Zeit, um mich auf den Bürgersteig zu werfen, als bereits das Autofenster vor mir zerbricht.

Panisch springe ich auf und laufe so schnell zum Eingang eines nahegelegenen Gebäudes, dass ich hyperventiliere, als ich dort ankomme. Von dort aus werfe ich einen kurzen Blick auf die Engel. Sie jagen uns nicht eifriger als wir Menschen ein paar Ratten von einem Mülleimerplatz verjagen würden.

Obi und Dei-Dum sehen mich von ihrem Versteck hinter einem Lastwagen und sprinten ebenfalls zu diesem Eingang. Wir kauern uns zusammen und spähen durch unsere Ferngläser.

Eine Gruppe Engel gräbt in den Trümmern und wirft sie rechts und links zur Seite. Wenn sie auf einen Körper stoßen, schleudern sie die menschlichen Leichen einfach achtlos zur Seite und ziehen die regungslosen Engel, die jeden Moment aufwachen könnten, heraus.

Die Engel, die die Grabarbeiten erledigen, sind größer als diejenigen, die sie dabei ausgraben. Die größeren Engel tragen Schwerter um ihre Hüften, was vermutlich bedeutet, dass es sich um Krieger handelt. Soweit ich es erkennen kann, sind die Opfer allesamt kleiner und tragen keine Schwerter.

Jetzt, wo ich so darüber nachdenke: Wie viele Krieger

habe ich eigentlich im Horst gesehen, als Raffe und ich dort waren? Da waren einmal die Wachen und ein paar in den Fluren. Und dann noch der Tisch mit den Kriegern, in dessen Nähe dieser Drecksack Joshua, der Albino, stand. Abgesehen von ihnen trug niemand ein Schwert.

Haben die Engel vielleicht auch Verwaltungsengel und andere Zivilisten zu uns auf die Erde gebracht? Köche? Ärzte? Und wenn dem so ist, wo waren die Krieger, als der Horst angegriffen wurde?

Ich stöhne laut auf.

»Was ist los?«, flüstert Obi.

Irgendwie muss ich versuchen, einen Weg zu finden, um mit ihnen zu reden, ohne dass uns jemand belauscht. Dei-Dum scheint zu ahnen, was los ist, denn er zieht einen Block und einen Bleistift heraus und gibt sie mir.

Ich schreibe: »Wie viele Krieger habt ihr letzte Nacht im Horst gesehen?«

Dei-Dum schüttelt den Kopf und hält seinen Daumen und den Zeigefinger nur ein paar Zentimeter auseinander. *Sehr wenige.*

Er wirft einen Blick auf die Engel hinüber, und ich sehe, wie er langsam begreift, worauf ich hinauswill. Er schreibt: »Jetzt sind mehr da, als während des Angriffs.«

»Vielleicht waren sie zu einem Einsatz unterwegs?«

Er nickt.

Es war also nur reines Glück, dass der Widerstand den Horst angegriffen hat, während beinahe alle Krieger unterwegs waren. Kein Wunder, dass so viele Engel kampflos zu Boden gingen. Ich erinnere mich an das Chaos in der Hotelhalle, als sowohl Menschen als auch Engel zu Beginn des Angriffs in alle Richtungen davonliefen. Da gab es Engel, die hinaus ins Maschinengewehrfeuer liefen und versuchten davonzufliegen. Ich hatte gedacht, sie wären einfach tollkühn, aber in Wahrheit waren sie bloß unerfahren und in Panik geraten.

Trotzdem musste man sich genauso vor diesen Zivilistenengeln in acht nehmen, denn sie schnappten sich mitunter die Autos der Widerstandskämpfer, schleuderten unsere Soldaten durch die Gegend und zerquetschten die ebenfalls in Panik geratenen Menschen.

Doch einige der Engel, die hier auf dem Asphalt liegen, wirken ziemlich schwer verletzt. Manche von ihnen hat es so schlimm erwischt, dass sie nicht einmal mehr alleine fliegen können. Die Krieger heben sie hoch, als würde es sie furchtbar nerven, und fliegen mit ihnen davon.

Soweit ich es beurteilen kann, ist allerdings keiner der Engel tatsächlich tot.

Obis Gesichtsausdruck verrät, dass er langsam begreift, welche Heilkräfte die Engel besitzen. Ich habe ihnen schon während der Frage-Antwort-Runde erklärt, dass Engel sich sogar von Verletzungen erholen können, die einen Menschen umbringen würden, aber es sieht so aus, als würde mir Obi erst jetzt so richtig Glauben schenken.

Als die Krieger schließlich bis auf Bodenniveau hinuntergegraben haben, gibt ihr Anführer ihnen ein Zeichen, und mehr als die Hälfte der noch Anwesenden packt ihre Verletzten und fliegt davon. Die anderen Engel graben verärgert weiter. Ich vermute, dass die Krieger keine Freude an niederen Arbeiten haben.

Obwohl ich nicht in das Loch sehen kann, das sie mittlerweile gegraben haben, höre ich das Kreischen. Ich kenne dieses Geräusch. Es stammt von dem Ding, das mich im

Keller angegriffen und gelähmt hat. Einige der Skorpionföten dort unten sind scheinbar immer noch am Leben.

Der Anführer der Krieger zieht sein Schwert und springt in das Loch.

Ein Skorpion kreischt. Es klingt, als würde er gerade aufgespießt.

9

Kurz darauf wird es ruhig auf den Straßen. Es gab ohnehin nicht viele Skorpione, die überlebt hatten, doch mittlerweile möchte ich wetten, dass kein einziger mehr übrig ist.

Muskelbepackte Engel springen aus dem Loch und verschwinden in den Wolken über uns. Einer von ihnen trägt einen leblosen Engel. Es ist der Einzige, der wirklich tot zu sein scheint.

Irgendwo in der Ferne donnert es. Der Wind pfeift durch die schmalen Gassen zwischen den Gebäuden.

Wir warten, bis es sicher genug ist, um aufzustehen und uns die Sache ganz genau anzusehen. Ich wäre echt schockiert, wenn wir hier auch nur ein Hautfetzchen von einem Engel finden würden, das wir mitnehmen können.

Wir bewegen uns auf die Trümmer zu und halten uns so gut wie möglich versteckt, obwohl der gesamte Küstenabschnitt mittlerweile verlassen scheint.

Als wir gerade noch einen Steinwurf von dem rauchenden

Trümmerhaufen entfernt sind, rollt plötzlich ein Stück Beton von einem Trümmerhaufen herunter.

Ich erstarre, lausche und beobachte die Stelle angestrengt.

Ein weiterer Brocken kullert herunter, und die Sache erinnert an einen winzigen Erdrutsch.

Etwas klettert aus dem eingebrochenen Keller empor. Wir beziehen hinter den Autos Stellung und beobachten alles ganz genau.

Noch mehr Steine folgen, und kurze Zeit später erscheinen zwei Hände über dem Rand des Trümmerhaufens. Und dann ein Kopf. Zuerst glaube ich, dass es sich um einen Dämon handelt, der direkt aus der Hölle emporgestiegen ist. Doch dann zieht sich die Kreatur zitternd und keuchend noch weiter hoch.

Es ist eine alte Frau.

Ich habe noch nie so etwas wie sie gesehen. Sie wirkt faltig, zerbrechlich und knochendürr, und ihre Haut sieht vollkommen ausgedörrt aus.

Dei-Dum und ich sehen einander an und fragen uns offensichtlich beide, was sie wohl hier verloren hat. Vorsichtig klettert sie auf den Trümmerhaufen und schlurft schwankend den Grat entlang, als hätte sie Arthritis.

Sie trägt einen zerrissenen Laborkittel, der ihr fünf Nummern zu groß ist. Er ist so verdreckt und voller rostroter Flecken, dass man sich kaum vorstellen kann, dass dieser Kittel tatsächlich einmal weiß war. Sie hält ihn eng um sich geschlungen, während sie vorsichtig über die Trümmer steigt, und sieht dabei aus, als wolle sie sich selbst umarmen.

Der Wind bläst ihr die Haare ins Gesicht, und sie schüttelt den Kopf, um sie aus dem Gesicht zu bekommen.

Irgendetwas an ihren vollen Haaren und dieser Geste kommt mir seltsam vor. Ich brauche eine Weile, bis ich weiß, was es ist.

Wann habe ich das letzte Mal eine alte Frau gesehen, die sich die Haare so aus dem Gesicht geschüttelt hat? Und ihre Haare sind bis zur Kopfhaut hin schwarz, obwohl den Haaransatz post-apokalyptischer Frauen meist ein mittlerweile durchaus modischer grauer oder weißer Streifen ziert.

Die Frau erstarrt wie ein verängstigtes Tier und sieht zu uns herüber, als wir hinter unseren Autos hervortreten. Irgendetwas an ihrem ausgedörrten Gesicht kommt mir bekannt vor und lässt mich nicht mehr los.

Dann erinnere ich mich.

Ich sehe zwei kleine Kinder vor mir, die sich an einen Zaun klammern und zusehen, wie ihre Mutter auf den Horst zugeht. Und ihre Mom, die sich umdreht und ihnen einen Kuss zuwirft.

Sie ist später als Nahrung in dem Tank eines Skorpionengels gelandet. Ich habe diesen Tank selbst mit meinem Schwert zertrümmert und sie danach ihrem Schicksal überlassen, weil ich sie nicht ins Freie zerren konnte.

Aber sie lebt noch.

Obwohl sie aussieht, als wäre sie um fünfzig Jahre gealtert. Ihre einst so schönen Augen liegen tief in den Höhlen. Ihre Wangen sind so eingefallen, dass ich beinahe die Knochen darunter erkennen kann. Und ihre Hände wirken wie von Haut überzogene Klauen.

Panisch stolpert sie davon, als wir aus unseren Verstecken treten. Sie kriecht mehr oder weniger auf allen vieren, während sie versucht, vor uns zu fliehen, und mir bricht das Herz, wenn ich daran denke, wie gesund und schön sie war, bevor sie diese Monster in die Finger bekommen haben. In ihrem Zustand kommt sie nicht weit, also versteckt sie sich lieber zitternd hinter einem Briefkasten.

Sie ist nur noch ein winziges Etwas, aber sie hat überlebt, dafür hat sie all meinen Respekt. Deshalb hat sie es verdient, von diesem Ort hier fortzukommen, wo sie lebendig begraben wurde, und für so etwas braucht sie Energie. Ich durchwühle meine Taschen nach dem Snickers-Riegel. Dann suche ich noch ein wenig weiter, um zu sehen, ob es vielleicht etwas weniger Wertvolles gibt, doch ich finde nichts.

Langsam mache ich ein paar Schritte auf das arme Ding zu, und sie kauert sich in ihrem Versteck zusammen.

Meine Schwester hat mehr Erfahrung in solchen Dingen als ich. Aber ich denke, ich habe wohl ein oder zwei Dinge mitbekommen, wenn ich Paige dabei zusah, wie sie sich mit all den ausgesetzten Katzen und verlassenen Kindern angefreundet hat. Ich lege den Riegel auf den Bürgersteig, wo die Frau ihn sehen kann, und trete dann ein paar Schritte zurück, um ihr etwas Freiraum zu geben.

Einen Moment lang sieht mich die Frau an wie ein geprügeltes Tier. Dann schnappt sie sich den Riegel so schnell, wie ich es ihr nie zugetraut hätte. Innerhalb eines Sekundenbruchteils hat sie das Papier entfernt und stopft sich die Süßigkeit in den Mund. Ihr ausgedörrtes Gesicht entspannt sich ein wenig, als sie den vertrauten, nussig süßen Geschmack aus der Vergangenheit schmeckt.

»Meine Kinder, mein Mann«, fragt sie mit heiserer Stimme. »Wo sind sie alle?«

»Ich weiß es nicht«, antworte ich. »Aber viele Menschen haben im Widerstandscamp Unterschlupf gefunden. Vielleicht sind sie dort.«

»Welches Widerstandscamp?«

»Es war der Widerstand, der die Engel angegriffen hat. Die Menschen versammeln sich, um sich ihm anzuschließen.«

Sie sieht mich blinzelnd an. »Ich erinnere mich an dich. Du bist gestorben.«

»Keine von uns beiden ist gestorben«, erwidere ich.

»Ich schon«, widerspricht sie. »Und ich bin in der Hölle gelandet.« Sie schlingt erneut ihre dürren Arme um ihren Körper.

Ich weiß nicht, was ich sagen soll. Welchen Unterschied macht es, ob sie tatsächlich gestorben ist oder nicht? Sie ist ohne Zweifel durch die Hölle gegangen, und genauso sieht sie auch aus.

Sanjay kommt auf uns zu, als würde er sich einer streunenden Katze nähern.

»Wie heißt du?«

Sie sieht mich fragend an. Ich nicke.

»Clara.«

»Ich bin Sanjay. Was ist mit dir passiert?«

Sie wirft einen Blick auf ihre ausgedörrte Hand. »Ich wurde von einem Monster ausgesaugt.«

»Von einem Monster?«, fragt Sanjay

»Von einem der Skorpionengel, von denen ich euch erzählt habe«, erkläre ich.

»Der Höllendoktor meinte, ich würde freikommen, wenn ich ihn zu meinen beiden kleinen Mädchen bringen würde«, sagt sie mit rauer Stimme. »Aber ich würde sie niemals ausliefern. Er meinte, das Monster würde meine Innereien in Flüssigkeit verwandeln und trinken. Und er hat gesagt, die Erwachsenen würden nicht so weit gehen, ihren Wirt zu töten, wenn es sich vermeiden ließe, aber die Jungen sehr wohl.«

Clara beginnt zu zittern. »Er meinte, es würde qualvoller werden, als ich es mir je vorstellen kann.« Sie schließt die Augen, als wollte sie die Tränen zurückdrängen. »Gott sei Dank habe ich ihm nicht geglaubt.« Ihre Stimme klingt erstickt. »Gott sei Dank wusste ich es nicht besser.« Sie beginnt zu weinen, doch es fließen keine Tränen. Es ist, als wäre sämtliche Flüssigkeit aus ihr herausgesaugt worden.

»Du hast deine Kinder nicht verraten, und du lebst noch«, sage ich. »Das ist alles, was zählt.«

Sie legt ihre zitternde Hand auf meinen Arm, dann wendet sie sich an Sanjay. »Das Monster war dabei, mich zu töten. Und dann tauchte plötzlich wie aus dem Nichts dieses Mädchen auf und hat mich gerettet.«

Sanjay sieht mich mit neu gewonnenem Respekt an. Ich habe Angst, dass sie ihm gleich von Raffe erzählen wird, doch es stellt sich heraus, dass sie im Keller ohnmächtig wurde, gerade als sie sah, wie ich von dem Skorpion gestochen wurde. Deshalb kann sie sich kaum an etwas erinnern.

Das Leid, das Clara erfahren musste, frisst sich wie Säure durch mein Inneres, während wir die Trümmer durchwühlen. Sanjay sitzt noch immer neben ihr auf dem Bürgersteig, spricht sanft mit ihr und macht sich Notizen. Früher wäre meine Schwester dort gesessen und hätte Clara gut zugeredet.

Wir finden ein paar zerquetschte Skorpione, aber keine Spur der anderen Engel. Keinen Tropfen Blut, kein Fetzchen Haut, das uns vielleicht helfen kann, etwas mehr über sie zu erfahren.

»Bloß ein kleiner Atomsprengkopf«, meint Dum und wühlt sich durch die Trümmer. »Das ist doch alles, was ich will. Ich bin ja nicht habgierig.«

»Ja, einen Sprengkopf und den dazugehörigen Code für die Zündung«, erklärt Dei und tritt einen Betonbrocken zur Seite. Er klingt empört. »Also wirklich. War es wirklich notwendig, die Nuklearsprengsätze vor uns zu verstecken? Es ist ja nicht so, dass wir damit spielen würden wie kleine Jungen und damit eine Weide voller Kühe in die Luft jagen würden oder so.«

»Oh Mann«, sagt Dum. »Das wäre geil! Kannst du dir das vorstellen? Bumm!« Er formt mit den Händen einen Atompilz. »Muh!«

Dei wirft ihm einen leidgeprüften Blick zu. »Du bist so kindisch. Man darf eine Atombombe doch nicht für so etwas verschwenden! Man müsste zuerst einen Weg finden, die Flugbahn zu kontrollieren, damit die radioaktiven Kühe direkt in unsere Feinde hineinkrachen, nachdem die Bombe hochgegangen ist.«

»Genau«, sagt Dum. »Ein paar werden zermalmt, die anderen verseucht.«

»Ja. Man müsste die Kühe in der Nähe der Einschlagsstelle positionieren, nahe genug, dass sie davongeschleudert werden, aber weit genug entfernt, dass sie nicht zu radioaktivem Staub zerfallen«, meint Dei. »Ich bin mir sicher, dass wir es mit ein wenig Übung schaffen würden, die Kühe absolut zielgerichtet abzufeuern.«

»Ich habe gehört, dass die Israelis Engel mit Atombomben beschossen haben. Sie haben sie direkt vom Himmel geholt«, sagt Dum.

»Das ist bloß ein Gerücht«, erwidert Dei. »Niemand

würde sein ganzes Land zerstören, bloß weil er hofft, dass sich genau zum richtigen Zeitpunkt ein paar Engel in der Luft befinden. Das wäre kein verantwortungsvoller Umgang mit einer Atombombe.«

»Im Gegensatz zu nuklearen Kuh-Raketen«, meint Dum.

»Genau.«

»Abgesehen davon«, sagt Dum, »könnte es ja auch sein, dass sie sich in radioaktive Anti-Superhelden verwandeln. Vielleicht absorbieren sie die Radioaktivität einfach und feuern sie dann auf uns zurück.«

»Sie sind keine Superhelden, du Idiot«, sagt Dei. »Es sind bloß Typen, die eben ... du weißt schon ... fliegen können. Sie würden in tausend Stücke zerfetzt, so wie jeder andere auch.«

»Wie kommt es dann, dass hier nirgendwo tote Engel herumliegen?«, fragt Dum.

Wir stehen mitten in den Trümmern und starren in das Loch, an dessen Stelle sich noch vor Kurzem der Keller befunden hat.

Tote Körper liegen überall verteilt, doch kein einziger davon trägt Flügel.

Der Wind wird stärker und hüllt uns in einen kalten Nieselregen.

»Sie können doch nicht alle einfach nur verletzt gewesen sein. Überall wurde geschossen, und das ganze Gebäude ist praktisch zusammengebrochen«, meint einer der Kerle aus einem der anderen Autos. »Oder etwa doch?«

Wir sehen einander an und niemand will aussprechen, was sich alle denken.

»Sie haben einige bewegungslose Körper mitgenommen«, erklärt Dei.

»Ja«, erwidert Dum. »Aber es wäre auch möglich, dass sie alle bloß bewusstlos waren.«

»Hier muss doch irgendwo ein toter Engel herumliegen«, meint Dum und hebt einen Betonbrocken hoch, um darunter nachzusehen.

»Stimmt. Hier muss doch irgendetwas sein.«

Doch da ist nichts.

10

Letzten Endes bringen wir bloß ein paar Überreste der toten Skorpione mit, die wir in den Trümmern gefunden haben. Und außerdem Clara, die einzige Überlebende.

Nachdem wir vor der Schule geparkt haben, geht Sanjay neben ihr her und stellt ihr weiter leise Fragen. Ich weiß auch so, dass sie eigentlich bloß ihren Mann und ihre Kinder wiedersehen will. Alle, die sie sehen, wenden sich schnell von ihr ab, als hätte sie eine ansteckende Krankheit.

Ich mache mich auf den Weg zurück in unser Klassenzimmer, und als ich die Tür öffne, trifft mich der Gestank der faulen Eier mit voller Wucht. Die Fensterbänke stehen inzwischen voll mit Eierkartons mit alten Eiern. Irgendwie hat meine Mutter es geschafft, eine ganze Ladung davon aufzutreiben.

Mom ist nicht da. Ich weiß nicht, was sie gerade macht oder wo sie ist, aber das ist ziemlich normal für uns.

Paige sitzt mit gesenktem Kopf auf ihrer Pritsche, und

ihre Haare hängen über ihre Operationsnähte, sodass ich beinahe so tun kann, als würde ich sie nicht sehen. Ihre Haare wirken so gesund und glänzend wie bei einer normalen Siebenjährigen. Sie trägt ein geblümtes Kleid, eine Strumpfhose und pinkfarbene, knöchelhohe Turnschuhe, die über den Rand der Pritsche baumeln.

»Wo ist Mom?«

Paige schüttelt nur den Kopf. Sie spricht einfach nicht mehr viel, seit wir sie gefunden haben.

Auf dem Stuhl neben der Pritsche steht eine Schüssel mit Hühnersuppe und einem Löffel. Es sieht so aus, als hätte Mom keinen großen Erfolg damit gehabt, sie zu füttern. Wann hat Paige zum letzten Mal etwas gegessen? Ich hebe die Schüssel hoch und setze mich auf den Stuhl.

Dann nehme ich einen Löffel Suppe und halte ihn ihr hin. Doch Paiges Mund bleibt geschlossen.

»Aaauf die Plätze, fertig, los. Jetzt kommt der Zug.« Ich grinse wie ein Clown und strecke ihr den Löffel entgegen. »Tuut, tuut!« Das hat immer funktioniert, als sie noch ganz klein war.

Sie sieht mich an und versucht zu lächeln. Allerdings hört sie sofort damit auf, als die Nähte zu spannen beginnen.

»Komm schon, das ist köstlich.« In der Suppe ist Fleisch. Als wir in der Zeit nach den Angriffen langsam Schwierigkeiten bekamen, genügend Essen aufzutreiben, habe ich ein Machtwort gesprochen und beschlossen, dass Paige nicht mehr länger als Vegetarierin leben kann. Vielleicht ist das der Grund, warum sie die Suppe nicht essen will?

Vielleicht aber auch nicht.

Paige schüttelt den Kopf. Sie muss sich zwar nicht mehr

erbrechen, aber sie versucht ebenso wenig, etwas zu sich zu nehmen.

Ich lege den Löffel wieder in die Schüssel. »Was ist passiert, nachdem die Engel dich mitgenommen haben?«, frage ich so sanft ich kann. »Kannst du darüber reden?«

Sie starrt auf den Boden. Auf ihren Wimpern glänzt eine einzelne Träne.

Ich weiß, dass sie sprechen kann, denn sie hat mich einmal »Ryn-Ryn« genannt wie damals, als sie noch klein war, und sie hat »Mom« und »Mommy« gesagt. Und »Hunger«. Das hat sie sogar mehrere Male gesagt.

»Wir sind hier alleine. Niemand hört uns. Willst du mir erzählen, was passiert ist?«

Sie schüttelt langsam den Kopf und starrt auf ihre Füße hinunter. Die Träne tropft auf ihr Kleid.

»Okay, wir müssen ja nicht jetzt gleich darüber sprechen. Oder *gar nicht,* wenn du nicht willst.« Ich stelle die Schüssel auf den Boden. »Aber weißt du vielleicht, was du essen kannst?«

Sie schüttelt erneut den Kopf. »Hunger.« Das Flüstern ist so leise, dass ich es kaum hören kann. Ihre Lippen öffnen sich nur ein kleines bisschen, aber ich erhasche dennoch einen Blick auf ihre messerscharfen Zähne.

Mein Inneres zieht sich zusammen. »Kannst du mir sagen, wonach du Hunger hast?« Ein Teil von mir wünscht sich verzweifelt, die Antwort zu erfahren. Doch der Rest hat Angst vor dem, was vielleicht kommen wird.

Paige zögert, doch dann schüttelt sie noch einmal den Kopf.

Ich hebe meine Hand, ohne groß darüber nachzudenken. Eigentlich will ich ihr über die Haare streichen, wie ich es immer getan habe. Sie sieht zu mir hoch, und dabei fallen die Haare zur Seite und geben den Blick auf ihre Operationsnähte frei.

Grobe, unebene Stiche verlaufen im Zickzack über ihr Gesicht. Die Nähte zwischen ihren Lippen und den Ohren verleihen ihr ein erzwungenes Lächeln, das ihr ganzes Gesicht einnimmt. Sie sind rot, schwarz und entzündet, und ich kann den Blick nicht von ihnen abwenden. Wild verlaufen sie ihren Hals entlang und bis unter ihr Kleid hinein. Ich wünschte, die eine Naht auf ihrem Hals würde nicht so aussehen, als hätte ihr jemand den Kopf an den Körper genäht.

Meine Hand schwebt über ihrem Kopf, und ich berühre beinahe ihre Haare. Aber nicht ganz.

Ich lasse die Hand wieder sinken.

Und wende mich von Paige ab.

Auf der Pritsche meiner Mutter liegt ein Stapel Klamotten. Ich suche mir eine Hose und einen Pullover heraus. Mom hat sich zwar nicht einmal die Mühe gemacht, die Preisschilder zu entfernen, aber sie hat bereits auf eines der Hosenbeine einen gelben Strahlenkranz genäht, der mich vor dem bösen Mann beschützen soll. Es ist mir ziemlich egal, solange die Hose trocken ist und nicht zu sehr nach faulen Eiern riecht.

Ich ziehe meine nassen Klamotten aus. »Ich gehe los und suche dir etwas anderes zu essen. Aber ich bin bald wieder da, okay?«

Paige nickt und starrt erneut zu Boden.

Ich lasse sie alleine und wünsche mir, ich hätte eine trockene Jacke, um mein Schwert darunter zu verstecken. Kurz überlege ich, ob ich die nasse Jacke überziehen soll, doch ich entscheide mich dagegen.

Die Schule befindet sich an einer Ecke der Hauptstraße. Auf der gegenüberliegenden Seite der einen Straße befindet sich ein kleines Wäldchen, das zur Stanford University gehört, und entlang der anderen Straße sehe ich mehrere exklusive Läden. Ich mache mich auf den Weg dorthin.

Mein Dad meinte immer, in diesem Teil der Stadt gäbe es viel Kohle, und das sieht man sogar jetzt noch. Früher, Jahre vor den Angriffen, aß Steve Jobs, der Apple-Gründer, in einem der Cafés täglich sein Frühstück. Und auch Mark Zuckerberg, der Gründer von Facebook, gönnte sich hier öfters einen Happen mit seinen Freunden.

Für mich sahen sie alle wie einfache Manager aus, doch mein Dad kannte sie alle. Er nannte sie *Technokraten.*

Ich bin mir ziemlich sicher, dass ich Mark Zuckerberg erst vor ein paar Tagen gesehen habe, wie er an Raffes Seite das Loch für die Latrine im Widerstandscamp aushob. Wahrscheinlich erkaufen dir eine Milliarde Dollar in der Welt, in der wir mittlerweile leben, auch keinen Respekt mehr.

Ich haste von Auto zu Auto, als wäre ich bloß eine gewöhnliche Überlebende, die auf der Straße unterwegs ist. Der Parkplatz und die Bürgersteige sind zum größten Teil verwaist, doch in den Läden lungern Menschen herum. Einige holen sich gerade neue Klamotten. Das hier wäre vermutlich der richtige Ort, um sich eine neue Jacke zu suchen, doch das Essen hat Vorrang.

Die Schilder der Burger-Buden, Burrito-Stände und Saft-Bars lassen mir das Wasser im Mund zusammenlaufen. Es gab einmal eine Zeit, in der ich nur in einen dieser Läden gehen musste, um dort Essen zu bestellen. Es ist wirklich kaum zu glauben.

Ich mache mich auf den Weg in den Supermarkt. Im Inneren hat sich eine lange Schlange gebildet. Tatsächlich war ich seit den ersten Tagen nach dem Angriff in keinem Supermarkt mehr.

Einige Läden waren von vollkommen verängstigten Bürgern geplündert worden, andere hatten komplett dichtgemacht, damit niemand mehr hineinkam. Und Gangs, die sich bereits vor den Angriffen etabliert hatten, übernahmen ab dem ersten Tag nach den Angriffen sofort die Kontrolle über die Läden, sobald klar wurde, dass die Versorgung mit Lebensmitteln nicht mehr sichergestellt war.

Eine blutige Feder am Eingang verrät mir, dass dieser Supermarkt einer Gang gehört. Aber wenn man die Leute im Inneren so betrachtet, dann ist diese Gang entweder großzügig genug, um mit den ganzen Menschen im Laden zu teilen, oder sie hat den Kampf gegen den Widerstand verloren.

Die blutigen Handabdrücke auf den Eingangsscheiben lassen vermuten, dass die Gang nicht allzu glücklich damit war, ihre Schätze aufzugeben.

Im Inneren des Ladens verteilen Mitglieder des Widerstands kleine Essensrationen. Eine Handvoll Cracker, einen Löffel Nüsse, Instantnudeln. Es befinden sich beinahe gleich viele Soldaten hier wie während des Angriffs auf den Engelshorst. Sie stehen vor den Tischen mit dem Essen Wache, und ihre Gewehre sind deutlich zu sehen.

»Das ist alles, was ihr im Moment bekommt, Leute«, sagt einer der Essensverteiler. »Bleibt noch ein wenig hier, wir schaffen es sicher bald, richtiges Essen auszugeben. Das hier ist bloß als Überbrückung gedacht, bis wir die Küche zum Laufen gebracht haben.«

Ein Soldat brüllt: »Ein Päckchen pro Familie! Keine Ausnahmen!«

Wahrscheinlich haben diese Leute keine Ahnung von den Essenslieferungen in Obis Hauptquartier. Ich sehe mich um, um die Lage einzuschätzen.

Es sind einige Leute in meinem Alter da, aber ich kenne niemanden. Obwohl viele von ihnen schon so groß sind wie Erwachsene, entfernen sie sich nie allzu weit von ihren Eltern. Einige der Mädchen werden von ihren Moms oder Dads wie kleine Kinder im Arm gehalten. Sie wirken, als wären sie in Sicherheit. Beschützt und geliebt. Und sie wirken, als würden sie zusammengehören.

Ich frage mich, wie das wohl ist? Fühlt es sich so gut an, wie es aussieht?

Dann merke ich, dass ich meine Arme fest um meinen Körper geschlungen habe, als wollte ich mich selbst umarmen. Also lasse ich die Arme wieder locker und richte mich auf. Die Körpersprache verrät eine Menge über deinen Platz auf dieser Welt, und das Letzte, was ich jetzt brauche, ist, verwundbar zu wirken.

Noch etwas fällt mir auf. Viele der Leute starren in meine Richtung, auf das einsame Teenagermädchen, das ganz alleine in der Schlange steht. Mir wurde einmal gesagt, dass ich jünger als siebzehn wirke. Vermutlich, weil ich so klein bin.

Ich sehe große Kerle mit Hämmern und Baseballschlägern, und ich bin mir sicher, dass sie viel lieber ein solches Schwert hätten, wie ich es auf dem Rücken trage. Eine Pistole wäre noch besser, aber Pistolen sind schwer zu stehlen, und mittlerweile scheinen nur noch die wirklich kräftigen Kerle eine zu besitzen.

Während ich beobachte, wie die Männer mich beobachten, wird mir noch deutlicher als noch zuvor bewusst, dass es in der Welt, in der wir nun leben, keinen sicheren Ort mehr für mich gibt.

Aus keinem bestimmten Grund taucht plötzlich Raffes gemeißeltes Gesicht vor mir auf. Es ist wirklich nervtötend, dass das immer wieder passiert.

Als ich endlich an der Reihe bin, habe ich bereits großen Hunger. Ich hasse den Gedanken daran, wie Paige sich fühlen muss. Vor dem Ausgabetisch strecke ich die Hand aus, doch der Kerl wirft bloß einen Blick auf mich und schüttelt den Kopf.

»Es tut mir leid, aber es gibt nur ein Päckchen pro Familie. Und deine Mom war bereits hier.«

»Oh.« Ach, das ist der Fluch der Berühmtheit. Wir sind vermutlich die einzige Familie, die von der Hälfte aller Leute im Camp wiedererkannt wird.

Der Kerl sieht mich an, als hätte er schon alles gehört. Sämtliche Ausreden, um noch mehr Essen zu bekommen. »Aber wir haben noch faule Eier hinten, falls du noch mehr Kartons davon brauchst.«

Wunderbar.

»Hat sie nur faule Eier mitgenommen oder auch richtiges Essen?«

»Ich habe dafür gesorgt, dass sie auch richtiges Essen mitnimmt.«

»Danke, das weiß ich zu schätzen.« Frustriert wende ich mich von ihm ab. Dabei spüre ich, wie mir die Blicke folgen, als ich alleine hinaus auf den dunklen Parkplatz trete. Ich habe gar nicht bemerkt, wie spät es mittlerweile geworden ist.

Aus dem Augenwinkel heraus sehe ich, wie ein Mann einem anderen kurz zunickt, der wiederum einem anderen ein Zeichen gibt.

Sie sind alle riesig und haben Waffen dabei. Einer trägt einen Baseballschläger auf dem Rücken, bei seinem Kumpel ragt der Griff eines Hammers aus der Jacke und der dritte hat sich ein großes Küchenmesser in den Gürtel gesteckt.

Sie gleiten unauffällig hinter mir aus dem Laden.

11

Eigentlich hatte ich vorgehabt, mich nach einer Jacke umzusehen, aber ich werde mich auf keinen Fall in der Abenddämmerung an einen geschlossenen Ort begeben, während ich von diesen Schlägern verfolgt werde.

Ich eile auf den offenen Parkplatz hinaus und ducke mich von Auto zu Auto, wie es uns aufgetragen wurde.

Die Kerle hinter mir machen dasselbe.

Mein Instinkt, der sich in der Zeit nach den Angriffen erst richtig entwickelt hat, schreit mir zu, ich soll loslaufen. Denn dieser Ur-Instinkt hat erkannt, dass ich verfolgt und gejagt werde.

Mein Verstand jedoch, der noch immer in der Zeit vor den Angriffen feststeckt, will mir weismachen, dass die Kerle bis jetzt noch nichts Bedrohliches getan haben. Sie gehen einfach nur hinter mir her, und wo sollen sie denn sonst hin, als in die Schule auf der anderen Straßenseite?

Ich bin mittlerweile wieder Teil einer zumindest teilweise

organisierten Gruppe. Also kann ich mich nicht wie eine Wilde aufführen. Wie eine paranoide Schizophrene.

Ja, genau.

Ich laufe los.

Und die Kerle hinter mir tun es ebenfalls.

Mit jedem Schritt, den ich mache, höre ich, wie sie schneller werden und näher kommen.

Sie haben längere und kräftigere Beine als ich. Es ist nur noch eine Frage von Augenblicken, bis sie mich eingeholt haben. Mein Schwerpunkt liegt viel niedriger als ihrer, weshalb ich schneller im Zick-Zack laufen kann, aber das verschafft mir bloß ein paar Sekunden.

Ich komme an mehreren Leuten vorbei, die sich ebenso auf ihrem Weg zurück zur Schule hinter den Autos niederducken. Niemand darunter sieht allerdings so aus, als wollte er mir helfen.

Der übliche Rat gegen Diebe lautet, dass man einfach das, wonach sie her sind, von sich schleudern und um sein Leben laufen soll, denn körperliche Sicherheit ist nun mal wichtiger als jede Geldbörse. Wenn das hier der Fall wäre, müsste ich gar nicht lange nachdenken. Doch diese Kerle sind entweder hinter mir persönlich oder hinter Raffes Schwert her. Und beides werde ich ihnen nicht einfach kampflos überlassen.

Adrenalin pumpt durch meine Adern, und meine Angst brüllt in mir. Dann erinnere ich mich plötzlich an das, was ich gelernt habe, und gehe meine Möglichkeiten durch.

Ich könnte schreien. Obis Männer wären sicher in wenigen Sekunden hier. Doch falls sich Engel in Hörweite befinden, wären sie ebenfalls hier. Es gibt einen guten Grund, warum wir leise sein und uns verstecken sollen. Wenn ich losschreie, bringe ich alle in Gefahr, und die Soldaten würden vielleicht mit ihren schallgedämpften Waffen auf mich schießen, bloß um mich zum Schweigen zu bringen.

Ich könnte zu Obi laufen. Doch sein Hauptquartier ist zu weit weg.

Oder ich könnte stehen bleiben und kämpfen. Aber gegen drei bewaffnete Männer stehen meine Chancen ziemlich schlecht.

Mir gefällt keine der Möglichkeiten.

Ich laufe also einfach erst mal so schnell und so weit ich kann. Meine Lungen brennen, und ich habe Seitenstechen, aber je näher ich Obis Hauptquartier komme, desto eher besteht die Möglichkeit, dass Obis Männer uns sehen und die Angreifer aufhalten.

Das Prickeln auf meinem Rücken verrät mir, dass sie mir schon zu nahe gekommen sind. Spontan stoppe ich, drehe mich um und ziehe mein Schwert.

Verdammt, ich wünschte, ich wüsste, wie man damit kämpft.

Die Männer bleiben abrupt stehen und kreisen mich ein.

Einer von ihnen hebt angriffslustig seinen Baseballschläger. Der Zweite holt zwei Hämmer aus seiner Manteltasche. Und der Dritte zieht das Küchenmesser aus seinem Gürtel.

Ich bin sowas von am Arsch.

Menschen bleiben stehen, um zu gaffen – ich sehe ein paar Gesichter in den Fenstern, eine Mutter mit einem Kind in einer offenen Tür, ein älteres Paar unter einem Vordach.

»Holt Obis Männer«, flüstere ich dem Paar eindringlich zu.

Sie umklammern einander nur und verstecken sich hinter einer Säule.

Ich strecke das Schwert wie ein Lichtschwert von mir. Das ist die einzige Schwerthaltung, die ich kenne. Zwar habe ich mit Messern trainiert, aber ein Schwert ist etwas vollkommen anderes. Vielleicht könnte ich die Kerle damit wie mit einem Baseballschläger verprügeln. Vielleicht sollte ich es ihnen aber auch einfach entgegenschleudern und weglaufen.

Doch ihre Augen leuchten auf eine Art, die mir sagt, dass es hier nicht nur darum geht, einem scheinbar wehrlosen Opfer eine hübsche Waffe zu entwenden.

Ich bewege mich ein wenig zur Seite, um sie dazu zu bringen, eine Linie zu bilden, damit sie sich eventuell gegenseitig im Weg sind, wenn sie sich alle gleichzeitig auf mich stürzen. Doch bevor ich mich in die richtige Position bringen kann, wirft einer der Kerle bereits einen Hammer nach mir.

Ich ducke mich.

Und schon stürzen sie sich auf mich.

Dann geschieht alles so schnell, dass ich beinahe nicht mitbekomme, was eigentlich abgeht.

Ich habe nicht genug Platz, um das Schwert zu schwingen, also ramme ich einem der Angreifer einfach den Griff in die Brust. Sofort spüre ich, wie seine Rippen brechen, und er sinkt zu Boden.

Ich versuche, das Schwert in die Richtung der anderen Männer zu schwingen, doch dann packt mich plötzlich jemand und bringt mich zu Fall. Schon bereite ich mich auf einen schweren Schlag vor und hoffe bloß, dass die Wahl auf den Baseballschläger und nicht auf den Hammer fallen wird.

Bei meinem Glück sind es natürlich beide Waffen gleichzeitig. Der Baseballschläger und der Hammer heben sich schon als schwarze Umrisse vom dämmrigen Himmel ab und werden gleich auf mich niederzischen, um mich zu zerschmettern.

Doch plötzlich stürzt sich ein knurrendes, verschwommenes Etwas auf die beiden Männer und wirft sie zu Boden.

Einer der Männer sieht auf sein Hemd hinunter. Es ist mit einem Mal blutdurchtränkt. Er wirkt fassungslos.

Wir richten alle den Blick auf das am Boden hockende, knurrende Ding im Schatten, das so aussieht, als würde es gleich noch einmal zuschlagen.

Dann tritt es aus der Dunkelheit, und ich erkenne das vertraute geblümte Kleid, die Strumpfhose und die pinkfarbenen Sneakers meiner Schwester.

Eine Kapuzenjacke mit Reißverschluss hängt über ihren Schultern, und ihre Haare haben sich über ihr Gesicht gelegt, sodass die entzündeten Nähte und die rasiermesserscharfen Zähne immer wieder darunter hervorblitzen.

Paige umkreist die Männer wie eine Hyäne und geht dabei mehr oder weniger auf allen vieren.

»Was zum Teufel soll das?«, fragt einer meiner Angreifer und robbt nach hinten davon.

Es macht mich wahnsinnig, Paige so zu sehen. Die Schnitte, die über ihr Gesicht verlaufen, und die metallisch glänzenden Zähne lassen sie wie ein Wesen aus einem Albtraum wirken, das zum Leben erwacht ist und vor dem ich am liebsten davonlaufen würde. Und ich weiß, dass es den anderen genauso geht.

»Ganz ruhig«, sage ich und strecke zögernd die Hand nach Paige aus. »Alles okay.«

Sie gibt ein lautes, kehliges Knurren von sich und steht kurz davor, sich auf einen der Kerle zu stürzen.

»Ganz ruhig, Kleine«, beruhige ich sie. »Mir geht es gut. Lass uns von hier verschwinden, okay?«

Sie sieht mich nicht einmal an. Ihre Lippen zucken, während sie wie gebannt auf ihre Beute starrt.

Es schauen viel zu viele Leute zu.

»Paige, setz die Kapuze auf«, flüstere ich. Es ist mir egal, was meine Angreifer denken, aber ich mache mir Sorgen um die Gerüchte, die die Schaulustigen womöglich verbreiten werden.

Zu meiner Überraschung zieht sich Paige tatsächlich die Kapuze über den Kopf. Meine Anspannung lässt ein wenig nach. Sie hat mich gehört und getan, was ich ihr gesagt habe.

»Ist schon okay«, flüstere ich und gehe langsam auf sie zu, während ich gegen den Drang ankämpfe, vor ihr davonzulaufen. »Diese bösen Männer hier hauen jetzt ab und lassen uns in Ruhe.«

Die Männer stehen auf und lassen Paige dabei keine Sekunde lang aus den Augen. »Halt mir ja diesen Freak vom Leib!«, zischt einer von ihnen. »Dieses Ding ist doch kein Mensch.«

Meine Mutter hat sich inzwischen von hinten an die Angreifer herangeschlichen, ohne dass es jemandem aufgefallen wäre. »Sie ist viel mehr Mensch, als du es jemals sein wirst.«

Und mit diesen Worten rammt sie ihm ihren Viehtreiber in die Rippen. Er taumelt mit einem erstickten Jaulen nach hinten.

»Sie ist viel mehr Mensch, als wir alle zusammen.« Mom kann auf eine Art flüstern, die wirkt, als würde sie brüllen.

»Dieses Ding muss ausgeschaltet werden«, sagt der Kerl mit dem Baseballschläger.

»*Du* musst ausgeschaltet werden«, erwidert meine Mutter und bewegt sich mit ihrem Viehtreiber auf ihn zu.

»Halt dich verdammt noch mal von mir fern.« Ohne seinen Schläger und seine beiden Kumpanen als Rückendeckung sieht er aus wie ein normalgroßer, unterdurchschnittlich tapferer Mann.

Meine Mutter stößt auch ihm ihren Viehtreiber entgegen. Er macht einen Satz zurück und entkommt ihr damit nur knapp. »Ihr seid doch alle verrückt, verdammt!« Er dreht sich um und läuft davon.

Schnell huscht er in eines der Gebäude, und meine Mutter eilt ihm nach.

Der Kerl verbringt heute sicher keinen netten Abend.

Ich stecke mein Schwert weg, und meine Hände zittern noch immer von dem Adrenalin, das nach der Auseinandersetzung durch meine Adern schießt. »Komm, Paige. Gehen wir hinein.«

Paige geht voran. Jetzt, wo sie die Kapuze übergezogen hat, wirkt sie wieder wie ein sanftmütiges kleines Mädchen. Doch das Paar unter dem Vordach lässt sich nicht täuschen. Beide haben gesehen, was geschehen ist und starren Paige mit weit aufgerissenen, ängstlichen Augen an. Ich frage mich, wie viele andere wohl gerade dasselbe tun?

Beinahe lege ich ihr eine Hand auf die Schulter, doch dann schaffe ich es doch nicht. Ich lasse die Hand sinken, ohne sie berührt zu haben.

Als wir das Gebäude betreten, spüre ich die Blicke in meinem Rücken.

12

In dieser Nacht habe ich einen seltsamen Traum.

Ich befinde mich in einem Dorf voller Lehmhütten mit strohgedeckten Dächern. Ein großes Lagerfeuer erhellt die Nacht, und alle essen, trinken und laufen in Kostümen herum. Kreischende Musik ertönt überall, und die Leute tanzen ums Feuer und werfen Dinge hinein.

Es sieht auf den ersten Blick aus wie ein Fest, doch die Menschen wirken zu wachsam dafür. Sie werfen immer wieder Blicke über ihre Schultern in die Dunkelheit, und nur ab und zu ertönt schrilles Gelächter. Das große Lagerfeuer wirft lange Schatten auf die Hänge um das Dorf, und diese Schatten bewegen sich wie unheimliche Wesen von einer Seite zur anderen.

Vielleicht finde ich es auch ein wenig beängstigend, dass die Menschen hier Monsterkostüme tragen, die für meinen Geschmack etwas zu lebensecht wirken. Es sind keine Gummi- oder Plastikteile zu sehen, die daran erinnern, dass es sich bloß um Kostüme handelt. Diese Leute tragen vielmehr Felle, Tierköpfe und Klauen, die viel zu echt aussehen.

Raffe steht hochaufgerichtet ganz in der Nähe im Schatten und hält seine schneeweißen Flügel halb geöffnet. Es ist ein atemberaubender Anblick, seine breiten Schultern und seine muskulösen Arme von seinen eigenen Flügeln umrahmt zu sehen. Es macht mich traurig, denn ich weiß, dass er sie in Wirklichkeit nicht mehr hat.

Die Dorfbewohner werfen ihm immer wieder Blicke zu, vor allem, wenn sie an ihm vorbeikommen, doch sie wirken nicht so schockiert oder verängstigt, wie ich vermutet hätte. Sie verhalten sich eher so, als wären sie es gewöhnt, Engel zu sehen, und schenken ihm nicht allzu viel Aufmerksamkeit. Zumindest nicht die Männer.

Denn die Frauen hingegen scharen sich um ihn, und irgendwie überrascht mich das nicht.

Diese Frauen tragen dunkle, vorhangartige Kleider. Ihre Augen sind schwarz umrahmt und ihre Lippen blutrot. Eine trägt Teufelshörner. Manche haben Klauen an den Händen. Andere tragen Ziegenfelle mit Hufen und Hörnern und dem dazu passenden Make-up.

Sie wirken auf bizarre Art barbarisch, und das flackernde Licht des Feuers trägt noch zu ihrer wilden Erscheinung bei. Abgesehen von seinen Flügeln ist Raffe der Einzige, der »normal« aussieht.

Seltsamerweise höre ich im Traum Raffes Gedanken. Und ich sehe die Menschen, wie er sie wahrnimmt. Fremd und animalisch. Im Vergleich zu den makellosen Engeln sind diese Menschtöchter hässlich und riechen wie Schweine. Er versucht sich vorzustellen, was seine Kundschafter wohl in ihnen gesehen haben. Aber er kann nichts in ihnen erkennen, das auch nur einen kleinen Verweis gerechtfertigt hätte, ganz zu schweigen davon, wegen ihnen in den Abyssus zu kommen.

Selbst wenn er über ihr Aussehen und ihr Verhalten hinwegsehen könnte, hätten sie immer noch keine Flügel. Wie konnten seine Engel das aushalten?

»Wo sind unsere Ehemänner?«, fragt eine der Frauen. Sie spricht in einer kehligen Sprache, die ich außerhalb meines Traumes sicher nicht verstanden hätte.

»Sie wurden in den Abyssus verbannt, weil sie euch Menschentöchter geheiratet haben.« Seine Stimme klingt ruhig, doch ich höre auch Ärger mitschwingen. Sie sind einst seine besten Krieger und gute Freunde gewesen.

Die Frauen beginnen zu weinen. »Wie lange?«

»Bis zum Jüngsten Tag, wenn sie schließlich vor Gericht treten. Ihr werdet sie nie wiedersehen.«

Die Frauen liegen sich weinend in den Armen.

»Was ist mit unseren Kindern?«

Raffe schweigt. Wie soll er diesen Müttern erklären, dass er hier ist, um ihre Babys zu töten? Er ist auf die Erde gekommen, um seinen Kundschaftern den Schmerz zu ersparen, ihre eigenen Kinder zu jagen. Selbst wenn es Nephilim sind – Monster, die Menschenfleisch fressen –, welche Art kranker Bestrafung wäre das für einen Vater? Er kann das nicht zulassen. Nicht, wenn es dabei um seine Soldaten geht.

»Bist du hier, um uns zu bestrafen?«

»Ich bin hier, um euch zu beschützen.« Er will die Frauen eigentlich nicht beschützen, doch seine Kundschafter haben ihn angefleht. Sie haben ihn *angefleht*. Dabei versteht er nicht, wie wilde Krieger jemanden um etwas *anflehen* können, vor allem nicht, wenn es um Menschentöchter geht.

»Wovor?«

»Ihr Menschentöchter wurdet den Teufelsbraten übergeben. Sie kommen noch heute Nacht. Ich muss euch an einen sicheren Ort bringen. Gehen wir!«

Ich betrachte die Kostüme und das Lagerfeuer, und mir wird klar, dass es sich hier um irgendeine altertümliche Version von Halloween handeln dürfte, jener Nacht, in der angeblich Monster und Dämonen durch die Straßen ziehen. Sie kommen also noch heute Nacht.

Die Frauen umklammern einander verängstigt.

»Ich habe euch ja gesagt, dass ihr euch von den Göttern und den Engeln fernhalten sollt«, meint eine grauhaarige Frau, die schützend den Arm um eine der jüngeren gelegt hat. Sie trägt ein Lammfell mit dazugehörigem Kopf, der ihr bis in die Stirn ragt. Durch die angenähten Reißzähne wirkt sie wie ein Ungeheuer mit riesigen Fängen.

Raffe kehrt dem Dorf langsam den Rücken zu. »Entweder ihr kommt mit mir oder ihr bleibt hier. Ich kann nur denjenigen helfen, die meine Hilfe auch wollen.«

Die ältere Frau schiebt die jüngere in Raffes Richtung. Die anderen folgen ihr und drängen sich eilig hintereinander her wie eine seltsame Menagerie.

Beim Lagerfeuer beginnt Musik zu spielen, während wir uns fortbewegen. Das Tempo wird immer schneller, und der Takt hämmert, bis er mit den Atemzügen der Frauen im Einklang steht.

Gerade als ich denke, dass die Musik ihren Höhepunkt erreichen wird, verstummt sie plötzlich.

Babygeschrei dringt durch die Nacht.

Dann verstummt auch das Geschrei so abrupt, dass es nicht auf normale Weise geschehen sein kann, und die darauffolgende Stille lässt mir die Haare auf den Armen zu Berge stehen.

Eine Frau stößt einen herzzerreißenden Schrei aus. Es liegt keine Überraschung in ihm, bloß Schmerz und Trauer.

Ich will zum Feuer laufen und nachsehen, ob es dem Baby gut geht. Gleichzeitig will ich vor diesen barbarischen Menschen davonlaufen. Das, was gerade in der Nähe des Feuers geschehen ist, scheint sie nicht im Geringsten zu überraschen. Sie wirken so ungerührt, als wäre es bloß ein alltägliches Ritual.

Ich will Raffe sagen, dass wir nicht wie diese Menschen sind. Dass *ich* nicht wie diese Menschen bin. Doch ich bin bloß ein Geist in meinem eigenen Traum.

Raffe zieht leise sein Schwert. Er ist in Alarmbereitschaft.

Sie kommen.

Gerade als die Musik erneut einsetzt und dieses Mal auch von Gesang begleitet wird, wirbelt Raffe herum, um einen Blick hinter sich zu werfen.

Schatten gleiten wie Schlangen die Hänge hinab und auf das Dorf zu.

13

Sie bewegen sich schnell und gebückt auf uns zu. Ich sehe verkrüppelte schwarze Flügel und abgemagerte Körper.

Ich weiß nicht, wer sie sind, aber mein Ur-Instinkt erkennt sie wieder, und selbst in meinem Traum beginnt mein Herz immer schneller zu schlagen, und mein Verstand drängt mich flüsternd fortzulaufen.

Die Schatten stürzen auf uns.

Zwei landen auf einer der Frauen und reißen sie um. Dann schlagen sie ihre Klauen in die Frau. Sie sieht Raffe mit verängstigtem Blick flehend an.

Einer seiner Krieger hat diese Menschentochter geliebt. Hat sein ganzes Leben für sie aufgegeben. Sorgt sich um sie, obwohl er selbst in den Abyssus verbannt wurde. Raffe versteht den Grund dafür nicht, doch das hält ihn nicht davon ab, Mitleid zu empfinden.

Ein Teufelsbraten springt auf Raffe zu, doch er tritt ihn zur Seite und schwingt sein Schwert nach den Dämonen, die die Frauen angreifen.

Und dann passiert etwas Seltsames.

Es ist seltsam, obwohl alles nur ein Traum ist.

Denn Raffe bewegt sich plötzlich in Zeitlupe.

Und alle anderen auch – alle, außer mir.

Bisher habe ich noch nie in Zeitlupe geträumt. Ich sehe, wie Raffes starke Muskeln sich spannen, während er sein Schwert schwingt und die Teufelsbraten niedersticht, die sich in die auf dem Boden liegenden Frauen verkrallt haben.

Einer von ihnen brüllt im Todeskampf auf, und ich erhasche einen genauen Blick auf ihn. Er hat ein fledermausgleiches, zerquetschtes und faltiges Gesicht mit scharfen Reißzähnen. Ziemlich hässlich, meiner Meinung nach.

Ich will meine Hand heben, um das Blut abzuwehren, das in Zeitlupe in meine Richtung spritzt, doch dann erkenne ich, dass ich Raffes Schwert in der Hand halte, obwohl er es gerade ebenfalls benutzt.

Ich sehe jede von Raffes Bewegungen ganz klar und deutlich in Zeitlupe vor mir, während er gegen die Dämonen kämpft. Fasziniert beobachte ich seine Körperhaltung und wie er das Gewicht verlagert und sein Schwert hält.

Er schlägt sich eine Schneise durch die Ungeheuer, doch dann hält der Traum plötzlich an, und die Sequenz wiederholt sich.

Das hier ist scheinbar ein ziemlich realitätsnahes Lehrvideo.

Meine mangelnden Kenntnisse im Schwertkampf haben mich offensichtlich derart frustriert, dass ich mir das alles hier ausgedacht habe. Selbst in meinem Traum beginnt mein Kopf zu schmerzen, wenn ich nur darüber nachdenke.

Ich hebe mein Schwert hoch und imitiere Raffes Körperhaltung. Warum auch nicht? Er ist ein meisterhafter

Schwertkämpfer, und es ist durchaus möglich, dass mein Unterbewusstsein Details aufgeschnappt hat, als ich ihn im realen Leben kämpfen gesehen habe.

Ich versuche, das Schwert zu führen, indem ich Raffe nachahme. Aber irgendetwas muss ich wohl falsch machen, denn er wiederholt seine Bewegungen noch einmal.

Also versuche ich es noch einmal. Raffe beendet seinen Schwung, dreht das Schwert herum und schwingt es zurück, sodass es eine vollständige Acht zeichnet.

Ich mache dasselbe.

Nach links, ein Schwung nach oben, dann herum, dann nach rechts und wieder hoch und herum. Er wiederholt die Bewegung ein paarmal, bevor er seine Taktik ändert und zusticht. Es ist vermutlich keine schlechte Idee, dafür zu sorgen, dass die Bewegungen nicht allzu vorhersehbar werden.

Das Schwert reguliert sich immer wieder von selbst, um meine Technik zu verbessern. Es führt sich mehr oder weniger alleine, damit ich mich auf Raffes Beinarbeit konzentrieren kann. Ich habe während des jahrelangen Selbstverteidigungstrainings gelernt, dass die Beinarbeit genauso wichtig ist wie das, was Arme und Hände machen.

Raffe gleitet wie ein Tänzer vor und zurück und überkreuzt dabei kein einziges Mal die Beine. Ich ahme seinen Tanz nach.

Plötzlich spritzt Erde in Zeitlupe in alle Richtungen, und sehnige Arme schießen aus dem Boden und packen die Frauen. Ungeheuer ziehen sich aus der Erde, reißen sie auf und speien sie aus ihren Mündern, während sie an die Oberfläche klettern.

Einige der Frauen geraten in Panik und laufen in die Dunkelheit davon.

»Bleibt bei mir!«, brüllt Raffe.

Doch es ist zu spät. Die Teufelsbraten stürzen sich auf sie, und ihre Schreie werden lauter.

Raffe packt eine Frau in seiner Nähe, die gerade von dämonischen Händen unter die Erde gezogen wird. Die scharfen Klauen graben sich in ihr Fleisch, während sie in Zeitlupe panisch strampelt.

Raffe zieht sie aus der Erde und schwingt zeitgleich sein Schwert, sticht auf die Ungeheuer ein und tritt nach ihnen.

Genauso kämpfen Helden.

Ich ahme jede seiner Bewegungen nach und hoffe, ihm damit irgendwie zu helfen.

Raffe und ich kämpfen die ganze Nacht hindurch.

Ich erwache zitternd in den finsteren, stillen Stunden vor Sonnenaufgang. Der Traum war so real, dass es sich anfühlt, als wäre ich tatsächlich dort gewesen. Es dauert einige Minuten, bis sich mein Pulsschlag wieder normalisiert und das Adrenalin verebbt.

Vorsichtig drehe ich mich ein wenig zur Seite, sodass die Parierstange meines Schwertes mir nicht mehr in die Rippen sticht. Dann liege ich da, lausche dem Wind und frage mich, wo Raffe wohl gerade ist.

14

Sie hat nun seit drei Tagen nichts mehr gegessen.

Meine Schwester hat lediglich etwas Wasser getrunken, das war aber auch schon alles, was sie bei sich behalten konnte. Mom und ich haben sie dazu gebracht, ein paar Löffel Wildeintopf zu probieren, doch sie hat alles sofort wieder heraufgewürgt. Wir haben wirklich alles versucht, von Brühe bis hin zu Gemüse. Sie kann nichts unten behalten.

Mom macht sich große Sorgen. So große Sorgen, dass sie kaum noch von Paiges Seite gewichen ist, seit wir sie in dem Kellerlabor unter dem Horst gefunden haben. Paiges Haut ist inzwischen leichenblass. Es wirkt, als wäre das ganze Blut durch die roten, entzündeten Löcher der unebenen Nähte aus ihr herausgeronnen.

»Sieh ihr in die Augen«, fordert meine Mutter mich auf, als wüsste sie, dass ich nur noch Paiges Andersartigkeit sehen kann.

Aber ich kann ihr einfach nicht in die Augen sehen. Ich starre weiter nur auf ihre Nähte, während ich ihr etwas

Maisbrot hinhalte. Der Schnitt über ihre Wange verläuft vollkommen schief, als hätte sich der Chirurg keinerlei Mühe damit gegeben.

»Sieh ihr in die Augen«, fordert mich meine Mom erneut auf.

Ich zwinge mich, meinen Blick zu heben. Meine Schwester tut mir den Gefallen und weicht ihm aus.

Es sind nicht die Augenbewegungen eines Ungeheuers. Das wäre zu einfach. Das ist eher der niedergeschlagene Blick einer Zweitklässlerin, die Zurückweisungen gewöhnt ist. Es ist der Blick, den sie immer aufgesetzt hat, wenn andere Kinder mit dem Finger auf sie gezeigt haben, sobald sie in ihrem Rollstuhl an ihnen vorbeifuhr.

Ich könnte mich selbst ohrfeigen. Also zwinge ich mich, sie anzusehen, doch sie sieht mir immer noch nicht in die Augen. »Möchtest du etwas Maisbrot? Es ist frisch aus dem Ofen.«

Sie schüttelt kaum merklich den Kopf. Dabei wirkt sie nicht einmal verärgert, bloß traurig, als würde sie sich fragen, ob ich vielleicht böse auf sie bin oder schlecht von ihr denke. Irgendwo unter den Nähten und den Blutergüssen erkenne ich die verlorene, einsame Seele meiner Schwester.

»Sie wird verhungern«, erklärt Mom. Ihre Schultern sind gebeugt, und sie wirkt geknickt. Meine Mutter gehört nicht gerade zu den Menschen, für die das Glas immer halbvoll ist. Aber seit Paiges Unfall, seitdem sie ihre Füße nicht mehr bewegen kann, habe ich Mom noch nie so hoffnungslos erlebt.

»Glaubst du, du kannst vielleicht etwas rohes Fleisch essen?« Ich hasse es, sie das fragen zu müssen. Immerhin bin ich es so sehr gewohnt, dass sie strikte Vegetarierin ist, dass es mir vorkommt, als würde Paige dann nicht mehr Paige sein.

Sie wirft mir einen kurzen Blick zu. Ich sehe Schuldgefühle und Scham. Aber auch Begeisterung. Schnell senkt sie den Blick, als würde sie sich schämen. Dabei schluckt sie unmissverständlich. Bei dem Gedanken an rohes Fleisch läuft ihr das Wasser im Mund zusammen.

»Ich versuche etwas für sie aufzutreiben.« Also springe ich auf und lege mein Schwert an.

»Ja, tu das«, erwidert meine Mom mit ausdrucksloser Stimme.

Ich verlasse das Zimmer und bin fest entschlossen, etwas zu finden, das Paige essen kann, irgendetwas.

Vor der Cafeteria hat sich wie üblich eine lange Schlange gebildet. Ich muss mir eine Geschichte ausdenken, um die Leute in der Küche zu überreden, mir rohes Fleisch zu geben. Mir fällt allerdings nichts ein. Selbst ein Hund würde lieber gekochtes Fleisch fressen.

Also wende ich mich widerstrebend von der Schlange ab und mache mich auf den Weg in das Wäldchen auf der anderen Seite der El Camino Real. Ich bereite mich innerlich darauf vor, zu einem Steinzeitmenschen zu mutieren und hoffe, dass es mir vielleicht gelingt, ein Eichhörnchen oder einen Hasen zu fangen. Natürlich habe ich absolut keine Ahnung, was ich mit dem Tier anstellen werde, sobald ich es gefangen habe.

Mein Verstand ist immer noch auf Zivilisation geprägt, und daher kommt Fleisch als verpacktes Lebensmittel aus dem Kühlschrank. Aber wenn ich Glück habe, finde ich bald am eigenen Leib heraus, warum Paige mit drei Jahren beschloss, Vegetarierin zu werden.

Auf dem Weg zu dem kleinen Wäldchen mache ich noch einen kleinen Abstecher, um mich ein wenig in den Läden umzusehen. Mein scherzhaftes Geplänkel mit Dei-Dum vor ein paar Tagen hat mich zum Nachdenken gebracht.

Die Kerle hier wollen Waffen. Brutale Killermaschinen, die den Leuten Angst einjagen, wenn man nur damit herumfuchtelt. Aber wenn ein scharfes Schwert als süßes, knuddeliges Spielzeug getarnt ist, dann sehen sich die großen Jungs vielleicht nach einer anderen Waffe um, die sie stehlen können.

Ich habe Glück. Entlang der Straße befindet sich auch ein Spielzeugladen. Als ich den bunten Raum mit den riesigen Bausteinen und den Flugdrachen in Regenbogenfarben betrete, überkommt mich ein Gefühl der Nostalgie. Eigentlich will ich mich einfach nur noch in der Spielecke verstecken und umgeben von Stofftieren Bilderbücher lesen.

Meine Mutter war nie ganz normal, aber es war leichter mit ihr, als ich noch klein war. Ich erinnere mich, wie ich in Spielecken wie dieser herumgelaufen bin und zusammen mit ihr Lieder gesungen habe, und daran, wie ich auf ihrem Schoß saß, während sie mir vorlas. Mit ein wenig Wehmut lasse ich meine Hände über das weiche Fell der Pandabären und das glatte Plastik der Spielzeugzüge gleiten und denke daran, wie es war, als Bären, Züge und meine Mutter mir noch Sicherheit gaben.

Ich überlege eine Weile, was ich tun soll. Dann beschließe ich, den Hintern eines Teddybären aufzuschlitzen und ihn auf den Schwertgriff zu stecken. Wenn ich das Schwert benutzen will, muss ich bloß den Bären herunterziehen.

»Komm schon, Pooky, gib es zu«, sage ich zu dem Schwert. »Dir gefällt dein neuer Look. Die anderen Schwerter sind sicher neidisch.«

Als ich schließlich die Straße in Richtung des Wäldchens

überquere, trägt mein Teddybär einen mehrlagigen Chiffonrock, den ich aus einem Brautschleier aus einer der Boutiquen gebastelt habe. Ich habe den Schleier in der Toilette mit dem verfärbten Wasser neuer Klamotten gefärbt, damit das jungfräuliche Weiß nicht mehr ganz so schnell ins Auge springt. Der Rock reicht gerade über das Ende des Schwertschaftes und verdeckt ihn damit vollständig – zumindest, wenn er erst mal trocken ist. Die Rückseite habe ich aufgeschnitten, sodass ich den Bären und den Rock ohne groß nachzudenken sofort entfernen kann.

Es sieht richtig lächerlich aus und vermittelt einige beschämende Dinge über meinen scheinbaren Charakter. Doch zumindest wirkt es nicht mehr wie ein tödliches Engelsschwert. Das muss reichen.

Ich überquere die Straße im Zickzack und klettere über den brusthohen Zaun, der das Wäldchen umgibt. Das Gelände wirkt ziemlich übersichtlich, doch es gibt genügend Bäume, die in der späten Nachmittagssonne ihre Schatten werfen. Ein perfekter Ort für Hasen.

Rasch ziehe ich den Teddybären von meinem Schwert und freue mich, dass es wirklich so schnell geschieht, wie ich das geplant hatte. Dann stehe ich im wuchernden Gras und halte das Engelsschwert wie eine Wünschelrute von mir. Ein gewisser Engel, der namenlos bleiben soll, weil ich versuche, nicht mehr an ihn zu denken, hat mir einmal gesagt, dass dieses Schwert kein gewöhnliches Schwert sei. In meinem Leben laufen zwar schon genug seltsame Dinge ab, aber manchmal muss man sich einfach dem Schicksal ergeben.

»Finde einen Hasen!«

Ein Eichhörnchen, das sich an einen Baumstamm klammert, lacht zirpend auf mich hinunter.

»Das ist nicht witzig.« Tatsächlich ist es bitterer Ernst. Rohes Tierfleisch könnte Paiges einzige Hoffnung sein. Ich will gar nicht daran denken, was passieren wird, wenn sie es nicht bei sich behalten kann.

Also stürze ich mich auf das Eichhörnchen und lasse dabei die Arme locker, damit das Schwert sie führen kann. Das Eichhörnchen läuft einfach weiter.

»Tut mir leid, Eichhörnchen, so leicht kommst du mir nicht davon. Aber das ist eine weitere Sache, an der bloß die Engel schuld sind.« Ich sehe Raffes Gesicht vor mir – umgeben von einem Feuerschein sind die Sorgenfalten auf seinem verdunkelten Gesicht gut zu erkennen. Und ich frage mich, wo er gerade ist, und ob er wohl Schmerzen hat. Sich an neue Flügel zu gewöhnen muss sicher so sein, als würde man sich an neue Beine gewöhnen: schmerzhaft, einsam und während eines Krieges sogar gefährlich.

Langsam hebe ich jetzt das Schwert über meinen Kopf. Ich kann nicht hinsehen, kann aber auch nicht *nicht* hinsehen, also wende ich meinen Kopf ab und blinzle, während ich gerade genug in die richtige Richtung blicke, um zielen zu können.

Dann schwinge ich das Schwert nach unten.

Die Welt kippt, und mir wird schwindelig.

Mein Magen zieht sich zusammen.

Mein Blick verschwimmt, und ein Licht blitzt auf.

In einem Moment zischt das Schwert auf das Eichhörnchen nieder.

Im nächsten Moment ragt es in einen azurblauen Himmel empor.

Die Faust, die es umklammert, gehört Raffe. Und der Himmel ist nicht mein Himmel.

Er schwebt an der Spitze einer Armee von Engeln, die unter ihm Aufstellung genommen haben. Seine herrlichen Flügel – weiß und unversehrt – umrahmen seinen Körper, und er sieht aus wie die Statue eines griechischen Kriegsgottes.

15

Raffe rammt sein Schwert in den Himmel. Die Engelsarmee hebt zur Antwort ebenfalls ihre Schwerter. Ein Kampfschrei ertönt, während sich die geflügelten Männer Reihe um Reihe in die Lüfte erheben.

Es ist ein atemberaubender Anblick, so viele Engel in Formation aufsteigen zu sehen. Die Armee fliegt in den Kampf, und Raffe ist ihr Anführer.

Ein Wort ertönt wie ein Flüstern in meinem Kopf.

Ruhm.

Dann sind der blaue Himmel und die geflügelten Männer innerhalb eines Wimpernschlages wieder verschwunden.

Wir befinden uns auf einem Feld. Es ist Nacht.

Eine Horde fürchterlich beängstigender Dämonen mit Fledermausgesichtern stürzt wie eine Lawine auf mich zu und gibt ein Höllengeschrei von sich. Raffe tritt einen Schritt nach vorne und schwingt sein Schwert in perfekter Präzision, genau wie in meinem Traum.

Seine Engelskrieger kämpfen an seiner Seite und stärken

ihm den Rücken, einige von ihnen kenne ich aus dem alten Engelshorst. Sie scherzen und stacheln einander auf, während sie gegen die Monster der Nacht kämpfen.

Ein weiteres Wort ertönt in meinem Kopf.

Triumph.

Die Szene verändert sich erneut, und dieses Mal befinden wir uns wieder in der Luft, während um uns herum ein Gewittersturm tobt. Donner hallt durch die dunklen Wolken, und Blitze tauchen die Umgebung in starke Kontraste. Raffe und einige Krieger schweben im Regen und beobachten eine Gruppe Engel, die in Ketten abgeführt wird.

Die Gefangenen fliegen mit stacheligen Fesseln um ihre Hand- und Fußgelenke, ihren Hals und ihren Kopf. Die Stacheln ragen nach innen, sodass sie sich in ihr Fleisch graben. Der Regen schwemmt das Blut in gezackten Rinnsalen über ihre Gesichter, Hände und Füße.

Auf den Schultern eines jeden Gefangenen sitzt ein gedrungener Dämon mit Fledermausgesicht. Die Dämonen halten die Ketten um den Hals der Gefangenen fest umklammert und benutzen sie als Zügel. Sie reißen die Ketten erst in eine Richtung und dann in die andere und treiben so die Stacheln grausam immer weiter in das Fleisch der Engel, sodass diese wie betrunken in der Luft herumtorkeln. Noch mehr Teufelsbraten hängen an den Ketten um die Hand- und Fußgelenke, die die Gefangenen aneinanderketten.

Einige dieser so gefangenen Engel hatten an Raffes Seite gekämpft. Sie haben gemeinsam mit ihm gelacht und ihm den Rücken freigehalten. Jetzt sehen sie ihn mit unerträglichen Schmerzen in den Augen an, während sie wie gequältes Vieh an ihm vorbeigetrieben werden.

Die anderen Engel beobachten sie mit unendlicher Traurigkeit, manche halten den Kopf gesenkt. Raffe ist der Einzige, der aus dieser Gruppe ausbricht und einigen Gefangenen über die Hände streicht, bevor er zur Erde hinunterfliegt.

Die Szene verblasst, und ein weiteres Wort nimmt in meinem Kopf Gestalt an.

Ehre.

Und dann stehe ich erneut unter den Bäumen in dem kleinen Wäldchen von Stanford.

Mein Magen krampft sich zusammen, während ich meinen Schlag zu Ende führe und das Schwert auf den Boden zischen lasse, wo noch vor einer Sekunde das Eichhörnchen saß. Meine Hände umklammern den Griff so fest, dass ich das Gefühl habe, meine Knöchel würden zersplittern.

Das Eichhörnchen ist inzwischen auf einen Baum geflüchtet und beobachtet mich. Nach den Dingen, die ich gerade gesehen habe, wirkt es klein und unbedeutend.

Ich lasse das Schwert los und lande auf meinem Hintern.

Keine Ahnung, wie lange ich einfach nur keuchend dasitze, aber ich glaube, es ist recht lange. Da ist nichts, außer dem blauen Oktoberhimmel, dem Geruch des Grases und der unnatürlichen Stille, die überall herrscht, seit niemand mehr mit dem Auto fährt.

Kann es sein, dass das Schwert mit mir kommuniziert? Dass es mir eine Nachricht geschickt hat, um mir zu sagen, dass es für epische Kämpfe und Ruhm und Ehre gemacht wurde und nicht dafür, Eichhörnchen zu jagen und als knuddeliges Stofftier verkleidet zu werden?

Das ist natürlich verrückt.

Aber nicht verrückter als das, was ich gerade gesehen habe.

Ich will nicht weiter darüber nachdenken. Wenn irgendetwas nur ein wenig verrückt klingt, will ich nichts damit zu tun haben. Doch dieses eine Mal mache ich eine Ausnahme.

Raffe meinte, das Schwert würde etwas empfinden. Und wenn das aus irgendeinem bizarren Grund stimmt, dann hat es vielleicht auch Gefühle. Vielleicht hat es Erinnerungen, die es mit mir teilen kann.

War es vielleicht frustriert, als die Männer mich angegriffen haben und ich keine Ahnung hatte, wie ich es im Kampf einsetzen konnte? Ist es beschämend für ein Schwert, von jemandem geführt zu werden, der es wie einen Baseballschläger durch die Luft schwingt? Hat es tatsächlich versucht, mir im Traum beizubringen, wie man es richtig benutzt?

Dieses Ding macht mich fertig. Vielleicht sollte ich es gegen eine Pistole eintauschen, gegen etwas, das nicht in meinen Kopf eindringt und keine eigene Meinung hat. Ich stehe auf, wende ihm den Rücken zu und mache sogar ein paar Schritte von ihm weg.

Aber natürlich kann ich es nicht einfach zurücklassen.

Es ist Raffes Schwert. Und er will es sicher eines Tages wiederhaben.

Auf dem Rückweg halte ich zögernd am Ende der Schlange vor der Essensausgabe inne. Es sind mittlerweile neue Leute hier, aber die Schlange ist noch in etwa gleich lang. Der Widerstand will ein neues System einführen und die Essensausgabe auf zwei Mahlzeiten am Tag limitieren. Doch während dieses System im Aufbau ist, kommen immer noch Neuankömmlinge nach und verbringen den Großteil ihrer Zeit damit, in der Schlange zu stehen.

Ich seufze und stelle mich hinten an.

Als ich zurück in unser Zimmer komme, ist niemand da. Eigentlich bin ich mir nicht sicher, ob es eine gute Idee ist, dass Paige sich in der Öffentlichkeit zeigt, aber ich nehme an, dass die beiden bald zurück sein werden. Ich lege meine drei ergatterten Burger auf den Lehrertisch. Vorsichtshalber habe ich gar nicht nachgefragt, welches Fleisch sie dafür verwenden, aber ich bezweifle, dass es Rindfleisch ist.

Ich habe darum gebeten, dass sie das Hackfleisch nicht zu sehr durchbraten und sogar das Wort »blutig« benutzt, was vermutlich rohem Fleisch am nächsten kommt, ohne Aufmerksamkeit zu erregen. Jetzt erkenne ich jedoch enttäuscht, dass das Fleisch im Inneren gerade noch rosig ist.

Also schneide ich den gekochten Rand ab und lege das rosige Innere für Paige zur Seite. Hoffentlich kann sie zumindest das rosige Fleisch bei sich behalten. Irgendwie versuche ich, nicht zu viel darüber nachzudenken.

Ich nehme an, dass sie das Labor in ihrer neuen Gestalt noch nicht verlassen hat, bevor wir sie gefunden haben, denn sonst wüsste sie vermutlich, was sie zu sich nehmen kann. Hätte ich ihr das alles ersparen können, wenn ich sie einen Tag früher gefunden hätte?

Ich verschließe diese Gedanken in dem altbekannten Tresor in meinem Kopf und esse stoisch meinen Burger. Der Salat und die Tomaten sind weder ganz frisch noch schmecken sie ganz so, wie sie schmecken sollten, aber sie erinnern mich wenigstens an Gemüse, und das reicht mir. Das Brot hingegen kommt frisch aus dem Ofen und schmeckt köstlich. Das Camp hat scheinbar Glück gehabt und jemanden gefunden, der aus dem Nichts Brot backen kann.

Ich ziehe Raffes Schwert hervor und lege die nackte Klinge auf meinen Schoß. Langsam lasse ich meine Finger über das Metall gleiten. Licht fällt auf die Rinnen entlang der Klinge und auf die blausilbernen, wellenförmigen Ornamente.

Wenn ich mich entspanne, spüre ich einen leichten Hauch von Kummer von dem Schwert ausgehen. Das Schwert trauert. Und man muss kein Genie sein, um zu wissen, um wen.

»Zeig mir mehr«, sage ich, auch wenn ich mir nicht sicher bin, ob ich im Moment mehr verkrafte. Meine Knie sind bereits schwach, und ich fühle mich ausgelaugt. Selbst in einer Welt, in der Engel existieren, ist es schockierend, wenn eines deiner Besitztümer plötzlich seine Erinnerungen mit dir teilt.

»Erzähl mir von Raffe.«

Nichts.

»Okay. Dann üben wir weiter«, meine ich mit enthusiastischer Stimme, als würde ich mit einem kleinen Kind sprechen. »Ich könnte noch ein paar Kampfstunden gebrauchen.«

Ich atme tief ein und schließe die Augen.

Nichts.

»Na gut. Nachdem ich scheinbar nichts Besseres zu tun habe, werde ich stattdessen deine Teddybär-Verkleidung mit süßen Bändern und Schleifen schmücken. Was hältst du von Altrosa?«

Der Raum verschwimmt vor meinen Augen, und die Umgebung verändert sich.

16

In Träumen verläuft die Zeit manchmal seltsam, und dasselbe trifft wohl auch auf Erinnerungen zu. Eine gefühlte Ewigkeit lang übe ich jetzt schon mit meinem Schwert und kämpfe an Raffes Seite gegen seine Feinde.

Die Teufelsbraten waren wohl ziemlich verärgert darüber, dass er ihnen einige der Frauen vor der Nase weggeschnappt hat. Seit jenem Tag spürten sie ihn immer wieder auf und jagten alle, die sich mit ihm zusammentaten. Ich nehme an, Dämonen können nicht einfach vergeben und vergessen.

Wir durchleben Ära um Ära, und es ist jedes Mal dasselbe. Mittelalterliche Dörfer, Schlachtfelder im Ersten Weltkrieg, Buddhisten-Klöster in Tibet, billige Kneipen in Chicago: Raffe folgt den Gerüchten über die Nephilim, tötet Teufelsbraten und andere Wesen, die die Einheimischen terrorisieren, und verschwindet danach wieder in der Nacht. Er lässt alle zurück, mit denen er sich im Verlauf der Jagd angefreundet hat, um zu verhindern, dass sie getötet werden.

Alleine.

Bloß Raffe und sein Schwert.

Und jetzt hat er nicht einmal mehr das.

Gerade als ich denke, dass die Lehrstunde vorüber ist, erinnert sich das Schwert an eine Situation, die mich beinahe im Inneren zerreißt.

Sobald sich das Bild verfestigt hat, fegt mich die Intensität beinahe zu Boden.

Raffe brüllt vor Zorn und Schmerz.

Er befindet sich dieses Mal in ernsthaften Schwierigkeiten. Der Schmerz ist unerträglich. Der Schock ist noch schlimmer.

Mein Phantomkörper schwankt und verliert seine Konturen, sodass ich mich vollkommen orientierungslos fühle. Raffes Empfindungen sind so intensiv, dass meine eigenen Gedanken und Gefühle davon überrollt werden.

Ich kann nur noch sein abgehacktes Atmen hören. Und es ist auch alles, was *er* hören kann.

Die anderen Engel drücken ihn mit Händen und Knien nieder, doch durch das viele Blut rutschen sie immer wieder von seinem Körper ab. Raffe ist durchtränkt von seinem eigenen Blut.

Schmerz schießt von seinem Rücken ausgehend durch seinen ganzen Körper. Dieser Schmerz zerschmettert seine Knochen. Sticht ihm die Augen aus. Zerquetscht seine Lungen.

Blut breitet sich über den Asphalt aus.

Große Hände schieben etwas Weißes in sein Blickfeld. Er will auf keinen Fall hinsehen, aber er kann nicht anders.

Flügel.

Schneeweiße Flügel.

Sie liegen abgetrennt auf der schmutzigen Straße.

Sein Atem wird rauer, und er sieht nur noch die weißen Federn, die leblos auf dem schwarzen Asphalt liegen.

Ein Tropfen Blut fällt von einer Hand auf eine der Federn. Beliel, der Dämon, steht über Raffes Flügeln, als würden sie ihm gehören.

Raffe hört plötzlich, wie jemand »Hey!« schreit.

Er zwingt sich, den Blick zu heben.

Durch den Schmerz und den Schweiß hindurch sieht er nur verschwommen. Mehrere Male blinzelt er und versucht, sich trotz der brüllenden Schmerzen in seinem Rücken zu konzentrieren.

Dann erblickt er eine dürre Menschentochter, die neben seinen Angreifern winzig wirkt. Sie steht halbversteckt hinter den rostfarbenen Flügeln eines Kriegers, aber Raffe sieht sie und weiß, dass sie es war, die gerade geschrien hat.

Das bin ich. Wirke ich neben einem Engel tatsächlich so bedeutungslos?

Die Menschentochter wirft ihm mit aller Kraft etwas entgegen.

Sein Schwert? Kann das sein?

Er hat keine Zeit, sich zu wundern. Sein Schwert würde alles für ihn tun. Es würde sich sogar mit einem Menschen verbünden, um ihm zu helfen.

Wut kocht in ihm hoch und verleiht ihm neue Kraft. Er windet sich aus der Umklammerung der Angreifer und hebt die Hand. Sein Arm zittert vor Anstrengung.

Raffes Welt besteht nur noch aus seinem Schwert, Beliel und den anderen Engeln.

Er fängt sein Schwert auf und schlitzt dem Dämonen Beliel damit im nächsten Moment den Bauch auf. Dabei verliert Raffe beinahe das Gleichgewicht.

Doch Raffe schafft es, den Schwung zu nutzen und sogar auf den Engel neben ihm einzustechen.

Die Szene läuft nicht in Zeitlupe ab wie die anderen Kämpfe. Das muss sie aber auch nicht. Ich spüre jeden zitternden Muskel, jeden wackeligen Schritt, jeden rasselnden Atemzug.

Ihm ist schwindelig, und er schafft es kaum, aufrecht zu stehen. Als seine Angreifer losfliegen, sieht er, wie der Krieger mit den rostbraunen Flügeln dem Mädchen einen Schlag versetzt. Sie schlägt auf der Straße auf, und Raffe denkt, sie ist tot.

Durch den Nebel seiner Schmerzen hindurch fragt er sich, wer sie ist und warum eine Menschentochter ihr Leben riskiert, um ihm zu helfen.

Er zwingt sich, auf den Beinen zu bleiben. Aber er braucht all seine Kraft, um das Schwert weiterhin festzuhalten, während der Rostbraune auf ihn zukommt. Raffes Beine zittern bedenklich, und er läuft in Gefahr, das Bewusstsein zu verlieren, doch er hält sich aus schierer Starrköpfigkeit und Wut aufrecht.

Der Rostbraune ist offensichtlich zu feige, um sich ihm alleine entgegenzustellen, weshalb er schließlich aufgibt und davonfliegt. Sobald der Rostbraune fort ist, bricht Raffe auf dem Asphalt zusammen.

Dann liegt er auf der Straße, und seine Welt versinkt im Dunkel, das nur von gelegentlichen Farbblitzen unterbrochen wird. Sein Atem tönt in seinen Ohren, aber er versucht, sich auf die Geräusche in der Umgebung zu konzentrieren.

Er hört schlurfende Schritte hinter verschlossenen Türen. Im Inneren der Gebäude flüstern Menschen miteinander und diskutieren darüber, ob es sicher sei hinauszugehen. Sie überlegen, wie viel Raffe wohl wert sein würde, wenn sie ihn in Stücke reißen.

Aber darüber macht er sich keine weiteren Gedanken. Ihn beunruhigt eher das kaum hörbare Schlurfen und Schlittern. Ein leises Klicken, als wären Kakerlaken in den Wänden.

Sie kommen. Die Teufelsbraten haben ihn gefunden. Das tun sie früher oder später immer.

Aber dieses Mal haben sie Glück. Dieses Mal ist er ihnen mehr oder weniger hilflos ausgeliefert. Dieses Mal werden sie es schaffen, ihn in die Hölle zu ziehen und ihn langsam über die Jahrhunderte weg zu foltern, während er hoffnungslos und flügellos vor ihnen liegt.

Er versucht verzweifelt, nicht das Bewusstsein zu verlieren, doch die Welt versinkt weiter in Dunkelheit.

Jemand schreit nach seiner Mutter. Die Stimme klingt stark und entschlossen.

Es muss ein Fiebertraum sein, denn an einem Ort, an dem überall Gangs herumlungern, wäre wohl niemand so dumm. Doch die Schritte in den Gebäuden verstummen. Die menschlichen Ratten flüstern miteinander. Sie sind sich sicher, dass die Gang des Mädchens, das hier nach seiner Mom ruft, irgendwo in der Nähe ist. Warum sonst sollte sich das Mädchen so frech verhalten?

Auch die Teufelsbraten hören auf, wie Schlangen an ihn heranzugleiten. Sie sind nicht klug genug, um Hinweise deuten zu können, sonst hätten sie schon vor Ewigkeiten einen richtigen Angriff geplant und ihn geschnappt, anstatt immer nur zufällig aufzutauchen. Sie sind verwirrt. Sollen sie angreifen oder davonlaufen?

Er versucht, von der offenen Straße zu kriechen, doch

dann machen sich noch mehr schwarze Punkte vor seinen Augen breit, und er verliert erneut das Bewusstsein.

Jemand dreht ihn auf den Rücken, durch den sofort der Schmerz rast und seine Klauen tief in ihn schlägt.

Eine kleine Hand verpasst ihm eine Ohrfeige.

Er öffnet einen Moment lang die Augen.

Im Gegenlicht des Himmels flattern dunkle Haare im Wind. Er sieht intensive, von langen Wimpern umrahmte Augen. Und Lippen so rot, als hätte das Mädchen darauf herumgebissen.

Er braucht einen Moment, um zu erkennen, dass das hier die Menschentochter ist, die ihr Leben riskiert hat, um ihm zu helfen. Sie fragt ihn etwas. Ihre Stimme klingt eindringlich, aber melodiös. Ein guter Klang, um dazu zu sterben.

Immer wieder verliert er das Bewusstsein, während sie ihn davonschleift. Er erwartet jeden Moment, dass sie ihn entweder aufschneidet oder dass die Teufelsbraten über sie herfallen. Stattdessen verbindet sie seine Wunden und hebt ihn in einen Rollstuhl, der viel zu klein ist.

Das Mädchen keucht und übertreibt maßlos, während sie so tut, als wäre er furchtbar schwer – vermutlich um allen zu zeigen, wie stark sie ist –, und er muss trotz des Schmerzes innerlich lächeln. Sie ist eine wirklich schlechte Schauspielerin. Menschentöchter sind bekanntermaßen dümmer und schwerfälliger als Engel, und gerade deshalb ist ihr Schauspiel so wahnsinnig witzig.

Vielleicht haben seine Kundschafter die Frauen geheiratet, weil sie sie unterhaltsam fanden. Das ist zwar kein guter Grund, um dafür eine Verbannung in den Abyssus zu riskieren, aber es ist der erste, der ihm ein wenig einleuchtet.

Er hört trampelnde Schritte über den Bürgersteig laufen, als die menschlichen Ratten in Raffes Richtung laufen, und ermutigt von den Ratten gleiten auch die Teufelsbraten erneut wie Schlangen auf ihn zu.

Also versucht er, das Mädchen zu warnen.

Doch dazu besteht kein Grund. Sie läuft bereits in die Nacht hinein und schiebt ihn dabei so schnell sie kann vor sich her. Wenn sie ihren Vorsprung lange genug halten kann, werden sich die Teufelsbraten von den saftigen menschlichen Ratten ablenken lassen.

Bevor er das Bewusstsein verliert, denkt er noch, dass dieses Mädchen seinen Kundschaftern sicher gefallen hätte.

17

Lange Schatten fallen durch die Fenster, als ich ruckartig erwache. Nach allem, was ich mit Raffe gerade erlebt habe, zittere ich noch immer. Ich habe nicht nur gehört, was er sich gedacht hat. Nein, ich habe tatsächlich gespürt, was er gespürt hat und gedacht, was er gedacht hat.

Stand das Schwert Raffe tatsächlich so nahe? Womöglich nur in schwierigen Zeiten. Die ganze Erfahrung war jedenfalls auf allen Ebenen bizarr und verrückt.

Ich lasse meine zitternde Hand über die warme Klinge gleiten und versuche, meinem Körper zu vermitteln, dass alles okay ist.

Langsam beginne ich, die Puzzleteile zusammenzufügen und einige von Raffes Handlungen ergeben mittlerweile mehr Sinn.

Er konnte mir während des Kampfes im Widerstandscamp, der immerhin in aller Öffentlichkeit stattfand, nicht helfen, ohne dass Gerüchte über uns in Umlauf geraten wären. Die Teufelsbraten haben es immer wieder geschafft, ihn ausfindig zu machen, was vermutlich auf ein wenig Glück, langwierige Suche und menschlichen Tratsch zurückzuführen war. Die Geschichte über einen derartigen Kampf hätte sicher sofort die Runde gemacht. Er hatte gegen mich gewettet, um allen zu zeigen, dass wir keine Freunde waren und es ihm egal war, was mit mir passieren würde.

Und er ist damals den niedrigen Dämonen im Wald nachgejagt, weil sie aussahen, als kämen sie direkt aus der Hölle. Hätte einer von ihnen überlebt und weitererzählt, dass Raffe gekommen war, um eine Menschentochter zu retten, wäre es wohl nur eine Frage der Zeit gewesen, bis sie mich gefunden hätten.

Aber musste er wirklich so weit gehen, mir sogar nach unserem Kuss noch zu sagen, dass er mich eigentlich gar nicht mochte? Das war meiner Meinung nach vollkommen unnötig gewesen.

Der Kuss.

Wie ein Keimling wächst der Wunsch in mir, das Schwert danach zu fragen.

Es ist dumm und beschämend und sogar ziemlich geistlos nach allem, was Raffe durchgemacht hat. Aber gerade wegen dem, was ich gerade gesehen habe, will ich ihn einmal in einem vollkommen anderen Moment erleben. In einem Moment, in dem er sich überheblich verhält und alles unter Kontrolle hat. In einem Moment, in dem er etwas anderes als Gefahr und Schmerz erlebt, wenn auch nur ein paar Sekunden lang.

Deswegen ... und weil ich unbedingt wissen möchte, was er während unseres Kusses empfunden hat.

Ich weiß, dass es keine Rolle spielt. Ich weiß, dass es nichts ändern wird. Ich weiß, dass es kindisch ist.

Egal.

Kann ein Mädchen wenigstens für fünf Minuten einfach bloß ein Mädchen sein?

»Zeig mir deine Erinnerungen an den Kuss.« Ich schließe die Augen, und Röte steigt mir in die Wangen, was lächerlich ist, denn das Schwert war ja dabei, als wir uns küssten, und hat alles gesehen. Und ich bin einfach neugierig, was Raffe gefühlt hat.

»Ach, komm schon. Müssen wir das jetzt wirklich noch einmal durchziehen?«

Nichts.

»Die letzte Erinnerung war einfach bloß schrecklich. Ich brauche ein wenig Trost. Kannst du mir diesen kleinen Gefallen tun? Bitte?«

Nichts.

»Dann bekommst du eben eine Extraladung Bänder und Schleifen.« Ich versuche, so zu klingen, als würde ich es ernst meinen. »Und vielleicht sogar noch etwas Glitzer-Make-up für den Teddybären.«

Noch immer nichts.

»Verräter.« Ich weiß, dass diese Anschuldigung verrückt ist, denn eigentlich verhält sich das Schwert in diesem Augenblick Raffe gegenüber sehr wohl loyal, aber das ist mir im Moment egal.

Beleidigt lasse ich es zurück in den Schwertschaft gleiten und stecke den Bären auf den Griff.

Dann befestige ich den Gurt über meiner Schulter und gehe hinaus, um nach Mom und Paige Ausschau zu halten.

Der Flur ist wie immer voller Menschen. Zwei absolut gleich aussehende Kerle mit blonden Haaren schlendern durch die dichtgedrängte Menge und grüßen die Leute im

Vorbeigehen. Es sieht so aus, als würden alle sie mögen. Ich brauche eine Weile, ehe ich die beiden als Dei und Dum identifiziere. Ihre Haare sind mittlerweile also sandblond.

Dei zeigt Dum diskret etwas in seiner Hand, und Dum verdreht beinahe die Augen, so sehr versucht er, ein Lachen zu unterdrücken. Ich nehme an, Dei hat jemandem etwas geklaut, das der Besitzer ihnen nicht freiwillig geben wollte.

Sie winken mir zu, und ich warte auf sie.

»Was ist mit euren Haaren passiert?«, frage ich.

»Wir sind Meisterspione, schon vergessen?«, erwidert Dei.

»Ja, Meister der Tarnung«, erklärt Dum.

»Naja«, meint Dei und reibt sich etwas Haarfarbe vom Haaransatz. »›Meister‹ ist ein ziemlich starkes Wort.«

»Und Tarnung auch«, erwidere ich mit einem leichten Grinsen.

»Mann, du siehst gut aus«, sagt Dum zu Dei. »So hübsch wie immer.«

»Was habt ihr da gerade eben geklaut?«, frage ich leise, für den Fall, dass der Besitzer keinen Spaß verstehen sollte.

»Oh-o, du wirst nachlässig, Bruder. Sie hat es gesehen.« Dum sieht sich um, ob auch niemand zuhört.

»Auf keinen Fall.« Dei öffnet seine mittlerweile leeren Hände und wackelt mit den Fingern. »Sie ist bloß schlau, das ist alles. Darum kann sie sich Dinge zusammenreimen.«

»Ja, und genau deshalb haben wir ein schlechtes Gewissen, wenn wir nur daran denken, dich in unseren Kämpfen einzusetzen, Penryn. Aber wo wir schon dabei sind, wie stehst du dazu, eine Nonnenkutte zu tragen?«

»Oder noch besser, eine heiße Brille aufzusetzen wie eine Bibliothekarin?« Dei nickt mir zu, als würde er mir einen

Tipp geben wollen. »Es sieht so aus, als hätten wir sowohl Bibliothekarinnen als auch Nonnen hier.«

»Besser geht's nicht«, erwidert Dum mit aufgerissenen Augen.

Sie sehen einander an und rufen gleichzeitig: »Schlammcatchen zwischen zwei Bibliothekarinnen!« Sie fuchteln mit den Armen durch die Luft wie zwei aufgeregte kleine Jungen.

Alle im Flur sehen in unsere Richtung.

»Siehst du? Sieh dir das große Interesse an«, sagt Dei.

Doch dann leert sich der Flur plötzlich, und alle strömen zur Tür hinaus. Es ist etwas passiert.

»Was ist denn los?«, frage ich einen Kerl, der gerade einen Blick hinaus geworfen hat.

»Keine Ahnung«, erwidert er. Er sieht verängstigt, aber gleichzeitig auch aufgeregt aus. »Ich gehe einfach mit den anderen mit und sehe mir an, was passiert ist. Kommst du mit?«

Eine Frau drängt sich an uns vorbei. »Jemand wurde tot und verstümmelt aufgefunden.« Sie drückt die Türen auf, und kalte Luft strömt herein.

Tot und verstümmelt.

Ich folge ihr.

Draußen auf dem Bürgersteig vor dem Hauptgebäude hat sich eine kleine, nervöse Menschenmenge versammelt. Die Sonne steht vermutlich bereits tief, aber der wolkenverhangene Himmel raubt sowieso allem die Farbe und taucht die Menschen in verschiedene Grautöne.

Sie sehen hinüber zur anderen Seite des El Camino. Dort befindet sich das eingezäunte Wäldchen, in dem ich das Eichhörnchen gejagt habe. Am Tag wirkt es wunderschön und friedlich, und die Bäume stehen weit genug auseinander, um fleckige Schatten zu werfen, ohne den ganzen Wald in Dunkelheit zu tauchen. Doch im Licht der Dämmerung sieht das Wäldchen finster und unheilvoll aus.

Ein paar Leute laufen direkt vom Gebäude auf das Waldstück zu, während andere zögern, bevor sie langsam hinübergehen. Wieder andere bleiben zur Sicherheit lieber in der Nähe des Hauses und kneifen die Augen zusammen, um zu sehen, was zwischen den Schatten der Bäume vor sich geht.

Einen Augenblick lang schätze ich die Situation ab, dann laufe ich mit den anderen auf das Wäldchen zu. Ich frage mich, was sie wohl in Richtung der Dämmerung zieht. Unterwegs höre ich immer wieder Gesprächsfetzen, die mir Hinweise darauf geben.

Ich bin nicht die Einzige, die sich Sorgen um diejenigen macht, die sie liebt. Viele Menschen wurden in dem Chaos während der Invasion der Engel oder dem Angriff auf den Engelshorst getrennt. Nun haben sie alle furchtbare Angst, dass jemand aus ihrer verbliebenen Familie verletzt oder getötet wurde. Andere hingegen lassen für ihre Neugierde ihre Vernunft außer Acht, ermutigt durch das Gefühl, wieder Teil einer Organisation zu sein, die ein Ziel verfolgt – denn das ist etwas, was sie nach den Angriffen nie wieder für möglich gehalten hätten.

Auf jeden Fall sind wir genug Menschen, um einen kleinen Stau vor dem Zaun zu erzeugen. Der Zaun besteht aus Metalldraht und reicht mir bis zur Brust. Er erstreckt sich mehrere Häuserreihen lang in beide Richtungen, weshalb es keine andere Möglichkeit gibt, als darüber zu klettern.

Unter den Bäumen hat sich inzwischen eine kleine Menschenmenge versammelt. Ich spüre ihre Ruhelosigkeit und höre die Anspannung in ihren Stimmen. Plötzlich habe ich ein ungutes Gefühl. Hier stimmt etwas ganz und gar nicht, und ich bin inzwischen davon überzeugt, dass meine Familie etwas damit zu tun hat.

Ich laufe auf die Menge zu und dränge mich nach vorne.

Und das, was ich dann sehe, werde ich mein ganzes Leben lang nie mehr vergessen.

18

Meine kleine Schwester liegt strampelnd im Schatten.

Um ihren Körper sind Seile gewickelt, an denen mehrere Männer ziehen. Ein Seil windet sich um ihren Hals und vier weitere um ihre Hand- und Fußgelenke.

Die Männer stemmen sich in die Seile, als würden sie gegen ein Wildpferd ankämpfen.

Paiges Haare sind vollkommen durcheinander und blutverschmiert, genauso wie ihr Gesicht und ihr geblümtes Kleid. Der Kontrast zwischen dem dunklen Blut und den Nähten auf ihrer blassen Haut lässt sie aussehen, als wäre sie von den Toten auferstanden.

Sie kämpft wie eine Besessene gegen die Seile an. Dabei torkelt sie jedes Mal, wenn die Männer an ihr ziehen, um die Kontrolle wiederzugewinnen. Selbst in dem schwachen Licht kann ich die blutigen Striemen sehen, die die Seile auf ihrem Hals und ihren Hand- und Fußgelenke hinterlassen haben, während sie wie eine grauenhafte Voodoo-Puppe herumgerissen wird.

Mein erster Impuls ist, wie eine Irre loszuschreien und mein Schwert zu ziehen.

Doch da liegt etwas vor Paige auf dem Boden.

Durch den Schock, sie wie ein wildes Tier grausam festgebunden zu sehen, hatte ich noch keine Gelegenheit, auch den Rest der Szene in mich aufzunehmen.

Erst jetzt sehe ich den gedrungenen Schatten vor ihr liegen. Er liegt so regungslos da wie ein Stein, und seine Form gleicht etwas, von dem ich wünschte, ich würde es nicht wiedererkennen.

Ein menschlicher Körper.

Es ist der Kerl mit dem Baseballschläger, der mich zusammen mit seinen Kumpanen angegriffen hat.

Schnell wende ich den Blick ab. Ich will nicht darüber nachdenken, was ich gerade gesehen habe. Ich will nicht wahrhaben, dass Brocken von ihm fehlen.

Ich will nicht überlegen, was das bedeutet.

Ich kann es nicht.

Paiges Zunge schießt hervor, und sie leckt sich Blut von den Lippen.

Sie schließt die Augen und schluckt. Ihr Gesicht entspannt sich einen Augenblick lang.

Frieden.

Sie öffnet die Augen und blickt hinunter auf den Körper vor ihr. Es ist, als hätte sie keine andere Wahl.

Ein Teil von mir erwartet noch immer, dass sie beim Anblick der Leiche angewidert zusammenzuckt. Und ich sehe tatsächlich Ekel. Aber auch immer wieder aufblitzendes Verlangen. Hunger.

Sie wirft mir einen kurzen Blick zu. Scham.

Dann hört sie auf, sich zu wehren und sieht mich direkt an.

Sie sieht, wie ich zögere. Sie sieht, dass ich erstarrt bin, anstatt sie zu retten. Sie sieht in meinen Augen, dass ich mein Urteil gefällt habe.

»Ryn-Ryn«, ruft sie. Ihre Stimme klingt, als hätte sie gerade alles verloren. Tränen laufen über ihre blutverschmierten Wangen und hinterlassen deutlich sichtbare Spuren. Ihr Gesicht verwandelt sich von einem Furcht einflößenden Monster in ein verängstigtes kleines Mädchen.

Dann beginnt Paige erneut gegen die Seile anzukämpfen. Meine eigenen Hand- und Fußgelenke und mein Hals schmerzen voll Mitgefühl, als die Seile über ihre blutige Haut scheuern.

Die Männer am Ende der Seile schwanken hin und her, sodass es schwer auszumachen ist, ob die Männer Paige gefangen halten oder eher umgekehrt. Ich habe bereits erlebt, wie viel Kraft in ihrem neuen Körper steckt. Paige ist kräftig genug, um die Männer ernsthaft in Bedrängnis zu bringen. Auf diesem unebenen Untergrund wäre es sogar möglich, dass sie sie erst aus dem Gleichgewicht und dann zu Fall bringt.

Doch gerade wehrt sie sich nur halbherzig.

Bloß stark genug, dass die Seile in ihr Fleisch schneiden. Bloß stark genug, um sich selbst zu bestrafen.

Bloß stark genug, sodass niemand verletzt wird.

Meine kleine Schwester weint herzzerreißend.

Ich beginne zu laufen. Egal, was passiert ist, das hat sie nicht verdient. Kein Lebewesen hat so etwas verdient.

Ein Soldat zu meiner Rechten hebt sein Gewehr und richtet es auf mich. Ich bin so nahe, dass ich direkt in das schwarze Loch des Schalldämpfers blicke.

Rutschend komme ich zum Stehen.

Ein weiterer Mann steht neben ihm und richtet sein Gewehr auf Paige.

Ich hebe die Arme.

Mehrere Männer packen mich und gehen dabei so grob vor, als würden sie heftige Gegenwehr erwarten. Wir Young-Mädchen haben uns offensichtlich bereits einen gewissen Ruf erarbeitet.

Die Männer entspannen sich, als sie erkennen, dass ich nicht auf einen Kampf aus bin. Ein Faustkampf ist eine Sache, aber gegen eine Schusswaffe habe ich keine Chance. Ich kann bloß versuchen, am Leben zu bleiben und mir dann eine sinnvollere Aktion überlegen.

Meine Mutter verfolgt diesbezüglich jedoch eine andere Strategie.

Sie ist aus dem Nichts aufgetaucht und eilt so leise wie ein Geist aus den Schatten heraus.

Als Nächstes stürzt sie sich blitzartig auf den Soldaten, der sein Gewehr auf Paige gerichtet hat.

Der andere Soldat hebt seinen Gewehrkolben und rammt ihn Mom ins Gesicht.

»Nein!« Ich trete den Kerl, der meinen Arm festhält. Doch bevor er noch auf dem Boden aufgeschlagen ist und ich den anderen Kerl loswerden kann, stürzen sich bereits drei weitere auf mich. Sie schleudern mich wie erfahrene Gang-Mitglieder zu Boden, bevor ich eine Möglichkeit habe, mein Gleichgewicht wiederzufinden.

Meine Mom hebt eine Hand, um einen weiteren Schlag mit dem Gewehrkolben abzuwehren.

Meine Schwester kämpft inzwischen noch heftiger. Dieses Mal sind allerdings Panik und Wut ihr Antrieb. Sie kreischt in den Himmel, als würde sie um Hilfe rufen.

»Sie soll die Klappe halten! Sie soll die Klappe halten!«, flüstert jemand eindringlich.

»Nicht schießen!«, flüstert Sanjay, den ich plötzlich auch unter den Männern entdecke, zurück. »Wir brauchen sie lebend, um sie untersuchen zu können.« Er besitzt den Anstand, mir einen schnellen, schuldbewussten Blick zuzuwerfen. Ich weiß nicht, ob ich wütend oder dankbar sein soll.

Egal, ich muss meiner Familie helfen. Die anderen haben Waffen, aber was soll ich denn tun? Hier liegen bleiben, während sie meine kleine Schwester und meine Mutter foltern und töten?

Drei Männer drücken mich zu Boden. Einer fixiert meine Arme über meinem Kopf, der andere hält mich an den Fußgelenken und der dritte sitzt auf meinem Bauch. Es sieht so aus, als würde mich hier niemand mehr unterschätzen. Na gut.

Schnell packe ich die Handgelenke des Kerls, der meine Hände festhält, nutze ihn als Hebel und stelle sicher, dass er mir nicht entgleitet.

Ich ziehe die Beine an und strecke sie wieder aus, dann trete ich die Hände des zweiten Kerls von meinen Fußgelenken. Kräftig oder nicht, es ist immer schwer, der Wucht eines Fußtritts mit bloßen Händen zu begegnen.

Als Nächstes ziehe ich mein freies Bein an und trete ihm mit voller Wucht ins Gesicht.

Nachdem meine Beine nun frei sind, wuchte ich sie hoch und schlinge sie um den Hals des Kerls, der auf meinem Bauch sitzt.

Ich stoße meine Beine mit aller Wucht in Richtung Boden und reiße den Kerl so nach hinten. Dann ziehe ich ein

Bein unter ihm hervor und trete ihm in den ungeschützten Schritt.

Dabei trete ich so fest zu, dass er mit einem lautlosen Schrei über das Gras davonschlittert. Er wird eine ganze Weile lang keine Probleme mehr machen.

Mittlerweile hat der Kerl, der meine Handgelenke festhält, begonnen, sich gegen meinen Griff zu wehren und versucht nur noch, von mir loszukommen. Wäre ich davon überzeugt, dass er dann einfach davonläuft und mich in Ruhe lässt, würde ich ihn natürlich gerne gehen lassen.

Aber die Chance, dass er auf blöde Ideen kommt und sich auf mich stürzen will, während ich noch am Boden liege, ist zu hoch. Kerle reagieren manchmal so, wenn die Gefahr besteht, einen Kampf gegen eine klein geratene Frau zu verlieren. Sie versuchen es einfach mit Glück.

Also halte ich ihn fest. Dann benutze ich ihn als Hebel, drehe mich auf der Hüfte zur Seite und vollführe eine Bewegung, als würde ich eine Wand hochlaufen, bloß dass ich noch immer am Boden liege.

Als Nächstes schwinge ich mein Bein hoch und balanciere schwankend auf der Hüfte, während ich dem Kerl über mir gegen den Kopf trete.

Ich nehme an, er hat diesen Zug nicht kommen sehen.

Mit einem Ruck springe ich auf und sehe mich um, bereit, erneut anzugreifen.

Meine Mom liegt inzwischen auf dem Boden und zieht gerade einen Soldaten an seinem Gewehr zu sich herunter. Sie umklammert den Lauf, der direkt auf sie gerichtet ist. Entweder sie erkennt nicht, dass er bloß den Abzug drücken muss, um sie wegzublasen, oder es ist ihr egal.

Meine Schwester brüllt in den Himmel wie das Ungeheuer, für das sie alle halten. Die Adern an ihrem Hals und ihrer Stirn treten so stark hervor, als würden sie jeden Moment platzen.

Zwei der Männer an den Seilen liegen bereits auf dem Boden, ein dritter gesellt sich gerade zu ihnen.

Ich springe auf Mom zu und hoffe, dass der Soldat nicht den Abzug drückt, bevor ich etwas unternehmen kann.

Glücklicherweise sind diese Soldaten Zivilisten, die gerade erst verpflichtet wurden und noch unerfahren sind. Hoffentlich hat gerade dieser hier noch niemanden erschossen und will nicht, dass sein erstes Opfer ausgerechnet eine verzweifelte Mutter ist.

19

Plötzlich richten wir alle unwillkürlich den Blick in den Himmel. Zuerst bin ich mir nicht einmal sicher, warum ich es tue.

Dann höre ich das Summen. Es ist so leise, dass es anfangs kaum wahrnehmbar ist.

Aber es wird lauter.

Durch die Bäume hindurch sehe ich einen schwarzen Fleck in der Dämmerung. Er kommt beunruhigend schnell näher.

Das Summen bleibt leise, es ist eher so, als spüre man es in den Knochen, anstatt es zu hören. Es ist ein unheilvolles Geräusch, als würde man es auf einer tieferen Ebene wiedererkennen. Als würde hier eine tief begrabene, unbewusste Angst vertont.

Bevor ich es noch identifizieren kann, wenden sich die anderen schon ab und laufen davon.

Niemand schreit oder ruft nach jemandem. Sie laufen einfach schweigend und voller Verzweiflung davon.

Die Panik ist ansteckend. Die Männer, die meine Mom

festhalten, lassen sie los und schließen sich der Massenflucht an. Beinahe unmittelbar danach lassen auch die verbliebenen Kerle die Seile meiner Schwester los und laufen ebenfalls davon.

Paige keucht und starrt in den Himmel. Sie wirkt wie gebannt.

»Lauf!«, brülle ich. Und das löst sie aus ihrer Starre.

Meine Schwester dreht sich um und läuft in die andere Richtung davon, fort vom Widerstandslager. Sie läuft tiefer in den Wald hinein, und die Seile gleiten wie Schlangen über die Erde hinter ihr.

Mom wirft mir einen Blick zu. Aus ihrem aufgeschlagenen Auge läuft Blut. Selbst im Dämmerlicht sehe ich, dass sich ein Bluterguss bilden wird.

Meine Mutter zögert nur kurz, dann folgt sie meiner Schwester in den Wald.

Ich stehe wie erstarrt da, während das Summen lauter wird. Soll ich ihnen nach oder mich in Sicherheit bringen?

Die Entscheidung wird mir abgenommen, als die dunkle Wolke schließlich so nahe ist, dass ich einzelne Umrisse ausmachen kann.

Geflügelte Männer mit Skorpionschwänzen.

Es sind Dutzende von ihnen in dem immer dunkler werdenden Himmel. Sie fliegen tief und sinken immer tiefer.

Es muss wohl noch eine oder mehrere Gruppen außerhalb des Horstes gegeben haben.

Ich rase los.

So schnell wie möglich laufe ich vor ihnen davon und renne wie alle anderen in Richtung Schule. Inzwischen bin ich die Letzte der Gruppe, weshalb ich ein leichtes Ziel abgebe.

Ein Skorpion sinkt herab und landet direkt vor mir.

Im Gegensatz zu den Wesen im Horst ist dieser hier voll entwickelt, hat zottelige Haare und Zähne so groß wie die Reißzähne eines Löwen. Seine Arme und Beine sehen verstörend menschlich aus, außer dass seine Oberschenkel und Oberarme besonders kräftig sind. Sein Körper wirkt auf den ersten Blick ebenfalls menschlich, doch dann erkenne ich, dass der Bauch und die Brust wie eine Kreuzung zwischen muskulösen Bauchmuskeln und dem unterteilten Unterkörper einer Heuschrecke aussehen.

Die Zähne sind so groß, dass es dem Ungeheuer nicht einmal gelingt, seinen Mund ganz zu schließen, und Geifer tropft dick von seinen Lippen. Es knurrt mich an und hebt seinen fetten Skorpionschwanz über seinen Kopf.

Angst packt mich auf eine Art, wie ich sie noch nie zuvor erlebt habe.

Es ist, als würde ich den Angriff des Skorpions im Keller des Horstes noch einmal durchleben. Mein Nacken fühlt sich plötzlich extrem empfindlich an und beginnt, in Erwartung des eindringenden Stachels beinahe zu zucken.

Ein weiterer Skorpion landet ganz in meiner Nähe. Dieser hier hat nadelspitze Zähne und fletscht sie fauchend.

Ich sitze in der Falle.

Schnell reiße ich den Stoffbären vom Schwertgriff und ziehe mein Schwert. Mittlerweile fühle ich mich weniger ungelenk als zuvor, das ist aber auch schon alles.

Gewehrschüsse ertönen, doch vor allem hallen das donnernde Schlagen der Flügel und das Gekreische der Menschen durch die Dämmerung.

Ich habe kaum genügend Zeit, um mich in eine gute Ausgangsposition zu bringen, wie ich es in meinem Traum gelernt habe, bevor sich das erste Ungeheuer auf mich stürzt.

Jetzt schwinge ich meine Klinge im 45-Grad-Winkel und versuche, das Monster an der Stelle zwischen Hals und Schulter zu treffen. Stattdessen durchschlage ich dann allerdings den Stachel, mit dem es gerade in meine Richtung schlägt.

Das Ungeheuer brüllt auf, und der Schrei, der aus seinem mit Reißzähnen vollgestopften Mund dringt, klingt beunruhigend menschlich.

Ich habe keine Zeit, es niederzustechen, denn der zweite Skorpion zielt bereits mit seinem Stachel auf mich.

Panisch schließe ich die Augen und schwinge das Schwert blind um mich herum. Das ist die einzige Möglichkeit, um zu vermeiden, dass die Erinnerungen daran, wie ich gestochen wurde, mich vollkommen erstarren lassen.

Glücklicherweise hat mein Schwert keine derartigen Probleme. Seine Freude ist unverkennbar. Ganz von selbst bringt es sich in die richtige Position. Es lässt sich federleicht nach oben führen und schießt dann schwer wie Eisen wieder hinunter.

Als ich die Augen wieder öffne, liegt der zweite Skorpion blutend und mit zuckendem Schwanz am Boden. Der erste ist fort. Vermutlich ist er davongeflogen, um seine Wunden zu heilen oder in Ruhe zu sterben.

Jetzt bin ich das einzige lebende Wesen in diesem Teil des Waldes. Ich gleite in den Schatten eines nahe stehenden Baumes und versuche, meinen Atem unter Kontrolle zu bringen.

Es landen weitere Skorpione, doch keiner von ihnen in meiner Nähe. Sie werden von der Menschenmenge angezogen, die hinter dem Zaun festsitzt.

Die Skorpione packen die Leute und stechen immer wieder aus verschiedenen Winkeln auf sie ein, als würden sie es erst üben oder es vielleicht auch bloß genießen. Selbst als sie sich bereits mit ihren Mündern auf die Opfer stürzen, um sie auszusaugen, kommen noch andere Skorpione und stechen noch einmal zu.

Menschen schreien und drängen einander gegen den Zaun, während sie versuchen, darüber zu klettern. Sie teilen sich auf und suchen nach einer Stelle, an der sie über den Zaun springen können, doch sie werden der Reihe nach von den Skorpionen überwältigt.

Den wenigen, die es auf die andere Seite schaffen, scheint es relativ gut zu gehen. Die Skorpione sind faule Jäger und damit beschäftigt, diejenigen im Wald zu stechen, sodass sie denen, die die Flucht geschafft haben, keine weitere Beachtung mehr schenken.

Sobald die Opfer auf den Boden gleiten, beginnen die Skorpione, sie auszusaugen. Und als alle entweder vor dem Zaun zusammengesackt sind oder in Richtung Schulgebäude davonlaufen, verlieren die Skorpione ihr Interesse. Sie steigen in die Luft und schwirren wie eine Wolke Insekten über die Erde, ehe sie im dunklen Himmel verschwinden.

Etwas raschelt hinter mir, und ich wirble mit gezogenem Schwert herum.

Meine Mom schwankt auf mich zu.

Wir sind die einzigen Menschen, die sich auf dieser Seite des Zaunes noch bewegen. Alle anderen wirken, als wären sie tot. Ich bleibe im Schatten, für den Fall, dass die Skorpione zurückkommen, doch alles bleibt ruhig und friedlich.

Meine Mutter stolpert an mir vorbei. »Sie ist fort. Ich habe sie verloren.« Tränen glänzen auf ihrem blutigen

Gesicht. Sie taumelt auf den Zaun zu und ignoriert dabei die herumliegenden Menschen.

»Es geht mir gut, Mom. Danke der Nachfrage.« Ich schnappe den Bären und wische mit dem Chiffon das Blut von der Schwertklinge. »Bist du okay? Wie hast du es geschafft zu überleben?«

»Klar geht es dir gut.« Sie geht einfach weiter. »Du bist die Braut des Teufels, und das waren seine Untertanen.«

Ich lasse das Schwert in den Schaft gleiten und stecke den Bären auf den Griff. »Ich bin nicht die Braut des Teufels!«

»Er hat dich aus dem Feuer getragen und lässt zu, dass du uns aus dem Totenreich besuchst. Wer sonst würde solche Privilegien genießen, wenn nicht seine Braut?«

Da sieht sie mich ein einziges Mal in den Armen eines Kerls und will uns gleich verheiraten. Ich frage mich, was Raffe wohl von meiner Mutter als Schwiegermutter halten würde. »Hast du gesehen, wohin Paige verschwunden ist?«

»Nein.« Moms Stimme bricht. »Ich habe sie im Wald aus den Augen verloren.« Meine Reaktion auf die Situation wäre noch vor einer Woche leicht zu bestimmen gewesen. Doch heute Abend weiß ich nicht, ob ich deswegen in Panik geraten oder erleichtert sein soll. Vielleicht beides.

»Hast du dich vor den Skorpionen versteckt?«, frage ich. »Wie hast du es geschafft zu überleben?« Keine Antwort.

Hätte jemand behauptet, Mütter hätten magische Kräfte, hätte ich keine Probleme, ihm zu glauben. Es überrascht mich nicht einmal, dass sie irgendwie überlebt hat.

Ich folge ihr bis zum Zaun. Auf dem Weg dorthin gehe ich an den Opfern vorbei, die alle unnatürlich verdreht daliegen. Obwohl sie nicht mehr länger angegriffen werden, verschrumpeln sie weiter und trocknen aus wie Dörrfleisch.

Das Wäldchen sieht jetzt aus wie ein Schlachtfeld. Überall liegen Menschen verstreut.

Ich will den Opfern versichern, dass sie es überstehen werden und dass sie wieder in Ordnung kommen. Doch der Angriff war so grausam, dass ich mir nicht ganz sicher bin.

Zwischen den Opfern liegen auch zwei Skorpionengel. Dem einen wurde in den Bauch, dem anderen in den Kopf geschossen.

Mom mustert die Opfer, als würde sie nach jemandem Ausschau halten. Sie sucht sich den Mann mit dem angsterfülltesten, verzerrtesten Gesicht aus und zieht ihn auf ein niedergetrampeltes Zaunstück zu.

»Was machst du da?«, frage ich.

»Eine Opfergabe«, antwortet sie und schleift den armen Kerl umständlich mit sich. »Wir müssen Paige finden, also brauchen wir eine Opfergabe.«

»Du machst mir Angst, Mom.« Doch das hätte ich mir sparen können.

Als wüsste sie, dass sie mich gar nicht erst um Hilfe bitten braucht, zerrt sie den Mann einfach hoch, um ihn an einen Zaunpfosten zu lehnen. Er gleitet wieder hinunter und bleibt zusammengesunken sitzen.

Ich will sie aufhalten, aber wenn sie sich etwas Verrücktes in den Kopf gesetzt hat, dann schafft das niemand.

Die Nacht bricht langsam herein. Die Wolke aus Skorpionen verzieht sich immer weiter, und es ist niemand mehr am Himmel zu sehen.

Der Gedanke, in der Nacht in dem Wäldchen herumzuwandern und nach meiner Schwester, dem kleinen Dämon, zu suchen, entspricht nicht gerade meiner Vorstellung eines gelungenen Abends.

Aber ich kann Paige auch nicht alleine dort draußen herumstreifen lassen. Und es ist auf jeden Fall besser, ich finde sie, als dass einer der verängstigten Bewohner des Widerstandcamps es tut.

Also lasse ich meine Mutter machen, was auch immer sie da gerade macht, und begebe mich zurück in die Schatten des Wäldchens.

20

Als ich kurz darauf zu dem Gemetzel am Zaun zurückkehre, ist die Dunkelheit beinahe vollständig hereingebrochen. Menschen laufen wie betäubt zwischen den Opfern umher. Manche beugen sich gerade über einen am Boden liegenden Angehörigen, andere wandern weinend und verängstigt herum. Und einige heben bereits flache Gräber aus.

Meine Mutter hat inzwischen ihr Projekt beendet, ist aber nirgendwo zu sehen. Der Mann, den sie davongeschleift hat, sitzt mittlerweile auf einem Berg von bewegungslosen Körpern und hat seine Hände zu beiden Seiten des Zauns ausgestreckt, sodass er aussieht wie eine verängstigte, aber auch beängstigende Vogelscheuche. Mom hat ihn mit Seilen festgebunden, die sie vermutlich bei einem der Männer gefunden hat, die Paige gefesselt hielten.

Seine verzerrten, zu einem Schrei geformten Lippen sind mit rubinrotem Lippenstift betont, und sein Button-down-Hemd ist aufgerissen, sodass man seine glatte Brust sehen kann. Darauf hat Mom mit Lippenstift eine Botschaft geschrieben.

FASS MICH AN & DU BIST DER NÄCHSTE

Der Gruselfaktor von Moms Projekt ist erstklassig. Alle hier nehmen gerne einen Umweg in Kauf, um dem Kerl bloß nicht zu nahe zu kommen.

Während ich an den Körpern vorbeigehe, sehe ich einen Mann, der sich gerade über eine Frau beugt, um ihren Puls zu fühlen.

»Hören Sie«, sage ich. »Vielleicht sind diese Menschen gar nicht tot.«

»Die hier schon.« Er geht weiter zum nächsten Körper.

»Vielleicht wirken sie bloß so, als wären sie tot, sind aber einfach nur gelähmt. Das macht das Gift in den Stacheln. Es lähmt einen, sodass es aussieht, als wäre man gestorben.«

»Ja, schön und gut. Aber die Tatsache, dass das Herz nicht mehr schlägt, hat wohl denselben Effekt.« Er schüttelt den Kopf, lässt die Hand des Kerls fallen, dessen Puls er gerade fühlen wollte, und geht zum nächsten Opfer weiter.

Ich folge ihm, während die Soldaten ihre Gewehre in Erwartung eines neuerlichen Angriffs in den Himmel gerichtet halten. »Aber vielleicht können Sie ihren Herzschlag bloß nicht fühlen. Ich glaube, das Gift macht alles langsamer. Ich glaube, …«

»Bist du Ärztin?«, fragt er, ohne in seiner Arbeit innezuhalten.

»Nein, aber …«

»Nun gut, aber *ich* bin Arzt. Und ich sage dir, wenn kein Herzschlag zu spüren ist, ist es unmöglich, dass die Person noch am Leben ist. Abgesehen von einigen ungewöhnlichen Ausnahmen, wenn zum Beispiel ein kleines Kind in einen zugefrorenen Teich fällt. Aber ich sehe hier keine Kinder, die in einen zugefrorenen Teich gefallen sind, du etwa?«

»Ich weiß, es klingt verrückt, aber …«

Zwei Männer heben erschöpft eine Frau hoch und schleifen sie zu einem flachen Grab.

»Nein!«, rufe ich. Das könnte genauso gut ich sein. Eine Zeit lang dachten alle, ich sei tot, und wenn die Umstände anders gewesen wären, hätten sie mich vielleicht in ein Loch geworfen und lebendig begraben, während ich ihnen dabei hätte zusehen müssen. Gelähmt, aber bei vollem Bewusstsein.

Ich laufe zu den Männern hinüber und stelle mich zwischen sie und das Loch. »Tut das nicht.«

»Verschwinde.« Der ältere Mann sieht mich nicht einmal an, während er sein Opfer grimmig weiterschleift.

»Aber vielleicht ist sie noch am Leben.«

»Meine Frau ist tot.« Seine Stimme bricht.

»Hören Sie mir zu. Es besteht die Chance, dass sie noch lebt.«

»Kannst du uns nicht in Ruhe lassen?« Er starrt mich aus den Augenwinkeln heraus an. »Meine Frau ist tot.« Tränen fließen aus seinen rotgeränderten Augen. »Und sie bleibt tot.«

»Vielleicht kann sie Sie jetzt sogar hören.«

Das Gesicht des Mannes wird knallrot, und es schmerzt, ihn auch nur anzusehen. »Sie kommt nicht mehr zurück. Und selbst wenn sie es täte, wäre sie nicht mehr unsere

Mary. Sie wäre ein Gräuel.« Er deutet auf eine Frau, die alleine neben einem Baum steht. »Wie die da.«

Die Frau dort wirkt zerbrechlich, verloren und alleine. Obwohl sie sich einen braunen Schal um den Kopf gewickelt hat und Handschuhe trägt, erkenne ich Claras ausgedörrtes Gesicht. Das Gesicht der Frau, die aus den Trümmern des Horstes emporgeklettert ist. Sie trägt einen dunklen Mantel, so dunkel und unauffällig, dass klar wird, dass sie eigentlich nicht beachtet werden will. Ich nehme an, die anderen haben sie nicht gerade freundlich willkommen geheißen.

Clara hat die Arme um ihren Körper geschlungen, als würde sie sich so stellvertretend an ihren Mann und ihre Kinder klammern können, nach denen sie sich so sehr sehnt. Sie wollte doch bloß ihre Familie wiedersehen.

Marys Familie schleift ihren Körper in das flache Grab.

»Das könnt ihr nicht machen«, rufe ich. »Sie bekommt wahrscheinlich alles mit. Sie weiß, dass sie gerade lebendig begraben wird.«

»Dad, meinst du nicht …«, beginnt der jüngere der beiden Männer.

»Deine Mutter ist tot, mein Junge. Sie war ein ehrenwerter Mensch, und sie bekommt eine ehrenwerte Beerdigung.« Er nimmt die Schaufel zur Hand.

Ich packe seinen Arm.

»Lass mich los!« Er schüttelt meinen Arm ab und zittert vor Wut. »Bloß weil du nicht das Ehrgefühl besitzt, zu tun, was für deine Familie das Richtige wäre, heißt das nicht, dass du das Recht hast, andere davon abzuhalten.«

»Was soll denn das bedeuten?«

»Du hättest deine Schwester auf menschenwürdige,

liebevolle Weise aufhalten sollen, bevor andere eingreifen mussten, um es für dich zu erledigen.«

Der ältere Mann nimmt eine Schaufel voll Erde und wirft sie auf seine Frau in dem Loch.

Die Erde landet auf ihrem Gesicht und bedeckt es.

21

Wir stehen in dem immer dunkler werdenden Wäldchen, und Obi winkt einen seiner Männer zu sich: »Bring Miss Young zu ihrer Mutter und stell sicher, dass die beiden heute Nacht in Sicherheit sind.«

»Du lässt mich einsperren?«, frage ich. »Warum denn?«

»Zu deinem Schutz«, erwidert Obi.

»Zum Schutz wovor?«, frage ich. »Vor der Verfassung der Vereinigten Staaten?«

Obi seufzt. »Wir können nicht zulassen, dass ihr herumlauft und Panik verbreitet. Ich muss die Situation unter Kontrolle bringen.«

Obis Soldat zielt mit seiner schallgedämpften Pistole auf meine Brust. »Beweg dich hinüber zur Straße und mach keine Schwierigkeiten.«

»Sie versucht doch bloß, Menschenleben zu retten«, erklärt eine zitternde Stimme. Es ist die von Clara, die immer noch ihren übergroßen Mantel so eng um sich geschlungen hält, als wollte sie darin einfach ganz verschwinden.

Niemand schenkt ihr Beachtung.

Ich werfe Obi einen Blick zu. *Ist das dein Ernst?* Aber er winkt bereits einem anderen Kerl zu.

Er deutet auf Moms Opfergabe: »Warum liegt dieser schreckliche Haufen noch immer hier herum? Ich sagte doch, ihr sollt die Körper fortschaffen.«

Obis Soldat befiehlt zwei anderen Kerlen, die Körper herunterzuheben. Offensichtlich will er es nicht selbst erledigen.

Die beiden schütteln die Köpfe und weichen zurück. Einer bekreuzigt sich. Dann drehen sie sich um und laufen in Richtung Schule. So weit von den Körpern fort, wie es nur irgendwie geht.

Während meine Wache mich durch das Gemetzel führt, höre ich, wie Sanjay den Männern aufträgt, die Menschen, auf die niemand Anspruch erhebt, in einen Van zu tragen, damit er sie obduzieren kann.

Ich taumle von ihnen fort. Nein, ich kann nicht mehr hinsehen. Vielleicht sind diese Menschen tatsächlich tot. Jedenfalls hoffe ich es für sie.

Dann werde ich auf den Rücksitz eines Polizeiautos verfrachtet, das am Straßenrand parkt. Mom ist bereits da.

Der Streifenwagen verfügt über ein Metallgitter zwischen den Vorder- und den Rücksitzen. Die rückwärtigen Fenster sind ebenfalls vergittert. Unter einem der Fenster liegen ein paar Decken und Wasserflaschen, und zur Krönung gibt es einen Eimer mit Deckel, neben dem eine Rolle Toilettenpapier liegt.

Ich brauche einen Moment, um zu kapieren, dass sie uns wohl nirgendwo hinbringen. Das hier ist unsere Arrestzelle.

Na toll.

Zumindest hat mir die Wache mein Schwert nicht abgenommen. Diese Wache hat mich nicht einmal nach einer Waffe durchsucht, weshalb ich davon ausgehe, dass er vor den Angriffen wohl kein richtiger Cop war. Trotzdem hätte er mir das Schwert vermutlich abgenommen, wenn es nicht wie ein postapokalyptischer Kuschelbär aussehen würde.

Ich nippe an einer der Wasserflaschen und trinke gerade genug, um meinen Durst zu stillen, aber nicht so viel, dass ich in nächster Zeit pinkeln muss.

Die Leute laufen verzweifelt hin und her und versuchen, alles zu erledigen, bevor es endgültig dunkel wird. Egal, ob sie Körper in den Wagen für die Obduktion zerren oder Angehörige begraben. Sie richten schon die ganze Zeit immer wieder ihre Blicke in den Himmel, doch als die Dunkelheit endgültig über sie hereinbricht, wirken sie noch nervöser und sehen sich ständig um, als würde etwas auf sie lauern.

Ich verstehe sie. Es muss beängstigend sein, alleine in der Dunkelheit zurückzubleiben. Vor allem mit jemandem, von dem man denkt, er sei tot.

Ich versuche, nicht daran zu denken, wie es für die Opfer wohl sein muss. Gelähmt, aber bei vollem Bewusstsein, alleine in der Dunkelheit mit den Monstern und ihren Familien.

Sobald der letzte Körper, auf den niemand Anspruch erhoben hat, im Van ist, werfen die Arbeiter die Türen zu und fahren los.

Diejenigen, die nicht mit dem Van mitfahren, eilen über die Straße und auf die Schule zu. Und dann lassen auch die Familien, die gerade noch Erde auf ihre Liebsten geschaufelt haben, ihre Spaten fallen und laufen den Arbeitern hinterher. Offensichtlich will niemand alleine zurückbleiben.

Mom beginnt, ängstliche Tierlaute auszustoßen, während sie zusieht, wie die anderen verschwinden. Bei einer solchen Paranoia wie der ihren ist es das Schlimmste, an einem Ort gefangen zu sein, von dem man nicht fliehen und an dem man sich nicht verstecken kann.

»Ist schon gut«, beruhige ich sie. »Sie kommen wieder. Sobald sie sich beruhigt haben, werden sie uns rauslassen. Und dann ziehen wir los und finden Paige.«

Mom zerrt an dem Türgriff auf ihrer Seite, bevor sie auf meine Seite springt und es auch dort probiert. Sie hämmert ans Fenster und rüttelt an der Schutzwand, die den Vordersitz vom Rücksitz trennt. Dann beginnt sie zu keuchen.

Sie bringt sich gerade selbst zum Ausflippen.

Das Letzte, was wir jetzt brauchen, ist, dass sie an einem Ort, der kleiner ist als ein Sofa, in ernsthafte Panik gerät.

Als die letzten Nachzügler an meinem Fenster vorbeilaufen, brülle ich ihnen zu: »Schafft mich in ein anderes Auto!«

Sie werfen nicht einmal einen Blick in meine Richtung, während sie über die Straße und in die Dunkelheit stolpern.

Und ich bin auf sehr begrenztem Raum mit meiner Mom gefangen.

22

Alle möglichen Sorgen schwirren in meinem Kopf herum.

Also atme ich tief ein. Ich versuche, alle Sorgen zur Seite zu schieben und mich zu konzentrieren.

»Mom?« Ich bemühe mich, leise und ruhig zu sprechen. Sie hat derart die Kontrolle verloren, dass ich eigentlich nur noch unter den Sitz kriechen und mich vor ihr verstecken will. Doch das ist wohl nicht möglich.

Ich strecke ihr eine Wasserflasche entgegen: »Willst du etwas Wasser?«

Mom sieht mich an, als wäre ich verrückt: »Hör auf, das zu trinken!« Sie reißt mir die Flasche aus der Hand und verstaut sie im hinteren Teil des Wagens. »Wir müssen sparsam damit umgehen.«

Gehetzt sieht sie sich in unserem Gefängnis um. Ihre Verzweiflung und Sorge zeigen sich in jeder Furche ihres Gesichts, und sie ist nur noch ein Abbild der Angst. Mir kommt es so vor, als würden die Falten jeden Tag tiefer werden. Der Stress bringt sie um.

Sie durchwühlt ihre Tasche. Mit jedem verfaulten Ei, das sie findet, wird sie noch hektischer. Ich stelle erleichtert fest, dass ihr jemand den Viehtreiber abgenommen hat. Aber ich hasse den Gedanken daran, wie viel Gewalt wohl dafür notwendig war.

»Mom?«

»Sei still, sei still, *sei still!* Du hast zugelassen, dass diese Männer sie schnappen!« Sie umklammert mit einer Hand das Metallgitter und mit der anderen den Rücksitz. Dabei drückt sie so fest zu, dass sämtliches Blut aus ihren Händen weicht und sie wie weiße Klauen aussehen.

»Du hast zugelassen, dass ihr diese Ungeheuer all diese schrecklichen Dinge antun konnten! Du hast dich an den Teufel verkauft, und jetzt kannst du nicht einmal deine Schwester retten?« Die Falten zwischen ihren Augenbrauen ziehen sich derart zusammen, dass sie aussieht, als wäre sie direkt einem Albtraum entsprungen.

»Du konntest ihr nicht einmal in die Augen sehen, als sie dich am meisten gebraucht hätte! Du warst dort draußen, um sie zu jagen, nicht wahr? Du wolltest sie töten! Nicht wahr?« Tränen strömen über ihr schmerzverzerrtes Gesicht, das nur noch einer Maske gleicht.

»Du bist zu nichts zu gebrauchen!« Sie schreit mir derart laut ins Gesicht, dass ihr eigenes Gesicht dabei so rot wird, als würde es gleich explodieren. »Du bist herzlos! Wie oft habe ich dir schon gesagt, du sollst auf Paige aufpassen? Du bist mehr als nur nutzlos!«

Sie hämmert immer wieder mit der Hand gegen das Gitter, bis ich fürchte, sie könnte beginnen zu bluten.

Ich versuche, alles auszublenden. Aber egal, wie oft sie über mich herzieht, ihre Worte verletzen mich jedes Mal.

Ich rolle mich in einer Ecke zusammen und versuche, so weit wie möglich von ihr fortzurücken.

Sie würde alles, was ich jetzt sage, ihrer verrückten Logik entsprechend verdrehen und es mir wieder entgegenschleudern.

Ich bereite mich innerlich auf einen ihrer Wutausbrüche vor. Und das ist eigentlich nichts, was ich an einem Ort erleben möchte, der so beengt ist, dass wir uns nicht einmal hinlegen können.

Es ist nichts, was ich irgendwann oder an irgendeinem Ort erleben möchte.

Ich bin mittlerweile stark genug, um sie im Kampf zu schlagen, doch sie würde nicht aufhören, bis ich sie ernsthaft verletzen würde. Am besten versuche ich, sie zu beruhigen.

Doch mir fällt nichts ein, was ich tun könnte. Das war immer Paiges Aufgabe. Also mache ich das Einzige, das mir in den Sinn kommt.

Ich summe.

Es ist das Lied, das Mom immer summt, wenn sie aus einem besonders schrecklichen Wahnzustand erwacht. Für mich ist es ihr Entschuldigungslied. Sonnenuntergänge, Burgen, die Brandung und Blutergüsse.

Vielleicht ignoriert sie mich, vielleicht wird sie vollkommen wahnsinnig. Vielleicht beruhigt sie das Lied, vielleicht wird sie aber auch so wütend wie nie zuvor, wenn sie hört, wie ich es summe. Wenn es etwas gibt, worauf man sich bei meiner Mutter verlassen kann, dann darauf, dass ihre Handlungen absolut unvorhersehbar sind.

Tatsächlich, ihre Hand schießt hoch, und sie schlägt mir ins Gesicht.

So fest, dass es einen Handabdruck auf meinem Gesicht geben muss, der wohl nie wieder verblassen wird.

Dann ohrfeigt sie mich erneut.

Beim dritten Mal packe ich ihr Handgelenk, bevor sie mein Gesicht trifft.

Während meines Trainings wurde ich von unterschiedlichen Gegnern geschlagen, geboxt, getreten, gestoßen, auf den Boden geworfen und gewürgt. Doch nichts schmerzt so sehr wie eine Ohrfeige von der eigenen Mom.

Ich rufe mir ins Gedächtnis, dass es bereits mehrere Wochen her ist, seit sie zum letzten Mal ihre Medikamente genommen hat, doch das lindert meinen Schmerz kein bisschen.

Also bereite ich mich darauf vor, sie außer Gefecht zu setzen, ohne sie zu verletzen und hoffe, dass die Sache nicht zu sehr außer Kontrolle gerät. Doch es stellt sich heraus, dass ich gar nichts mehr machen muss.

Ihre Wut weicht Kummer. Ihre Finger lösen sich von dem Metallgitter. Ihre Schultern fallen nach vorne, und sie rollt sich wie ein Embryo vor der Tür zusammen.

Sie fängt an zu zittern, und die Tränen beginnen zu fließen. Jetzt schluchzt sie so laut wie ein kleines Mädchen.

Als hätte sie ihr Ehemann alleine mit den Ungeheuern zurückgelassen.

Als hätten ihr Dämonen ihre Töchter entrissen.

Als wäre die Welt untergegangen.

Und niemand würde es verstehen.

Wäre Paige jetzt hier, würde sie Mom festhalten und ihr übers Haar streichen. Paige wäre für sie da, bis sie einschläft. Sie war es zahllose Male, selbst nachdem unsere Mutter ihr wehgetan hatte.

Aber ich bin nicht Paige.

Ich rolle mich in der gegenüberliegenden Ecke zusammen und umklammere das weiche Fell meines Teddybären.

23

Ich träume, dass ich wieder mit Raffe zusammen bin.

Die Umgebung kommt mir bekannt vor. Wir befinden uns in der Gästehütte, in der Raffe und ich geschlafen haben, nachdem wir damals das Bürogebäude verlassen hatten. Es ist jene Nacht, in der ich seinen Namen erfuhr und er von meinem Gefangenen zu meinem Gefährten wurde. Jene Nacht, in der er mich in den Armen hielt, während ich zitternd einen Albtraum durchlebte.

Das Prasseln des Regens an den Fenstern hallt durch die Hütte.

Ich sehe auf mein damaliges Ich hinunter, das schlafend unter einer dünnen Decke auf der Couch liegt.

Raffe liegt auf dem anderen Sofa und beobachtet mich. Er hat seinen muskulösen Körper müde auf den Kissen ausgestreckt. Hinter seinen dunkelblauen Augen schwirren Gedanken, die ich allerdings nicht hören kann. Es ist, als wäre das Schwert aufmerksamer geworden, nachdem es mir so viel über Raffe erzählt hat, und hielte seine Gedanken nun verborgen. Vielleicht habe ich es übertrieben, als ich es nach dem Kuss gefragt habe.

Raffes Blick wirkt so weich, wie ich es noch nie zuvor gesehen habe. Es liegt kein nacktes Begehren oder zärtliche Liebe oder sonst etwas in dieser Richtung darin. Und wenn es der Fall wäre, wäre das bloß der Beweis, dass das hier nur eine meiner verkorksten Fantasien ist.

Nicht, dass ich von ihm fantasiere.

Er gleicht mehr einem Mann, der ein Kätzchen beobachtet, obwohl er keine Katzen mag, und dabei zum ersten Mal auf den Gedanken kommt, dass Kätzchen doch irgendwie süß sind.

Als würde er zögernd und bloß für sich gerade zu der Einsicht gelangen, dass Katzen doch nicht *so* schlimm sind.

Der unbedachte Gesichtsausdruck verweilt nur einen Herzschlag lang. Dann schießen Raffes Augen in Richtung Flur. Er hört etwas.

Sofort versteift er sich.

Ich warte angespannt.

Dann sehe ich zwei Augenpaare, die immer größer werden, während sie so leise wie der Tod immer näher kriechen. Sie glotzen aus dem dunklen Flur ins Wohnzimmer und beobachten mich.

Oh Mann, warum wusste ich bis jetzt nichts davon?

Innerhalb eines Wimpernschlags springt Raffe auf, packt sein Schwert und läuft in den Flur hinaus.

Die Schatten der Teufelsbraten machen einen Satz und ziehen sich in Richtung Schlafzimmer zurück, das hinter dem grauen Flur vollkommen im Dunkeln liegt. Sie tauchen durch die offene Tür hinaus, durch die die kalte Luft wie ein Fluss hereinströmt.

Raffe und die beiden Kreaturen verfallen in Zeitlupe, während sie auf das zerbrochene Fenster neben dem Bett zustürzen. Der Regen peitscht in Zeitlupe durch dieses beschädigte Fenster herein, und die Vorhänge tanzen im Wind.

Ich weiß, ich sollte eigentlich Raffes Bewegungen nachahmen, während er die Teufelsbraten angreift, aber ich bin zu neugierig, was weiter passieren wird. Die Kreaturen laufen davon, ohne ihn anzugreifen.

Warum haben sie ihm nachspioniert? Wollen sie sich auf den Weg machen, um Verstärkung zu holen?

Die Teufelsbraten hätten es wohl durch das Fenster hinaus geschafft, wenn der Erste den Zweiten nicht zur Seite und in die Vorhänge geschubst hätte, sodass der Zweite sich nun panisch an ihn klammert.

Während sie gegeneinander um den Vortritt kämpfen, schneidet Raffes Schwert den Teufelsbraten, der gerade aus dem Fenster springen will, in der Mitte durch. Dann schlitzt er dem Zweiten die Kehle auf.

Raffe sieht aus dem Fenster, um sicherzugehen, dass es die einzigen beiden Teufelsbraten waren.

Dann taumelt er auf das Bett zu, zuckt vor Schmerz zusammen und beugt sich nach vorne, um wieder zu Atem zu kommen. Auf den Verbänden auf seinem Rücken zeichnen sich dort, wo seine Flügel gewesen sind, dunkle Blutflecken ab.

Er ist erst vor ein paar Stunden aus seinem heilenden Schlaf erwacht, und das hier war seitdem sein dritter Kampf. Zuerst mit mir, dann mit der Straßengang, die in unser Bürogebäude eingebrochen ist, und jetzt mit diesen gruseligen Wesen. Ich kann mir gar nicht vorstellen, wie schwierig das alles für ihn sein muss. Es ist eine Sache, von seinen Kameraden getrennt zu werden und nur noch von Feinden umgeben zu sein, aber darüber hinaus außerdem schwer verwundet zu sein, muss furchtbar einsam machen.

Er wischt sein Schwert an der Bettwäsche sauber und poliert es liebevoll mit dem Laken. Als die Wesen endlich ihren Todeskampf beendet haben, verlässt er das Zimmer.

Erstaunlicherweise schlafe ich immer noch seelenruhig im Wohnzimmer. Klar, ich habe schon seit Tagen nicht mehr ordentlich geschlafen und bin mehr oder weniger vor Erschöpfung ohnmächtig. Ich liege zitternd auf dem Sofa. Die Kälte ist durch die offene Schlafzimmertür bis ins Wohnzimmer gedrungen.

Raffe hält inne, lehnt sich gegen das Sofa und ringt nach Atem.

Ich wimmere im Schlaf und liege zitternd vor ihm.

Was denkt er wohl gerade?

Dass es, falls wir gerade von weiteren Teufelsbraten beobachtet werden, keinen Unterschied macht, ob wir auf zwei getrennten Sofas oder auf einem liegen? Oder dass ich ohnehin bereits dem Tode geweiht bin, weil ich schon zu lange mit ihm zusammen bin?

Ich wimmere erneut und ziehe unter der dünnen Decke die Beine an die Brust.

Er lehnt sich über mich und flüstert: »Ruhig. Schhh.«

Vielleicht sehnt er sich nach einer derart traumatisierenden Amputation einfach nach der Wärme eines anderen Lebewesens an seinem Körper. Vielleicht ist er so erschöpft, dass es ihm nichts ausmacht, dass ich eine Menschentochter bin. So sonderbar und barbarisch wie die Frauen seiner Kundschafter.

Aus welchem Grund auch immer, er zieht jedenfalls zögernd die Kissen hinter mir vom Sofa. Er hält inne und wirkt, als wolle er seine Meinung ändern.

Doch dann schlüpft er trotzdem hinter mich.

Zuerst fühlt sich seine Umarmung steif und unbequem an. Doch als er sich schließlich entspannt, fällt auch die Anspannung von seinem Gesicht ab.

Er streichelt meine Haare und flüstert: »Schhh.«

Egal, wie viel Geborgenheit er mir spendet, ich gebe ihm mindestens genauso viel zurück, indem ich ihm einfach einen warmen Körper schenke, als er ihn am nötigsten braucht.

Ich schmiege mich im Schlaf enger an ihn, und das Wimmern verebbt zu einem zufriedenen Seufzen. Es schmerzt beinahe zuzusehen, wie Raffe die Augen schließt und mich zum Trost umklammert hält, wie ein Kind sein Stofftier.

Ich strecke meine Phantomhand aus, um über sein Gesicht zu streichen, doch natürlich kann ich ihn nicht spüren. Das Einzige, was ich fühle, ist bloß das, woran sich das Schwert erinnert.

Trotzdem lasse ich meine Hand über seinen Nacken und die Muskeln auf seinen Schultern gleiten.

Ich stelle mir vor, wie weich und warm er ist.

Und ich erinnere mich daran, wie es war, in seinen Armen zu liegen.

24

Als ich aufwache, ist es immer noch dunkel. Langsam gleite ich zurück in die Realität, obwohl ich weiterhin in meinem Traum gefangen bin.

Ich streichle das weiche Fell des Teddybären. Mein Traum war tröstlicher, als es ein Kampftraining eigentlich sein sollte. Es ist, als hätte das Schwert bewusst eine beruhigende Erinnerung für mich ausgesucht, und dafür bin ich ihm dankbar.

Ich brauche eine Minute, bis mir klar wird, warum ich auf dem Rücksitz eines Autos schlafe.

Ja, richtig. Wir werden in einem Streifenwagen gefangen gehalten.

Dann fällt mir auch der Rest wieder ein, und ich wünschte, ich könnte in meinen Traum zurückkehren.

Draußen säumen liegen gebliebene Autos die Fahrbahn, und die Schatten der Äste schwanken im Wind. Wie viele andere Orte wirken auch Straßen in der Nacht surreal und unheimlich.

Vor meinem Fenster bewegt sich etwas.

Bevor ich den Schatten näher identifizieren kann, klopft er an die Scheibe.

Ich schreie auf.

Meine Mutter packt lautlos meinen Arm und zieht mich mit sich in den Fußraum des Wagens.

»Ich bin's. Clara«, flüstert der Schatten.

Ich höre, wie sich ein Schlüssel im Schloss dreht, dann öffnet sich die Fahrertür des Wagens. Glücklicherweise hat jemand das Blaulicht ausgemacht, sodass wir wenigstens nicht wie ein Signalfeuer leuchten.

Claras viel zu dürrer Körper gleitet auf den Fahrersitz.

»Du bist tot«, erklärt meine Mutter. »Total verschrumpelt. Du siehst aus, als wärst du aus einem Grab emporgestiegen.«

»Sie ist nicht tot, Mom.« Ich klettere aus dem Fußraum nach oben und setze mich wieder auf die Rückbank.

»Manchmal wünschte ich, ich wäre es«, erwidert Clara. Sie macht den Motor an, der erschreckend laut ist.

»Was tust du da?«, frage ich.

»Ich bringe euch von hier fort. Fort von diesen schrecklichen Menschen.« Der Wagen beschreibt eine weite S-Kurve, um den anderen Autos auszuweichen.

»Mach die Scheinwerfer aus«, sage ich. »Sie erregen zu viel Aufmerksamkeit.«

»Das ist das Taglicht. Ich kann es nicht ausmachen.«

Sie weicht einem weiteren Hindernis aus, und das Licht der Scheinwerfer fällt auf den Berg von Körpern, den Mom vorhin errichtet hatte. Offensichtlich wollte ihn trotz Obis Befehl niemand anrühren.

Der schrecklich aussehende Kerl an der Spitze hebt träge seine Hand, um das Licht abzuschirmen.

»Die Toten erwachen zum Leben«, erklärt meine Mutter. Sie klingt aufgeregt, als hätte sie immer schon gewusst, dass das einmal passieren würde.

»Der Kerl war nicht tot, Mom.«

»Du warst die Erste, die auferstanden ist«, erwidert Mom. »Die Erste der Toten.«

»Ich war aber auch nicht tot«, sage ich.

»Ich hoffe, er findet seine Familie, und sie nehmen ihn wieder in ihrer Mitte auf«, meint Clara. Sie klingt, als würde sie es bezweifeln.

Ich versuche, nicht an die restlichen Opfer zu denken.

Ironischerweise ist dieser Mann vielleicht eines der wenigen Skorpionopfer, das diese Nacht überleben wird. Und meine Mutter hat ihn gerettet.

Sobald wir etwas Abstand zwischen uns und das Widerstandscamp gebracht haben, hält Clara den Wagen an, damit ich mich nach vorne setzen kann. Nachdem auch meine Mutter nicht mehr hinten in unserem Gefängnis bleiben möchte, drängen wir uns zu dritt auf den Vordersitz.

»Danke, Clara«, sage ich. »Aber wie bist du eigentlich an den Autoschlüssel gekommen?«

»Das war echtes Glück«, erwidert sie. »Diese Zwillinge mit den komischen Namen haben ihn zufälligerweise nur wenige Meter von mir entfernt verloren.«

»Sie haben ihn … verloren?« Die beiden sind die fingerfertigsten Gauner, die ich kenne. Es ist schwer vorstellbar, dass sie irgendetwas einfach so verlieren.

»Ja, sie haben mit ein paar Dingen hin und her jongliert, während sie an mir vorbeigingen. Der Schlüssel ist einfach hinuntergefallen, ohne dass sie es bemerkt haben.«

»Aber du hast es bemerkt.«

»Klar.«

»Und wie wusstest du, dass es der Schlüssel zu unserem Polizeiauto ist?«

Sie hebt den Schlüsselanhänger hoch, um ihn mir zu zeigen. Er ist aus durchsichtigem Plastik und war ursprünglich wohl für ein Foto gedacht. In diesem hier steckt jedoch ein Stück Papier, auf dem in krakeliger Kinderhandschrift in Blockbuchstaben »PENRYNS POLIZEIAUTO – EXTRA GEHEIM« steht.

Falls ich die Zwillinge jemals wiedersehe, schulde ich ihnen wohl ein Zombie-Mädchen-Schlammcatchen.

»Ich hoffe, sie bekommen keine Schwierigkeiten«, meint Clara. »Sie scheinen nette Jungs zu sein.«

»Es würde mich überraschen, wenn überhaupt jemand wüsste, dass sie den Schlüssel bei sich hatten. Mach dir keine Sorgen, sie bekommen sicher keine Schwierigkeiten.« Dafür aber vermutlich jemand, den die beiden nicht leiden können.

Mom flüstert neben mir eindringlich in ein Telefon oder sonst ein komisches Gerät und führt eine Unterhaltung mit jemandem, den es gar nicht gibt.

»Also, wohin sollen wir fahren?«, fragt Clara.

Das trübt meine Stimmung. Es ist eine so einfache Frage. Aber ich will nicht einmal ansatzweise darüber nachdenken. Sowohl meine Mom als auch Clara sind älter als ich, aber trotzdem erwarten sie, dass *ich* die Richtung vorgebe.

Paige ist fort. Und die Leiche, neben der sie stand …

Ich schließe die Augen und versuche, das Bild zu verdrängen, doch das macht es nur noch schlimmer. Das Blut auf ihrem Gesicht war nicht ihr eigenes, da bin ich mir sicher. Entweder wird sie Jagd auf Menschen machen, oder die Menschen auf sie. Vielleicht aber auch beides.

Ich ertrage es nicht, über sie nachzudenken. Wenn sie gefangen genommen wird, dann wird man sie so behandeln, wie die Leute vom Widerstand sie behandelt haben. Man wird sie wie ein Tier fesseln oder sie töten. Und wenn sie zuerst jemanden erwischt, dann …

Denk nicht darüber nach.

Aber ich muss darüber nachdenken, nicht wahr? Ich kann sie nicht alleine dort draußen lassen. Verzweifelt und verängstigt.

Die Leute vom Widerstand werden vermutlich in den Morgenstunden mit der Suche nach ihr beginnen. Wenn wir sie zuerst finden, können wir vielleicht gemeinsam eine Lösung für ihr Problem finden. Aber wie sollen wir sie finden?

Ich atme tief ein und langsam wieder aus. »Fahren wir ein paar Ortschaften weiter und verstecken uns irgendwo, wo wir überlegen können, wie wir weiter vorgehen.«

»Gute Idee«, meint Clara, die den Himmel genauso im Auge behält wie die Straße.

»Nein«, unterbricht meine Mom uns und deutet mit einer Hand die Straße entlang, während sie in der anderen immer noch das komische Gerät hält. »Fahr weiter. Paige ist in diese Richtung unterwegs.« Sie klingt sehr überzeugt.

Irgendetwas ist seltsam an diesem Gerät – kann es wirklich ein Telefon sein? Es ist größer und klobiger als ein Handy. Und es kommt mir irgendwie bekannt vor.

»Ist das eigentlich ein Handy?«, frage ich und greife danach.

»Nein!« Mom reißt es schnell aus meiner Reichweite und drückt es schützend an sich. »Das ist nichts für dich, Penryn. Nicht jetzt und auch sonst nicht.«

Meine Mutter hat eine andere Beziehung zu unbeseelten Objekten als die meisten von uns. Manchmal ist ein Lichtschalter bloß ein Lichtschalter. Bis er es nicht mehr ist.

Nachdem sie jahrelang den gleichen Schalter benutzt hatte, um das Licht aufzudrehen, war sie plötzlich wie aus dem Nichts davon überzeugt, dass sie ihn immer wieder betätigen müsste, um Chicago zu retten. Danach war es ein anderer Lichtschalter. Und dann kam der Tag, als sie ihn an- und wieder ausschalten musste, um New York City zu retten.

»Was ist das?«, frage ich.

»Der Teufel.«

»Der Teufel ist ein kleines schwarzes Kästchen?« Das spielt natürlich keine Rolle. Das hat es noch nie. Aber aus irgendeinem Grund will ich, dass sie es mir erklärt.

Vielleicht fällt mir dann wieder ein, was das für ein Gerät ist und wo ich es schon einmal gesehen habe.

»Der Teufel spricht durch dieses kleine schwarze Kästchen mit mir.«

»Aha.« Ich nicke und überlege, was ich sonst noch sagen könnte. »Wie wäre es dann, wenn wir es einfach wegwerfen?« Wenn es bloß so einfach wäre.

»Und wie sollen wir dann deine Schwester finden?«

Das Gespräch beginnt, sich im Kreis zu drehen. Ich verschwende bloß meine Zeit.

Meine Mutter rückt ein Stück zur Seite, und ich erhasche einen Blick auf das Display des Gerätes. Er zeigt eine Karte der Bay Area und zwei gelbe Pfeile, die auf zwei verschiedene Punkte gerichtet sind.

Ich kenne dieses Display. Mein Dad hat dieses Gerät eines Tages mit nach Hause gebracht. »Das ist doch Dads Prototyp!«

Mom versteckt das Kästchen hinter ihrem Rücken, als hätte sie Angst, ich würde es ihr wegnehmen.

»Ich kann nicht glauben, dass du es gestohlen hast. Er wurde deswegen gefeuert.« Kein Wunder, dass er uns verlassen hat.

»Er mochte den Job ohnehin nicht.«

»Er hat diesen Job *geliebt*. Und er war am Boden zerstört, als er ihn verloren hat. Kannst du dich nicht erinnern, wie er überall nach diesem Ding gesucht hat?«

»Seine Firma hat es nicht so sehr gebraucht wie ich. Der Teufel wollte, dass ich es bekomme. Sie durften es nicht behalten.«

»Mom ...« Ach, das hat doch alles keinen Sinn.

Wäre er nicht gefeuert worden, weil er den Prototyp verloren hatte, wäre eben etwas anderes, das Mom getan hatte, der Grund dafür gewesen. Es ist schwer, als Ingenieur zu arbeiten, wenn dich deine Frau alle zwei Minuten anruft. Und wenn Dad diese Anrufe nicht entgegengenommen hat, dann rief sie am Empfang an, oder seinen Boss, oder irgendwelche Kollegen, um sicherzustellen, dass es ihm gut ging. Und wenn niemand geantwortet hat, dann stand plötzlich die Polizei vor ihm und erklärte ihm, dass seine Frau in aller Öffentlichkeit einen Anfall erlitten und brüllend und schreiend behauptet hatte, dass *sie* gekommen wären, um ihren Mann zu holen.

»Was ist das?«, fragt Clara.

»Das ist der Prototyp eines Gerätes, das Haustiere aufspüren kann«, erwidere ich. »Es verwendet einen winzigen Peilsender, der wasserdicht und stoßresistent ist. Mein Dad hat uns das Gerät einmal vorgeführt. Und meiner Mom hat es offensichtlich sehr gut gefallen.«

»War er Ingenieur?«

»Ja«, antworte ich. Ich erzähle ihr nicht, dass er zu dem Zeitpunkt, als er uns schließlich verließ, die Nachtschicht in einem Supermarkt in der Nähe unserer Wohnung übernommen hatte, wo Mom in einer Ecke sitzen konnte, während er an der Kasse Kunden bediente.

»Mein Mann Brad war auch Ingenieur«, meint Clara wehmütig, beinahe wie zu sich selbst.

Der Pfeil auf dem Gerät meiner Mutter blinkt und bewegt sich eine Straße entlang. Das Zielobjekt ist in Bewegung.

»Wen orten wir denn da gerade?«, frage ich.

»Paige«, antwortet Mom.

»Und woher weißt du, dass es Paige ist?«, frage ich und bin mir sicher, dass es sich hier nur um eine weitere ihrer Wahnvorstellungen handelt. Es ist eine Sache, dass sie Dads Ortungsgerät bei sich hat. Es ist aber eine ganz andere, Paige tatsächlich zu orten, denn dafür müsste sie einen Peilsender am Körper tragen.

»Der Teufel sagt es mir.« Sie senkt den Kopf und wirkt bekümmert. »Wenn ich ihm gewisse Dinge verspreche«, murmelt sie.

»Okay.« Ich reibe mir die Stirn und versuche, geduldig zu sein. Es ist eine wahre Kunst, meiner Mom Informationen zu entlocken. Man muss mit einem Fuß in der Realität bleiben und mit dem anderen einen Schritt in ihre Welt machen, um ein besseres Bild davon zu erhalten, wovon sie spricht. »Und woher weiß der Teufel, wo Paige ist?«

Sie sieht mich an, als hätte ich gerade die dämlichste Frage gestellt, die man sich vorstellen kann.

»Über den Peilsender natürlich.«

25

Manchmal mache sogar ich noch den Fehler, meine Mutter zu unterschätzen. Es wäre zu einfach, davon auszugehen, sie wäre nicht klug und gerissen, bloß weil sie an unlogische Dinge glaubt und miese Entscheidungen trifft. Aber ihr Zustand hat nichts mit ihrer Intelligenz zu tun. Und das vergesse ich manchmal.

»Paige trägt einen Peilsender bei sich?« Ich halte den Atem an und wage nicht, weiter zu atmen.

»Ja.«

»Aber wo? Und wie?« Falls meine Mutter den Sender in einer Tasche verstaut hat und denkt, Paige hätte ihn bei sich, dann folgen wir jetzt vielleicht dem Müllwagen und nicht ihr.

»Da.« Mom deutet auf meinen Schuh.

Ich senke den Blick und sehe zuerst einmal gar nichts. Dann erkenne ich, dass sie nicht meinen Schuh meint. Sie deutet auf den gelben Strahlenkranz am Saum meiner Jeans. Ich bin diese Strahlenkränze schon so gewohnt, dass ich sie gar nicht mehr wahrnehme.

Also beuge ich mich nach unten und betrachte den Stern zum ersten Mal genauer. Unter den gelben Fäden erfühlt mein Daumen etwas Hartes. Es ist winzig und kaum zu bemerken, zumindest habe ich es noch nie bemerkt.

»Das bist du«, sagt sie und deutet mit dem Finger auf den unteren Pfeil in Redwood City.

»Und das ist Paige.« Sie fährt mit dem Finger zu dem oberen Pfeil in San Francisco.

Wie kann sie in so kurzer Zeit so weit gekommen sein?

Ich atme tief durch. Wer weiß, wozu sie mittlerweile in der Lage ist?

Tatsächlich erinnere ich mich daran, wie Dad uns den winzigen Chip auf seiner Fingerspitze gezeigt hat. Er bewahrte sehr viele davon zusammen mit dem Empfangsgerät in einer Kiste auf. Der Chip war in Plastik eingeschweißt, sodass er schmutz- und wasserabweisend war, damit der Hund sich im Schmutz wälzen und gewaschen werden konnte, ohne dass der Sender Schaden nehmen würde.

Deswegen ist Mom immer wieder aufgetaucht, als Raffe und ich unterwegs waren. Und so ist sie auch in den Engelshorst gekommen.

»Mom, du bist ein Genie.«

Meine Mutter wirkt überrascht. Dann strahlt sie und lächelt zufrieden. Ich habe sie seit ich weiß nicht wie langer Zeit nicht mehr so glücklich erlebt. Ihr Gesicht strahlt vor Freude wie bei einem kleinen Mädchen, das zum ersten Mal in seinem Leben etwas richtig gemacht hat.

Ich nicke. »Gute Arbeit, Mom.« Es ist irgendwie verstörend, wenn man plötzlich erkennt, dass ein Elternteil tatsächlich Bestätigung von einem nötig hat.

Wir tauschen das laute Polizeiauto gegen ein leiseres Elektroauto ein, in dem noch der Zündschlüssel steckt.

Ich durchwühle das Handschuhfach und den Kofferraum des Streifenwagens nach nützlichen Dingen, die wir in das neue Auto mitnehmen können. Ich finde ein Fernglas und einen Erste-Hilfe-Beutel für unterwegs. Wenn Obis Leute in irgendetwas gut sind, dann darin, auf der Flucht zu überleben. Denn ich nehme an, dass alle Fahrzeuge des Widerstands derart ausgestattet sind.

Clara nimmt mich auf dem Weg zu unserem neuen Auto zur Seite. »Mach dir keine allzu großen Hoffnungen«, flüstert sie.

»Keine Sorge. Ich weiß, dass die Chancen, Paige zu finden, nicht gerade gut stehen.«

»Das meine ich nicht. Ich meine deine Mom.«

»Glaub mir, was sie angeht, habe ich alle Hoffnung verloren.«

»Nein, das stimmt nicht. Ich sehe es dir an. Es gibt da einen Spruch: ›Bloß weil du paranoid bist, heißt das nicht, dass nicht doch jemand hinter dir her ist.‹ Und es trifft auch im umgekehrten Fall zu. Bloß weil es dort draußen jemanden gibt, der hinter ihr her ist, heißt das nicht, dass sie nicht paranoid ist.«

»Das verstehe ich nicht.«

»Bloß weil die Welt vollkommen verrückt ist, bedeutet das nicht, dass deine Mutter es nicht ebenfalls ist.«

Ich weiche vor ihr zurück. Dieser Gedanke wäre mir nicht gekommen.

Zumindest nicht bewusst.

Aber muss Clara mir wirklich diese eine Möglichkeit auch noch nehmen?

»Ich war früher Krankenschwester. Deshalb weiß ich, wie schwer ein solcher Zustand für eine Familie sein kann. Es kann helfen, darüber zu reden. Ich will bloß nicht, dass du verletzt wirst, wenn du dir einredest, dass deine Mom vielleicht …«

Schnell trete ich die Scheinwerfer und das Tagfahrlicht des neuen Autos ein, damit wir nicht wie ein Signalfeuer leuchten. Tatsächlich zerschmettere ich sie mit solcher Wucht, dass von den Glühbirnen mehr oder weniger nur noch Staub übrig bleibt.

Wir brauchen diese Lichter nicht. Das Mondlicht ist hell genug, um die liegen gebliebenen Autos auf der Straße zu sehen, auch wenn wir nicht alle Details erkennen können.

Ich rutsche auf den Beifahrersitz.

»Entschuldige«, meint Clara, während sie auf den Fahrersitz gleitet.

Ich nicke.

Und damit ist dieses grässliche Thema abgeschlossen.

Clara macht den Motor an, und wir bewegen uns erneut langsam nach Norden in Richtung San Francisco.

»Warum bist du hier, Clara? Meine Mom und ich sind nicht gerade die beste Reisegesellschaft.«

Sie fährt eine Weile schweigend weiter. »Vielleicht habe ich den Glauben an die Menschheit verloren. Vielleicht haben die Engel einen guten Grund, uns zu vernichten.«

»Und was hat das damit zu tun, dass du mit uns unterwegs bist?«

»Du bist eine Heldin. Und ich hoffe, dass ich durch dich meinen Glauben wiederfinde und mir bewusst wird, dass wir es wert sind, gerettet zu werden.«

»Ich bin ganz sicher keine Heldin.«

»Du hast mir im Horst das Leben gerettet. Deshalb bist du meine Heldin.«

»Ich habe dich sterbend im Keller zurückgelassen.«

»Du hast mich aus den Fängen eines lebenden Albtraumes befreit, als ich dachte, dass keine Hoffnung mehr bestünde. Du hast mir die Chance gegeben, wieder ins Leben zurückzukriechen, als niemand sonst es getan hat.«

Sie wirft mir einen Blick zu, und ihre Augen glänzen in der Dunkelheit. »Du bist eine Heldin, Penryn. Ob es dir nun gefällt oder nicht.«

26

Meine Mutter murmelt unablässig in das Empfangsgerät. Ihre Stimme wird zu einem Singsang, und es macht mir Angst, dass es sich dabei um denselben Singsang handelt, als ob sie beten würde. Denn dieses Mal betet sie zum Teufel.

Wir schlängeln uns in der Dunkelheit nur langsam an den liegen gebliebenen Autos vorbei, aber wir kommen voran. Wieder folgen wir derselben Strecke wie Raffe und ich, als wir damals in die Stadt fuhren. Doch dieses Mal ist niemand auf der Straße zu sehen. Keine Flüchtlinge, keine autofahrenden Zwölfjährigen, keine Zeltstädte. Bloß meilenweit verlassene Straßen, umherflatternde Zeitungen und liegen gebliebene Mobiltelefone, die unter unseren Reifen knirschen.

Wo sind denn alle hin? Verstecken sie sich hinter den dunklen Fenstern der Gebäude? Selbst nach dem Angriff auf den Engelshorst kann es kaum sein, dass wirklich alle die Stadt verlassen haben.

Ich merke, dass ich schon wieder das weiche Fell des Teddybären streichle. Irgendwie wirken diese verlassenen Straßen besonders unheimlich, und es ist sehr beruhigend, ein Killerschwert bei sich zu haben, selbst wenn es als Stofftier getarnt ist.

Nach ein paar Stunden befinden wir uns schließlich auf dem Weg zum Hafen.

Wir fahren in der stillen Nacht einen der Hügel hoch. San Francisco sollte eigentlich eine Stadt voller funkelnder Lichter, voller Bewegung und Geräusche sein. Ich habe mich immer darauf gefreut, hierherzukommen, habe mich aber auch gleichzeitig davor gefürchtet, weil es meine Sinne schnell überlasten konnte. Die wenigen Male, die ich mit meinen Freunden oder meinem Dad hier war, verlor ich mich beinahe jedes Mal darin, die windigen Straßen entlangzuwandern.

Jetzt gleicht die Stadt einem Ödland.

Der abnehmende Mond wirft ein wenig Licht auf die umgeworfenen Mülleimer und die umherhuschenden Ratten, aber die Stadt ist nach den lodernden Feuern, die den Angriffen der Engel folgten, noch immer rußbedeckt, sodass das ganze Licht absorbiert wird. Die einst wunderschöne Stadt hat sich in eine Albtraumlandschaft verwandelt.

Mom betrachtet alles mit abgestumpftem Blick. Es ist, als hätte sie immer schon gewusst, dass es einmal so kommen würde. Als hätte für sie alles schon ihr ganzes Leben lang so ausgesehen.

Doch selbst sie zieht scharf die Luft ein, als sie die Insel von Alcatraz entdeckt.

Alcatraz war ein bekanntes Gefängnis, in dem einst die

berüchtigtsten Kriminellen einsaßen. Die Insel liegt in der Bucht vor der Stadt und leuchtet schwach im Mondlicht, das vom Meer reflektiert wird.

Vermutlich befindet sich ein eigener Stromgenerator auf der Insel, den jemand wieder zum Laufen gebracht hat. Die Lichter von Alcatraz wirken nicht gerade einladend, stattdessen geht von der Insel ein düsteres, intensives Glühen aus, sodass sie vor dem dunklen Himmel gerade noch auszumachen ist.

Alcatraz ist gerade hell genug erleuchtet, um den Schwarm ungewöhnlich geformter Wesen erkennen zu lassen, der über der Insel in der Luft schwebt.

Mom wirft einen Blick auf den blinkenden Pfeil auf ihrem Empfangsgerät. Sie deutet auf Alcatraz.

»Dort drüben«, sagt sie. »Paige ist dort drüben.«

Na toll.

Wie ist sie in der kurzen Zeit so weit gekommen? Kann sie tatsächlich so schnell laufen, oder hat sie jemand hierhergebracht?

Ich atme tief ein und langsam wieder aus.

Zumindest hatten die Engel nicht genug Humor, statt Alcatraz die benachbarte Engelsinsel zu besetzen. Das hätte Raffe vermutlich getan, wenn er das Kommando gehabt hätte.

Clara parkt unser Auto schräg über die Straße, um zwischen den anderen nicht aufzufallen. Ich schnappe mir das Fernglas, und wir steigen aus. Wir befinden uns auf Pier 39 in der Nähe des Fisherman's Wharf. Vor den Angriffen war das hier eine beliebte Touristenattraktion, und es gab T-Shirt-Läden, Buden mit Süßigkeiten und einen Fischmarkt.

»Meine Mädchen haben diesen Ort geliebt«, sagt Clara. »Wir sind jeden Sonntag zum Mittagessen hierhergekommen. Für sie war es der größte Spaß, Muschelsuppe in einer Brotschüssel zu essen und die Seelöwen zu beobachten. Dieser Ort war das pure Glück für sie.« Sie sieht sich mit bittersüßem Gesichtsausdruck um.

Zumindest die Seelöwen sind noch da. Ich höre sie irgendwo im Wasser bellen. Doch das ist auch schon das einzig Vertraute hier.

Der Pier steht schief, und zerbrochene Planken ragen wie Zahnstocher aus dem Wasser. Viele der Gebäude sind in sich zusammengefallen und nur noch ein Haufen Treibholz. Es sieht so aus, als wären die Feuer nicht in diese Gegend vorgedrungen, dafür aber die Sturzflut umso mehr.

Die schreckliche Wucht der weltweiten Tsunamis wurde zwar etwas abgebremst, bevor die Welle die Bucht erreichte, aber sie hat dennoch genug Schaden angerichtet. Beinahe wäre dieser Teil der Stadt vollständig unter Wasser gesetzt und zerstört worden.

Ein Boot liegt zur Seite gekippt auf der Straße. Ein weiteres ragt aus dem Dach eines zerstörten Gebäudes.

Überall liegen riesige Holzsplitter herum. Zu schade, dass man die Engel nicht wie Vampire aufspießen kann. Wir hätten sie sonst hierherlocken und eine große Party veranstalten können.

Ein überraschenderweise unversehrtes Touristenboot liegt noch vor Anker. Ich will hinüberlaufen, zur Insel übersetzen und Paige suchen. Stattdessen ducke ich mich hinter einem Haufen zerbrochener Kisten nieder, von wo ich zwar etwas sehen kann, aber nicht gesehen werde.

Ich werfe durch das Fernglas einen Blick auf Alcatraz.

Die Wesen, die im Nachthimmel über der Insel schwirren, sind zu dunkel, um Details zu erkennen, aber ich kann ihre Silhouetten gegen den mondhellen Himmel ausmachen.

Menschliche Körper.

Flügel.

Dicke Skorpionschwänze.

27

Was zunächst noch wie ein chaotischer Schwarm ausgesehen hat, erweist sich nun als geordnetes Flugmuster.

Zumindest teilweise.

Die meisten Skorpione fliegen einem Engel nach, der zuerst aufsteigt, sich dann zur Seite neigt und schließlich wieder nach unten taucht. Sie folgen ihm wie Jungvögel. Zumindest die meisten von ihnen.

Manche sind so weit hinterher, dass sie dem Engel beinahe bei seiner routinemäßigen Flugbahn in die Quere kommen. Und es ist wirklich reine Routine. Er wiederholt die Flugbahn immer wieder, um in der Nähe der Insel zu bleiben. Zwar variiert er seine Bewegungen dann und wann, aber das Muster ist mehr oder weniger vorhersehbar.

Wenn ich es nicht besser wüsste, würde ich sagen, er gibt ihnen Flugstunden.

Jungvögel müssen lernen, wie man fliegt, und junge Delfine müssen lernen, wie man Luft atmet. Vielleicht müssen auch gerade erst geborene Monster lernen, wie man sich monsterhaft verhält. Normalerweise werden den Kleinen diese Dinge von ihren Müttern beigebracht, aber diese Dinger hier haben ja keine Mütter.

Der Engel ist allerdings kein guter Lehrer. Mehrere Skorpione mühen sich furchtbar ab. Selbst ich sehe, dass sie zu schnell mit den Flügeln schlagen. Sie sind doch keine Kolibris, und wenn sie so weitermachen, werden sie vermutlich bald müde oder bekommen noch einen Herzinfarkt. Vorausgesetzt sie haben überhaupt ein Herz.

Ein Skorpion fällt ins Wasser, wo er kreischend herumzappelt.

Ein weiterer Skorpion kommt dem gefallenen Skorpion zu nahe. Ich kann nicht beurteilen, wer wen als Erstes packt – ob der Skorpion in der Luft versucht, seinem Kumpel zu helfen, oder ob der Skorpion im Wasser sich an den in der Luft krallt. Wie auch immer, der Zweite fällt jedenfalls ebenfalls ins Wasser.

Sie strampeln herum und versuchen, aufeinander zu klettern. Jeder kämpft um ein paar Sekunden mehr Luft, indem er versucht, auf dem Rücken des anderen zu stehen. Doch der Gewinner bekommt gerade genug Luft, um ein letztes Mal zu kreischen, bevor beide untergehen.

Als ich diese Wesen im Keller des Horstes zum ersten Mal gesehen habe, schwammen sie in Röhren voller Flüssigkeit. Aber vermutlich hingen sie dort an einer Art Nabelschnur oder haben sich während ihrer »Geburt« irgendwie verwandelt, denn jetzt ertrinken sie ganz offensichtlich.

Ich höre Schritte hinter mir, wirble herum und ducke mich noch weiter nach unten. Mom und Clara kauern sich neben mir hinter einer zerbrochenen Kiste zusammen.

Entlang der einstigen Einkaufsmeile des Piers gibt es so

viele Schatten, dass eine ganze Armee im Anmarsch sein könnte, ohne gesehen zu werden. Wir kauern uns noch tiefer in die Dunkelheit.

Noch mehr Schritte sind zu hören. Mittlerweile ist aber klar, dass hier gerannt wird. Schnell gerannt wird.

Menschen stürzen aus den Schatten, tauchen wieder in sie ein und überqueren so schnell sie können die Stellen, die vom Mondlicht erhellt werden. Es ist eine kleine, in Panik geratene Gruppe, die verzweifelt vor etwas davonläuft.

Einige von ihnen werfen immer wieder ängstliche Blicke über die Schulter, während sie laufen.

Abgesehen von den Schritten auf den verbogenen Holzdielen machen sie keine Geräusche. Niemand schreit oder brüllt den anderen etwas zu.

Selbst als eine Frau stolpert und sich offensichtlich den Knöchel verstaucht, gibt sie keinen Laut von sich, und es ist nur der Knall ihres Aufpralls zu hören. Ihr Gesicht zieht sich vor Schmerz und Angst zusammen, aber kein Geräusch dringt aus ihrem Mund. Sie kämpft sich hoch, läuft humpelnd und hüpfend weiter und versucht verzweifelt, zu den anderen aufzuschließen.

Ihre Panik greift auf mich über. Ich habe das Bedürfnis, ebenfalls davonzulaufen, auch wenn ich nicht weiß, wovor.

Meine Beine zucken unentschlossen, doch dann biegen die Wesen, die die Menge verfolgen, um die Ecke.

Sie sind zu dritt. Zwei Skorpione schweben tief über dem Boden, und ihre Insektenflügel summen. Zwischen ihnen humpelt ein Engel, der aussieht, als wäre er auf Steroiden.

Der riesige Engel hat schneeweiße Flügel.

Raffes Flügel.

Es ist Beliel.

28

Selbst in dieser gefährlichen Lage macht mein Herz einen Sprung, als ich Raffes wunderschöne Flügel an Beliel, dem Dämon, erblicke.

Das letzte Mal, als ich Beliel auf dieser Kameraaufnahme im Widerstandscamp gesehen habe, humpelte er mit einem verletzten Flügel herum. Jemand muss ihm den Flügel wieder angenäht haben, nachdem Raffe die Nähte aufgerissen hatte. Es muss angenehm sein, jederzeit ein paar kaltherzige Ärzte zur Hand zu haben. Beliel humpelt noch immer merklich, aber es ist nicht mehr so schlimm wie vor wenigen Tagen, als Raffe ihn am Flughafen verfolgt hat.

An der Stelle, an der Raffe ihm bei unserer ersten Begegnung den Bauch aufgeschlitzt hat, befinden sich neue Verbände. Es tut gut, mit eigenen Augen zu sehen, dass durch ein Engelschwert zugefügte Verletzungen nicht so schnell heilen wie normale Wunden, genau wie Raffe das vorausgesagt hatte.

Die Skorpione fliegen gemächlich vor und zurück, gerade

tief genug, dass sie in die Häuser blicken können. Einer von ihnen zertrümmert ein Fenster – es war vermutlich das letzte intakte am ganzen Pier.

Auf das Geräusch des zerbrechenden Glases folgt sofort ein panisches Kreischen. Eine Familie mit Kindern stürzt aus der Eingangstür des Ladens und schließt sich der Gruppe an, die vor den Ungeheuern davonläuft.

Irgendetwas an der Art, wie sich die Skorpione bewegen, lässt sämtliche Alarmglocken in mir schrillen.

Sie scheuchen ihre Beute auf.

Ehe ich das Wort »Falle« auch nur denken kann, gehen plötzlich Lichter an und ein Fischernetz fällt vom Himmel.

Kurz darauf ertönen Schreie.

Eines, zwei, fünf Fischernetze – alle so groß wie Wohnzelte – fallen vom dunklen Himmel.

Dunkle Schatten tauchen von oben herab. Sie landen auf allen vieren und krabbeln zuerst wie Skorpione am Boden entlang, ehe sie sich auf ihren Menschenbeinen aufrichten.

Zwei von ihnen prallen tatsächlich mit dem Kopf voran gegen den zerstörten Pier. Es wirkt, als hätten sie das Landen noch nicht ganz begriffen. Einer stößt beim Anblick der gefangen genommenen Menschen ein Kreischen aus und reißt seinen Mund voller Löwenzähne auf. Dann zieht er brutal am Ende des Netzes, sodass es wie eine Peitsche gegen die Fußgelenke der Menschen schlägt.

Unter den Netzen sind Dutzende Menschen gefangen, die sich alle hin und her winden und versuchen, einen Ausweg aus ihrem Gefängnis zu finden. Die Skorpione zielen einige Male mit ihren Stacheln auf die Menschen, und diese drängen sich in der Mitte der Netze zusammen. Sie weinen und schreien, ihr vorheriges Schweigen scheint vergessen.

Plötzlich ertönt ein Pistolenschuss aus einer der Gefangenengruppen. Ein in der Nähe stehender Skorpion kreischt auf und bricht zusammen.

Als hätte die Essensglocke geläutet, stürzen sich die anderen Skorpione auf die Gruppe unter dem Netz, aus dem der Schuss gekommen ist. Stacheln zischen durch die Luft und stechen immer wieder zu, bis Blut von ihren Spitzen tropft. Dann fahren die Köpfe der Monster auf ihre Opfer nieder, und sie beginnen zu saugen.

Die Schreie und das Strampeln verebben nach etwa einer Minute, und übrig bleibt bloß ein Haufen ausgedörrter Körper, die zuckend unter dem Netz liegen.

Ich weiß nicht, ob noch jemand eine Pistole hat, aber nach diesem Vorfall traut sich sicher keiner mehr zu schießen.

Ein etwa achtjähriger Junge wurde von seinem Vater getrennt. Sie stecken unter verschiedenen Netzen fest und versuchen, einander zu erreichen. Das Kind weint nach seinem Dad, aber es ist der Vater, dem es wirklich Angst zu machen scheint, von seinem Sohn getrennt zu sein.

Die Skorpione drängen die Menschen noch mehr zusammen. Sie schleifen die Netze weiter und bedrohen die Gefangenen mit ihren Stacheln, damit sie sich vorwärts bewegen.

Wir kauern uns noch kleiner im Schatten zusammen und wagen kaum zu atmen.

Die Monster treiben ihre Opfer zu einem Schiffscontainer aus Metall – ein Container, wie ihn Lastwagen, Züge und Schiffe transportieren. Er befindet sich nicht weit von uns entfernt, doch bei all dem Schutt, der herumliegt, habe ich ihn gar nicht bemerkt.

Sie öffnen das Tor des Containers. Dahinter befindet sich ein hochfahrbares Metallgitter.

Hinter dem Gitter drängen sich bereits zahlreiche Menschen so weit wie möglich vom Eingang entfernt zusammen.

Der halbe Container ist voll mit Männern, Frauen und sogar Kindern. Sie sehen vollkommen verängstigt aus und kauern sich hilflos zusammen.

Die Skorpione fahren das Metallgitter hoch und heben die Netze. Die neuen Gefangenen eilen von den Monstern fort und in den Container.

29

Dann machen die Skorpione etwas Seltsames. Sie steigen einfach in den dunklen Himmel empor und lassen Beliel alleine das Gittertor schließen und versperren.

Er lässt sich Zeit damit, als wolle er seine Gefangenen quälen. Als er fertig ist, hängt er den Schlüssel an eine der Lampen neben dem Container.

Das Gitter des Rolltores ist zwar großmaschig genug, um einen Arm oder einen Fuß durch eine der Öffnungen zu stecken, doch selbst ein Kind könnte nicht hindurchklettern.

Die Gefangenen, die schon im Container waren, schweigen, aber die neuen machen einen ziemlichen Krach, weinen und stellen ängstlich Fragen.

»Was ist hier los?«

»Was haben sie mit uns vor?«

Beliel humpelt herum und schaltet die Versorgerlampen entlang des Piers aus. Sein Knie scheint ihm jetzt größere Schmerzen zu bereiten als vorhin. Er lässt bloß die Lampen neben dem Schiffscontainer brennen. Das Licht ist dort relativ hell, und ich bin froh, dass wir uns immer noch im Schatten befinden.

Als wären die Angst und die Hysterie der Gefangenen nicht schon groß genug, rüttelt Beliel am Containertor und schlägt mit der flachen Hand gegen das Metall. Das laute Krachen hallt über den Pier.

Alle zucken zusammen, und die Schreie werden lauter. Die Angst und die Hoffnungslosigkeit überrollen mich wie eine riesige Welle. Beliel steckt sein Gesicht zwischen die Maschen des Tores. Alle weichen noch weiter zurück. Er faucht und knurrt ihnen entgegen. Dann packt er den Rand des Containers und schüttelt ihn.

Nun beginnen selbst die Gefangenen, die schon länger eingesperrt sind, zu schreien.

Was tut er da?

Ich habe ihn bereits erlebt, wenn er wütend und vollkommen außer Kontrolle geraten ist. Aber das hier ist anders. Es liegt keine Leidenschaft in dem, was er tut. Das hier ist bloß ein Job.

Trotzdem ist er aufgeregt und wirft immer wieder Blicke in den Himmel.

Wird er beobachtet? Vielleicht ist das bloß eine weitere Trainingseinheit für die Skorpione? Vielleicht sind sie immer noch irgendwo in der Nähe und beobachten ihn? Aber warum?

Ich blicke hinauf in die Dunkelheit und zu den verbliebenen Dächern und fühle mich plötzlich wie auf einem Präsentierteller.

Allerdings sehe ich bloß die Lichter neben dem Container-Gefängnis. In der reglosen Nacht und der öden Gegend voller verfallener Gebäude wirken sie wie ein Signalfeuer.

Ich verstehe immer noch nicht, was hier vor sich geht.

Dann erscheint plötzlich eine dunkle Silhouette am Himmel.

Grauenhafte Dämonenschwingen.

Breite Schultern.

Ein griechischer Gott, der über den Himmel gleitet.

Raffe.

Sämtliche Nervenenden in meinem Körper erwachen zum Leben und beginnen zu pulsieren.

Mein Gehirn schreit: *Falle, Falle, Falle!*

Deshalb ist Beliel also alleine und macht so viel Radau. Er erregt Aufmerksamkeit, lenkt aber gleichzeitig von den Geräuschen der Skorpione ab. Denn die sind irgendwo dort draußen. Sie verstecken sich. Und warten.

Ohne nachzudenken, springe ich instinktiv auf und öffne den Mund, um Raffe zu warnen.

Doch dann packen mich zwei Hände und bringen mich aus dem Gleichgewicht. Eine Hand presst sich auf meinen Mund, und ich sehe bloß noch die riesigen, ängstlichen Augen meiner Mutter. Sie schaut mich an, als hätte ich den Verstand verloren.

Dann schließt mein Gehirn endlich zu meinem Herz auf.

Sie hat recht.

Natürlich hat sie recht. Aber wie schlecht stehen die Dinge um mich, wenn meine geisteskranke Mutter schon vernünftiger ist als ich?

Raffe.

Ich nicke, um ihr zu zeigen, dass ich wieder zur Vernunft gekommen bin, und wende mich ein wenig zur Seite, damit ich sehen kann, was weiter passiert. Mom lässt mich los.

Raffe landet leise. Er klappt seine Flügel nicht ein.

Stattdessen fährt er die sensengleichen Haken an den Rändern blitzschnell aus. Ich wusste bisher nicht, dass er sie einziehen kann.

Ich gehe verzweifelt sämtliche Möglichkeiten durch. Was kann ich tun? Loszuschreien würde uns nur in Schwierigkeiten bringen. Außerdem denkt Raffe, ich sei tot. Also würde Schreien womöglich auch ihn in Gefahr bringen, denn es würde ihn sicher erschrecken, mich plötzlich so lebendig zu sehen.

Die Gefangenen beginnen in Panik brüllen, als sie Raffe mit seinen Dämonenflügeln sehen. Es schmerzt, dass diese Leute einem schlechten Kerl, der aussieht wie ein Engel, gegenüber einem guten Kerl, der aussieht wie ein Dämon, den Vorzug geben.

Beliel setzt den schockierten Gesichtsausdruck eines Clowns auf. »Sieh mal an, Raphael! Oh, wie soll ich mich nur gegen den großen Zorn wappnen, der doch bloß das blasse Echo dessen ist, was er einmal war?« Er lässt die Rolle fallen. »Ehrlich Raphael, es gibt nichts Traurigeres als das gebrochene Wrack eines ehemals Besessenen, das versucht, seinen verblassten Ruhm wiederherzustellen. Zeig ein wenig Würde, okay? Du blamierst dich doch bloß.«

»Soll ich dir zuerst die Arme und Beine ausreißen und dann die Flügel? Oder hättest du es gerne umgekehrt?« Raffes Stimme ist voll roher Gewalt, wie ich es noch nie zuvor gehört habe. Er klingt, als würde er sich wünschen, beides tun zu können.

»Warum willst du unbedingt zurück, Raphael? Was war so toll daran, zur Heerschar der Engel zu gehören? So. Viele. Regeln. Ich habe vergessen, wie viele. Und vielleicht hast du es auch?«

Beliel versucht, Zeit zu gewinnen. Er hält Raffe hin, bis die Skorpione sich auf ihn stürzen. Ich muss ihn unbedingt warnen. Momentan brauche ich sämtliche Willenskraft, um ruhig zu bleiben.

»Diese ganze Theorie, der zufolge eine führende Kriegerrasse nur überleben kann, wenn selbst die kleinste Regelverletzung sofort mit extremen Maßnahmen bestraft wird ...«, Beliel macht eine wegwerfende Handbewegung, »... das war vielleicht früher einmal sinnvoll, als es nur ein paar Regeln gab, aber jetzt sind die Dinge ein wenig außer Kontrolle geraten, findest du nicht auch? Wir, die gefallenen Engel, haben hingegen bewiesen, dass eine führende Kriegerrasse auch mit dem entgegengesetzten System gut überleben kann. Und das bedeutet: *keine* Regeln. Jeder verhält sich so, wie er es will. Und zwar gegenüber wem er will.«

Raffe geht auf ihn zu, und das helle Licht verstärkt die Schatten auf seinem Gesicht nur noch. Er sieht aus wie der Engel des Todes. Oder der Rache. Wie jemand, dem ich nicht gegenübertreten möchte.

»Du hättest dir so viel Ärger erspart, wenn du dich uns angeschlossen hättest«, erklärt Beliel. »Erinnerst du dich noch an die kleine Menschentochter, die in deinen Armen gestorben ist? Sie hätte dir gehören können. Niemand hätte Nein gesagt. Niemand hätte es gewagt, sie dir wegzunehmen.«

Raffe stürzt sich mit einem teuflischen Knurren auf ihn.

30

Er springt auf Beliel zu und schlägt mit den Flügeln nach ihm. Offensichtlich hat er vor, ihn damit zu verletzen.

Beliel dreht sich schnell zur Seite und entgeht dem Angriff zumindest teilweise. Er schleudert dafür eine der Versorgerlampen in Raffes Richtung.

Die Lampe kracht auf den Pier. Sie blitzt dort immer wieder auf und taucht die beiden Kämpfer in blinkendes Licht.

Blut tropft von Beliels höhnisch grinsendem Gesicht und von seinen Armen. »Gib es zu: Dir gefallen deine neuen Flügel. Warum sollte man sich mit etwas Flauschigem, Fedrigem zufriedengeben, wenn man doch Freiheit und Macht genießen kann?«

»Ich könnte dich dasselbe fragen, Beliel.« Raffe bewegt sich drohend auf Beliel zu.

»Ich habe bereits lange genug meine Freiheit genossen und mich ausgetobt. Es ist Zeit für ein wenig Veränderung. Zeit für ein wenig Respekt. Und die wohlverdiente Anerkennung. Meinst du nicht auch?« Sie umkreisen einander wie Haie, die sich auf einen Angriff vorbereiten. Jetzt, wo er Raffe erfolgreich angelockt hat, ist von Beliels Humpeln nichts mehr zu bemerken.

»Du verdienst keinen Respekt und keine Anerkennung«, erwidert Raffe. »Du bist bloß ein erbärmlicher Lakai der Engel.«

»Ich bin kein Lakai!« Beliels Gesicht wird rot vor Zorn. »Und ich war niemals ein Lakai. Weder für die Teufel noch für die Engel. Für niemanden!« Das immer wieder zufällig aufblitzende Licht erhellt die dunklen Schatten auf seinem blutverschmierten Gesicht.

Raffe stürzt sich erneut auf Beliel. Doch plötzlich fällt ein Netz vom Nachthimmel und stoppt ihn.

Raffe rollt in dem Netz gefangen über den Pier.

Steh auf, steh auf!

Ein innerer Kampf tobt in mir. Kann ich zusehen, wie Raffe getötet wird? Jede Faser meines Körpers schreit: *nein, nein, nein!*

Was soll ich tun? Was soll ich nur tun?

Raffe kämpft nicht gegen das Netz an, wie ich es erwartet hätte. Stattdessen breitet er seine Flügel aus. Die sensenartigen Haken setzen sich in den Maschen fest.

Dann hebt er seine Flügel und zerschneidet das Netz.

Es fällt wie ein Schleier von ihm ab, und er springt kampfbereit wieder auf.

Skorpione fallen inzwischen vom Himmel, und ein paar von ihnen landen auf Raffe. Er duckt sich, doch ihre Hiebe bringen ihn aus dem Gleichgewicht.

Raffe lässt seine Flügel, Arme und Beine durch die Luft wirbeln. Drei Skorpione brechen schmerzverzerrt zusammen. Trotzdem bleibt noch ein halbes Dutzend übrig, und dazu kommt noch Beliel. Und als wäre das nicht schon genug, landen auch noch drei weitere Skorpione am Rand der Szene.

Mit einem Ruck reiße ich den Teddybären von meinem Schwert und ziehe es aus dem Schaft. Ich bin bereit, mich in den Kampf zu stürzen.

Mom packt mich erneut an meinem Shirt und reißt mich so brutal nach hinten, dass ich wie ein kleines Kind auf dem Hintern lande.

Glücklicherweise scheint sich Raffe auch alleine ganz gut zu schlagen. Ich bezweifle zwar, dass er bereits Frieden mit seinen neuen Flügeln geschlossen hat, aber zumindest hat er sie mittlerweile besser im Griff als das letzte Mal.

Außerdem ist er ein furchtloser Kämpfer. Ich hatte keine Ahnung, wie erbittert er sein kann, aber jetzt, wo ich darüber nachdenke, ist das hier das erste Mal, dass ich ihn nicht unmittelbar nach einer schweren Verletzung kämpfen sehe.

In den Erinnerungen des Schwertes hat er immer mit einer Waffe gekämpft, was durchaus sehenswert war, doch das hier gleicht eher einem grausamen Tanz.

Ich bin mir sicher, dass Raffe noch nicht vollkommen genesen ist, aber es ist einfach wunderschön, ihm zuzusehen. Er ist schnell. Schneller als die Skorpione, die immer wieder versuchen, ihn zu stechen. Ein einzelner Skorpion ist eine so geringe Bedrohung für ihn wie eine Feuerameise für einen Menschen.

Sie sind ihm zahlenmäßig zwar weit überlegen, er wirkt aber trotzdem nicht im Geringsten besorgt, während er sich langsam zu Beliel durchschlägt.

Beliel erkennt wohl, wie das hier ausgehen wird, und steigt in den Himmel empor. Offensichtlich bezahlt die Krankenversicherung des Teufels die Behandlung von Flügelverletzungen, denn seine scheinen perfekt zu funktionieren.

Raffe fliegt hinter ihm her.

Ich sehe zu, wie er sich immer weiter von mir entfernt. Er hat keine Ahnung, wie nahe er mir gerade war.

Dann verschwindet er wie ein verblassender Traum in der Dunkelheit.

Ich starre länger auf den Punkt, an dem er verschwunden ist, als ich vermutlich sollte.

31

Die Skorpione zögern, bevor der erste schließlich ebenfalls abhebt. Ich gehe davon aus, dass sie Raffe verfolgen werden, aber ich bin mir nicht ganz sicher. Sie fliegen nur zögerlich davon, und beinahe die Hälfte bleibt am Boden und sieht sich unschlüssig an.

Das hier sind die schlimmsten Lakaien, die es jemals gab. Woraus auch immer sie gezüchtet wurden, Mut stand offensichtlich nicht auf der Liste der gewünschten Eigenschaften. Kein Wunder, dass Beliel Raffe so lange hinhalten musste, bevor die Skorpione kamen.

Schließlich fliegen alle, die noch fliegen können, davon. Ein halbes Dutzend bleibt blutend oder bereits tot auf dem zerstörten Pier zurück, und noch ein paar weitere verharren zusammengekrümmt und zischend vor Schmerz bei ihnen. Sie sehen nicht so aus, als könnten sie noch erheblichen Schaden anrichten, aber ich behalte sie auf jeden Fall trotzdem im Auge.

Mom stößt einen tiefen Seufzer aus. Clara hingegen

scheint vor Angst immer noch wie gelähmt. Vermutlich erlebt sie gerade irgendein posttraumatisches Stresssyndrom, nachdem sie so viele Skorpione auf einmal gesehen hat.

Es wird Zeit, dass wir von hier verschwinden. Wir müssen einen sicheren Platz für die Nacht finden, wo wir uns irgendeinen verrückten Plan ausdenken können, um Paige zu retten. Doch selbst ich kann im Moment keine rechte Begeisterung für das Spinnen irgendwelcher hirnrissiger Pläne aufbringen.

Ich bin bloß ein normales Mädchen und kein wirklicher Gegner für diese Monster. Im Vergleich zu Raffe mögen sie vielleicht schwach gewirkt haben, und während meiner Reise mit ihm habe ich mich ihm womöglich ebenbürtig gefühlt, aber das, was ich gerade gesehen habe, holt mich wieder auf den Boden der Realität zurück.

Es wäre reiner Selbstmord, sich nach Alcatraz zu schleichen. Dort wimmelt es nur so von diesen Monstern, und es gibt keine Fluchtmöglichkeit.

Trotz meines vorherigen unberechenbaren Verhaltens verlassen sich Mom und Clara immer noch darauf, dass ich den richtigen Zeitpunkt bestimme, um von hier zu verschwinden. Wir befinden uns immer noch versteckt im Schatten und sollten eine reelle Chance haben, unbemerkt davonzukommen.

Ich lausche nach Feinden und Monstern. Doch ich höre nur das ängstliche Schluchzen der Menschen in dem Container. Die Geräusche klingen mittlerweile gedämpft. Vermutlich wollen die Gefangenen keine Aufmerksamkeit erregen. Es scheint jedoch, als könnten sie sich einfach nicht beruhigen.

Die Versorgerlampe auf dem Boden blitzt immer wieder auf und taucht den Container so zwischendurch in helles Licht. Die Gefangenen drängen sich hinter dem Rollgitter zusammen, und jedes Mal, wenn das Licht angeht, erhasche ich einen Blick auf ihre verzweifelten, schmutzigen Gesichter.

Ich mache mich bereit, unser Versteck hinter den Kisten zu verlassen. Doch ich kann mich nicht bewegen. Immer wieder wandert mein Blick zurück zu dem verschlossenen Container.

Rein theoretisch wäre es ein Kinderspiel, hinüberzulaufen und die Gefangenen zu befreien. Es würde bloß ein paar Minuten dauern, um eine ganze Menge Menschen vor dem Grauen zu retten, das sie erwartet.

Wenn ich nur den Schlüssel hätte.

Beliel hatte ihn an eine der Lampen gehängt, aber ich bin mir nicht mehr sicher, welche es gewesen ist. Falls es die Lampe war, die er Raffe entgegengeschleudert hat, kann es lange dauern, bis ich den Schlüssel finde.

Ich schließe die Augen und versuche, den Anblick und die Geräusche der Gefangenen auszublenden. Momentan muss ich mich auf Paige und Mom konzentrieren. Deshalb darf ich mich nicht von jedem ablenken lassen, der vielleicht meine Hilfe braucht, denn mittlerweile brauchen wir alle Hilfe. Und zwar dringend.

Ich werfe einen Blick auf Mom und sehe das Entsetzen in ihrem Gesicht. Sie bewegt lautlos die Lippen und wippt vor und zurück. Das hier waren echte Ungeheuer, direkt aus ihren Albträumen. Clara wirkt sogar noch entsetzter, falls das überhaupt möglich ist.

Das Einzige, was ich muss, ist aufstehen und uns von

hier fortschaffen. Schließlich muss ich mich um meine eigenen Leute kümmern.

Ein herzzerreißender, angsterfüllter Schrei hallt über den Pier und packt mich.

Ich versuche, ihn zu ignorieren.

Doch ich kann nicht.

Die Frau, die gerade geschrien hat, hätte Paige sein können, bevor sie diese Engelsmonster in die Finger bekommen haben. Und es ist ziemlich sicher die Schwester, Tochter oder Mutter von jemandem. Wäre es nicht einem Wunder gleichgekommen, wenn es dort draußen jemanden gegeben hätte, der Paige hätte helfen können, so wie ich jetzt diesen Menschen helfen kann?

Aaah. Warum kann ich diese dämlichen Gedanken nicht einfach abstellen?

Also gut.

Ich stemme mich hoch. Die Sorge und die Angst auf dem Gesicht meiner Mutter werden noch größer, als sie sieht, dass ich zu den Gefangenen hinübersehe. Wenigstens muss ich mir keine Gedanken machen, dass sie mir folgt. Manchmal kann die Tatsache, dass man paranoid ist, einem tatsächlich das Leben retten.

Und es besteht auch sicher keine Gefahr, dass Clara mir folgt. Sie hat wirklich gute Gründe, beim Anblick der Skorpione in eine Starre zu verfallen. Doch neben der Angst sehe ich noch etwas in ihren Augen, das ich nicht erwartet hätte.

Stolz.

Sie *erwartet* von mir, dass ich die Gefangenen rette. Denn sie glaubt noch immer, ich sei eine verdammte Heldin. Ein Teil von ihr wäre enttäuscht, wenn ich jetzt einfach davongehen würde.

Das bringt mich beinahe dazu, die ganze Idee fallen zu lassen.

Doch ich tue es natürlich nicht.

Ich eile stattdessen aus dem relativ sicheren Versteck.

32

Die verletzten Skorpione bemerken mich sofort. Mein Herz setzt aus, als sie sich zu mir umdrehen und mich anfauchen.

Ich spüre beinahe sogar wieder den unerträglichen Schmerz des Stachels und die Panik, die mich damals gepackt hat, als ich bei vollem Bewusstsein die Kontrolle über meinen Körper verlor. Bei dem Gedanken daran, das alles noch mal erleben zu müssen, laufe ich so schnell, dass ich glaube, bald ohnmächtig zu werden.

Ich gerate so sehr in Panik, dass ich zu wenig auf den Boden achte und auf dem Blut ausrutsche.

Gerade kann ich noch verhindern, dass ich umfalle, indem ich mich mithilfe meiner Arme, dem Schwert und ein paar seltsamen Tanzbewegungen ausbalanciere.

Konzentrier dich.

Lass nicht zu, dass dir die Skorpione ein zweites Mal wehtun, bloß weil dich alleine die Möglichkeit schon verrückt macht.

Ich schiebe alles – Angst, Hoffnung, sämtliche Gedanken – in den Tresor in meinem Kopf und werfe die Tür zu, bevor sie wieder daraus hervorbrechen können. Es wird inzwischen immer schwieriger, den Tresor zu öffnen, ohne dass etwas daraus entfliehen will.

Das Einzige, was mich jetzt noch interessiert, ist der Weg zu dem Container mit den Gefangenen. Ich streife mit dem Schuh über den Boden, um das Blut von meiner Sohle zu wischen.

Obwohl sie fauchen und kreischen, bleiben die verletzten Skorpione liegen. Ich behalte sie im Auge, um sicherzugehen, dass sie mir nicht nachkriechen.

Ehe ich in den Lichtkreis trete, stelle ich sicher, dass keine Skorpione, Engel oder geflügelte Ratten in meine Richtung unterwegs sind. Es ist nicht gerade hilfreich, dass sich meine Augen bereits an das Licht gewöhnt haben und die Schatten immer dunkler werden.

Ich tauche ins Licht ein, als würde ich ins Wasser springen.

Von einem Moment auf den anderen fühle ich mich vollkommen ausgeliefert.

Jeder auf dem Pier kann mich sehen. So schnell ich kann laufe ich zu der verbliebenen Lampe neben dem Metallgefängnis. Die Gefangenen schweigen, als würden sie kollektiv den Atem anhalten.

Der Schlüssel befindet sich allerdings leider nicht auf der Lampe und auch nirgendwo in der Nähe.

Ich werfe einen Blick zurück auf die flackernde Lampe, die Beliel über den Pier geschleudert hat. Der Schlüssel kann überall sein.

Entweder mache ich mich zwischen den Unmengen an zersprungenem Glas auf die Suche danach, oder ich gebe auf und bringe Mom und Clara in Sicherheit.

Oder ich versuche, ob mein Schwert möglicherweise Metall durchtrennen kann.

Während des Trainings in meinen Träumen hat es ohne Weiteres Knochen durchschnitten, und es soll ja ein ganz besonderes Schwert sein. Ohne groß darüber nachzudenken hebe ich das Schwert und lasse es auf das Schloss niedersausen.

Die Klinge durchschlägt tatsächlich das Schloss und die Metallschnalle des Tors mit absoluter Leichtigkeit.

Wow.

Nicht schlecht.

Ich hebe mein Schwert, um auch das zweite Schloss zu durchschlagen, doch bevor ich die Gelegenheit dazu habe, höre ich etwas hinter mir rascheln.

Mit erhobenem Schwert wirble ich herum. Vermutlich ist einer der verletzten Skorpione zu mir gekrochen, und ich bin bereit zuzuschlagen.

Doch es ist kein verletzter Skorpion.

Dieser hier ist unversehrt.

Er faltet seine hauchdünnen Flügel, als wäre er gerade erst gelandet. Dann kommt er barfuß auf seinen viel zu menschenähnlichen Füßen auf mich zu. Irgendwie würde ich mich besser fühlen, wenn sie Klauen an den Füßen hätten oder irgendwas, das sie weniger menschlich wirken lässt.

Zwei weitere Skorpionengel landen hinter dem ersten.

Es gibt aber nur noch ein weiteres Schloss. Ich wirble herum und zerschlage es mit meinem Schwert.

Das Schloss zerspringt. Die Kette, die das Tor gesichert hat, hängt nun lose herab. Die Gefangenen müssen es nur nach oben schieben und davonlaufen.

Doch stattdessen drängen sie sich im hinteren Teil des Containers starr vor Entsetzen zusammen.

»Kommt schon!« Ich schlage auf die Wand des Containers ein, um sie aufzuwecken. »Lauft!«

Allerdings warte ich nicht so lange, bis sie es tatsächlich tun. Schließlich habe ich Mom und Clara der Gefahr eines schrecklichen Todes ausgesetzt. Ich könnte mich ohrfeigen, dass ich sie nicht dazu überredet habe, schon mal ohne mich zu verschwinden.

Hinter mir rasselt das Tor.

Die befreiten Gefangenen beginnen, in alle Richtungen davonzulaufen, und ihre Schritte poltern über den hölzernen Pier.

Ich sprinte in die entgegengesetzte Richtung zu Mom und Clara davon, in der Hoffnung, die Skorpione von ihnen fortzulocken.

Dann höre ich meine Mutter.

Sie stößt einen entsetzten Schrei aus, der mir das Blut in den Adern gefrieren lässt.

33

Alle laufen instinktiv in verschiedene Richtungen davon.

Die Ungeheuer sind in der Unterzahl, und wir dagegen sind viele. Die Chancen stehen gut, dass einige von uns entkommen können.

Ich laufe auf einen im Dunklen liegenden Stapel zerbrochener Planken zu, aus dem ein rosafarbenes Werbeschild für Eiscreme ragt. Wenn es mir gelingt, um den Stapel herumzulaufen, schaffe ich es vielleicht, in die sichere Dunkelheit einzutauchen.

Doch bevor ich ihn erreicht habe, klatscht etwas auf meinen Kopf und breitet sich über mir aus.

Ich bin unter einem Netz gefangen.

Mein erster Impuls ist, das Netz mit meinem Schwert aufzuschlitzen, doch überall um mich herum befinden sich Menschen, die mir nachgelaufen sind, und ich habe nicht genügend Platz. Je mehr wir gegen das Netz ankämpfen, desto mehr verheddern wir uns darin.

Schatten tauchen aus dem Himmel herab. Schatten mit Insektenflügeln und eingerollten Stacheln.

Sie landen ohne erkennbares System einfach überall. Einer kommt auf dem Dach des Schiffscontainers auf, und ein dumpfes Wummern ertönt. Zahlreiche weitere landen vor einer Reihe verlassener Läden, auf die gerade eine Gruppe Menschen zuläuft, bevor auch sie unter einem Netz gefangen werden.

Fünf, zehn, zwanzig. Es sind so viele, dass es sich anhört wie in einem Bienenstock.

Wir sitzen in der Falle.

Die Leute beginnen erneut zu schluchzen. Dieses Mal ist die Verzweiflung so spürbar, dass ich mich fühle, als würde ich darin ertrinken.

Selbst wenn ich mich aus dem Netz herausschneiden könnte, würde ich es nicht schaffen, den zahlreichen Skorpionen zu entkommen. Ich schiebe mein Schwert wieder zurück in den Schaft, damit es weniger auffällt.

Das Netz stinkt nach Fisch. Ich kann mir nicht vorstellen, dass wir uns mit dem Netz über unseren Köpfen fortbewegen können, doch einer der Skorpione packt unser Netz an einer Ecke und zieht an der Kordel. Wir werden zusammengedrängt, und die Kordel zurrt sich um unsere Beine fest.

Der Skorpion zieht uns in unserem Netz vorwärts, als würde er einen Hund an der Leine hinter sich herzerren. Er zielt mit seinem Stachel auf uns und hält ihn gerade außer Reichweite. Ein weiterer Skorpion geht neben uns und sticht immer wieder drohend mit seinem Stachel in unsere Richtung, um uns klarzumachen, dass wir seinen Befehlen Folge leisten müssen.

Ich sehe mich panisch nach Mom und Clara um und hoffe entgegen jeglicher Vernunft, sie nirgendwo zu entdecken.

Aber natürlich sind sie da, bloß zwei Netze weiter. Meine Mutter presst meinen Teddybären an ihre Brust wie ein lange verloren geglaubtes Baby, während Clara den Arm meiner Mutter umklammert hält, als würde sie sterben, wenn sie ihn loslässt. Beide wirken zu Tode verängstigt.

Mir wird schlecht.

Schlecht vor Angst. Und schlecht vor Wut. Schlecht, weil ich so dumm gewesen bin.

Ich bin hierhergekommen, weil ich meine Schwester retten wollte, doch stattdessen war ich so leichtsinnig, mich ebenfalls gefangen nehmen zu lassen. Und schlimmer noch: Ich habe dafür gesorgt, dass auch Mom und Clara in die Falle gegangen sind, und wenn ich mir ansehe, wie viele Menschen auf dem Pier gefangen wurden, ist es mir mit meiner Aktion nicht einmal gelungen, einen einzigen von ihnen zu befreien.

Mehrere unter Netzen gefangene Gruppen stoßen zusammen, und wir werden in Richtung Wasser getrieben. Zunächst vermute ich, dass uns die Skorpione zu einem neuen Schiffcontainer bringen werden, doch statt einer neuen Verwahrungszelle wartet ein Boot auf uns.

»Brian!« Eine junge Frau in meinem Netz streckt die Hand nach einem Mann aus, der unter einem anderen festsitzt, als sich unsere beiden Gruppen einander nähern.

»Lisa!«, ruft der Mann verzweifelt. Sie lehnen sich gegen das Netz und versuchen, ihre Hände so weit auszustrecken, dass sie einander berühren können.

Doch unsere Gruppe bewegt sich an der anderen vorbei, und die beiden verlieren sich. Die Frau beginnt zu schluchzen und hält ihre Hand noch immer ihrem Freund entgegen.

Eine weitere Gruppe schiebt sich vor Brian, der mit ausgetreckter Hand in der Menge verschwindet.

Das Boot ist zwei Stockwerke hoch und hat schon bessere Zeiten gesehen. Der Lack ist so abgeschürft, dass ich vermute, dass es wohl zur Seite gekippt auf dem Dach eines der zerstörten Gebäude lag, bevor es die bösen Jungs wieder flottgemacht haben. Irgendwie gelingt es dem Boot aber dennoch, auf dem Wasser zu treiben. Und auch die Worte »Captain Jake's Alcatraz Tours« sind noch zu lesen, obwohl der blaue Schriftzug schon erheblich in Mitleidenschaft gezogen wurde.

Der Motor startet, und eine dunkle Abgaswolke hüllt uns ein. Sofort riecht es streng nach Gas. Vermutlich manövriert ein menschlicher Lakai der Engel das Boot. Ich hoffe irgendwie, dass es nicht wirklich Kapitän Jake ist.

Wir werden in Richtung des Bootes gedrängt und geschubst. Dann beginnen die Skorpione, uns aus den Netzen zu befreien. Schließlich können wir ohnehin nirgendwo hin. Nicht, wenn wir mehr als ein paar Minuten lang überleben möchten.

Während die ersten Gefangenen an Bord des Bootes gehen, schaffe ich es, mich an Mom und Clara heranzuschieben. Mom reicht mir den Stoffbären, als hätte sie ihn für mich aufbewahrt.

Ich stecke ihn auf mein Schwert, damit es wieder besser getarnt ist. Irgendwie hege ich die wilde Hoffnung, dass ich es vielleicht behalten und meine neu erworbenen Fähigkeiten einsetzen kann, um uns aus dieser Misere zu befreien.

Meine Hoffnung schwindet, als ich sehe, dass allen Gefangenen die Waffen abgenommen werden, bevor sie das Boot betreten. Auf dem Kai neben der Bootsrampe stapelt sich bereits ein immer größer werdender Haufen. Ich sehe Äxte, mit Nägeln präparierte Baseballschläger, Wagenheber, Macheten, Messer und sogar ein paar Schusswaffen. Ich hätte vielleicht sogar noch weitere Hoffnung gehegt, würden auf dem Haufen nicht bloß Waffen, sondern auch Geldbörsen, Rucksäcke, Puppen und – ja genau – Stofftiere landen.

Menschen mit grimmigen Gesichtern nehmen den Gefangenen ihre Habseligkeiten ab. Dabei sagen sie kein Wort und sehen niemandem in die Augen. Sie schnappen sich einfach alles, was sie entdecken, und werfen es auf den Haufen.

Ich streichle meinen Bären und frage mich, ob jetzt wohl die beste Möglichkeit ist, einen Fluchtversuch zu wagen. Selbst wenn ich es nicht schaffen sollte, errege ich damit vielleicht genug Aufsehen, damit Mom und Clara fliehen können. Das Zeitfenster, in dem ich mein Schwert noch habe und wir gleichzeitig in keinem Netz mehr gefangen sind, ist sehr klein, was bedeutet, dass ich es jetzt oder nie wagen muss.

Irgendwo in der Nähe fällt plötzlich ein Schuss, und er ist so laut, dass wir uns alle niederducken.

Ein Mann, der offensichtlich nicht vorhatte, seine Waffe abzugeben, hält diese noch immer auf eine der Lakaiinnen gerichtet, die mittlerweile blutend auf der Rampe liegt. Sofort wird er von den Skorpionen mit ihren Stacheln eingekreist. Ihre Reißzähne befinden sich so dicht vor seinem Gesicht, dass er sicher bereits ihren Atem riechen kann.

Er zittert inzwischen so stark, dass er tatsächlich seine Waffe fallen lässt und sich sogar ein nasser Fleck auf seiner Hose ausbreitet.

Doch die Skorpione greifen den Schützen nicht an. Es scheint, als würden sie auf etwas warten.

»Hier, nimm ihr Messer«, sagt ein anderer menschlicher Lakai. Sein Gesicht ist verzerrt vor Kummer, und seine Augen wirken verstört und tot. Er entreißt einer anderen Gefangenen ein Küchenmesser und gibt es dem Schützen. »Und jetzt wirf es auf den Haufen.«

Der Schütze lässt das Messer zitternd auf den Stapel fallen. Er sieht so verängstigt aus, dass ihm vermutlich gar nicht der Gedanke kommt, er könne damit auf einen der Skorpione einstechen.

Die Skorpione ziehen sich zischend zurück, ehe sie erneut beginnen, um die Menschenmenge zu patrouillieren.

Wir waren alle so gebannt von dem Drama, dass niemandem die Idee kam, währenddessen abzuhauen. So viel zu dem Thema, dass ich genug Aufregung erzeugen wollte, um Mom und Clara die Flucht zu ermöglichen.

Der Schütze tritt an die Stelle der Lakaiin, die er angeschossen hat, und nimmt nun seinerseits den anderen Gefangenen ihre Waffen und Taschen ab. Er sieht niemandem in die Augen und sagt kein Wort, obwohl er ab und zu einen Blick auf die Frau wirft, die gerade vor ihm auf dem Boden stirbt.

Danach kommt es zu keinen weiteren Zwischenfällen mehr.

Als einer der Lakaien nach meinem unter dem Teddybär versteckten Schwert greift, muss ich mich zwingen, selbst den Gurt über meine Schulter zu ziehen und es auf den

Haufen zu legen. Es erfordert sämtliche Willenskraft, denn ein Teil von mir will einfach das Schwert ziehen und schnell noch ein paar Skorpione damit niedermetzeln, auch wenn es insgesamt sicher zwanzig oder dreißig an der Zahl sind.

Vorsichtig schiebe ich den Schaft unter den restlichen Haufen, um es so gut wie möglich zu verstecken. Irgendwann wird es trotzdem jemand finden. Und niemand weiß, was dann passiert.

Mom und Clara ziehen mich mit sich. Ich nehme an, es ist deutlich zu erkennen, dass ich das Schwert nicht zurücklassen will. Wehmütig werfe ich einen letzten Blick zurück auf den dämlichen Teddybären, der halb vergraben unter einem Haufen Waffen und Taschen liegt, und frage mich, ob Raffe sein Schwert jemals wiedersehen wird.

Hinter mir höre ich die Frau, die vorhin die Hand nach ihrem Liebsten ausgestreckt hat, leise weinen.

34

Die Wellen schwappen gegen das Boot, und das Deck schwankt hin und her. Wir drängen uns schließlich an Bord, und kurze Zeit später gleiten wir über das dunkle Meer.

Alcatraz ist als das ausbruchssicherste Gefängnis aller Zeiten bekannt.

Schon der Anblick der Insel im trüben Licht weckt in mir den Wunsch davonzulaufen. Ich überlege, ob ich mit Mom und Clara ins Wasser springen soll, um unser Glück zu versuchen, doch jemand kommt mir zuvor.

Brian und Lisa, das Pärchen, das durch die Netze getrennt wurde, wagen einen Fluchtversuch. Mein Herz beginnt zu rasen, so sehr hoffe ich, dass sie es schaffen werden. Wir sind noch nicht weit draußen, und obwohl das Wasser bitterkalt ist, wäre es jetzt noch möglich zurückzuschwimmen.

Doch die Skorpione sind schnell.

So schnell, dass drei von ihnen bereits ihre Stacheln in das Pärchen versenkt haben, ehe es noch zu den Türen hinaus ist.

Die Skorpione verfolgen die beiden jedoch nicht weiter. Sie überlassen ihnen die Entscheidung. Es dauert eine Weile, bis sich die Lähmung vollständig ausgebreitet hat, aber ich kann mich noch erinnern, dass der furchtbare Schmerz sofort einsetzt, ehe langsam der ganze Körper steif wird. Als das Pärchen endlich an der Reling angekommen ist, ziehen beide bereits die Beine hinter sich her.

Es wäre Selbstmord, jetzt zu springen. Die Lähmung würde einsetzen, lange bevor sie die Küste erreicht haben.

Doch die andere Option ist, gelähmt bei den Skorpionen zurückzubleiben und ihnen vollkommen ausgeliefert zu sein.

Es ist eine schwere Entscheidung, und ich fühle mit ihnen. Ich bin mir nicht sicher, wofür ich mich entscheiden würde.

Sie beschließen schließlich, an Bord zu bleiben. Brian lehnt sich gegen die Reling, als würde er überlegen zu springen, könnte sich aber nicht dazu durchringen. Lisa legt den Kopf auf den Boden neben ihm.

Ich verstehe die beiden. Im Moment ist jeder, der überlebt, ein Sieger. Sie haben alles dafür gegeben, so weit zu kommen, und jetzt müssen sie einfach weitermachen. Brian lässt sich an der Reling entlang zu Boden gleiten und legt sich neben Lisa. Er beginnt zu zucken und verliert langsam die Kontrolle über seinen Körper. Die Skorpione ignorieren das Pärchen mehr oder weniger und wirken gelangweilt. Dann springen sie vom Boot und fliegen davon, während andere auf dem Deck landen und herumspazieren.

Ein Skorpion beugt sich über Brian und nimmt ihm die Brille ab. Er versucht, sie verkehrt herum aufzusetzen. Sie fällt herunter, und der Skorpion versucht es erneut. Als würde er mit seinem menschlichen Körper, den Libellenflügeln und dem Skorpionschwanz nicht schon eigenartig genug aussehen. Endlich hat er die Brille mit dem Drahtgestell und dem zerbrochenen Glas aufgesetzt und sieht sich damit um.

Ich fühle mich inzwischen seltsam nackt ohne mein Schwert. Immer wieder greife ich nach hinten, um das weiche Fell meines Teddybären zu spüren, bevor mir wieder einfällt, dass er nicht mehr da ist. Deprimiert setze ich mich zwischen Mom und Clara. Drei unbewaffnete Frauen inmitten einer Horde Monster.

Noch vor ein paar Monaten saßen auf diesem Boot Touristen mit Kameras und Telefonen, die Fotos machten, ihre Kinder zusammenstauchten und sich vor der Skyline der Stadt küssten. Vermutlich liefen sie in ihren neugekauften Sweatshirts an Deck herum, weil sie die kühlen Sommerwinde San Franciscos vollkommen unterschätzt hatten.

Jetzt sind kaum Kinder an Bord, und keines von ihnen läuft herum. Es sind auch nur ein paar ältere Leute zu sehen, und nur ein Drittel der Passagiere sind Frauen. Alle sehen so aus, als hätten sie schon viel zu viel Zeit ohne eine richtige Dusche und eine richtige Mahlzeit verbracht, und jeder hat seine ganze Konzentration auf die Skorpione gerichtet.

Im Moment lassen sie uns in Ruhe. Die meisten sind nicht so bullig und breitschultrig, wie ich es mir von Ungeheuern erwartet hätte. Manche sind regelrecht dürr. Sie wurden nicht dazu erschaffen, ihre Opfer mit Muskelkraft niederzuringen. Ihre Stacheln sind dagegen die Waffen ihrer Wahl.

Ihre Schwänze sehen nämlich allesamt so aus, als wären sie auf Steroiden. Dick und muskulös, unnatürlich hervortretend und grotesk. Wenn man genau hinsieht, kann man auf jedem der Stacheln einen winzigen Tropfen des klarflüssigen Gifts erkennen, als stünden sie stets in Alarmbereitschaft.

Einer der Skorpione trägt eine Hose. Aber er hat sie verkehrt herum an, und der Reißverschluss ist offen, damit der Schwanz daraus hervorragen kann. Etwas an seinem Anblick beunruhigt mich, aber ich kann nicht genau sagen, was es ist.

Als der Skorpion die Hose mit seiner allzu menschlich wirkenden Hand nach oben zieht, glitzert etwas. Mein Magen zieht sich vor Grauen zusammen und mir wird übel, als ich erkenne, worum es sich bei diesem Glitzern handelt.

Es ist ein Ehering.

Was hat ein Ehering an der Hand eines Ungeheuers zu suchen?

Vermutlich ist es bloß ein glänzendes Souvenir von einem seiner Opfer. Ähnlich wie bei einem Tier, das mit einem Spielzeug spielt. Vielleicht hat er aber auch herausgefunden, dass Ringe sich gut dafür eignen, jemanden zu verprügeln, und es ist eine Art Schlagring.

Ja, so muss es sein.

Und es ist purer Zufall, dass er ihn am Ringfinger trägt.

Nach wenigen Minuten taucht vor uns Alcatraz im trüben Licht auf. Ich lehne mich zurück, als könnte ich so das Boot dazu bringen, langsamer zu werden. Als wir schließlich anlegen, zittere ich am ganzen Körper.

Immer wieder stelle ich mir vor, was uns hier wohl erwartet. Ich versuche, die Bilder in meinem Kopf zurückzudrängen, aber es gelingt mir nicht wirklich.

Die Insel wirkt wie ein riesiger Fels. Das Wasser ist vermutlich eiskalt und voller Haie, zuckender Skorpione und Höllendämonen mit scharfen Zähnen.

So endet die Geschichte also.

Die Welt wurde zerstört, die Menschheit gefangen genommen und meine Familie auseinandergerissen.

Dieser Gedanke macht mich wütend. Ich hoffe, dass die Wut alle anderen Gefühle auffrisst, denn sie ist im Moment vermutlich das Einzige, was mich noch auf den Beinen hält und vorantreibt.

Viele der Gefangenen weichen schluchzend zurück und wollen das Boot einfach nicht verlassen. Menschen und Tiere unterscheiden sich nicht so wesentlich voneinander. Beide wissen es, wenn sie zur Schlachtbank geführt werden.

Die Anlegestelle auf der Insel gleicht jener auf dem Festland – spitz gezackt, dunkel und feucht. Der kalte Wind dringt durch meinen Pullover, und ich bekomme Gänsehaut. Mir ist kälter, als die Temperatur es vermuten ließe. Ich versuche, mich für das zu wappnen, was mich bald erwarten wird.

Doch nichts kann mich auf den Anblick vorbereiten, der sich mir hinter der Anlegestelle bietet.

35

Scheinwerfer gleiten über die Gebäude und tauchen den Fußweg in helles Licht, während wir auf die Insel trotten. Ich sehe überall bloß Stein und Beton. Von den am nächsten gelegenen Gebäuden blättert die Farbe ab, und rostige Schlieren verlaufen über die Außenwände.

Ich sehe vier Skorpione, die neben einem Schiffscontainer mit einem Eisengitter arbeiten, der jenem auf dem Festland ähnelt. Sie zerren glänzende Eingeweide und abgehackte Körperteile aus Eimern und werfen sie auf den Beton. Die blutigen Klumpen landen gerade außer Reichweite der Gefangenen in dem Metallcontainer.

Der Gestank ist unerträglich. Ich möchte gar nicht wissen, wie lange diese Menschen schon in ihrem Käfig festsitzen. Aber ich kann es mir nicht nur aufgrund ihres Gestankes sehr gut vorstellen, sondern auch aufgrund dessen, wie sie ihre abgemagerten Arme ausstrecken und versuchen, die Eigenweide und abgehackten Körperteile zu erreichen, die gerade außer Reichweite liegen.

Die Menschen geben schluchzende, stöhnende Geräusche von sich. Nicht aggressiv, bloß verzweifelt. Ihre Arme sind so dünn, als wären sie bereits tot, hätten es aber selbst noch nicht mitbekommen.

Es kann nicht ihre Bestimmung sein, an die Ungeheuer verfüttert zu werden. Sie wirken zu misshandelt und viel zu unterernährt. Wie hungrig muss man sein, um die Hände nach rohen, abgehackten Körperteilen auszustrecken?

»Sie sind in vielerlei Hinsicht so dumm wie Vieh, aber sie verfügen über die abartigen, verdrehten Instinkte der Menschen.«

Es ist der Dämon Beliel. Die gestohlenen weißen Flügel breiten sich zu einem himmlischen Hintergrund hinter seinem übergroßen Körper aus. Er steht hinter den Skorpionen, die die blutigen Klumpen klatschend auf den Boden schleudern.

Ein menschliches Herz landet auf einem zerbrochenen Balken und wird von einem riesigen Splitter aufgespießt.

Neben Beliel steht ein Engel mit vom Wind zerzausten, karamellfarbenen Haaren und grauen Flügeln. Er trägt einen hellgrauen Anzug, der unaufdringlichen Geschmack und Eleganz vermittelt.

Selbst ohne seine weiblichen Jagdtrophäen erkenne ich in ihm den Erzengel Uriel, den Politiker, wieder. Er ist derjenige, der im Hintergrund Raffes Flügeltausch eingefädelt hat, um zu verhindern, dass dieser in der bevorstehenden Wahl zum neuen Botschafter gegen ihn antritt. Und als wäre das nicht schon Grund genug für mich, ihn nicht zu mögen, läuft er sonst bei jeder Gelegenheit auch noch mit zwei vollkommen gleich aussehenden jungen Frauen herum, die alle furchtbare Angst vor ihm haben.

»Meinst du die Heuschrecken oder ihr Spielzeug?« Uriels Flügel breiten sich hinter ihm aus, sodass es aussieht, als wäre sein Körper von einem Heiligenschein umgeben. Im sanften Licht des Engelshorstes sahen seine Flügel schmutzig weiß und ein wenig grau aus, aber jetzt im hellen Licht der Versorgerlampen schimmern sie Grau mit einem Hauch von Nachtblau.

Heuschrecken?

»Die Heuschrecken«, erwidert Beliel. »Die Menschen sind so dumm wie Steine. Sie sind zu gequält, um sich ihren Instinkt zunutze zu machen. Weißt du, die Heuschrecken haben sich dieses Spiel selbst ausgedacht. Ich war beeindruckt. Sie sind genauso hinterlistig wie die Dämonen aus der Hölle.« Er klingt beinahe stolz.

Er muss die Skorpion-Ungeheuer meinen. Ich dachte immer, Heuschrecken sehen wie Grashüpfer aus und nicht wie Skorpione. Ehrlich gesagt habe ich keine Ahnung, warum er diese Wesen so nennt.

»Bist du dir sicher, dass diejenigen, die du trainiert hast, ihr Wissen an die anderen weitergeben werden?«

»Wer weiß das schon. Ihr Urteilsvermögen ist getrübt, ihre Gehirne sind geschrumpft und die Umwandlung hat sie vermutlich verrückt gemacht. Es ist schwer vorherzusagen, wie sie sich verhalten werden, aber dieser Gruppe wurde mehr Aufmerksamkeit gewidmet als den anderen, und sie scheinen fähiger als der Rest. Sie kommen einer Anführertruppe so nahe wie möglich.«

Einem Skorpion mit einer weißen Strähne im Haar wird die Sache langsam zu langweilig, und er tritt auf den Container mit den Menschen zu. Die knochigen Arme ziehen sich sofort durch das Gitter zurück, und die Füße der

Gefangenen kratzen über den Metallboden, als sie sich vor dem Monster zurückziehen.

Der Skorpion ragt hoch vor dem dunklen Inneren empor. Dann wirft er einen blutigen Klumpen in den Käfig.

Sofort hallen metallisches Schlurfen, animalisches Grunzen und frustriertes, verzweifeltes Geschrei durch die Nacht.

Die Menschen im Container kämpfen gegeneinander um den blutigen Klumpen. Soviel ich weiß, könnte es durchaus einer von ihnen sein, der aus dem Käfig gezerrt und jetzt als Köder wieder hineingeworfen wurde, um die anderen zu quälen.

»Siehst du, was ich meine?« Beliel klingt wie ein stolzer Vater.

Ich lege einen Gang zu, denn ich will so schnell wie möglich an diesem Container vorbei. Doch die anderen bewegen sich in gleichbleibender Geschwindigkeit weiter, sorgfältig darauf bedacht, keine Aufmerksamkeit zu erregen – wodurch ich natürlich auffalle.

Plötzlich packt mich jemand außerordentlich fest am Arm und zieht mich so ruckartig zu sich, dass ich glaube, mein Genick würde brechen. Ein Skorpion, dessen fettige Haare ihm bis auf die Schultern reichen, zerrt mich aus der Menge.

Der Skorpion mit der weißen Strähne, der die Körperteile zu den Gefangenen hineingeworfen hat, mustert mich interessiert. Dann kommt er auf mich zu.

Aus der Nähe sehen seine Schultern und seine Oberschenkel gewaltig aus. Er reißt mich aus der Umklammerung des ersten Skorpions und schleift mich hinter sich her, wobei er meine beiden Handgelenke mit einer Hand festhält.

Er will zu dem Folter-Container mit seinen verzweifelten Opfern.

Knochige Arme greifen sofort mit unnatürlich langen Fingern durch das Metallgitter.

Inzwischen bekomme ich kaum noch genügend Luft, und das, was ich einatmen kann, lässt mich würgen. So nahe am Container ist der Gestank einfach abartig.

Ich rutsche auf einem glitschigen Klumpen aus, doch das Monster hält mich so fest umklammert, dass ich mich auf den Beinen halten kann.

Als mir bewusst wird, dass ich nicht in das Steingebäude gebracht werden soll, sondern zu den Folteropfern in den Containern, setzt mein Herz aus.

Ich stemme meine Füße in den Boden und wehre mich. Mit aller Kraft kämpfe ich gegen das Ungeheuer an, versuche, mich aus seinem Griff zu befreien. Doch ich komme nicht dagegen an.

Ein paar Schritte vor dem Metallgitter packt mich der Skorpion und schleudert mich dagegen.

Ich pralle gegen das Gitter und klammere mich an die Ketten, um nicht zu stürzen.

In dem Moment, als ich gegen das Gitter donnere, beginnen sich die dunklen Schatten vom hinteren Ende des Containers auf mich zuzubewegen.

Sie eilen gebückt und so schnell sie können auf mich zu. Die Knochen ihrer Arme und Beine stechen hervor, ihre Kleidung schleift in Lumpen über den Boden und sie drängen sich gegenseitig aus dem Weg.

Ein Schrei dringt aus meinem Mund, und ich stoße mich panisch vom Gitter ab.

Knochige Arme strecken sich durch das Metallgitter nach mir aus.

Sie packen meine Haare, mein Gesicht, meine Kleider.

Ich strample und schreie und versuche, nicht auf ihre abgemagerten Gesichter, ihre zotteligen Haare und ihre blutigen Fingernägel zu achten.

So gut es geht winde ich mich und stemme mich verzweifelt nach vorne, um mich aus ihrer Umklammerung zu befreien. Es sind viele, aber sie sind schwach und schaffen es kaum, sich auf den Beinen zu halten, als ich mich schließlich von ihnen losreiße.

Der Kerl mit der weißen Strähne stößt ein paar kreischende Laute aus, die verdächtig nach einem Lachen klingen. Er findet das hier komisch.

Dann packt er mich erneut und schleift mich zurück zu der Menschenmenge, die von der Fähre strömt.

Er wollte mich gar nicht in den Folterkäfig werfen. Nein, er wollte bloß die Gefangenen quälen. Und mich auch, nehme ich an.

Ich habe mich noch nie darauf gefreut, jemanden zu töten. Doch jetzt sehne ich tatsächlich den Moment herbei, wenn ich diesen Kerl endlich umbringen kann.

Wir gehen den gepflasterten Weg hinauf zum Hauptgebäude am höchsten Punkt der Insel. Über uns fliegen Massen von Skorpionen chaotisch durcheinander. Es sind so viele, dass sie tatsächlich eine Art Wind erzeugen, der auf unnatürliche Weise ständig seine Richtung ändert. Ich weiß von dem, was ich früher beobachten konnte, dass ihrem Flug ein Übungsplan zugrunde liegt, aber von hier unten sieht es so aus, als befänden wir uns in einem gigantischen Insektennest. Und es fühlt sich auch so an.

Es ist kein einziger normaler Engel zu sehen. Das hier kann nicht ihr neuer Horst sein. Soweit ich weiß, mögen es

Engel gerne elegant, und Alcatraz ist nicht gerade ein Fünf-Sterne-Hotel. Das hier muss eine Art Menschenverarbeitungszentrum sein.

Ich sehe mich nach Mom und Clara um. Clara sticht mit ihrer ausgedörrten Haut und dem verschrumpelten Körper aus der Menge heraus, doch meine Mutter ist nirgendwo zu sehen. Als Clara bemerkt, dass ich nach Mom suche, sieht sie sich ebenfalls um und wirkt überrascht, dass meine Mom nicht mehr bei ihr ist.

Niemand scheint nach einer verloren gegangenen Gefangenen zu suchen. Ich bin mir nicht sicher, ob das gut oder schlecht ist.

Über das Summen der Insekten hinweg kann ich absolut nichts hören, doch unsere Wärter machen mehr als deutlich, wo wir hinsollen. Wir klettern zu dem Steingebäude auf dem riesigen Felsen der Insel Alcatraz hoch und folgen dem Weg, den in der Vergangenheit bereits unzählige Gefangene entlanggelaufen sind.

Der Wind lässt meine Haare wild um meinen Kopf wirbeln, und genauso aufgewühlt fühle ich mich auch in meinem Inneren.

36

Sobald wir das Gebäude betreten haben, verebben die Geräusche und der Wind. Stattdessen hallt nur ein tiefes Stöhnen von den Wänden wider. Es handelt sich nicht um das Jammern einer einzelnen Person, sondern um das kollektive Stöhnen eines Gebäudes voller Menschen.

Ich bin in der Hölle gelandet.

Natürlich habe ich schon von den furchtbaren Zuständen in einigen ausländischen Gefängnissen gehört, in denen Menschenrechte ein weit entfernter Traum sind. Etwas, das man im Fernsehen gesehen hat oder worüber Universitätsstudenten diskutiert haben, zumindest früher einmal. Erst jetzt erkenne ich jedoch, dass die Wärter, die schrecklichen Bedingungen und die Tatsache, dass man eingesperrt ist, nur einen Teil einer solchen Hölle ausmachen.

Der Rest spielt sich im Kopf ab. Da sind die Bilder, die man sieht, wenn man Schreie aus unbekannten Bereichen des Gefängnisses hört. Da ist die Geschichte hinter dem Gesicht der Frau, die einige Zellen weiter sitzt und ununterbrochen weint. Da ist die Bedeutung des gurgelnden, klappernden, kreischenden Geräusches, das nur von einer elektrischen Säge stammen kann.

Wir werden in eine rostige alte Gefängniszelle gedrängt, von deren Wänden die Farbe abblättert. Diese Zellen wurden allerdings nur für einen oder zwei Insassen gemacht, und nachdem wir so viele sind, können wir gerade noch stehen.

Glücklicherweise nimmt die Pritsche einiges an Platz ein, sonst hätten die Skorpione wohl noch mehr von uns hineingepfercht. So können zumindest ein paar von uns sich darauf niederlassen, und die Verletzten haben die Möglichkeit, sich ein wenig auszuruhen. Außerdem wird sie uns gute Dienste leisten, wenn wir uns genügend beruhigt haben, um abwechselnd darauf zu schlafen.

Als wäre dieser Ort nicht schon höllisch genug, geht immer wieder in zufälligen Zeitabständen ein Alarm los, hallt durch das Gebäude und treibt jeden von uns an den Rand des Wahnsinns. Und alle paar Stunden wird eine Gruppe durch den Flur getrieben, was noch mehr an den Nerven zehrt.

Niemand scheint zu wissen, was mit denjenigen passiert, die fortgebracht werden, sie kommen jedenfalls nicht mehr wieder. Die Wärter, die diese Gruppen begleiten, sind Menschen, die von ein paar Skorpionen Begleitschutz erhalten. Die menschlichen Wärter wirken stoisch und sprechen so wenig wie möglich, was sie nur noch Furcht einflößender macht.

Während immer wieder die Angst über mich hereinbricht, verliere ich langsam jegliches Zeitgefühl und dämmere vor mich hin. Ich weiß nicht, ob wir Stunden oder bereits Tage hier sind.

Eine Zellentür klirrt, was bedeutet, dass wieder eine Gruppe fortgebracht wird.

Die Menschen gehen an uns vorbei, und ich erkenne einige der Gesichter wieder. Eines davon gehört dem Vater, der vorhin von seinem Sohn getrennt wurde. Seine Augen suchen verzweifelt unter den Leuten, die hinter den Gittern zurückbleiben, nach seinem Jungen. Als er ihn entdeckt, laufen Tränen über seine Wangen.

Der Junge befindet sich in der Zelle gegenüber. Die anderen Gefangenen sammeln sich um ihn, während er von Tränen geschüttelt zusieht, wie sein Vater von ihm fortgetrieben wird.

Einer der Männer beginnt, mit einer wunderschönen Baritonstimme zu singen. *Amazing Grace.* Ein Lied, dessen Text viele von uns – einschließlich mir – nicht kennen, das wir aber alle im Herzen tragen. Ich summe gemeinsam mit den anderen die Melodie, während die wahrscheinlich dem Tode geweihte Gruppe an uns vorbeimarschiert.

Zigaretten. Wer hätte gedacht, dass sie sich am Ende der Welt zu einem solchen Problem entwickeln würden?

In unserer Zelle befinden sich nämlich ein paar Raucher, und einer von ihnen ließ Zigaretten herumgehen.

Wir stehen so nahe zusammen, dass die Raucher ihren Qualm immer irgendjemandem ins Gesicht blasen, egal wie sehr sie sich auch bemühen. Hier in Kalifornien könnte man jemandem, dem man Rauch ins Gesicht bläst, auch gleich ins Gesicht spucken.

»Also wirklich, könnt ihr die Zigaretten bitte ausmachen?«, fragt ein Kerl. »Glaubt ihr nicht, hier drin ist es schon schlimm genug, ohne dass ihr auch noch zusätzlich die Luft verpestet?«

»Entschuldige. Aber wenn ich jemals eine Zigarette nötig hatte, dann jetzt.« Die Frau dämpft ihre Zigarette an der Wand aus. »Und ein doppelter Café Latte wäre auch nicht schlecht.«

Die zwei anderen Gefangenen rauchen einfach weiter. Einer hat mit Tattoos verzierte Schultern und Arme. Die komplizierten, bunten Muster wurden sicher noch vor den Angriffen gestochen.

In der Bay Area gab es bereits Gangs, bevor die Engel kamen. Es waren nicht viele, und die meisten blieben in ihren begrenzten Revieren, aber es gab sie dennoch. Das war vermutlich auch der Grund, warum die Straßengangs so schnell wuchsen. Sie waren bereits organisiert und hatten sich etabliert. Diese Gangs waren die Ersten, die die Läden übernahmen, und bald darauf sahen sie sich nach neuen Mitgliedern um.

Ich vermute, dass dieser Kerl zu einer der ursprünglichen Gangs gehört hat. Er besitzt eine Ausstrahlung, die die Ingenieure des Silicon Valley einfach nicht draufhaben, egal was sie in den letzten Monaten auf den Straßen so alles angestellt haben.

»Wovor hast du Angst, du Veganer-Weichei?«, fragt Mr. Tattoo. »Lungenkrebs?« Er lehnt sich zu dem anderen Kerl nach vorne und hustet ihm übertrieben ins Gesicht, wobei er ihn voll und ganz in Rauch einhüllt.

Alle erstarren. Die anderen ziehen sich von den beiden zurück, doch sie kommen natürlich nicht weit. Wir stehen so nahe beieinander, dass wir alle in den Kampf verwickelt werden, sollten die beiden aneinandergeraten. Ich möchte nicht in einem Strudel gefangen sein, denn egal was man tut, irgendwann wird man hineingezogen.

Als wäre die Anspannung nicht schon groß genug, geht erneut der Alarm los und zehrt weiter an unseren Nerven.

Man möchte meinen, dass sich jeder sofort zurückziehen würde, wenn er erkennt, dass sich ein wahrhaftiges Gang-Mitglied in der Gruppe befindet, doch dem ist nicht so.

Im Valley gibt es nicht bloß freundlich gesinnte, kluge Ingenieure. Meinem Dad zufolge, der früher ein solcher freundlich gesinnter Ingenieur war, bevor er zu einem überaus gebildeten Supermarktgehilfen wurde, gibt es hier auch jede Menge risikofreudige, rhetorisch brillante CEOs und Risikokapital-Anleger mit überragenden Alpha-Persönlichkeiten. Macher und Aufrüttler. Unternehmer auf Speed. Die Art von Leuten, die der Präsident früher zum Abendessen besucht hat.

Mittlerweile leben wir jedoch in einer Welt, in der diese Elitestudenten mit ihren ausgeprägten Alpha-Instinkten mit Gangmitgliedern wie Mr. Tattoo, die ihre Bildung auf der Straße erworben haben, hinter Eisenstäben gefangen gehalten werden, und mit ihnen darüber streiten, wer das Recht hat zu rauchen. Willkommen in der Neuen Welt.

Mr. Alpha ist groß, blond, etwas über dreißig und hat vermutlich regelmäßig trainiert, als es noch die Mühe wert war, ein Fitnessstudio zu besuchen. Ich wette, er kann furchtbar charmant lächeln, wenn er möchte, doch jetzt gerade sieht er aus, als wären seine Nerven ein wenig überstrapaziert und er könnte sich nur noch durch reine Willenskraft davon abhalten, die Beherrschung zu verlieren.

»Ich reagiere allergisch auf Zigarettenrauch«, meint Mr. Alpha. »Hör zu, wir müssen zusammenhalten, um das hier zu überstehen.« Er presst die Worte zwischen zusammengebissenen Zähnen hervor und versucht offensichtlich, die Sache gütlich zu regeln.

»Dann soll ich also meine verdammte Zigarette wegen dir ausmachen? Verpiss dich doch! Niemand ist allergisch auf Zigarettenrauch. Du magst ihn einfach nicht.« Mr. Tattoo nimmt einen tiefen Zug.

Der dritte Raucher drückt leise seine Zigarette aus, als würde er hoffen, dass ihn niemand bemerkt.

»Mach die Zigarette aus!« Die Stimme des Alpha klingt so autoritär, dass sie selbst über den kreischenden Alarm hinweg zu hören ist. Das hier ist ein Kerl, der es früher gewohnt war, Gehör zu finden. Ein Kerl, der einmal von Bedeutung war.

Tattoo schnippt den immer noch glühenden Zigarettenstummel in Alphas Richtung. Einen Moment lang entspannen sich alle. Doch dann zieht Tattoo eine neue Zigarette heraus und zündet sie an.

Der Alarm geht aus, doch die darauffolgende Stille ist noch durchdringender.

Das Gesicht und der Hals des Alphas sind mittlerweile feuerrot. Er schubst den anderen Kerl nach hinten, als würde ihm die Aussicht, zu einem zuckenden Brei zusammengeschlagen zu werden, nichts ausmachen. Vielleicht tut es das tatsächlich nicht. Vielleicht ist das hier allerdings auch nur einfacher zu verkraften als das, was die Engel mit uns vorhaben.

Das Problem ist, dass seine Entscheidung den Rest von uns ebenso betrifft. Ein Kampf in einer Zelle, die so groß wie ein Sarg ist, bedeutet viele Verletzte auf einmal, zu einem Zeitpunkt, an dem wir uns keine Verletzten leisten können.

Die anderen beginnen, hinter den beiden Aufstellung zu beziehen. Ich stehe neben Clara in der vorderen Ecke. Wir werden bereits gegen die Gitterstäbe gedrückt. Wenn sich die Panik in unsere Richtung verlagert, könnten wir zerquetscht werden. Wir wären zwar nicht tot, würden uns aber vermutlich einige Knochen brechen. Und jetzt ist kein guter Zeitpunkt für gebrochene Knochen.

In der Mitte der Zelle prügelt Mr. Tattoo inzwischen auf Mr. Alpha ein. Doch Mr. Alpha sollte nicht unterschätzt werden.

Er packt einen Mann an der Jacke und versucht, Mr. Tattoo den unteren Teil des Reißverschlusses in die Augen zu rammen. Dabei trifft er jedoch das Gesicht einer Frau.

Tattoo holt mit dem Arm aus, um Alpha eine zu verpassen, und versenkt seinen Ellbogen im Hals eines alten Mannes.

Der Mann fällt rücklings auf Clara, die mit dem Kopf gegen die Gitterstäbe prallt. Ich versuche wirklich, mich auf meine eigenen Angelegenheiten zu konzentrieren, doch das hier verspricht nichts Gutes für uns alle.

Also dränge ich mich zu den Kampfhähnen durch und packe Tattoo an den Schultern.

Dann ramme ich mein Knie in seine Kniekehle. Ich achte darauf, dass ich es in einer geraden Linie bewege, damit ich mich nicht selbst verletze. Ein kaputtes Knie ist in einer solchen Situation ein Todesurteil.

Er sinkt auf Augenhöhe nieder, und ich ziehe seine Schultern zu mir und nehme seinen Kopf in den Schwitzkasten. Ich umfasse seine Stirn mit einem Arm und seinen Hals mit dem anderen.

Als Nächstes drücke ich die Arme zusammen, damit er weiß, dass ich es ernst meine. Ich will ihm nicht die Luft abdrücken. Es geht viel schneller, wenn ich die Blutzufuhr zu seinem Gehirn blockiere. Er hat drei bis fünf Sekunden, ehe er ohnmächtig wird.

»Entspann dich«, befehle ich. Und er gehorcht sofort. Dieser Mann war in genügend Kämpfe verwickelt, um zu wissen, wann es vorbei ist.

Der Alpha-Kerl hingegen weiß scheinbar nicht, wann es genug ist. Seinen hervortretenden Augen und seinem hochroten Gesicht nach zu urteilen, wüten Angst und Frustration noch immer in ihm. Er schwingt sein Bein zurück und trifft dabei erneut einen Unbeteiligten. Er will Tattoo wie einem Fußball ins Gesicht treten, während ich ihn festhalte.

»Wenn du jetzt zutrittst, schwöre ich bei Gott, dass ich zulassen werde, dass er dich bei lebendigem Leib auffrisst«, drohe ich mit tiefer Stimme und versuche, so gebieterisch wie möglich zu klingen.

Vermutlich ist Mr. Tattoo bereits aufgefallen, wie dünn und kurz meine Arme sind, und er hat an meiner Stimme erkannt, dass ich eine Frau bin.

Wenn ich ihn nicht unter Kontrolle halte, solange er noch am Boden sitzt, bin ich verloren. Denn sobald er über mir aufragen und auf mich hinunterblicken sollte, könnte er vielleicht auf dumme Gedanken kommen.

Also tue ich etwas, das ich vor den Angriffen nie getan hätte.

Obwohl er sich bereits ergeben hat, drücke ich ihm das Blut ab. Sein Körper schlägt mit zur Seite gesacktem Kopf auf dem Boden auf.

Er wird ein paar Sekunden ohnmächtig sein, gerade lange genug, damit ich mich um den Alpha-Jungen kümmern kann. Und wenn die beiden am Boden liegend wieder zu sich kommen, werde ich über ihnen stehen und ihnen klar und deutlich zu verstehen geben, dass ich hier das Kommando habe, dass sie meiner Gnade ausgeliefert sind und dass sie nur kämpfen dürfen, wenn ich es ihnen erlaube.

Das alles klingt echt gut.

Nur leider sieht die Realität etwas anders aus.

37

Gerade als ich Mr. Alpha packen will, werde ich mit voller Wucht von etwas getroffen, das sich nur als Kanonenrohr voller Eis beschreiben lässt, das auf uns einprasselt. Ich werde mit dem Rücken an die Wand geschleudert. Aber im Gegensatz zu einem Kanonenschuss hört das hier einfach nicht auf.

Ich brauche einige Sekunden, um zu begreifen, dass es sich um einen gewaltigen Wasserstrahl aus einem Feuerwehrschlauch handelt. Es ist so kalt, dass mir die Luft in den Lungen gefriert.

Als es endlich vorbei ist, liege ich als zusammengeschlagenes Häufchen nasser Klamotten regungslos auf dem Boden.

Raue Hände packen meine Arme, zerren mich hoch und schleifen mich aus der Zelle. Ich ringe nach Atem und bekomme nur am Rande mit, dass die Männer mit den grimmigen Gesichtern auch Tattoo und Alpha mitgenommen haben.

Ich stemme mich hoch, sodass ich neben meinen Wärtern her schlurfe. Das ist besser, als wenn sie mir beinahe die Arme ausreißen. Sobald ihnen klar wird, dass ich ohne Widerrede mitkomme, lässt mich einer der Kerle los und kommt den beiden anderen zur Hilfe, die Tattoo mit sich schleppen. Der ist mittlerweile wieder bei Bewusstsein und schlägt ängstlich und verwirrt um sich.

Mein Wärter tritt vor Tattoo und rammt ihm die Faust in den Bauch, während die beiden anderen ihn festhalten. Ich zucke vor Mitgefühl zusammen. Danach schlurfen wir alle ohne weitere Gegenwehr den Mittelgang hinunter.

Die Wärter führen uns in einen gemauerten Korridor, von dessen Wänden die Farbe abblättert, und schließlich durch eine Metalltür. Auf einem verblichenen Schild steht.

ZUTRITT NUR FÜR BEFUGTE

Hinter der Tür befindet sich eine schmale Treppe, die metallisch dröhnt, als wir hinuntersteigen. Der Raum am Ende der Treppe wirkt wie eine Industriehalle. Ein Gitternetz aus riesigen Wassertropfen hängt von der Decke bis beinahe zum Boden.

Als wir näher kommen, erhasche ich einen besseren Blick darauf. In den Wassertropfen befinden sich zusammengekauerte Wesen.

Menschen.

Sie sind nackt und haben sich wie Föten zusammengerollt. Ohnmächtig treiben sie im Wasser.

Irgendetwas an ihnen kommt mir auf schreckliche Weise bekannt vor.

Ich erwarte beinahe, dass einer von ihnen beginnt, an

seinem Daumen zu lutschen oder sich zu bewegen, aber keiner rührt sich.

»Wer soll denn das sein?«, fragt ein Mann, der in der Mitte des Raumes steht und in unsere Richtung blickt. Er trägt ein Flanellhemd und Jeans und hält ein Klemmbrett in der Hand. Mit seinen gelockten, braunen Haaren und den haselnussbraunen Augen sieht er aus wie ein Student, der gerade eine Testreihe durchführt. Ich vermute, dass er in seinem früheren Leben vielleicht ein ganz netter Kerl war.

»Störenfriede«, erklärt mein Wärter.

»Bringt sie nach hinten«, meint der zerstreut wirkende Mann mit dem Klemmbrett. »In der letzten Reihe brauchen sie noch Nachschub.«

Tattoo, der mittlerweile wieder ohne Schwierigkeiten alleine gehen kann, wird als Erstes zwischen die Reihen mit den Wassertropfen getrieben. Dann wird Alpha von seinem Wärter hinterher geschleift. Bis jetzt ließ mich mein Wärter alleine gehen, ohne mich anzufassen. Nun packt er jedoch meinen Arm, als hätte er Angst, ich würde davonlaufen.

»Welchen sollen wir nehmen, Doc?«, fragt mein Wärter.

»Egal, Hauptsache in der letzten Reihe«, erwidert Doc, während er an uns vorbei zu einem Büro geht, dessen Fenster einen guten Ausblick auf die Tropfen bieten.

Wir betreten die Reihen aus Wassertropfen. In der ersten Reihe schweben Menschen.

Auf unserem Weg ans hintere Ende des Raumes beginnen sich die Menschen in den Tropfen jedoch zu verändern. Es gleicht einem Zeitrafferfilm, der eine fötale Entwicklung zeigt.

Nach dem ersten Drittel der Anordnung haben sie Schwänze.

Nach der Hälfte wachsen ihnen hauchdünne Flügel.

Und nach zwei Dritteln sehen sie schon wie Skorpion-Monster aus.

Der höhlenartige Raum ist voller Skorpione in verschiedenen Entwicklungsstadien.

Es sind Hunderte.

Und jeder Einzelne war einmal ein Mensch.

Als wir die letzte Reihe erreichen, wirken die Skorpione bereits vollständig entwickelt, haben bis zu den Schultern reichende Haare und Zähne, die eher denen eines Löwen als denen eines Menschen ähneln. Die Wesen in der letzten Reihe bewegen sich und beobachten uns aufmerksam, als wir näher kommen.

Dieses Labor ist um einige Stufen höher entwickelt als jenes im Keller unter dem Engelshorst. Es ist systematischer aufgebaut, und die Föten wirken robuster und bedrohlicher. Wie viele dieser Skorpion-Fabriken gibt es wohl?

Tattoo beginnt erneut, sich gegen seine Wärter zur Wehr zu setzen. Sie sind zu dritt, und trotz seiner Muskeln und seines protzigen Gehabes wirkt Tattoos Kampfstil nachlässig und untrainiert.

Er reißt ruckartig an den Wärtern, und die Muskeln an seinem Nacken und seinen Armen wehren sich gegen ihre Umklammerung. Die Wärter wollen ihn gerade in einen der Tropfen schieben, als er plötzlich eine ruckartige Bewegung macht und den Ellbogen eines Wärters in dem Tropfen versenkt.

Das Ding im Wasser bewegt sich so schnell, dass ich nicht mitbekomme, was genau passiert.

Gerade noch umklammert der Wärter Tattoos Schulter und sein Ellbogen taucht ins Wasser.

Im nächsten Augenblick steckt er schon zur Hälfte im Tropfen und strampelt mit den Beinen in der Luft. Das Wasser verfärbt sich blutrot.

Wir starren alle angsterfüllt auf den Wärter, der gerade der Schwerkraft – und wer weiß wie vielen anderen Gesetzen der Physik – trotzt, und teilweise außerhalb und teilweise im Wasser in der Luft schwebt. Im Inneren des Tropfens pumpt das Monster Gift in seinen Nacken und saugt an seinem Gesicht. Blutige Wolken wirbeln um die beiden herum, während der Tropfen irgendwie noch immer seine Form behält und flüssig bleibt, obwohl er von dem Körper des Wärters durchbohrt wird.

Tattoo reißt die Augen auf, als ihm klar wird, was ihm bevorsteht. Er wirft mir und Alpha einen Blick zu. Vermutlich sieht er denselben Ausdruck auf unseren Gesichtern.

Nach ihm sind wir an der Reihe.

Alpha nickt Tattoo zu, als wären sie sich gerade über etwas einig geworden. Ich denke, es gibt wohl nichts Effektiveres, als einen bevorstehenden grausamen Tod, um Leute ihre Differenzen vergessen zu lassen. Die beiden packen einen der verbliebenen Wärter, der Tattoo immer noch festhält, und stoßen seinen Kopf mit vereinten Kräften in Richtung eines anderen Tropfens.

Der Skorpion im Inneren gleitet im Wasser herum, um sich jeden Moment auf ihn zu stürzen. Der Wärter stemmt sich verzweifelt gegen die beiden und drückt instinktiv die Hände gegen den Tropfen, um eine bessere Hebelwirkung zu erzielen.

Seine Hände brechen durch die Wasseroberfläche.

Und im nächsten Moment bekommt er sie nicht mehr heraus.

Er spannt mit aller Kraft den Rücken, den Nacken und die Arme an, um sich zu befreien.

Seine Füße gleiten nach vorne. Aber er schafft es keinen Zentimeter aus dem Tropfen heraus.

Der Wärter beginnt zu zucken. Jeder Muskel seines Körpers zittert, als er sich verzweifelt gegen den Skorpionfötus stemmt.

Ich kann nicht mehr hinsehen.

Die Wärter sind uns mittlerweile zahlenmäßig nicht mehr überlegen, und der Rest läuft davon. Zwei hasten zurück zur Tür, während mein Wärter in die andere Richtung davoneilt.

Das Gurgeln der Luftblasen und das kratzende Geräusch der Schuhe der Opfer über den Boden zehren an meinen blankliegenden Nerven. Doch kurz darauf wirkt die Betäubung, und sie beruhigen sich.

Plötzlich ist es viel zu still.

»Und jetzt?«, fragt Tattoo. Trotz seiner Muskeln wirkt er gerade wie ein kleiner Junge.

Wir sehen uns in dem Wald voller in Tropfen schwebender Monster um.

»Wir sollten von hier verschwinden«, meint Alpha.

Von der Hintertür dringt das Zischen eines Skorpions zu uns.

Schnell laufen wir durch die Tropfen-Anordnung auf die Vordertür zu, sorgfältig darauf bedacht, nicht mit einem der Tropfen in Berührung zu kommen.

38

Ein Rumpeln hallt durch den höhlenartigen Raum. Die Tropfen beginnen zu schwanken und drohen herabzustürzen. Ich will gar nicht daran denken, was passiert, falls es tatsächlich dazu kommt. In meinem Kopf sehe ich bereits vor mir, wie das Wasser auf den Boden klatscht und sich die Monsterföten aufrichten, während wir an ihnen vorbeilaufen.

Die Deckenkonstruktion, an der die Tropfen hängen, bewegt sich langsam nach hinten. Spritzt hinter uns bereits Wasser zu Boden, oder bilde ich mir das nur ein?

Die Anordnung fährt eine Reihe nach hinten, ehe sie wieder anhält.

Das unheimliche Gefühl, zwischen durchsichtigen Gebärmüttern hindurchzulaufen, wird noch surrealer, weil sich die Föten jetzt mit jeder Reihe wieder in Menschen zurückverwandeln. Als wir endlich an der ersten Reihe mit den leeren Tropfen angekommen sind, hallen Schritte über die Treppe vor uns herunter. Wir bleiben wie angewurzelt stehen und sehen uns um.

Der einzige Ort, wo wir uns verstecken können, ist das höher gelegene Büro, das die Reihen der Monster überblickt. Wir eilen die Treppe hoch und stürzen hinein.

Doc, der Kerl in dem Flanellhemd und den Jeans sitzt vor einem uralten Fernsehgerät und hebt den Blick von seinem Klemmbrett, auf dem er sich gerade Notizen gemacht hat.

Alpha schnappt sich den Stift und packt mit der anderen Hand Docs Haare. Er zielt mit dem Stift auf Docs Auge, bereit zuzustechen.

»Ich steche dir die Augen aus, wenn du uns diese Monster nicht vom Hals schaffst«, flüstert Alpha. Ich glaube noch immer, dass er einmal ein netter Kerl war, aber jetzt sieht er aus, als meinte er es ernst. Vielleicht war das Leben in einem Büro härter, als ich gedacht hätte.

»Für sie ist jeder Mensch so gut wie der andere«, erklärt Doc und lässt den Stift nicht aus den Augen. »Sie werden nicht nach euch suchen.«

Wie zur Bestätigung richtet er den Blick auf das riesige Fenster, das das Labor überblickt. Eine Gruppe betritt die Industriehalle unter uns. Mehrere Skorpione treiben zahlreiche nackte, schmutzige Menschen herein.

Vor ihnen befindet sich eine Reihe leerer Wassertropfen.

Einer der menschlichen Lakaien nimmt vor der Gruppe Aufstellung. Seine Stimme dringt durch die offene Tür zu uns hoch. »Es wäre besser, wenn ihr einfach das tut, was euch aufgetragen wird.« Der Lakai klingt tatsächlich so, als würde er es selbst glauben und ihnen einen Gefallen damit tun, dass er sie in sein Geheimnis einweiht. »Sonst ergeht es euch genau wie dem da.« Er nickt zwei anderen Lakaien zu.

Sie schnappen sich den nächstbesten Gefangenen, zerren ihn ein paar Reihen hinunter und stoßen ihn in einen der Tropfen.

Selbst von hier oben höre ich seinen gurgelnden Schrei und das erstickte Entsetzen. Der bereits zur Hälfte verwandelte Skorpion zuckt, als würde er versuchen, sein Opfer mit dem Stachel zu stechen, den er noch gar nicht hat, bevor er sich mit seinem immer noch menschlichen Mund auf den Mann stürzt.

Ich wende den Blick ab, solange ich noch kann.

Die nackten Menschen vor der Tür stehen wie erstarrt da, sowohl gebannt als auch zu Tode erschrocken.

»Ihr habt die Wahl«, sagt der Kerl, von dem ich annehme, dass er eine Art Vorarbeiter ist. »Entweder, es ergeht euch so wie dem da.« Er deutet auf das Skorpion-Opfer. »Oder ihr entscheidet euch, in einen dieser leeren Wassertropfen zu steigen, ohne Schwierigkeiten zu machen. Die ersten fünfzehn Personen, die sich freiwillig melden, dürfen in die Tropfen ohne Skorpione.«

Alle treten geschlossen nach vorne.

Der Vorarbeiter wählt nach dem Zufallsprinzip Menschen aus, und sie machen einen Schritt auf ihre mit Wasser gefüllten Zellen zu.

»Und wie atme ich da drinnen?«, fragt ein großer Mann, von dem mittlerweile nur noch der Kopf aus dem Tropfen ragt.

Einer der menschlichen Lakaien schiebt den Kopf des Mannes ins Wasser, ohne ihm zu antworten.

Diese Frage scheinen sich nach und nach alle zu stellen, sobald sie in das Wasser eintauchen. Ich nehme an, die ganze Situation erschien den Opfern zu Beginn so seltsam und surreal, dass sie annahmen, es würde sich jemand um dieses Problem kümmern. Vielleicht haben sie aber auch gehofft, sie könnten einfach ihre Köpfe herausstrecken, um zu atmen.

Als sie jedoch erkennen, dass sie in den Tropfen gefangen sind und nicht mehr herauskönnen, weicht die Angst auf ihren Gesichtern Panik.

Die erste Tropfenreihe schwankt unkoordiniert hin und her, während die neuen Bewohner der mit Wasser gefüllten Gefängnisse langsam die Kontrolle verlieren. Luftblasen breiten sich in den Tropfen aus, als der letzte Rest wertvoller Atemluft aus ihren Mündern entweicht. Einige brüllen unter Wasser. Das gedämpfte Echo der Schreie hallt von den Laborwänden wider.

Die verbliebenen Opfer weichen zurück und bereuen ihre Entscheidung offensichtlich bereits. Doch die Lakaien packen sie und drängen sie in die Tropfen. Es ist relativ einfach zu bewerkstelligen, denn mittlerweile erkenne ich, dass sie zuerst die größten und stärksten Opfer ausgewählt haben.

Als den anderen klar wird, dass ihr Schicksal nicht mehr verhandelbar ist, sind nur noch die Schwächsten übrig.

39

Tattoo schließt leise die Bürotür und sperrt damit die von unten hochdringenden Geräusche aus.

Alpha reißt Docs Kopf zurück und hält den Stift noch immer auf dessen Auge gerichtet. »Wie kannst du nur mit der Gewissheit leben, dafür verantwortlich zu sein?«, knurrt Alpha.

»Fragt der Kerl, der gerade droht, einem seiner Mitmenschen das Auge auszustechen«, erwidert Doc.

Tattoo lehnt sich zu Doc nach vorne. »Du hast sämtliche Privilegien als Mensch verloren, du Arschloch!«

In dem Büro befinden sich ein Tisch, ein Stuhl und einige Glasglocken, unter denen sich fleischfarbene Klumpen befinden, die ich nicht eingehender betrachten möchte. Es würde mich nicht überraschen, wenn dieses Zeug hier schon in der Zeit verwendet wurde, als Alcatraz noch ein richtiges Gefängnis für richtige Kriminelle war.

»Ich bin hier genauso gefangen wie ihr«, presst Doc zwischen zusammengebissenen Zähnen hervor. »Ich tue das, wozu sie mich zwingen, genauso wie ihr. Und genau wie ihr *habe ich keine andere Wahl.*«

»Ja, klar«, erwidert Alpha, »aber im Gegensatz zu uns wirst du weder zu Monsternahrung verarbeitet noch zu Biomasse für das, was ihr da unten entwickelt.«

Hinter Doc befinden sich mehrere rechteckige Kästchen, die etwa die Größe von Büchern haben. Auf jedem der Kästchen befindet sich ein Bild und darunter steht ein Name. Ich lasse den Blick über sie schweifen, als plötzlich einer der Namen meine Aufmerksamkeit erregt.

PAIGE.

Das körnige Bild auf dem Kästchen ist von furchtbar schlechter Qualität, doch die dunklen Augen und das elfengleiche Gesicht sind unverkennbar.

»Was hat es mit diesen Kästchen auf sich?« Mein Herz rast, und ich rede mir ein, ich sollte die Sache einfach wieder vergessen.

»Die menschliche Rasse wird gerade ausgerottet, und ihr denkt, ich wäre glücklich darüber?«, fragt Doc.

»Was ist das?« Ich halte das Kästchen mit der Aufschrift PAIGE in die Höhe.

»Lass mich raten, in Wahrheit kämpfst du tapfer für unsere Befreiung«, meint Alpha.

»Ich tue, was ich kann.«

»Hinter den Kulissen, nehme ich an«, sagt Alpha.

»Erheblich weit hinter den Kulissen, Kumpel«, meint Tattoo.

»Hey!«, rufe ich. »Was ist das?«

Endlich merken sie, dass ich das Kästchen mit Paiges Namen und Foto in die Höhe halte.

»Ein Video«, antwortet Doc.

Der Alarm kreischt erneut los und hallt von den Wänden wider.

»Was zum Teufel ist das?«, fragt Tattoo. »Warum geht ständig der Alarm los?«

»Irgendeiner Verrückten ist die Flucht gelungen«, erwidert Doc. »Sie reißt immer wieder Notausgänge auf. Und das löst den Alarm aus. Lasst ihr mich jetzt gehen?«

Nun, zumindest scheint es meiner Mom gut zu gehen.

»Ich will dieses Video sehen«, sage ich.

»Echt?«, fragt Tattoo. »Und willst du vielleicht noch Popcorn dazu?«

»Ich glaube, das hier ist meine Schwester.« Ich hebe das Video hoch. »Ich muss es mir ansehen.«

»Paige ist deine Schwester?«, fragt Doc, der mich zum ersten Mal richtig zu bemerken scheint.

Es trifft mich wie ein Faustschlag, dass dieser Mann Paige kennt.

Doc versucht, einen Schritt auf mich zuzumachen, doch Alpha reißt ihn an den Haaren zurück.

»Stich mir das Auge aus oder lass mich gehen.« Doc befreit sich aus Alphas Umklammerung und sieht so aus, als würde er ihm gleich eine verpassen.

»Ich muss mir dieses Video ansehen!«

»Wenn dieses kleine Mädchen tatsächlich deine Schwester war«, meint Doc, »dann ist sie während des Angriffs auf den Engelshorst gestorben, fürchte ich.«

»Nein, ist sie nicht.«

Er blinzelt mich überrascht an. »Woher willst du das wissen?«

»Ich war erst vor einem Tag mit ihr zusammen – oder wie lange auch immer wir schon hier sind.«

Docs Augen fixieren mich so intensiv, als wäre ich im Moment der einzige Mensch auf der Welt für ihn. »Und sie hat dich nicht angegriffen?«

»Sie ist meine Schwester.« Als würde das seine Frage beantworten.

»Wo ist sie jetzt?«

»Sie ist hierhergekommen. Wir sind ihr gefolgt.«

Der Alarm verstummt, und wir entspannen uns alle ein wenig.

»Wir haben jetzt keine Zeit, um uns ein Video anzusehen, Schätzchen. Bist du verrückt?«, fragt mich Tattoo. »Nimm es doch einfach mit.«

»Es ist eine Betamax-Kassette«, erklärt Doc. »Und das hier ist vermutlich das einzige Betamax-Abspielgerät in der gesamten Bay Area. Es ist uralt, wie alles hier.«

»Was ist Betamax?«, frage ich.

»Ein veraltetes Videoformat«, erwidert Alpha. »Älter als du.«

»Und du kannst es dir nirgendwo sonst ansehen als auf diesem Gerät hier«, erklärt Doc.

»Wie sieht euer Plan aus?«, frage ich Alpha und Tattoo. »Gibt es eine Möglichkeit, dass ich mir das hier ansehe und euch dann irgendwo wiedertreffe?«

Sie sehen einander an, und es wird deutlich, dass sie beide absolut keinen Plan haben.

»Wir nehmen ihn als Geisel und spazieren hier raus«, schlägt Alpha vor.

»Dann werden wir alle sterben«, erwidert Doc. »Ich bin für die Heuschrecken nicht mehr wert als ihr.«

»Heuschrecken?«

»Diese Dinger dort unten.« Er deutet mit dem Kopf in

Richtung Fenster. »Die Engel nennen sie so. Ich bin mir nicht sicher weshalb. Sie sind in jedem Fall das Ende der Menschheit.« Er driftet einen Augenblick in seine eigene Welt ab, während er den Blick über die Skorpion-Fabrik schweifen lässt, dann scheint ihm wieder einzufallen, dass wir auch noch da sind. »Hört zu, wenn ihr entkommen wollt, dann wäre heute Abend der richtige Zeitpunkt dafür. Irgendetwas steht auf dem Programm, und alle Heuschrecken sollen noch heute zu einer Mission aufbrechen.«

»Und warum sollten wir dir glauben?«, fragt Tattoo. Er hat gerade einen Brieföffner entdeckt und prüft dessen Schärfe.

»Weil ich ein Mensch bin wie ihr. Und deshalb spielen wir im selben Team, ob es euch gefällt oder nicht.«

»Wir lange werden die Kreaturen fort sein?«, fragt Alpha.

»Das weiß ich nicht.«

»Und wann werden sie verschwinden?«

»Ich weiß nur das, was ich euch bereits gesagt habe. Heute Nacht ist die beste und wahrscheinlich einzige Gelegenheit.«

»Wenn sie fort sind, könnten wir alle befreien«, überlege ich laut und denke an Clara und Mom und alle, die zusammen *Amazing Grace* sangen, als die Menschen an uns vorbeigetrieben wurden. Jetzt weiß ich, wohin sie wirklich unterwegs waren.

»Es wird schwer werden, unbemerkt zu verschwinden, wenn wir gleich alle mitnehmen«, meint Alpha.

»Wir können ohnehin nicht unbemerkt verschwinden, weil wir das Boot nehmen müssen«, erwidere ich. »Es sei denn, du willst mit den Haien um die Wette schwimmen, um von hier fortzukommen. Je mehr Menschen wir sind, desto größer stehen die Chancen, dass ein paar von uns entkommen.«

»Wenn alle fliehen«, meint Alpha, »dann schaffen es wiederum *einige* garantiert nicht.«

»Und wenn wir die anderen hierlassen, dann schafft es garantiert *keiner* von ihnen«, entgegne ich.

»Da hat das Mädchen recht«, meint Tattoo.

Alpha atmet tief ein und langsam wieder aus.

»Die Zellenschlüssel befinden sich im Wachzimmer«, erklärt Doc. »Wenn ihr die menschlichen Wärter überzeugen könnt, dass ihr alle befreien werdet, einschließlich ihnen, werden sie die Schlüssel holen, allen Bescheid geben und die Zellen für euch öffnen.«

»Du lügst«, sagt Tattoo.

»Nein, tue ich nicht. Glaubst du, es gibt auch nur eine Menschenseele hier, der es hier gefällt? Glaubst du, wir würden nicht alle sofort abhauen, wenn wir könnten? Ihr müsst sie nur davon überzeugen, dass ihre Überlebenschancen größer sind, wenn sie mit euch zusammen anstatt gegen euch arbeiten. Und das wird vermutlich schwerer, als ihr denkt.«

»Und warum verschwindet ihr nicht einfach von hier, während die Wärter fort sind?«, fragt Alpha. »Warum wartet ihr, bis wir kommen und alle befreien?«

»Weil es nur ein Boot gibt. Und wenn die Wärter nicht hier sind, liegt es in San Francisco vor Anker und nicht hier. Das hier ist Alcatraz, meine Herren. Sie brauchen keine Wärter. Sie haben das Wasser.«

»Können wir hinüberschwimmen?«, fragt Tattoo.

»Vielleicht. Wenn einer von uns ein gut trainierter Sportler wäre, der keine Angst vor Haien hat. Es müsste jemand in einem Neoprenanzug sein, der hinüberschwimmt, während es noch hell ist, und dabei von einem Team in einem Boot begleitet wird. Kennt ihr vielleicht so jemanden?«

»Es muss einen Ausweg geben«, meint Tattoo. »Denk mal scharf nach, kleiner Freund. Sonst bist du der Erste, der heute Nacht ins Wasser geht.«

Doc mustert mich. Und ich kann beinahe sehen, wie die Räder in seinem Gehirn arbeiten. »Ich habe gehört, dass der Kapitän des Bootes auf dem Pier gefangen gehalten wird, während das Boot dort vor Anker liegt. Vielleicht schaffe ich es, dieses Mädchen hier an Bord zu schmuggeln.« Er deutet mit dem Kopf in meine Richtung. »Danach kann sie hoffentlich den Kapitän befreien und ihn dazu überreden, das Boot wieder hierherzubringen.«

»Ich gehe«, meint Tattoo. »Ich opfere mich für das Team.«

»Schön, aber es muss das Mädchen sein«, erwidert Doc.

»Warum?«

»Es gibt ein Team, das Frauen für den Engelshorst rekrutiert. Vielleicht schaffe ich es, sie unter die Auserwählten zu schmuggeln, wenn sie von hier fortgebracht werden. Du kommst hier nur weg, wenn du eine hübsche junge Frau bist.«

Tattoo mustert mich. Er versucht abzuschätzen, ob ich vielleicht abhaue, sobald wir auf dem Festland angekommen sind.

»Meine Mom ist hier und eine Freundin ebenfalls«, erkläre ich. »Ich würde alles tun, um bei der Flucht behilflich zu sein.«

Die Männer werfen einander Blicke zu, als würden sie eine lautlose Unterhaltung miteinander führen.

»Und woher sollen wir wissen, dass auch der Kapitän bereit ist, sein Leben zu riskieren, um hierher zurückzukommen?«, fragt Alpha. »Ist *seine* Mom ebenfalls hier?«

»Sie muss einfach überzeugend genug sein«, erwidert Doc.

»Und wenn sie es nicht ist?«, fragt Tattoo.

»Dann finden wir jemand anderes, der das Boot steuert«, meint Doc zuversichtlich.

»Wenn du dir der Sache so sicher bist, warum habt ihr den Plan dann nicht schon längst durchgezogen?«, fragt Alpha.

»Das ist das erste Mal, dass alle Monster und Engel gemeinsam verschwinden. Und wer sagt, dass wir es ohne euch nicht ebenfalls versucht hätten?«

Die Männer nicken. »Machst du mit?«, fragt mich Alpha.

»Klar. Ich steuere das Boot auch selbst, wenn ich muss.«

»Es wäre klasse, wenn das Boot nicht auf dem Weg hierher kentern würde«, erwidert Alpha.

»Sicher«, erwidere ich. »Ich werde jemanden dazu bringen, der weiß, was er tut.« Ich klinge zuversichtlicher, als ich es bin.

Der Alarm beginnt erneut zu schrillen, hallt von den Wänden wider und malträtiert unsere Ohren.

»Vielleicht könnt ihr einfach diese Frau dazu bringen, euch zu helfen«, meint Doc. »Sie kann euch alle Ausgänge zeigen.«

»Geht«, sage ich. »Und sorgt dafür, dass die Zellentüren offen sind, wenn es so weit ist. Ich werde den Kapitän auf dem Festland befreien.«

Tattoo und Alpha werfen sich einen Blick zu, sie wirken beide wenig überzeugt. Der Alarm verstummt.

»Oder habt ihr einen besseren Plan?«, fragt Doc.

Die Männer nicken einander zu. »Du sagst besser die Wahrheit, Doc«, erklärt Tattoo. »Sonst werfe ich dich noch in dieser Nacht den Haien zum Fraß vor. Verstanden?«

Alpha sieht so aus, als wollte er mich noch fragen, ob alles in Ordnung ist, doch dann scheint er sich daran zu erinnern, wo wir sind, und wendet sich ab.

»Falls ihr die Frau trefft, die ständig die Notausgänge öffnet«, rufe ich ihnen nach, »dann sagt ihr, dass Penryn euch geschickt hat. Und passt auf sie auf, okay? Ich glaube, es handelt sich bei ihr um meine Mom.«

Tattoo wirft Doc einen letzten durchdringenden Blick zu, dann verschwinden die beiden.

40

»Hast du den beiden tatsächlich die Wahrheit gesagt?«, frage ich.

»Großteils«, erwidert Doc, während er die Videokassette in den rechteckigen Kasten unter dem Fernsehgerät schiebt. Beide Geräte wirken uralt. Der Bildschirm ist zwar klein, der Rest des Fernsehgerätes ist allerdings extrem klobig und sieht aus wie die Geräte auf Dads alten Fotos. »Es war der schnellste Weg, um die beiden loszuwerden, damit wir über das sprechen können, was wirklich wichtig ist.«

»Und das wäre?«

»Deine Schwester.«

»Warum ist sie so wichtig?«

»Vielleicht ist sie das gar nicht.« Er wirft mir einen Seitenblick zu, und ich habe den Eindruck, dass er sehr wohl der Meinung ist, sie wäre es. »Aber ich bin verzweifelt.«

Das ergibt alles keinen wirklichen Sinn, aber es ist mir egal, solange ich mir das Video ansehen kann. Er drückt einen Knopf auf dem Kasten unter dem Fernsehgerät.

»Und dieses Ding funktioniert tatsächlich?«

Doc verzieht das Gesicht. »Ich würde wirklich alles für einen Computer geben.« Er fummelt an den Knöpfen des alten Fernsehgerätes herum.

»Dann besorg dir doch einen. In der Bay Area liegen überall Computer herum, du musst dir nur einen nehmen.«

»Die Engel sind nicht gerade scharf auf von Menschen entwickelte Geräte. Sie spielen lieber mit unserem Leben und erschaffen neue oder hybride Lebewesen. Obwohl ich langsam den Eindruck bekomme, dass sie das eigentlich nicht tun sollten.« Der letzte Satz ist bloß noch ein Murmeln, als würde er mit sich selbst sprechen. »Ich habe ein paar Geräte hierher geschmuggelt, aber die Ausstattung auf diesem Felsen war von Anfang an mies.«

»Die Sachen dort unten wirken aber, als wären sie auf dem neuesten Stand der Technik.« Ich deute mit dem Kopf aus dem Fenster. »Es sieht viel ausgefeilter aus als das Labor damals im Keller.«

Doc hebt eine Augenbraue. »Du warst in dem Keller unter dem Engelshorst?«

Ich nicke.

Er hebt den Kopf wie ein neugieriger Hund. »Und trotzdem stehst du jetzt lebendig vor mir und kannst mir davon berichten.«

»Glaub mir, das überrascht mich ebenso wie alle anderen.«

»Das Labor im Engelshorst war unser erstes«, erklärt er. »Damals habe ich mich noch an die alte Vorgangsweise geklammert. An die menschliche Vorgangsweise. Ich hätte Teströhrchen, Elektrizität und Computer gebraucht, aber sie gaben mir nur wenig von dem, was ich benötigt hätte. Der Widerstand der Engel gegen menschliche Technologien hat mich derart behindert, dass das Labor dem antiquierten Kellerlabor von Frankenstein ähnelte.«

Er drückt den PLAY-Knopf auf dem Videoabspielgerät. »Langsam kann ich mich jedoch mit den Methoden der Engel anfreunden. Sie sind eleganter und effizienter.«

Ein körniges, graues Bild erscheint auf dem Bildschirm. Es zeigt einen trostlosen Raum. Ich sehe eine Pritsche, einen Nachttisch und einen Metallstuhl. Es ist schwer zu sagen, ob es eine Gefängniszelle für Insassen in Einzelhaft ist oder die Schlafstelle eines freudlosen Büroangestellten.

»Was ist das?«, frage ich.

»Irgendwann hat jemand einmal ein Überwachungssystem auf diesem Felsen installiert. Das ist nicht verwunderlich, immerhin war Alcatraz eine beliebte Touristenattraktion. Ich habe in ein paar Räumen auch noch eine Stimmüberwachung hinzugefügt. Die Engel haben offensichtlich keine Ahnung, dass sie beobachtet werden, also behalte ich es schön für mich.«

Das Video beginnt.

Die Metalltür, die in die Zelle führt, wird aufgestoßen. Zwei Engel ohne Hemd schlurfen herein und halten einen Riesen in ihrer Mitte fest. Selbst auf dem körnigen Video erkenne ich Beliel, den Dämon. Um seinen Bauch ist ein blutiger Verband gewickelt.

Dahinter taucht ein weiterer Engel auf, der mir bekannt vorkommt. Die Farbe seiner Flügel kann ich zwar nicht erkennen, aber ich nehme an, sie sind rostrot. Ich erinnere mich genau, diesen Engel in jener Nacht gesehen zu haben, als Paige entführt wurde. In jener Nacht, als er und seine Kumpanen Raffes Flügel abschnitten. Er trägt die kleine Paige wie einen Sack Kartoffeln unter dem Arm.

Ihr Gesicht ist unversehrt, und ihre Beine hängen leblos hinunter. Sie sieht winzig und hilflos aus. Das Video stammt vermutlich aus jener Nacht, in der Paige entführt wurde.

»Ist das deine Schwester?«, fragt Doc.

Ich nicke und bekomme kein Wort heraus.

Der Rostrote schleudert Paige in eine im Schatten liegende Ecke der Zelle.

»Bist du dir sicher, dass du das sehen willst?«, fragt Doc.

»Ja.« *Nein.* Wenn ich an die Dinge denke, die sie erlebt hat, während ich nicht bei ihr war, um sie zu beschützen, wird mir übel.

Aber ich habe keine andere Wahl. Ich muss mir auch den Rest des Videos ansehen.

41

Der verschwommene Fleck, der in eine der Ecken geschleudert wird, verwandelt sich zurück in meine Schwester, als sie mit einem Knall auf dem Boden aufkommt. Ich zucke zusammen, als sie von der Wand abprallt und auf ihren nutzlosen Beinen zusammensackt.

Sie gibt einen leisen Schmerzensschrei von sich, doch niemand im Raum scheint es zu bemerken.

Der Rostrote verschwendet keinen weiteren Gedanken mehr an sie, sondern hebt Beliels Beine hoch. Die Engel werfen ihn gemeinsam auf die Pritsche. Die Federn quietschen, als der Dämon darauf landet. Er sieht aus, als wäre er tot. Ich wünschte, er wäre es wirklich.

Hinter ihnen zieht sich meine kleine Schwester weiter in die im Schatten liegende Ecke zurück und kauert sich dort zusammen. Sie zieht sich die Beine mit den Händen an den Körper und drückt sie gegen ihre Brust, wodurch sie ein wenig wie ein Embryo aussieht, während sie die Engel mit riesigen, angsterfüllten Augen beobachtet.

Beliels Kopf hängt schlaff zur Seite und drückt sich in einem unbequemen Winkel gegen die Metallstrebe am Kopfende des Bettes. Die anderen Engel müssten ihn nur ein wenig nach unten ziehen, dann könnte er einigermaßen bequem liegen. Doch sie tun es nicht.

Ein weiterer Engel betritt mit einem Teller Sandwiches und einem großen Glas Wasser den Raum. Er stellt das Essen und das Wasser auf dem Nachttisch ab. Währenddessen verlassen zwei der Engel den Raum, sodass nur noch der Rostrote und der Bote übrig bleiben.

»Jetzt wirkt er nicht mehr so herrschsüchtig, nicht wahr?«, meint der Rostrote.

»Ich frage mich, wie tief der Schnitt wohl in seine Bauchmuskeln eingedrungen ist?«, überlegt der Engel, der die Sandwiches gebracht hat. »Glaubst du, er kommt an das Essen ran?«

Der Rostrote schiebt den wackeligen Tisch gerade außer Beliels Reichweite. »Jetzt nicht mehr.«

Die beiden Engel werfen einander ein hinterhältiges Lächeln zu. »Wir haben Essen und Wasser gebracht, wie es von uns erwartet wird. Aber es ist doch nicht unsere Schuld, dass er sich nicht aufsetzen und danach greifen kann, nicht wahr?«

Der Rostrote kräuselt die Lippen, als wollte er Beliel einen Tritt verpassen. »Er ist vermutlich der herrschsüchtigste, ekelhafteste, aufgeblasenste Arsch, mit dem ich jemals arbeiten musste.«

»Ich habe schon mit schlimmeren gearbeitet.«

»Mit wem?«

»Mit dir.« Der andere Engel lacht und schließt die Tür hinter ihnen.

Paige kauert im Dunkeln – sie haben sie scheinbar vollkommen vergessen. Vermutlich ist sie mittlerweile ebenfalls hungrig und durstig geworden.

Könnte sie gehen, hätte sie einfach hinüberschleichen und sich ein Sandwich holen können. Doch ohne ihren Rollstuhl müsste sie langsam über den Boden kriechen, das Sandwich nehmen und wieder zurückrobben. Es wäre möglich, aber ich kann verstehen, dass sie es nicht versucht. Schließlich ist es schwer, den Glauben daran zu bewahren, dass es einem gelingen könnte, etwas zu stehlen, obwohl man nicht davonlaufen kann.

Der Bildschirm wird schwarz.

Als er wieder zum Leben erwacht, fällt Licht ins Zimmer, vermutlich durch ein kleines Fenster außerhalb der Kamera. Es ist einiges an Zeit vergangen, aber es ist schwer zu sagen, wie viel genau.

Ein schmerzverzerrtes Knurren steigert sich zu einem wütenden und frustrierten Heulen. Beliel ist wach und versucht, sich aufzusetzen. Dann sinkt er mit einem entrüsteten Grunzen wieder auf die Pritsche zurück.

Er liegt keuchend da und hat Paige, die noch immer zusammengekauert auf dem Steinboden in der Ecke liegt, scheinbar noch nicht bemerkt. Blut sickert durch die Verbände um seinen Bauch. Beliel dreht den Kopf zur Seite und starrt zum Wasser hinüber. Dann streckt er die Hand aus, ohne sich dabei aufzusetzen. Der Tisch mit den Sandwiches befindet sich gerade außer Reichweite.

Egal, wie hungrig und durstig er ist, Paige ist sicher viel hungriger und durstiger als er. Sie ist winzig und hat nicht so viele Reserven.

Beliel lässt die Hand sinken und drischt auf die Pritsche

ein. Er knurrt vor Wut und Schmerz, denn die Bewegung hat seine Wunde wieder aufgerissen.

Dann lehnt er sich zurück und versucht stillzuliegen. Schließlich schluckt er trocken und blickt wieder zu dem Wasserglas auf dem Tisch hinüber.

Beliel atmet tief ein, um sich bereit zu machen, und streckt erneut die Hand aus. Dieses Mal schafft er es ein wenig weiter, aber immer noch nicht weit genug. Er stößt durch seine zusammengebissenen Zähne ein Keuchen aus, während er sich weiter an das Wasser herantastet. Die Schmerzen müssen höllisch sein. Wäre es nicht Beliel, würde er mir beinahe leidtun.

Er stößt ein frustriertes Grunzen aus und lässt sich wieder zurücksinken. Sein Gesicht ist schmerzverzerrt.

Paige muss sich wohl bewegt oder ein Geräusch von sich gegeben haben, denn er starrt plötzlich in ihre Ecke hinüber.

»Was machst du hier?«

Paige drückt sich noch weiter an die Wand.

»Haben sie dich geschickt, um mich auszuspionieren?«

Sie schüttelt den Kopf.

»Komm raus da.« Er spuckt ihr die Worte entgegen. »Warte. Mach dich lieber nützlich und bring mir das Wasser und die Sandwiches vom Tisch.«

Paige starrt ihn ängstlich an. Meine arme Schwester. Ein Teil von mir will das Video ausmachen. Was immer passiert ist, ist bereits passiert, und die Tatsache, dass ich zusehe, kann nichts mehr daran ändern.

Dennoch zieht mich dieses Fenster in die Vergangenheit meiner Schwester in den Bann. Wenn sie das alles erleiden musste, weil ich nicht dort war, um sie zu beschützen, verdiene ich es jetzt nicht, selbst davor beschützt zu werden, mir anzusehen, was sie durchgemacht hat.

»Sofort!«, brüllt Beliel so laut und gebieterisch, dass ich zusammenzucke.

Paige weicht noch weiter zurück.

Dann streckt sie sich auf dem Betonboden aus und zieht sich in seine Richtung. Ihre Augen wirken riesig und ihre Hosenbeine beinahe leer, während sie über den Boden schleifen.

42

»Was ist los mit dir? Bist du behindert?«

»Nein, ich kann bloß nicht gehen.« Sie streckt einen Arm aus und zieht sich ein paar Zentimeter weiter nach vorne.

»Das bedeutet, du bist behindert.«

Sie hält auf dem Boden liegend inne und stemmt sich auf die Ellbogen hoch. »Das bedeutet, dass ich mich auf andere Art fortbewege.«

»Ja, du kriechst über den Boden wie ein Wurm. Zeig es mir, mein kleiner Wurm. Unterhalte mich. Kriech hierher, und ich gebe dir ein wenig von meinem Wasser.«

Ich will meine Faust durch den Fernsehbildschirm in sein Gesicht rammen.

Wo warst du, als sie dich gebraucht hätte?

Meine Schwester wirft einen Blick auf das Wasser und schluckt trocken.

»Ich sehe doch, dass du es willst. Dein Hals ist vor lauter Durst vermutlich bereits ganz ausgedörrt.« Beliels Stimme klingt ebenfalls trocken und brüchig. »Bald schon wirst du

Kopfschmerzen bekommen und dir wird schwindelig. Dann wird deine Zunge anschwellen, und sämtliche Instinkte werden dir zurufen, dass du zubeißen und dein eigenes Blut trinken sollst. Warst du jemals durstig genug, dass du einen Menschen für ein Glas Wasser getötet hättest? Nein? Du wirst bald wissen, wie sich das anfühlt.«

Er berührt seinen blutigen Verband, als wollte er den Schmerz mit ihr teilen. »Komm her, mein kleiner Wurm. Zeig mir, wie ihr behinderten, verlassenen Menschen euch *auf andere Art fortbewegt,* und ich gebe dir etwas zu trinken.«

»Ich wurde nicht verlassen.«

Beliel sieht sie spöttisch an. »Nenn mir eine Person, die dich nicht verlassen hat.«

Sie sieht ihn mit großen Augen in dem elfenhaften Gesicht an. »Meine Schwester.«

»Tatsächlich? Und wo ist sie jetzt gerade?«

»Auf dem Weg hierher. Sie kommt und holt mich.«

»Da hat sie mir aber etwas anderes erzählt.«

»Du hast mit ihr gesprochen?« Die Hoffnung in ihrer Stimme zerreißt mir das Herz.

»Sicher habe ich mit ihr gesprochen. Was glaubst du, wer dich an mich übergeben hat?«

Ich balle meine Hände so fest zu Fäusten, dass ich das Gefühl habe, meine Fingerknöchel würden zersplittern.

»Du lügst!«

»Nein, es ist die Wahrheit. Sie meinte, sie fühle sich mies deswegen, aber sie kann die Verantwortung für dich nicht mehr länger übernehmen.«

»Du lügst.« Ihre Stimme zittert. »Das hat sie nicht gesagt.«

»Sie ist erschöpft. Sie ist viel zu müde, um noch jeden

Morgen mit dem Wissen aufzustehen, dass sie etwas für dich zum Essen besorgen muss, dich herumtragen, dich waschen und alles für dich erledigen muss. Sie hat es ja versucht, aber du bist eine zu große Belastung.«

Sämtliche Kraft weicht aus meinem Körper, und ich taumle zurück und muss mich gegen die Wand lehnen, um aufrecht stehen zu bleiben.

»Sie ist wie alle anderen.« Beliels Stimme klingt nicht unfreundlich. »Am Ende lassen sie uns einfach fallen. Egal, wie sehr wir sie lieben oder wie viel wir für sie getan haben. Wir sind ihnen niemals gut genug. Wir beide sind Abschaum. Wir wurden von allen verlassen.«

»Du bist ein Lügner.« Ihr Gesicht verkrampft sich, und ihre Worte werden undeutlich. Paige liegt vollkommen hilflos auf dem Boden und wird von Schluckauf gebeutelt, während sie weint. Sie fleht dieses Monster mehr oder weniger an, ihr Trost zu spenden.

Mein Herz wird schwer, und ich kann kaum noch atmen.

»Du wirst schon sehen. Uns wird nie etwas einfach so in den Schoß fallen, wie es bei anderen der Fall ist. Weder Liebe noch Respekt und auch keine Freundschaft. Die einzige Möglichkeit, das alles zu bekommen, ist, die anderen an ihren verdienten Platz verbannen und sie uns zu Untertanen zu machen. Wir können es uns nicht leisten, hilflos und schwach zu sein. Du musst stark sein und sie dazu zwingen, sich zu unterwerfen. Und wenn sie darum betteln und sich ordentlich benehmen, dann lässt du sie vielleicht dein Schoßhund sein. Das ist die einzige Möglichkeit, dass Außenseiter wie wir annähernd das Gefühl bekommen können, erwünscht zu sein.«

Es ist schlimm genug, dass er gerade die schwache Hoffnung einer Siebenjährigen zerschmettert. Doch das, was mich wirklich trifft, ist die Tatsache, dass wir dafür gesorgt haben, dass er recht behält. Der Anblick von Paige, die wie ein wildes Tier gefesselt herumgezerrt wird, hat sich für immer in mein Gedächtnis eingebrannt.

»Möchtest du etwas Wasser?«, fragt Beliel mit vollkommen neutraler Stimme. Er klingt weder nett noch besonders grausam.

Meine Schwester schluckt und fährt sich mit der Zunge über die aufgesprungenen Lippen. Sie hat großen Durst, und verliert jetzt auch noch Flüssigkeit beim Weinen.

»Kriech zu mir, mein kleiner Wurm, und du bekommst etwas zu trinken.«

Paige liegt noch immer auf dem Boden und hat den Oberkörper auf die Unterarme aufgestützt. Sie sieht ihn misstrauisch an. Ich habe Angst, dass sie auf seinen Trick hereinfällt, obwohl ein Teil von mir sich wünscht, sie würde zu ihm kriechen, denn sie muss doch etwas trinken.

Jetzt streckt Paige langsam die Arme aus und zieht sich mühsam vorwärts. Einmal. Zweimal. Bis sie einem langsamen Rhythmus folgend durch das Zimmer robbt. Ihre regungslosen Beine schleifen hinter ihr her.

Beliel klatscht langsam im Takt. »Bravo, mein kleiner Wurm. Bravo. So ein winziges Abbild deiner Art. Ihr Affen würdet aus Verzweiflung alles tun, um zu überleben. Im Vergleich zu euch Menschen und angesichts der Dinge, die einige von ihnen bereit sind zu tun, bin ich praktisch ein netter Kerl.«

Paige streckt die Arme nach dem Tisch aus, auf dem das Tablett mit den Sandwiches und dem Wasserglas steht. Sie zieht sich an dem Metallstuhl daneben hoch.

»Ich habe nicht gesagt, dass du etwas davon haben darfst«, knurrt Beliel. »Ich sagte, du sollst zu mir kriechen, und nicht zum Tisch.« Er beugt sich verärgert in ihre Richtung, doch dann zuckt er schmerzerfüllt zurück, legt sich eine Hand auf seinen blutenden Bauch und atmet tief aus.

Paige streckt die Hand nach dem Glas aus und betrachtet das Wasser mit offensichtlichem Verlangen und Durst.

»Natürlich. Du bist genauso wie die anderen.« Er verzieht spöttisch die Lippen. »Jeder kümmert sich bloß um sich selbst. Selbst ein kleiner Wurm wie du ist da keine Ausnahme. Das hat dir vermutlich deine Schwester beigebracht, nicht wahr? Am Ende zählt nur, dass du selbst überlebst. Darin sind Menschen und Küchenschaben wahre Experten.«

Paige wirft einen Blick auf das Wasser. Und dann auf Beliel. In ihrem Inneren findet ein Kampf statt, und ich weiß, worum es dabei geht.

»Tu es nicht«, flüstere ich. »Kümmere dich zuerst um dich selbst.« Bloß dieses eine Mal.

Ohne auch nur daran zu nippen, hält sie Beliel das Glas entgegen, sodass er es ihr aus der Hand nehmen kann.

Verzweifelt stöhne ich auf. Ich will ihr das Glas aus der Hand reißen und sie dazu zwingen, es selbst zu trinken.

»Meine Schwester wird mich holen.« Ihre Stimme bricht, als wäre sie sich nicht so sicher. Ihr Gesicht verkrampft sich, während sie gegen die Tränen ankämpft.

Beliel starrt das Wasserglas an.

Dann starrt er Paige an.

»Bist du denn nicht durstig, mein kleiner Wurm? Warum trinkst du denn nicht selbst?« Er klingt misstrauisch.

Paige schnieft. »Du brauchst es mehr als ich.« Sie ist

bloß so starrköpfig wie immer und klammert sich trotz der Umstände an ihre Wertvorstellungen.

»Ist dir denn nicht klar, dass du sterben wirst, wenn du nicht bald etwas trinkst?«

Sie hält ihm das Glas immer noch entgegen.

Er streckt den Arm aus, ohne dabei seinen Körper zu bewegen, und nimmt ihr das Glas ab. Argwöhnisch schnüffelt er daran, als wäre es vielleicht gar kein Wasser.

Dann nippt er daran.

Und nimmt schließlich einen großen Schluck.

Am Ende stürzt er zwei Drittel des Glases hinunter.

Kurz hält er inne, um Atem zu holen. Er starrt Paige an, als hätte sie ihn beleidigt. »Warum schaust du mich so an?«

Sie blinzelt bloß.

Beliel hebt das Glas an seine Lippen, doch dieses Mal nippt er bloß daran. Er wirft Paige einen Blick zu, als überlege er, ob er ihr den Rest geben soll.

Dann stürzt er das restliche Wasser in einem Zug hinunter.

»Das passiert, wenn man nett ist. Du lernst diese Lektion am besten früh genug. Nett zu sein hat vielleicht in der Vergangenheit funktioniert, aber jetzt nicht mehr. Diese Strategie geht nur auf, wenn andere dich schätzen. Doch jetzt bist du so wie ich. Hässlich. Zurückgewiesen. Ungeliebt. Ich weiß, wie sich das anfühlt.«

Ich kann es nicht erwarten, ihn umzubringen.

Beliel reicht Paige das Glas. Sie nimmt es verzweifelt entgegen und kippt es in ihren Mund.

Ein winziger Tropfen fällt hinein.

43

Paiges Gesicht verkrampft sich erneut, doch dieses Mal fließen keine Tränen. Vermutlich ist sie bereits zu ausgetrocknet.

»Gib mir die Sandwiches.«

Paige starrt Beliel an.

»Sie nützen dir ohnehin nichts. Du wirst bloß noch durstiger, wenn du sie isst.«

Sie überlegt kurz, dann schnappt sie sich die Sandwiches und schleudert sie ihm entgegen.

Er kichert, als sie von seiner Brust abprallen und auseinandergeklappt auf seinem blutigen Verband landen. Amüsiert legt er eines der Sandwiches wieder zusammen und beißt hinein. »Du bist nicht besonders clever, oder?«

Sie faltet die Arme über dem kleinen Tisch und lässt den Kopf darauf sinken, als hätte sie aufgegeben.

Der Bildschirm wird schwarz.

Ich kann mich gerade noch davon abhalten, mich zu fragen, wie sie es geschafft hat, das alles heil zu überstehen.

Einen Moment lang habe ich vergessen, wie sie mittlerweile aussieht. Natürlich hat sie es *nicht* heil überstanden.

Doc legt einen Finger auf die Auswurftaste. »Hast du genug gesehen?«

»Nein«, presse ich durch zusammengebissene Zähne hervor. »Noch nicht.«

Er lässt seine Hand sinken. »Du hast es dir wohl als Buße auferlegt. Ich halte mich da raus.«

Der Bildschirm erwacht erneut zum Leben.

Es ist wieder etwas Zeit vergangen. Das Licht ist schwächer, und die Schatten sind wieder länger. Die Tür öffnet sich, und ein Engel betritt den Raum. Es ist der Rostrote.

Paige hebt den Kopf. Als sie sieht, wer es ist, krabbelt sie schnell vom Sessel und kriecht verzweifelt unter Beliels Pritsche.

»Ah, hier ist das Ding also«, meint der Rostrote und wirft einen Blick auf Paige.

»Und wo warst du?«, fragt Beliel.

»Es schien nicht so, als würdest du uns brauchen, also haben wir dir einfach etwas Essen und Wasser hiergelassen und sind gegangen, damit du dich ausschlafen konntest. Wie fühlst du dich?« Der Rostrote beugt sich nach vorne, um Paige zu mustern.

»Einfach großartig, danke der Nachfrage.« Der Sarkasmus in Beliels Stimme ist kaum zu überhören. »Was machst du da?«

Paige schreit, als sie der Rostrote unter der Pritsche hervorzieht.

»Lass sie los!«, brüllt Beliel.

Der Rostrote lässt überrascht von Paige ab.

»Du machst hier nichts ohne meine Erlaubnis.« Beliel

packt den Rostroten am Arm und zieht ihn nahe an sein Gesicht heran. Es muss höllisch wehtun, aber er lässt sich nichts anmerken. »Du wirst dieses Mädchen nicht anfassen. Nein, du wirst noch nicht einmal ohne meine Erlaubnis atmen. Uriel hat dich unter mein Kommando gestellt. Glaubst du, er verschwendet auch nur eine Sekunde seines glorreichen Lebens damit, sich Gedanken über dich zu machen, falls du als Blutfleck an der Wand endest?«

Der Rostrote sieht Beliel trotzig an, doch er wirkt auch ein wenig nervös. »Warum solltest du das tun?«

»Glaubst du wirklich, ich hätte nicht bemerkt, dass du vorhattest, mich hier verhungern und verdursten zu lassen?«

»Wir haben dir doch Essen und Wasser hiergelassen«, stößt der Rostrote knurrend zwischen zusammengebissenen Zähnen hervor und versucht, seinen Arm aus Beliels Umklammerung zu befreien. Doch der Dämon hält ihn trotz seiner Schmerzen fest. »Außerdem haben wir dich hierher zurückgebracht, obwohl wir dich sterbend auf der Straße zurücklassen hätten können.«

»Uriel hätte euch bei lebendigem Leib die Federn ausgerissen, wenn ihr das getan hättet. Ihr Jungs habt noch immer nicht den Mut, ihn anzulügen, nicht wahr? Ihr habt Angst vor seinem göttlichen Zorn. Mein Gott, sein Zorn ist nichts gegen das, was euch erwartet, wenn ich noch einmal aufwache und das Abendessen steht außer Reichweite, verstanden?«

Der Rostrote nickt widerwillig.

Beliel lässt ihn los.

Der Rostrote tritt einen Schritt zurück.

»Hol mir etwas Ordentliches zu essen und bring mir dazu Wasser. Frisches, gekochtes Fleisch, auf Körpertemperatur abgekühlt. Ich bin kein Kind, das sich von Erdnussbutter-und-Marmelade-Sandwiches ernährt.«

Der Rostrote sieht ihn spöttisch an und wendet sich ab, um zu gehen.

»Aber du kannst *ihr* ein paar Sandwiches mitbringen.« Beliel deutet mit dem Kopf in Paiges Richtung. »Nichts verdirbt einem so sehr den Tag wie ein totes Tier in der Ecke.«

Der Rostrote wirft einen Blick auf Paige, die unter die Pritsche zurückgekrochen ist, dann sieht er Beliel an, als hätte er den Verstand verloren.

»Gibt es ein Problem?«, fragt Beliel.

Der Rostrote schüttelt zögernd den Kopf.

»Schade. Dann muss ich wohl noch ein wenig warten, bis ich mit deinem Blut Muster an die Wand malen kann.«

Der Rostrote wendet sich ab.

»Ach, und bring auch einen Krug Wasser und etwas Milch für das Mädchen. Pronto, mein geflügelter Freund! Ich kann nicht die ganze Woche hier herumlungern. Je früher ich zu deinem geschätzten Erzengel aufbrechen kann, desto eher werde ich dich vielleicht aus deinen Pflichten entlassen.«

Der Rostrote geht.

»Komm raus, mein kleiner Wurm. Der große böse Engel ist jetzt fort.«

Paige späht unter dem Bett hervor.

»Braves Tierchen.« Beliel schließt die Augen. »Und jetzt singst du mir ein kleines Lied vor, während ich ein Nickerchen mache.« Er verzieht das Gesicht vor Schmerz, den er vor dem Engel aber nicht zeigen wollte. »Komm schon. Irgendein Lied.«

Paige beginnt zögernd, ein Schlaflied zu summen.

Der Bildschirm wird schwarz.

44

»Das war's«, sagt Doc und macht das Fernsehgerät aus.

Ich muss die Tränen hinunterschlucken, bevor ich wieder sprechen kann. »Und was ist als Nächstes passiert?«

»Beliel behielt Paige als Haustier in seinem Zimmer, bis er sich genug erholt hatte, um in den Engelshorst aufzubrechen. Er musste dem Erzengel Uriel Bericht erstatten. Es ging um einen legendären Engel, der lange Zeit verschwunden war.«

Raffe.

Beliel hat Uriel vermutlich berichtet, dass Raffe entkommen konnte.

»Worum auch immer es dabei ging«, fährt Doc fort, »Uriel war ziemlich verärgert. Danach war Beliel äußerst schlechter Laune, und er hat es an deiner Schwester ausgelassen. Nachdem er sie tagelang wie ein Haustier behandelt hatte – sie gefüttert, sich ihr anvertraut und sie überallhin mitgenommen hat –, hat er sie dann einfach an das medizinische Team übergeben. Er hat sie fallengelassen und nicht mehr zurückgeblickt.«

Doc nimmt das Video aus dem Abspielgerät. »Paige hat immer wieder nach ihm gefragt, bis wir – bis *sie* – sie zu dem gemacht haben, was sie jetzt ist.«

»Sie hat nach ihm gefragt?«

Er zuckt mit den Schultern. »Er war der Einzige, den sie in dieser neuen Umgebung kannte.«

Ich nicke, doch eigentlich würde ich mich gerne übergeben.

»Und wozu genau habt ihr sie gemacht?«

»Glaubst du nicht, dass du dich heute schon genug gequält hast?«

»Tu nicht so, als würde es dich kümmern. Erzähl es mir.«

Er seufzt. »Die Kinder waren Uriels Lieblingsprojekt. Manchmal glaube ich, er spielt einfach gerne Gott – etwas, das man mir vor einer ganzen Ewigkeit ebenfalls vorgeworfen hat. Sein Wunsch war, dass die Kinder wie Wesen aussehen sollen, die nicht einmal er selbst beschreiben konnte. Er meinte, dass er diese Wesen selbst noch nie gesehen hätte, aber dass das auch auf alle anderen wichtigen Engel zuträfe.«

Ich habe eigentlich zu große Angst, um nachzufragen, aber ich tue es trotzdem. »Und wie sollten sie aussehen?«

»Entstellt. Sie sollten aussehen wie widernatürliche, menschenfleischfressende Kinder. Sie sollten über die Erde streifen und als Teil der endlosen politischen Machenschaften der Engel Angst und Schrecken verbreiten.«

Damit Uriel behaupten kann, die Kinder wären Nephilim und damit Raffe beschuldigen, er hätte seine Arbeit nicht ordnungsgemäß erledigt. Der Ruf seines Widersachers wäre beschädigt, und Uriel würde die Wahl zum neuen Botschafter gewinnen.

»Ihr habt diese Kinder *absichtlich* entstellt?«

Er seufzt, als hätte er gar nicht erst erwartet, dass ich es verstehen würde. »Die menschliche Rasse steht vor ihrem Untergang, und ich für meinen Teil habe schreckliche Angst. Wenn uns nichts einfällt, wie wir die Engel aufhalten können, war es das für uns.«

Er breitet den Arm aus, als wollte er mich dazu einladen, mir die Skorpionfabrik näher anzusehen. »Ich befinde mich in der sehr speziellen Lage, etwas ändern zu können und mitzuhelfen, einen Weg zu finden, um die Engel aufzuhalten. Ich habe Zugang zu ihrer Technik und ihrem Knowhow. Und ich genieße ihr Vertrauen und bis zu einem gewissen Grad auch die Freiheit, unter ihrer Nase mein eigenes Ding durchzuziehen.«

Er lehnt sich erschöpft gegen die Wand. »Aber ich habe nur eine Chance, der menschlichen Rasse zu helfen, wenn ich tue, was die Engel mir auftragen. Auch wenn es entsetzlich ist. Auch wenn es mir verdammt noch mal das Herz zerreißt.«

Doc stößt sich von der Wand ab und wandert im Büro hin und her. »Ich würde alles dafür geben, nicht mehr der Kerl zu sein, der Entscheidungen treffen muss, die ihn jede Nacht in seinen Albträumen verfolgen. Aber ich bin es nun mal. Ich, und niemand sonst. Verstehst du?«

Ich verstehe vor allem, dass er meine kleine Schwester aufgeschnitten und entstellt hat. »Und wie genau hilfst du der menschlichen Rasse?«

Er mustert seine Schuhe. »Ich habe hinter dem Rücken der Engel einige Experimente durchgeführt. Und ich habe ein wenig von den wissenschaftlichen Errungenschaften der Engel – oder ihrer Magie, wenn du es so nennen willst – gestohlen und sie da und dort eingesetzt. Sie würden mich töten, wenn sie es herausfänden. Doch bis jetzt ergaben sich daraus bloß ein paar aufregende neue Möglichkeiten, aber keine belegbaren Erfolge.«

Ich habe nicht vor, diesem Fleischer, der sich sogar an Kindern vergriffen hat, das Gefühl zu geben, seine Arbeit wäre wertvoll. Aber Vorwürfe bringen mir jetzt keine Antworten ein.

»Warum bewegt sich meine Schwester wie eine Maschine?«

»Was meinst du damit?«

»Sie sitzt mit durchgedrücktem Rücken da, bewegt sich ruckartig und dreht ihren Kopf, als würde ihr Genick nicht mehr so funktionieren wie früher. Paige wirkt jetzt wie ... du weißt schon ... wie eine Maschine.« Außer wenn sie sich gerade auf jemanden stürzt, natürlich.

Doc sieht mich an, als hätte ich den Verstand verloren.

»Dieses Mädchen wurde überall am Körper aufgeschnitten und wieder zusammengenäht wie eine Lumpenpuppe. Und du fragst mich, warum sie sich so steif bewegt?« Der Kerl, der ihr das alles angetan hat, sieht auf mich herab, als wäre *ich* unsensibel.

»Sie hat Schmerzen«, erklärt er, als wäre ich eine Idiotin. »Bloß weil sie sich ganz normal bewegen kann, heißt das nicht, dass sie nicht unter höllischen, markerschütternden Schmerzen leidet. Stell dir vor, du wärst überall aufgeschnitten worden. Deine Muskeln wurden herausgerissen und woanders wieder eingesetzt, und jede Faser deines Körpers wurde verändert, bevor du wieder zusammengenäht wurdest. Und jetzt stell dir vor, niemand gibt dir Schmerzmittel. So fühlt es sich für sie an. Und ich nehme an, ich kann davon ausgehen, dass du ihr kein Aspirin verabreicht hast?«

Es ist wie ein Schlag in die Magengrube.

»Nun, dann ist es wohl kein Wunder, dass sie fortgelaufen ist, nicht wahr?«

Ich kann nicht daran denken, wie sie sich fühlen muss, ohne selbst das Gefühl zu haben zu zerbrechen.

Dabei habe ich sogar Raffe Aspirin verabreicht, als er bewusstlos war und ich ihn noch nicht einmal kannte. Ich habe dem Feind eine Linderung seiner Schmerzen angeboten, aber meiner eigenen Schwester nicht. Warum?

Weil sie aussieht wie ein Monster. Deshalb. Und es ist mir nie in den Sinn gekommen, dass Monster Schmerzen haben könnten.

»Hast du eine Ahnung, wo sie sein könnte?« Ich höre, wie meine Stimme zittert, und fühle mich vollkommen verloren.

Er wirft einen Blick auf den schwarzen Bildschirm. »Sie ist nicht hier, sonst hätte ich etwas von ihr gehört. Aber wenn du recht hast und sie zumindest kurz hier war, dann sucht sie nach etwas. Oder nach jemandem.«

»Aber nach wem? Sie war doch bei mir und Mom. Wir sind alles, was sie hat.«

»Beliel«, erwidert Doc bestimmt. »Er ist der Einzige, der sie versteht. Der Einzige, der sie akzeptiert und kein Urteil über sie fällt.«

»Wovon redest du? Er wäre der Letzte, zu dem sie gehen würde!«

Doc zuckt mit den Schultern. »Er ist ein Monster. Sie ist ein Monster. Wer sonst würde sie akzeptieren, ohne sie als Freak abzustempeln, und darüber hinaus auch noch verstehen, was sie gerade durchmacht?«

»Wir …« Die Worte bleiben mir im Hals stecken.

Die Vorstellung, dass sich Paige an Beliel wenden könnte, entsetzt mich.

Aber wenn Paige und Beliel zusammen im Widerstandscamp aufgetaucht wären, hätten die Menschen sie dann nicht beide als Monster abgestempelt? Als würde sie zu ihm gehören und nicht zu uns anderen Menschen?

»Vielleicht leidet sie auch unter dem *Stockholm-Syndrom.*«

Dieses Wort gefällt mir nicht. »Was soll denn das sein?«

»Dieses Syndrom tritt auf, wenn ein Entführungsopfer eine zu enge Bindung zu seinem Entführer entwickelt.«

Ich starre ihn entgeistert an.

»Es kommt nicht oft vor, aber es kann passieren.«

Ich packe den Stuhl und lasse mich wie eine alte Frau darauf nieder. Die Vorstellung, dass meine kleine Paige das Gefühl hat, sie könnte sich an niemanden mehr wenden außer an einen Albtraum wie Beliel, bricht mir das Herz auf eine Weise, wie es das Ende der Welt bis jetzt noch nicht vermocht hatte.

»Beliel«, stoße ich keuchend hervor. Ich schließe die Augen und zwinge mich, nicht zu weinen. »Weißt du, wo er sich aufhält?« Meine eigenen Worte dringen wie Messer in meinen Körper.

»Er sollte mittlerweile im neuen Engelshorst sein. Dort geht etwas Großes vor sich, und Beliel muss etwas für den Erzengel erledigen.«

»Was genau?«

»Das weiß ich nicht. Ich bin bloß der Laboraffe. Also weiß ich nur, was ich wissen muss.« Er betrachtet mich. »Überrede den Kapitän der Fähre, die Gefangenen von Alcatraz zu retten, und dann mach dich auf den Weg zum Horst.«

»Was, wenn …«

»Egal, ob du den Kapitän überzeugen kannst oder nicht, versuch auf jeden Fall, in den Horst zu gelangen. Die Menschen, die hier sterben werden, sind nichts im Vergleich dazu, was dort draußen vor sich geht. Deine Schwester ist wichtiger als unser Plan, die Gefangenen in ein noch größeres Schlachthaus zu schicken, in das sich die Welt verwandeln wird, wenn wir keinen Weg finden, die Engel aufzuhalten.«

Das bringt mich zum Nachdenken. »Warum ist Paige so wichtig?«, frage ich misstrauischer, als ich vorhatte.

»Sie ist ein ganz besonderes Mädchen. Und sie kann uns vielleicht in unserem Kampf gegen die Engel unterstützen. Wenn du sie dort im Horst findest, dann bring sie zu mir. Ich werde mit ihr arbeiten und ihr helfen, wenn ich kann.«

»Wie willst du ihr denn helfen?«

Er reibt sich den Nacken und sieht mich halb beschämt, halb aufgeregt an. »Um ehrlich zu sein, weiß ich das noch nicht so genau. Ich habe die Kinder der letzten Charge ein wenig verändert, in der Hoffnung, damit unsere Überlebenschancen als menschliche Rasse zu erhöhen. Es war ein verzweifelter Schachzug in einer verzweifelten Situation. Die Engel würden mich in Stücke reißen, wenn sie davon erfahren würden. Aber die Kinder starben alle bei dem Angriff auf den Engelshorst, bevor ich noch die Gelegenheit hatte zu überprüfen, ob mein Plan erfolgreich war.«

Er wandert in dem kleinen Büro auf und ab. »Und jetzt behauptest du, eines dieser Kinder hätte überlebt. Wir müssen Paige finden. Ich weiß nicht, wozu sie fähig ist, und ob es so ablaufen wird, wie ich es mir vorstelle. Aber es wäre eine Chance für die Menschheit. Eine winzig kleine, aber das ist besser als alles, was wir im Moment sonst haben.«

Ich vertraue ihm nicht mehr als einem außer sich geratenem Engel. Aber wenn er mich zu Paige führt, dann bin ich zumindest vorrübergehend bei seinem Plan dabei. »Okay. Wenn du mir hilfst, Paige zu finden, dann bringe ich sie zu dir zurück.«

Doc sieht mich an, als wüsste er, dass ich ihm nicht vertraue. »Lass mich eines klarstellen. Wir dürfen nicht zulassen, dass jemand wie Beliel deine Schwester unter Kontrolle hat. Verstehst du? Unter Beliels Kommando könnte sie ein ausschlaggebendes Instrument zur Zerstörung unserer Welt werden. Du musst sie unter allen Umständen von ihm weglocken. Sie könnte unsere letzte Hoffnung sein.«

Na toll.

Bevor das alles losgeht, könnte ich wirklich einen Samstagmorgen gebrauchen, an dem Paige und ich gemeinsam unser Müsli essen, uns Zeichentrickfilme ansehen und die friedliche Stille in unserer Wohnung genießen, bevor Mom aufwacht. Unsere größte Sorge an Vormittagen wie diesen war, ob am Ende der Woche noch genug von unserem Lieblingsmüsli übrig war, oder ob wir mit der zuckerfreien Variante vorliebnehmen mussten.

»Wenn ich es nicht von dieser Insel herunter schaffe oder du mich nicht finden kannst ...«, Doc hält inne, während er über all die schrecklichen Dinge nachdenkt, die ihm zustoßen könnten, »... dann ist es deine Aufgabe herauszufinden, wozu Paige fähig ist und ob sie anderen Menschen helfen kann. Wenn deine Schwester der Menschheit nicht helfen kann, bin ich bloß ein böser Arzt, der furchtbare

Dinge für den Feind getan hat. Bitte lass nicht zu, dass ich zu diesem Menschen werde.«

Ich bin mir nicht sicher, ob seine flehenden Worte tatsächlich an mich gerichtet sind, aber ich nicke trotzdem.

Er nickt ebenfalls. »Okay. Komm mit.«

45

Wir verlassen das Herz der Monsterfabrik und gehen durch den gemauerten Korridor in einen anderen Raum. Den Postkarten und Schlüsselketten an einem vergessenen Ständer neben der Tür nach zu schließen befand sich hier früher einmal ein Andenkenladen.

Im Inneren tummeln sich mehrere menschliche Lakaien zwischen einigen Gefangenen. Die Lakaien stechen mit ihren gewaschenen Gesichtern, den gekämmten Haaren und den sauberen Klamotten aus der Menge hervor. Außerdem umgibt sie eine selbstbewusste Aura, die den Gefangenen fehlt.

»Madeline«, ruft Doc.

Eine Frau mit markanten Gesichtszügen und dem modelhaften Aussehen einer alternden Ballettlehrerin kommt auf uns zu. Jede ihrer Bewegungen wirkt grazil und fließend, als wäre sie es gewöhnt, sich auf einer Bühne oder einem Laufsteg zu bewegen. Ihre zu einem strengen Knoten zusammengefassten, grau melierten Haare betonen ihre smaragdgrünen Augen.

»Kannst du die hier irgendwo unterbringen?«, fragt Doc sie leise.

Madeline mustert mich. Ihr Blick wandert nicht bloß schnell über mich hinweg, um einen kurzen Eindruck von meinem Aussehen zu erhalten. Sie taxiert mich und meine Haare regelrecht, genauso meine Größe und jedes Grübchen auf meinem Gesicht. Es ist, als würde sie sich mein Aussehen einprägen und sämtliche meiner Merkmale katalogisieren. Dann wirft sie einen Blick auf die anderen Gefangenen.

Sie sind alle weiblich und stehen paarweise zusammen. Ich sehe Zwillinge mit rotblonden Haaren und sommersprossiger, heller Haut. Der Rest sind vermutlich keine Zwillinge, sehen aber auf den ersten Blick so aus. Zwei kurvige Frauen mit schokoladenfarbener Haut, zwei dürre Mädchen mit honigblonden Haaren, die ihnen in Wellen über die Schultern fallen, zwei große Frauen mit mediterranen Augen und olivfarbenem Teint.

Madeline sieht sich in dem Raum um, ehe ihr Blick wieder auf mich fällt.

»Falsche Figur, falsches Alter«, erklärt sie.

Die Tür öffnet sich, und ein Mann schiebt zwei Teenagermädchen herein. Sie haben dunkle Haare, hohe Wangenknochen und sind genauso klein wie ich.

»Wie wäre es mit einer von denen?«, fragt Doc.

Madeline studiert die beiden Mädchen mit ihrem Röntgenblick. Dann sieht sie erneut mich an.

»Diese beiden hier passen besser zusammen«, meint der gebräunte Kerl, der die Mädchen hereingebracht hat, und deutet auf die beiden.

»Aber wir müssen die hier nehmen« Madeline weist mit dem Kopf in meine Richtung.

»Du willst dem Erzengel tatsächlich weismachen, wir hätten keine zwei Mädchen gefunden, die besser zusammenpassen?«, fragt der Kerl.

Meine Haut beginnt zu prickeln, als ich das Wort »Erzengel« höre.

»Gleicher Teint, gleiche Figur«, erwidert Madeline. »Mit dem passenden Make-up und der richtigen Frisur sehen sie aus wie Zwillinge.«

»Aber wenn nicht, dann sind wir alle geliefert, nicht bloß du«, wendet der Kerl ein.

Madeline wirft Doc einen Blick zu, und er nickt.

»Tausch sie aus.«

Das Gesicht des Kerls verfinstert sich. »Bloß weil er deinen Mann in einer Zelle gefangen hält, heißt das nicht, dass du ständig unsere Leben aufs Spiel setzen kannst, wann immer der tolle Arzt hier mit dem Finger schnippt.«

»Daniel, tu einfach nur das, was dir aufgetragen wird«, befiehlt Madeline, und ihre Stimme klingt ein wenig bedrohlich.

Daniel atmet tief ein. Alle starren uns an und spüren die Spannung in der Luft.

Er mustert die beiden Mädchen, bevor er eines am Arm packt und wieder hinausbringt.

Jener Teil von mir, der keine Gefühle mehr hegt, befiehlt mir, keine Fragen zu stellen. Soweit ich weiß, ist das hier zu meinem Besten. Und vielleicht schaffe ich es, meine Schwester zu retten.

»Du hältst jemanden als Geisel gefangen?«

Irgendwann werde ich lernen, die Klappe zu halten.

»Wir sind hier alle Geiseln«, erwidert Doc. »Ich tue, was nötig ist, damit ein paar von uns überleben.«

Das hat gesessen.

Ich nehme ihn zur Seite und flüstere. »Wenn der Ausbruch nicht so funktioniert, wie wir uns das vorstellen, sorgst du dann dafür, dass meine Mutter in Sicherheit ist?«

»Deine Mutter ... ist das die Frau, die hier herumläuft und ständig den Alarm auslöst?«

Ich nicke.

»Das kann ich dir nicht versprechen.«

Seltsamerweise gefällt mir diese Antwort besser, als wenn er tatsächlich versichert hätte, sich um sie zu kümmern, denn so ist er wenigstens ehrlich.

»Wirst du es zumindest versuchen?«

Er sieht nicht gerade glücklich aus.

»Auf sie hört Paige ebenfalls.« Das stimmt zwar nicht ganz, wenn man bedenkt, was uns unsere Mutter bereits alles aufgetragen hat, aber er muss ja keine Details erfahren.

Er denkt kurz nach, bevor er nickt. »Ich werde es versuchen.«

Mehr kann ich nicht erwarten.

»Und dann ist da noch eine Frau namens Clara ...«

Er schüttelt den Kopf.

»Ich bin kein Zauberer. Ich kann diese Hölle, in die sich Alcatraz verwandelt hat, nicht in Luft auflösen. Das Einzige, was ich dir versprechen kann, ist, dass ich versuchen werde, mich um eine der beiden zu kümmern.«

Er tritt einen Schritt zurück und nimmt Madeline beiseite. Sie flüstern in einer Ecke miteinander und geben mir damit die Gelegenheit, mich umzusehen.

Das dunkelhaarige Teenagermädchen tritt neben mich. Sie hat meine Größe, und wir haben dieselbe Figur und dieselben dunklen Haare und Augen.

Zwei Mädchen, die gleich aussehen.

Der Erzengel.

Ich sehe Uriel vor mir, wie er damals mit zwei identischen, verängstigten Frauen durch den Club im Engelshorst schritt.

Ich fasse instinktiv nach hinten, um mein Bären-Schwert zu streicheln, doch meine Finger greifen ins Leere.

46

Die Überfahrt nach San Francisco verläuft genau so ruhig und düster wie die Fahrt nach Alcatraz. Der größte Unterschied ist, dass wir jetzt nicht mehr von Skorpionen, sondern von Menschen bewacht werden.

Madeline und ihr Team bewegen sich frei an Bord und fragen die zwei Dutzend Mädchen der Reihe nach, ob sie Kleider entwerfen, nähen oder Schmuck basteln können. Wenn eine von ihnen mit Ja antwortet, bekommt sie einen Vermerk auf dem Klemmbrett. Natürlich kann ich nichts davon, aber das scheint niemanden zu interessieren.

Ich weiß nicht, wie lange es her ist, dass ich zum letzten Mal auf dieser Fähre war. Mittlerweile bricht jedenfalls ein neuer Tag an. Der Himmel hat jene Farbe angenommen, die für mich immer wie ein rosiges Pink aussah, doch heute wirkt es eher wie ein frischer Bluterguss.

Ich versuche, zum Kapitän zu gelangen, um mit ihm zu sprechen, doch die Wärter drängen mich entschieden zurück. Auf dem Rückweg entdecke ich einen Stift und ein

Blatt Papier auf einem Klemmbrett, das neben der Treppe an der Wand hängt. Also verbringe ich den Rest der Fahrt damit, aufzuschreiben, was ich dem Kapitän sagen will, falls ich nicht direkt mit ihm sprechen, sondern ihm nur eine Nachricht zuschieben kann.

Ich formuliere meine Beweggründe sehr sorgfältig und versuche, so überzeugend wie möglich zu klingen. Als ich fertig bin, falte ich das Blatt Papier und stecke es in meine Tasche, in der Hoffnung, dass ich es nicht brauchen werde. Es wäre besser, wenn ich den Kapitän persönlich überzeugen könnte.

Wir legen am Pier an, treten hinaus ins Sonnenlicht und können alle einfach nicht glauben, dass wir dem Gefängnis von Alcatraz entkommen sind.

Die Skorpione, die in der Nacht, als wir gefangen genommen wurden, verletzt wurden, sind nirgendwo mehr zu sehen. Ich sehe jedoch Blutspuren auf dem zerbrochenen Pier und in den morgendlichen Schatten.

Unsere menschlichen Wärter weichen nicht von ihrem vorgegebenen Weg ab, obwohl keine Skorpione oder Engel zu sehen sind.

»Warum lauft ihr nicht einfach weg?«, das muss ich einen der Wärter einfach fragen.

»Und dann?«, antwortet er laut genug, dass alle Gefangenen ihn hören können. »Soll ich mich mit anderen um die Reste aus den Mülltonnen streiten? Und so große Angst davor haben, dass mich die Engel jagen werden, dass ich nachts nicht mehr schlafen kann?«

Er sieht die Gefangenen an. Wir wirken unsicher, zögerlich und verloren.

»Die Engel tun vielleicht anderen Menschen weh, aber

mir nicht. Ihre Kreaturen ziehen sich zurück, wenn ich an ihnen vorbeigehe. Ich bekomme jeden Tag drei Mahlzeiten, ich genieße Wärme und Schutz. Und ihr könnt das auch haben. Ihr wurdet auserwählt – ihr müsst nur den Anweisungen folgen.«

In der alten Welt war er wohl als Imageberater tätig, denn er schafft es tatsächlich, eine einfache Frage sofort für Propagandazwecke zu nutzen. Mir fällt jedoch auf, dass er nicht behauptet hat, er sei *frei*.

Der Stapel mit den Waffen, Taschen und anderen wertvollen Gegenständen, die auf dem Pier zurückgelassen wurden, sieht aus, als wäre er eilig durchwühlt worden, und die Gegenstände liegen in der Nähe der Anlegestelle verstreut. Es sind nur noch ein paar einfache Waffen, nach außen gekehrte Taschen und Spielzeuge übrig. Ich werfe schnell einen Blick auf die Gegenstände und entdecke die beiden Dinge, nach denen ich Ausschau gehalten habe.

Moms Peilgerät liegt neben einer Geldbörse und sieht auf dem Boden aus wie ein klobiges Mobiltelefon. Und Raffes Schwert befindet sich ganz in der Nähe, nämlich genau dort, wo ich es zurückgelassen habe, halbversteckt unter einem durchwühlten Rucksack, aus dem Klamotten quellen. Der Teddybär, in dem das Schwert noch immer versteckt ist, starrt in den Himmel, als würde er darauf warten, dass Raffe heruntersinkt und ihn rettet.

Große Erleichterung erfüllt mich. Ich laufe hinüber, schnappe mir das Peilgerät und umarme den Bären wie einen verloren geglaubten Freund.

»Du musst das alles hierlassen«, sagt Madeline. »Es ist nicht erlaubt, etwas in den Horst mitzunehmen.«

Natürlich, ich hätte es wissen müssen. Ich hasse die Vorstellung, die beiden Dinge hierzulassen, aber zumindest kann ich sie jetzt ordentlich verstecken. Die anderen Wärter beachten mich nicht weiter, weil sie vermutlich erkannt haben, dass Madeline etwas Besonderes mit mir vorhat, und wollen deshalb keine Schwierigkeiten mit ihr.

Ich werfe einen Blick auf Moms Peilgerät. Mein Pfeil zeigt auf den Hafen von San Francisco. Paiges Pfeil befindet sich in der Nähe von Half Moon Bay an der Pazifikküste.

»Wo ist denn der neue Horst?«, frage ich Madeline.

»Half Moon Bay«, antwortet sie.

Ist Paige tatsächlich auf der Suche nach Beliel? Ich schließe die Augen und fühle mich, als hätte mir jemand ein Messer in den Bauch gerammt.

Dann mache ich das Peilgerät aus. Natürlich will ich das Gerät und das Schwert unbedingt mitnehmen, aber ich habe keine andere Wahl, als beides hierzulassen. Und obwohl ich das Peilgerät gerne verstecken würde, hoffe ich gleichzeitig, dass es zumindest meine Mutter findet, wenn ich es schon nicht behalten kann.

Die ganze Welt ist voller alter Telefone, die niemand mehr braucht. Die Wahrscheinlichkeit, dass sich jemand für das Peilgerät interessiert, ist nicht sehr hoch. Also lege ich das ausgeschaltete Gerät dorthin zurück, wo ich es gefunden habe, und zwinge mich, mich davon abzuwenden.

Das Schwert muss ich hingegen unbedingt verstecken. Ich hatte großes Glück, dass die Plünderer in großer Eile waren, denn sonst wäre ihnen vermutlich aufgefallen, dass das Kleid des Bären viel zu lang ist. Ich kann der Versuchung nicht widerstehen, dem Bären ein letztes Mal über das Fell zu streichen, bevor ich ihn zusammen mit dem Schwert unter einen Stapel Holz und Dachschindeln schiebe, die einmal ein Laden waren.

Gerade als ich das Schwert loslassen will, verschwimmt mein Blick plötzlich, und mir wird schwarz vor Augen.

Das Schwert will mir etwas sagen.

Ich befinde mich plötzlich in der Suite aus Glas und Marmor im alten Engelshorst, in der Raffe und ich einige gemeinsame Stunden verbracht haben. Vermutlich spielt mein Traum nach unserem Besuch im Club der Engel, aber noch vor Raffes Flügeltransplantation.

Im Bad rauscht die Dusche. Es wäre eine friedvolle und luxuriöse Umgebung, würde das Wohnzimmer nicht von dem Ausblick auf das zerstörte San Francisco dominiert.

Raffe kommt aus dem Schlafzimmer und sieht in seinem Anzug einfach umwerfend aus. Mit den dunklen Haaren, den breiten Schultern und dem muskulösen Oberkörper sieht er besser aus als jeder Filmstar, den ich je gesehen habe. Er ist genau der Typ für diese Suite, die früher eintausend Dollar pro Nacht gekostet hat. Jede Bewegung und jede Geste zeugen von Eleganz und Macht.

Etwas erregt seine Aufmerksamkeit, und er geht auf das Fenster zu. Einige Engel fliegen in Formation am Mond vorbei. Er lehnt sich gegen das Glas und presst beinahe das Gesicht dagegen, während er die Engel beobachtet. Ich kann sehen, wie sehr er sich wünscht, gemeinsam mit ihnen zu fliegen.

Wahrscheinlich steckt mehr dahinter, als nur der Wunsch, seine Flügel wiederzuhaben. Früher hielten Paige und ich einmal mehrere exotische Fische in einer Glaskugel, die wir mit Muscheln dekoriert hatten. Mein Dad hatte uns erklärt, dass wir immer dafür sorgen mussten, dass zumindest zwei Fische in der Kugel schwammen, da manche Lebewesen einfach nicht alleine sein könnten. Wenn man einen dagegen nur lange genug alleine ließe, würde er vor Einsamkeit sterben.

Ich frage mich, ob es den Engeln auch so geht.

Als die Engel schließlich vom Nachthimmel verschwinden, wendet sich Raffe ab und betrachtet sein eigenes Spiegelbild im Fenster. Die Flügel, die durch die Schlitze in seiner Anzugjacke hervorblitzen, sehen aus wie die Flügel der anderen Engel, die ich unten im Club gesehen habe, doch das sind sie nicht. Wir haben seine abgetrennten Flügel so unter dem Anzug festgezurrt, sodass sie ganz gewöhnlich aussehen.

Er schließt einen Moment lang die Augen und schluckt seine Traurigkeit hinunter. Ich bin so an Raffes unbeeindrucktes Gesicht gewöhnt, dass es mir schwerfällt, ihn in dieser Stimmung zu sehen.

Raffe atmet tief ein und langsam wieder aus. Dann öffnet er die Augen. Er will sich gerade vom Fenster abwenden, als er etwas auf seinem weißen Hemd entdeckt.

Vorsichtig nimmt er es zwischen die Finger und hält es in die Luft. Es ist ein Haar. Langsam lässt er seine Finger darüber gleiten. Es ist dunkel und lang und sieht aus, als wäre es von mir.

Seine Lippen zucken, als würde ihn der Gedanke daran, wie mein Haar auf sein Hemd gekommen ist, erheitern. Ich nehme an, es ist passiert, als ich ihn unten im Club geküsst habe. Er findet den Gedanken daran sichtlich amüsant.

Hätte ich in meinem Traum einen Körper, würden meine Wangen jetzt wohl zu glühen beginnen. Es ist beschämend, auch nur daran zu denken.

Er geht auf die Bar aus Marmor und die darauf aufgereihten Weinflaschen zu. Dann sieht er darunter nach und richtet sich mit einem kleinen Nähzeugtütchen mit Hotellogo wieder auf. Ich weiß nicht, warum jemand, der sich eine Suite wie diese leisten kann, ein Tütchen mit Faden und Knöpfen für den Notfall benötigen sollte, aber es ist jedenfalls da.

Raffe reißt das Tütchen auf und zieht den Faden heraus. Er ist genauso schneeweiß wie seine Flügel.

Vorsichtig hält er den Faden und das Haar aneinander und verdreht sie mit Daumen und Zeigefinger zu einem einzelnen Strang.

Dann hält er die Enden aneinander, tritt zu seinem Schwert, das auf der Anrichte liegt, und wickelt den Strang um den Schwertgriff.

»Hör auf, dich zu beschweren«, sagt er zu dem Schwert. »Es soll uns Glück bringen.«

Glück. Glück. Glück.

Das Wort hallt durch meinen Kopf.

Ich lege eine Hand auf den zersplitterten Pier, um mich zu fangen. Dann atme ich ein paarmal tief ein, und die Welt vor mir rückt wieder in mein Blickfeld.

Hat Raffe tatsächlich eines meiner Haare aufbewahrt?

Schwer zu glauben.

Ich betrachte den Schwertgriff genauer. Und überraschenderweise entdecke ich das Haar und den Faden tatsächlich. Sie sind genau über der Parierstange um den Griff gewickelt. Der schneeweiße Faden und mein Haar, so dunkel wie die Nacht.

Ganz vorsichtig lasse ich meinen Finger über die beiden

gleiten und schließe die Augen. Ich stelle mir vor, wie Raffe dasselbe getan hat, während ich die unterschiedlichen Strukturen des Fadens und des Haares unter meiner Fingerspitze spüre.

Wollte mir das Schwert tatsächlich Glück wünschen?

Ich weiß, dass das Schwert Raffe vermisst. Und wenn ich nicht wiederkomme, wird es ihn vermutlich nie mehr wiedersehen. Selbst wenn es sich wieder an jemand anderen bindet, wird diese Person keine Verbindung zu ihm herstellen können und nicht wissen, was es für ein Schwert ist. Es hatte also womöglich allen Grund, mir Glück zu wünschen und mich noch einmal an Raffe zu erinnern.

Ich hasse die Vorstellung, das Schwert alleine zurückzulassen, aber mir bleibt keine andere Wahl. Also stülpe ich den Bären darüber und bedecke es mit zerbrochenen Dachschindeln und abgesplitterten Balken.

Als ich aufstehe und davongehe, fühle ich mich nackt. Ich hoffe, dass die Plünderer sich nicht genug Zeit nehmen werden, in einem Haufen Gerümpel nach verborgenen Schätzen zu graben.

47

Als der Kapitän endlich das Boot verlässt, wird unsere Gruppe gerade zu einer kleinen Karawane aus mehreren Vans, SUVs und einem kleinen Schulbus gebracht. Madeline führt den Kapitän zu einem der so verhassten Schiffscontainer. Ich trete unauffällig neben die beiden.

»Heute Abend soll ein Fluchtversuch stattfinden«, erkläre ich leise.

Der Kapitän sieht mich an, dann Madeline und dann wieder mich. Er ist jünger, als ich erwartet hatte – vermutlich nicht älter als dreißig – und hat ein sauberes Gesicht und einen kahlgeschorenen Schädel.

»Na dann viel Glück.« Seine Stimme klingt nicht unfreundlich, aber auch nicht gerade aufmunternd.

Madeline öffnet das Schloss des Schiffscontainers, und die Metalltüren schwingen auf. Im Inneren befinden sich Regale voller Dosensuppen und Dosengemüse, daneben stehen eine Menge Spirituosen und einige Bücher. In der Ecke sehe ich batteriebetriebene Lampen und einen dickgepolsterten Lehnsessel neben einem kleinen Beistelltisch. Nach den Standards der Neuen Welt ist das hier richtig gemütlich.

»Du musst mit dem Schiff zurück auf die Insel und die Gefangenen abholen«, erkläre ich. Er sieht mich skeptisch an, also spreche ich schnell weiter, bevor er ablehnen kann. »Es ist vollkommen gefahrlos. Alle Skorpione und Engel werden fortfliegen. Sie haben heute Nacht eine Mission zu erledigen.«

Er tritt in den Container und macht das Licht an. »Nichts ist vollkommen gefahrlos. Und die Fähre ist meine Garantie, dass ich am Leben bleibe und immer genügend zu essen habe. Nein, ich kann es nicht riskieren. Ich werde euch nicht verraten, aber ich werde auch nicht zulassen, dass jemand meine Fähre anfasst.«

Ich werfe Madeline einen Hilfe suchenden Blick zu. »Kannst du ihn vielleicht überzeugen? Ich meine, dein Mann ist doch auch auf der Insel gefangen, nicht wahr?«

Sie senkt den Blick und weigert sich, mir in die Augen zu sehen. »Doc sorgt für seine Sicherheit, solange ich ihm bei seinen kleinen Projekten behilflich bin.« Sie zuckt mit den Schultern. »Wir müssen weiter.«

Mein Blick wandert von Madeline zum Kapitän, der sich gerade einen Drink eingießt.

»Das ist eure Chance, etwas zu ändern«, sage ich. »Es liegt in eurer Hand, all diese Menschenleben zu retten. Ihr könnt alles wiedergutmachen, was ihr vermutlich nur getan habt, um zu überleben. Ihr wisst doch, was dort drüben vor sich geht.«

Der Kapitän stellt das Glas mit voller Wucht auf dem Tisch ab. »Wo hast du denn die her, Madeline? Ist das, was wir durchmachen, nicht schon schlimm genug, ohne dass diese kleine Nervensäge hier uns auch noch Vorträge hält?«

»Es ist das einzig Richtige«, erkläre ich.

»Das Richtige ist inzwischen ein Luxus für die Reichen, die sich in Sicherheit bringen konnten. Für den Rest von uns ist das einzig Richtige, sich aus jeglichen Schwierigkeiten herauszuhalten und so gut es geht zu überleben.« Er lässt sich in den Sessel sinken, klappt ein Buch auf und ignoriert mich absichtlich.

»Aber sie brauchen dich. Du bist der Einzige, der ihnen helfen kann. Meine Mom und meine Freundin …«

»Verschwinde … sonst beschließe ich noch, euch auffliegen zu lassen, bloß um dich loszuwerden.« Er hat wenigstens den Anstand, mich peinlich berührt anzusehen.

Madeline schließt die Tür. »Ich werde sie nicht absperren.«

»In Ordnung«, antwortet er mit einer Stimme, die deutlich macht, dass die Unterhaltung für ihn beendet ist.

Ich hatte vollkommen unterschätzt, wie schwierig es ist, jemanden zu überzeugen, sein Leben für andere zu riskieren.

Auch wenn es innerhalb des Widerstands viele Probleme gibt, hätten sie wenigstens sofort mitgemacht.

»Kann noch jemand das Boot lenken?«, frage ich Madeline.

»Nicht, ohne dass er es bei dem Versuch, rückwärts vom Pier abzulegen, versenkt. Du kannst niemanden dazu zwingen, ein Held zu sein. Aber ich habe die Tür nicht versperrt, für den Fall, dass Jake seine Meinung ändert.«

»Das reicht nicht. Ich muss jemanden finden, der heute Nacht mit dem Boot zurück auf die Insel fährt.«

Daniel, Madelines Assistent, streckt sein gebräuntes Gesicht aus dem Busfenster. »Wir müssen los!«

Madeline nimmt meinen Arm und zieht mich auf den Bus zu. »Komm mit. Das hier ist nicht mehr unser Problem.«

Ich reiße mich von ihr los. »Wie kannst du so etwas bloß sagen?«

Sie zieht eine kleine Pistole aus ihrer Tasche und richtet sie auf mich. »Ich habe dem Doc versprochen, dass ich dich in den Horst bringe, und genau das werde ich tun. Es tut mir leid, aber das Leben meines Mannes hängt davon ab.«

»Wir würden eine Menge Menschenleben retten – und auch deinen Ehemann –, wenn wir bloß …«

Sie schüttelt den Kopf. »Es gibt niemanden, der diese Fähre manövrieren kann. Und selbst wenn du jemanden findest, würde er sein Leben genauso wenig riskieren wollen wie Jake. Ich setze das Leben meines Mannes sicher nicht für einen völlig aus der Luft gegriffenen Fluchtplan aufs Spiel. Und jetzt gehen wir. Sofort!« Sie sieht mich so entschlossen an, als wäre sie bereit, mir in den Arm oder ins Bein zu schießen und mich dann in den Bus zu zerren.

Also gehe ich zögernd neben Madeline auf den Bus zu.

48

Wir schlängeln uns durch die liegen gebliebenen Autos auf die Interstate 280 und machen uns auf den Weg in Richtung Süden. Je weiter wir uns vom Hafen entfernen, desto elender fühle ich mich, wenn ich an die Flucht von Alcatraz denke. Jake, der Kapitän, sah so aus, als würde er sich in seiner Rolle als Sklaven-Kapitän durchaus wohlfühlen. Besteht die Chance, dass er das Einzige, was ihn am Leben erhält, fortwirft und sein Leben riskiert, um jene Menschen zu retten, die er in den Untergang geschippert hat?

Ja, es gibt eine geringe Chance, dass er es tatsächlich tut. Er ist ein Mensch, und Menschen tun manchmal solche Dinge.

Aber es ist wahrscheinlicher, dass er den ganzen Tag einfach weitertrinkt und sich in einer schuldgeschwängerten Benommenheit befindet, wenn die Skorpione schließlich zu ihrer Mission aufbrechen.

Das ist alles zu viel. Mom und Paige sind zu viel. Das Schwert und Clara und all diese Menschen auf Alcatraz …

Also schiebe ich sie alle in den Tresor in meinem Kopf und stemme mich in Gedanken gegen die Tür, um sie zu schließen. Mittlerweile befindet sich eine ganze Welt darin. Ich kann die Tür nicht mehr öffnen, ohne das Risiko einzugehen, von den herausquellenden Gefühlen überrollt zu werden. Vor den Angriffen gingen einige meiner Freunde zur Therapie. Das, was ich in meinem Tresor habe, würde wohl reichen, um einen Therapeuten ein ganzes Leben lang zu beschäftigen.

Ich sitze ganz hinten im Bus und starre aus dem offenen Fenster, ohne wirklich etwas zu sehen. Bloß eine verschwommene Abfolge von liegen gebliebenen Autos, Müll und in sich zusammengefallenen und niedergebrannten Gebäuden.

Bis wir schließlich vorsichtig an zwei schwarzen SUVs vorbeifahren.

In den SUVs sitzt jemand, obwohl sie scheinbar nur parken. Die Fahrer stehen offensichtlich Wache und sehen so aus, als könnten sie jeden Moment eingreifen, falls es Probleme gibt. Drei Männer beugen sich über etwas, das neben der Straße auf dem Boden liegt. Es ist so klein, dass ich es nicht richtig erkennen kann.

Als wir an ihnen vorbeifahren, erhasche ich einen besseren Blick auf die Fahrer. Zuerst erkenne ich sie aufgrund ihrer frisch gefärbten blonden Haare nicht. Doch dann wird mir klar: Es sind zweifellos Dei und Dum.

Ich erinnere mich an den Brief, den ich vorhin noch an den Kapitän der Fähre geschrieben habe, für den Fall, dass ich nicht genug Zeit gehabt hätte, um mit ihm zu sprechen. Schnell ziehe ich ihn aus meiner Tasche und werfe den Zwillingen einen durchdringenden Blick zu, um sie dazu zu bringen, mich anzusehen. Sie beobachten uns sorgfältig, während wir an ihnen vorbeifahren, und dann treffen sich plötzlich unsere Blicke.

Ich drehe mich ein wenig zur Seite, damit die Wärter nicht sehen, was ich vorhabe. Dann halte ich den Brief in die Höhe und stelle sicher, dass Dei und Dum ihn sehen, bevor ich ihn aus dem Fenster gleiten lasse.

Er fällt zu Boden, doch ihre Blicke folgen ihm nicht. Stattdessen bleiben sie ruhig und beobachten weiterhin unseren Bus. Sie steigen nicht aus und heben den Brief auf, obwohl ich mir sicher bin, dass sie gesehen haben, wie er zu Boden fiel.

Ich werfe den Wärtern einen unauffälligen Blick zu, um festzustellen, ob jemand etwas bemerkt hat. Die Einzige, die mich beobachtet hat, ist meine Doppelgängerin, die neben mir sitzt, aber sie wirkt nicht so, als würde sie irgendjemandem etwas erzählen. Alle anderen beobachten die Gruppe des Widerstands mit einer an Paranoia grenzenden Intensität. Obwohl heutzutage wohl niemand mehr als paranoid bezeichnet werden kann. Außer meiner Mutter natürlich.

Wir beobachten die Kerle neben der Straße, bis sie zu einem kleinen Punkt geschrumpft sind. Ich vermute, dass sie Kameras für ihr Überwachungssystem in der Bay Area aufstellen. Es scheint sinnvoll, dass sie auch ein paar Kameras entlang des Highways installieren.

Es dauert eine Weile, bis sich mein Herzschlag wieder normalisiert hat, und ich muss tatsächlich ein Lächeln unterdrücken. Ich hätte nie gedacht, dass ich jemals wieder gut über den Widerstand denken würde. Aber wenn es jemanden gibt, der Kopf und Kragen riskieren würde, um eine große Rettungsaktion zu starten, dann sind es diese

Jungs. Es gibt natürlich keine Garantie, dass sie es tatsächlich machen werden, aber es ist immer noch besser, als sich auf Jake, den Kapitän, zu verlassen, der bloß seine eigenen Schäfchen ins Trockene bringen will.

49

Die Stadt Half Moon Bay liegt an der Pazifikküste und verdankt ihren Namen dem halbmondförmigen Strand, der sie begrenzt. Die Erdbeben und die vom Meer heranrasenden Stürme haben sie jedoch bis zur Unkenntlichkeit zerstört, und der Strand sieht durch die erst kürzlich entstandenen Dellen und Beulen mittlerweile eher aus wie eine mondähnliche Kraterlandschaft.

Der neue Engelshorst ist ein Luxushotel, das sich früher auf den Klippen über dem Meer befand. Nun steht das Hotel auf einem einzelnen Felsen, der wie durch ein Wunder nicht mit dem Rest der Klippen davongeschwemmt wurde. Eine schmale Landbrücke verbindet das, was vom Strand noch übrig ist, mit der Insel, auf der sich das Hotel mittlerweile befindet, sodass der ganze Ort wie ein Schlüsselloch wirkt.

Die Landbrücke ist jedoch nicht die alte Straße, die zu dem Hotel führte. Der Weg hat früher vermutlich zum Golfplatz gehört. Wie auch immer, die Fahrt ist jedenfalls so holprig wie die Gedanken, die nervös in meinem Kopf herumhüpfen, während wir auf das ausladende Hotel zusteuern. Es sieht aus wie ein großes Anwesen und liegt so nahe am Meer, dass es einem Wunder gleicht, dass es nicht zerstört wurde.

Wir fahren am Haupteingang vorbei, vor dem sich eine riesige geschwungene Auffahrt befindet, in deren Mitte ein bunt beleuchteter Springbrunnen steht, der seltsamerweise noch immer funktioniert. Die Auffahrt befindet sich am Ende einer Straße, die mittlerweile am Rand der Klippen abrupt über dem Meer endet.

Wir nähern uns dem Gebäude von der Seite, wo der Weg noch immer über festen Untergrund führt und sich der Großteil des Golfplatzes mit einer spektakulären Aussicht auf den darunterliegenden Ozean ausbreitet. Das Gras ist so grün und sorgfältig gepflegt wie vor den Angriffen.

Das Einzige, was den Anblick trübt, ist ein leeres Schwimmbecken, das am Rande des Anwesens von den Klippen baumelt und ins Meer abzustürzen droht. Als wir daran vorbeifahren, kracht eine unglaublich hohe Welle gegen die Klippen, lässt eine spektakuläre Gischt aufspritzen und reißt einen Teil des Schwimmbeckens mit sich, als sie sich zurückzieht.

Das Hotel selbst sieht aus wie ein Landhaus aus einem Liebesroman der Regency-Zeit. Wir parken und werden zum Hintereingang hineingetrieben. Dort gehen wir eine Treppe hoch und betreten einen in Creme und Gold gehaltenen Ballsaal, der scheinbar in eine Theatergarderobe verwandelt wurde.

Überall stehen fahrbare Kleiderständer mit Kostümen herum. Kleider aus den 1920er Jahren, Augenmasken mit

Pfauen- und Straußenfedern, Hüte und glitzernde Stirnbänder, Anzüge mit Schulterpolstern und schmal geschnittenen Hosen, Nadelstreifenanzüge und elegante Smokings. Und als wäre das nicht genug, hängen auch noch hauchdünne Elfenflügel in sämtlichen Farben von Ständern und Haken überall im Raum.

Eine Armee von Menschen in Hoteluniformen eilt zwischen den Kostümen und vollkommen verängstigten Frauen umher. Frauen und Mädchen sitzen vor Spiegeln und tragen Make-up auf oder halten still, während andere an ihnen arbeiten. Einige Frauen stolzieren gerade vor den Angestellten in glamourösen, kurzen Kleidern im Stil der 1920er Jahre und altmodischen Stöckelschuhen auf und ab.

Visagisten eilen mit Puder und Pinseln in der Hand von einem Stuhl zum nächsten. Über einem Platz befinden sich so viel Haarspray und Parfüm in der Luft, dass es aussieht, als würde ihn eine Wolke einhüllen.

Ständer mit Kostümen werden so schnell herumgerollt, dass es einem Wunder gleicht, dass niemand ineinander hineinfährt. Es wirkt, als würden die Federn und Pailletten alleine von nervöser Energie getrieben durch den Raum schweben. Alle in dem Raum sind offensichtlich furchtbar aufgeregt.

Es sind viel zu viele Frauen hier, um nur Uriel als Zwillingstrophäen zu dienen. Obwohl sich mindestens hundert Menschen in dem Saal befinden, spricht kaum jemand. Nein, die Stimmung gleicht eher einer Beerdigung als einer Vorbereitung auf eine aufwendige Party oder einem Theaterstück oder was auch immer hier gerade passiert.

Verunsichert bleibe ich am Eingang stehen und starre in den Saal. Ich habe keine Ahnung, was ich tun soll. Das

Chaos gefällt mir jedoch irgendwie. Vielleicht bietet sich hier die Gelegenheit, mich davonzuschleichen und mich nach Paige oder Beliel umzusehen. Meine Chancen steigen, als Madeline uns scheinbar vollkommen vergisst und davonmarschiert, um ein paar Friseurinnen Anweisungen zu erteilen.

Ich wandere in dem Saal voller Schleifen und Glitzer umher. Das Einzige, was ich höre, sind geflüsterte Wiederholungen desselben Mantras. »Such dir einen Engel, der dich beschützt.«

Dann tauche ich in die Gruppe der sich ähnelnden Frauen ein, die in einer Ecke des Ballsaales warten. Meine Doppelgängerin, die Andi heißt, wie ich inzwischen erfahren habe, ist bereits hier. Die Frauen werden paarweise frisiert, geschminkt und angezogen, sodass sie am Ende aussehen wie Zwillinge, was mehrere von ihnen ja auch tatsächlich sind.

Deshalb wirkten Uriels Trophäen also so verängstigt, als ich sie im alten Engelshorst zum ersten Mal sah. Sie waren direkt aus den Zellen von Alcatraz geholt worden und wussten vermutlich um die Schrecken, die sie erwarten könnten, wenn sie Uriel nicht zufriedenstellen würden. Selbst mir kam der Club im Horst surreal vor, doch erst jetzt verstehe ich, wie viel verrückter das Ganze noch auf die Mädchen gewirkt haben muss, die direkt aus der Albtraum-Fabrik kamen.

Gerade als ich denke, dass sich lange genug niemand um uns gekümmert hat, und nun der Zeitpunkt gekommen ist, um mich davonzuschleichen, eilt Madelines Assistent Daniel auf sie zu. Seine Stimme dringt durch den unheimlich stillen Saal bis zu uns herüber.

»›*Zwei Brünette. Klein, aber kurvig*‹, hat er gesagt«,

meint Daniel und wirft Madeline einen Blick zu, als hätte er es ihr ja gesagt.

Madeline lässt den Blick über die Mädchen schweifen, die paarweise zusammenstehen. Sie erstarren wie Hasen, die darauf warten, dass ein Adler zum Angriff auf sie niederstößt. Die Mädchen versuchen, Madelines Aufmerksamkeit zu entgehen, indem sie immer kleiner werden und ihren Blicken ausweichen.

Madeline sieht mich und Andi, meine Doppelgängerin, an. Dann presst sie störrisch die Lippen zu einer schmalen Linie aufeinander.

»Du wirst doch nicht unser aller Leben riskieren, oder?«, fragt Daniel und klingt dabei, als würde er bereits wissen, dass sie genau das tun wird. »Wir müssen ihm etwas geben, das dem, was er will, am nächsten kommt. Und das weißt du auch.« Ich sehe die Angst, die wie eine Welle durch ihn hindurchbrandet, in Daniels Augen und seinen angespannten Schultern.

Madeline schließt die Augen und atmet tief ein. Wen auch immer Doc gefangen hält, er muss ihr sehr viel bedeuten.

»Okay«, seufzt sie. »Macht sie fertig.«

Daniel wirft einen Blick zu uns herüber. Die anderen folgen ihm und mustern uns. Mir gefällt die Mischung aus Mitleid und Erleichterung in ihren Blicken nicht.

Uns wird nun besondere Aufmerksamkeit zuteil, auch wenn die Stylisten müde und gehetzt wirken. Wir werden in aller Eile geduscht, eingecremt und mit Parfüm besprüht, bekommen einen neuen Haarschnitt, ein Kleid und ein komplettes Make-up, bevor wir erneut vor Madeline treten.

Unsere Masken bestehen aus Make-up und nicht aus Plastik. Verspielte Schnörkel in Blau und Silber ringeln sich von unseren Schläfen, um unsere Augen und bis zu unseren Wangenknochen hinunter.

Wir tragen identische Kleider aus burgunderfarbener Seide, die so geschickt drapiert sind, dass sie jede Kurve betonen. Dazu Stirnbänder mit Pfauenfedern, Strümpfe mit elastischem Strumpfband und hübsche, elegante, aber unbequeme Stöckelschuhe.

Auf der Straße kämpfen Menschen um ihr Leben, und ich stehe hier und muss in zehn Zentimeter hohen Absätzen und Schuhen, die meine Zehen zerquetschen, die feine Dame spielen.

Madeline schreitet um uns herum. Ich muss zugeben, Andi und ich sehen inzwischen tatsächlich aus wie Zwillinge. Sie haben meine Haare geschnitten, damit sie genauso schulterlang sind wie Andis, und so viel Gel hineingeschmiert, dass schon ein Hurrikan notwendig wäre, um eine Strähne aus den identischen Lockenkränzen um unseren Köpfen zu lösen.

»Die Wimpern sehen gut aus«, meint Madeline. Wir tragen schockierend lange, falsche Wimpern mit silberfarbenen Spitzen. Ich bezweifle, dass Uriel sich noch daran erinnern kann, dass wir uns im alten Horst einmal kurz über den Weg gelaufen sind, aber es ist irgendwie beruhigend, dass mich mittlerweile vermutlich nicht einmal mehr meine Mutter wiedererkennen würde.

Madeline nickt, nachdem sie ihre Inspektion beendet hat. »Kommt mit, Mädchen. Ihr absolviert die nächste Schicht mit dem Erzengel.«

50

Uriels Suite ist spektakulär. Der Wohnbereich ist riesig und genau so, wie man ihn aus Hollywoodfilmen kennt. Zwei der Wände werden von riesigen Fenstern eingenommen, die einen überwältigenden 180-Grad-Blick auf den Ozean bieten. Man kann sehen, wie sich eine Nebelbank langsam vom Horizont heranrollt und über dem Wasser kräuselt. Der Ausblick ist atemberaubend, und ohne es zu wollen werden wir langsamer und starren zum Fenster hinaus, während unsere Schuhe in dem luxuriösen Teppich versinken.

»Hierher, Mädchen«, befiehlt Madeline.

Sie tritt auf den großen Tisch hinter den hellbraunen Ledersofas und den dazu passenden Stühlen zu, dann deutet sie an beiden Seiten des Tisches an die Wand.

»Während der Erzengel in seiner Suite ist, steht ihr hier auf diesen beiden Plätzen. Und ihr bewegt euch nicht, es sei denn, er befiehlt es euch. Ihr sollt nicht *wirken* wie Statuen, ihr *seid* Statuen. Ihr dürft atmen, aber das ist auch schon alles. Verstanden?«

Wir begeben uns auf unsere Plätze. Ein kaum merkliches Kreuz auf dem Boden markiert die genaue Stelle, an der wir jeweils stehen sollen.

»Ihr seid lebende Kunstwerke. Ihr seid die Trophäen des Erzengels, und ihr steht neben ihm, während er hier sitzt.«

Wir nehmen unsere Positionen ein. Madeline richtet sich auf, drückt ihre Brust durch und lässt eine Schulter ein wenig sinken, um ihre Kurven zu betonen. Sie zeigt uns, wie wir stehen sollen, und wir imitieren ihre Haltung. Dann tritt sie auf uns zu und korrigiert uns. Sie legt eine Hand auf meinen Oberschenkel, neigt meinen Kopf ein wenig und ordnet meine Haare. Ich habe Verkäuferinnen gesehen, die mit Schaufensterpuppen dasselbe taten.

»Wenn der Erzengel die Suite verlässt, folgt ihr ihm. Ihr schwebt im Gleichklang um den Tisch und um alle Hindernisse herum. Ihr müsst immer genau zwei Schritte hinter ihm bleiben. Wenn ihr zurückfallt, lauft ihm nicht nach. Werdet einfach unauffällig schneller, bis ihr wieder zu ihm aufgeschlossen habt. Und verhaltet euch zu jeder Zeit anmutig, meine Damen. Eure Leben hängen davon ab.«

»Was ist, wenn wir zur Toilette müssen?«, fragt Andi.

»Verkneift es euch. Alle paar Stunden bekommt ihr eine kleine Pause, um etwas zu essen und auf die Toilette zu gehen. Jemand aus unserem Team kommt dann zu euch, um euch mit Essen zu versorgen und euer Make-up und die Frisuren aufzufrischen. Manchmal denkt auch der Erzengel selbst daran, euch vor einer langen Besprechung noch eine Pause zu gönnen. Er kann sehr nett zu seinen Haustieren sein, solange sie tun, was er von ihnen erwartet.« Ihr Tonfall macht klar, dass ihre Worte als Warnung verstanden werden sollen und nicht dazu da sind, uns zu beruhigen.

Madeline tritt um den Tisch herum und mustert uns kritisch, während wir unsere unnatürliche Haltung beibehalten, dann nickt sie uns zu und trägt uns auf, noch einmal auf die Toilette zu gehen. Als wir zurückkommen, nehmen wir unsere Positionen ohne ihre Hilfe wieder ein. Sie mustert uns erneut und nimmt einige kleine Änderungen vor.

»Viel Glück, meine Damen«, erklärt sie düster.

Dann wendet sie sich ab und verlässt die Suite.

Wir stehen beinahe eine Stunde auf unseren Plätzen, ehe sich die Tür öffnet. Genug Zeit, um mir Sorgen über sämtliche möglichen Gründe zu machen, warum Uriel uns hierhaben will. Ich bin scheinbar wieder einmal in einen wenig durchdachten, vollkommen verrückten Plan verwickelt, der nicht nur mein eigenes Leben, sondern auch das aller Menschen um mich herum aufs Spiel setzt. Wie soll ich von hier verschwinden und Paige suchen, wenn ich als Dekoration für Uriel dienen soll?

Unsere Haltung wird immer schlaffer, während die Minuten verrinnen. Doch als vor der Tür schließlich Stimmen zu hören sind, werfe ich einen Seitenblick auf Andi und sehe, dass sie sich genauso schnell wieder aufrichtet wie ich. Mein Herz pocht so heftig, dass ich tatsächlich sehen kann, wie meine Brust zittert.

Die Tür schwingt auf, und Uriel betritt den Raum. Sein freundliches Lächeln wirkt echt und reicht bis zu seinen Augen. In dem Leuchten des Ozeans, das durch das Fenster hereinfällt, wirken seine Flügel nun wieder grauweiß. Was am Pier von Alcatraz wie ein Hauch Dunkelheit aussah, wirkt in dem rosigen Licht wie ein warmer Schimmer. Im Schein der späten Nachmittagssonne, der sich auf dem

Wasser spiegelt, sieht offensichtlich sogar ein Killer wie Uriel sanftmütig aus. Kein Wunder, dass so viele Menschen beschlossen haben, hier in Kalifornien zu leben.

»... sollten die Berichte der zweiten Laborreihe morgen eintreffen.« Eine Frau betritt hinter Uriel den Raum. Sie hat Haare, die sich wie flüssiges Gold über ihre Schultern ergießen. Ebenmäßige Gesichtszüge. Große, blaue Augen. Und die Stimme eines ... nun, eines Engels. Laylah.

Sämtliche Muskeln in meinem Körper verkrampfen sich, und ich habe Angst, dass ich vor Anspannung gleich auf meinen Stöckelschuhen nach vorne kippe.

Laylah.

Die Ärztin, die Raffe operiert hat. Diejenige, die ihm seine Flügel wiedergeben hätte sollen, stattdessen jedoch Dämonenschwingen an seinen Rücken genäht hat. Ich frage mich, ob die Befriedigung, ihr einen ordentlichen Schlag in ihr perfektes Gesicht zu verpassen, es wert wäre, einen grausamen Tod zu sterben.

»Warum dauert das alles so lange?«, fragt Uriel, während er die Tür schließt.

Laylah starrt ihn mit aufgerissenen Augen an und wirkt zugleich verletzt und wütend. »Es gleicht einem Wunder, dass wir bereits so weit gekommen sind. Das ist dir doch klar, oder? Wir haben es innerhalb von nur zehn Monaten geschafft, die Apokalypse zum Laufen zu bringen.«

Zehn Monate?

»Die meisten anderen Projekte hätten alleine diese Zeitspanne benötigt, um startklar zu werden. Ein normales Team wäre noch immer mit der ersten Charge beschäftigt, und es würde Jahre, vielleicht aber auch Jahrzehnte dauern, bis sie eine Schar ausgewachsener Heuschrecken erschaffen hätten, die auf die Erde losgelassen werden können. Mein Team stirbt mittlerweile beinahe vor Erschöpfung, Uriel. Ich kann nicht glauben, dass …«

»Entspann dich«, erwidert Uriel. Seine Stimme klingt beruhigend, sein Gesicht wirkt sanft.

Der Angriff der Engel ist erst zwei Monate her. Wurden tatsächlich schon Monate vor der tatsächlichen Invasion Labore eingerichtet?

Uriel führt Laylah zum Ledersofa und bedeutet ihr, darauf Platz zu nehmen. Er selbst setzt sich auf den Sessel neben dem Sofa und legt die Füße auf den Couchtisch aus Marmor.

Seine schwarzen Schuhsohlen wirken neben dem Wein und den Blumen, die auf dem Tisch drapiert wurden, irgendwie schmutzig. Abgesehen davon geben die beiden jedoch ein atemberaubendes Bild ab. Zwei perfekte Engel, die es sich auf teuren Möbeln bequem gemacht haben.

Uriel atmet tief ein. »Atme. Und genieße die Wunder von Gottes Erde.« Er deutete stolz mit der Hand in Richtung der Fenster, die einen Blick auf die atemberaubende Brandung bieten, als wäre das alles sein Verdienst. Dann atmet er erneut tief ein, als wollte er Laylah zeigen, wie es geht.

Sie folgt seinem Beispiel und holt selbst einige Male tief Luft. Bis jetzt hat uns keiner der beiden Engel eines genaueren Blickes gewürdigt als den Esstisch. Für sie sind wir bloß Möbelstücke.

Ich halte meinen Blick weiter starr auf einen Punkt auf dem Bücherregal gerichtet, wie es sich für eine Statue gehört. Schließlich will ich nicht, dass sie merken, dass ich sie beobachte. Und meinem Sensei zufolge ist es ohnehin besser, seine Feinde nur aus den Augenwinkeln zu beobachten.

»Wenn ich nicht der Meinung wäre, du könntest dieses Projekt leiten, dann hätte ich dir die Verantwortung dafür erst gar nicht übertragen.« Uriel nimmt die Weinflasche in die Hand und entfernt die Folie über dem Korken. »Es gibt niemanden, der sich mit Chimären besser auskennt als du, Laylah. Das wissen wir alle. Nun, alle außer Gabriel. Der wusste es nicht.« Seine Stimme klingt ein wenig sarkastisch, als er auf den früheren Botschafter zu sprechen kommt. »Er hätte Paean, diesen tatterigen Idioten, niemals zum Oberphysikus des Himmelsreiches ernennen sollen. Du hättest diesen Posten bekommen sollen. Und das wirst du auch, sobald ich zum neuen Botschafter gewählt wurde. Vielleicht werde ich den Titel sogar in *Oberschöpfer* ändern.«

Laylahs makellose Lippen öffnen sich verwundert und zufrieden. Ja, das würde ihr gefallen.

»Hätte ich Paean die Verantwortung für dieses Projekt übertragen«, meint Uriel, während er den Korkenzieher tiefer in den Korken treibt, »hätte er mit Zellkulturen begonnen, und wir hätten jahrelang gewartet, bis es zu ersten Ergebnissen gekommen wäre.«

»Jahrhunderte«, erwidert Laylah. »Er denkt, alles sollte mit Zellkulturen beginnen, bloß weil das sein Spezialgebiet ist.«

»Seine Methoden sind seit Urzeiten veraltet. Du hingegen … ich weiß, du wirst das hier durchziehen. Du bist ein Genie. Warum sollten wir eine neue Spezies von Grund auf neu erschaffen, wenn wir einfach das zusammenmischen können, was wir bereits haben? Obwohl auch dieser Vorgang natürlich äußerst kompliziert ist.« Er zieht den Korken mit einem lauten Plopp aus der Flasche. »Deine Arbeit ist absolut brillant. Und es ist mir bewusst, dass das

Projekt mit unglaublicher, rekordverdächtiger Geschwindigkeit vorangeht.«

Er nickt. Und nagelt sie mit seinem Blick fest.

»Aber ich will, dass es noch schneller geht.« Sein freundliches Gesicht wirkt plötzlich erbarmungslos. Er schenkt ein Glas Rotwein ein, der wie Blut aussieht, das sich in ein Glas ergießt.

»Und ich weiß, dass du es schaffen kannst, Laylah.« Seine Stimme klingt sanft und ermutigend, hat jedoch einen gebieterischen Unterton. »Ich hätte dir diese Aufgabe nicht übertragen, wenn ich nicht der Meinung gewesen wäre, du würdest es schaffen. Verdreifache deine Leute, lass unnötige Entwicklungsschritte weg und bring die Heuschrecken auch schon vor ihrer vollkommenen Reife auf die Welt, wenn es sein muss.« Er reicht ihr das Glas und gießt sich selbst ebenfalls eines ein.

»Wie soll ich meine Leute verdreifachen? Soll ich vielleicht noch mehr Menschen hinzuziehen? Wenn man bedenkt, wie viel sie über das Erschaffen neuer Spezies wissen, könnte ich genauso gut Hunde trainieren, für uns zu arbeiten.«

»Hier an diesem Ort der Erde leben die klügsten Menschen, die die Welt zu bieten hat. Das hast du zumindest behauptet. Deshalb befinden wir uns ja hier an diesem gottlosen Ort und nicht in Mekka, Jerusalem oder im Vatikan, wo die Einwohner auf die Knie gefallen wären und uns mit dem gebührenden Respekt behandelt hätten, der in der alten Welt noch vorherrschte. Stattdessen haben wir uns für das Equipment, die Labore und die hochgebildeten Biologen entschieden. Erinnerst du dich?« Er nimmt einen Schluck Wein. »Du warst diejenige, die hierher kommen wollte. Also sieh zu, dass alles glattgeht, Laylah.«

»Ich tue mein Bestes.« Sie nippt an ihrem Glas, und der Wein färbt ihre Lippen dunkelrot. »Die letzte Charge Heuschrecken hat Löwenzähne und Frauenhaare, wie du es gewünscht hast. Aber sie können ihre Münder nicht weit genug öffnen. Wenn du willst, dass wir der biblischen Beschreibung näher kommen, brauchen wir einfach mehr Zeit.«

Er nimmt eine Zigarre aus einer Schachtel auf dem Couchtisch und bietet sie ihr an. »Zigarre?«

»Nein, danke.« Laylah schlägt ihre langen Modelbeine übereinander, und ihr eleganter Körper auf dem Sofa wird dadurch noch mehr betont. Sie gleicht der künstlerischen Darstellung eines perfekten Frauenkörpers und sieht mehr wie eine Göttin als ein Engel aus.

»Versuch es. Sie wird dir schmecken.«

Ich gehe davon aus, dass sie ablehnen wird. Selbst ich sehe, dass eine dicke Zigarre nicht das passende Accessoire für sie ist. Doch sie zögert.

»Ernsthaft, wer hätte geahnt, dass der Nektar der Götter geraucht und nicht getrunken werden sollte? Es ist kein Wunder, dass so viele aus unserer Führungsriege dem Tabak verfallen sind.«

Sie beugt sich nach vorne, um die Zigarre zu nehmen. Ihr Rücken versteift sich, und ihre Beine sehen in der neuen Position verkrampft aus. Ihre Finger wirken unsicher und ungeschickt, als sie die braune Spitze ins Feuer hält.

»Die Heuschrecken müssen nicht perfekt sein«, erklärt Uriel. »Sie müssen bloß eine gute Show liefern. Und sie müssen nicht einmal lange überleben. Bloß lange genug, um Chaos und Verwüstung zu verbreiten, Menschen auf die gute alte, biblische Art zu foltern und den Himmel zu verdunkeln.«

Laylah pafft an der Zigarre. Ich erwarte, dass sie wie eine Anfängerin zu husten beginnt, doch nichts dergleichen geschieht, auch wenn sie kurz davorsteht, die Nase zu rümpfen. »Ich werde versuchen, die Sache zu beschleunigen.«

»Es *zu versuchen* zeugt nicht gerade von genügend Einsatz.« Uriels Stimme klingt sanft, aber bestimmt.

Laylah atmet tief ein. »Ich werde Euch nicht im Stich lassen, Erzengel.«

»Gut. Das habe ich auch nie bezweifelt.« Uriel bläst den Rauch aus. Es muss eine gute Zigarre sein, denn er sieht zufrieden aus. Er steht auf, und Laylah folgt ihm. »Jetzt muss ich hinunter auf die Party. Ich nehme an, es wird dort wohl ein wenig wild zugehen. Wann wirst du zu uns stoßen?«

Falls das überhaupt möglich ist, scheint Laylah sich nun noch unwohler zu fühlen. »Ich muss wieder an die Arbeit. Meine Leute brauchen mich.«

»Natürlich brauchen sie dich. Aber sie werden einen Abend lang ohne dich auskommen müssen. Teil deines Jobs als Oberphysikus ist es doch, den wichtigsten Feierlichkeiten beizuwohnen. Und glaube mir, die heutige wird in die Geschichte eingehen. Das willst du sicher nicht verpassen.« Uriel begleitet sie zur Tür hinaus.

»Diese Äffin namens Madeline wird sich um deine Aufmachung kümmern.«

»Ja, Euer Gnaden«, erwidert Laylah und stürzt beinahe aus dem Zimmer.

51

Die nächsten paar Stunden verbringt Uriel damit, sich auf die Party vorzubereiten. Es handelt sich offensichtlich um eine weitere Kostümparty, doch dieses Mal scheint es eine Vorgabe zu sein, sich zumindest teilweise hinter einer Maske zu verstecken.

»Sorg dafür, dass überall Masken und Flügelabdeckungen zur Verfügung stehen«, trägt Uriel seinem Assistenzengel auf, während Madeline und zwei weitere Lakaien seine graustichigen Flügel mit hauchdünnem weißem Stoff bedecken. Obwohl Madeline und ihr Team die Kostüme für die Engel bereitstellen, spricht Uriel nur mit seinem Assistenzengel. »Ich will, dass sich die Engel vollkommen anonym fühlen. Und stellt sicher, dass auch die Menschentöchter Flügel tragen.«

»Flügel?«, fragt der Assistent. Seine Flügel sind himmelblau, und ich verstehe jetzt, warum die Engel ihre Flügel bedecken müssen, um anonym zu bleiben. »Aber Euer Gnaden, wenn ich mir erlauben darf zu sagen … bei all dem Wein und den Kostümen könnten die Menschentöchter von den betrunkenen Soldaten möglicherweise für Engel gehalten werden.«

»Nun, und das wäre wahrlich eine Katastrophe, oder nicht?« Uriels Stimme macht klar, dass genau das Gegenteil der Fall wäre.

»Aber wenn einige der Soldaten diesen Fehler machen ...«, der Assistent hält taktvoll inne.

»Dann sollten sie wohl besser hoffen, dass ich der neue Botschafter werde und nicht Michael. Denn im Gegensatz zu Michael, der wieder einmal auf einem seiner endlosen militärischen Feldzüge um die Welt unterwegs ist, werde ich die Party ebenfalls besuchen. Ich werde dort sein und verstehen, wie so schwerwiegende Fehler geschehen konnten. Und was Raphael betrifft: Selbst wenn sie nicht akzeptieren, dass er gefallen ist, können sie sich sicher noch daran erinnern, wie er den Moralapostel gespielt hat, nachdem sich seine Kundschafter mit den Menschentöchtern eingelassen hatten.«

Madeline und ihre Assistenten legen eine Schicht schwarzer Federn über Uriels Flügel, sodass der weiße Stoff zwischen den Spalten hervorblitzt.

»Was tut ihr da?«, fragt Uriel verärgert.

Madeline starrt Uriels Assistenten mit weit aufgerissenen Augen an. Sie ist starr vor Angst, weil Uriel sie direkt angesprochen hat.

»Ich, ähm ... Ihr wolltet doch ein Kostüm, Euer Gnaden.« Ich vermute langsam, dass nur der Botschafter *Euer Gnaden* genannt wird und diese Schleimer Uriel bloß so nennen, um sich bei ihm einzuschmeicheln.

»Ich werde eine Maske und eine Flügelabdeckung tragen, aber man muss mich trotzdem erkennen, selbst aus der

Ferne. Die *Masse* muss anonym bleiben. Und sehe ich für dich vielleicht so aus, als würde ich zur Masse gehören?«

»Natürlich nicht, Euer Gnaden.« Madeline klingt atemlos vor Angst. Sie und ihre Männer entfernen mit zitternden Händen so schnell wie möglich die schwarzen Federn und den dünnen Stoff. »Wir kommen gleich mit einem passenderen Kostüm wieder.« Sie stürzen aus dem Zimmer und ziehen dabei die Federn hinter sich her.

»Ich bitte um Entschuldigung, Euer Gnaden.« Der Assistent verneigt sich.

»Ich nehme an, Intelligenz von ihnen zu erwarten, ist wohl zu viel verlangt.«

Die Engel beginnen eine Diskussion über Wein und diverse Spirituosen. So, wie es klingt, haben sie jede Bar in der Bay Area geplündert, um die Engel heute Abend mit einem niemals versiegenden Strom an Alkohol zu versorgen. Wieder trifft mich die Erkenntnis, dass wir Menschen uns zwar im Krieg befinden, die Engel jedoch nicht. Für sie sind wir Menschen bloß eine Nebensächlichkeit.

Trotz des Angriffs auf den alten Horst machen sie sich Sorgen um Alkohol und Kostüme, und nicht darum, sich gegen die Menschen zu verteidigen. Aber die Tatsache, dass die meisten Engel bei dem Angriff bloß verletzt wurden und sich wieder vollständig erholen werden – falls sie es nicht schon getan haben –, trägt natürlich zu ihrem bereits übermäßig ausgeprägten Selbstvertrauen bei.

Ich gleite unauffällig mit dem Finger über die Stelle an meiner Hüfte, an der eigentlich mein Schwert mit dem Bären hätte sein sollen. Der bloße Stoff dort fühlt sich viel zu dünn und verletzlich an.

Kurze Zeit später kehrt Madeline mit einer ganzen Crew

und fahrbaren Kleiderständern voller Kostüme aus den 1920er Jahren und glänzenden Federn in Uriels Suite zurück. Sie beginnen, ihn zu verkleiden.

Am Ende trägt er einen weißen Anzug, und seine Flügel glänzen golden. Die dazu passende Maske wirkt eher wie eine Krone als eine Augenmaske. Sie erhebt sich über seine Stirn, sodass er noch größer wirkt, und umrahmt seine Augen, ohne jedoch sein Gesicht zu verdecken.

Er betrachtet sich in dem mannshohen Spiegel und befiehlt Andi und mir, sich hinter ihn zu stellen. Unser Make-up wurde mittlerweile aufgefrischt, und wir tragen inzwischen schimmernde, hauchzarte Flügel, mit denen wir eher Feen als Engeln gleichen. Wir sind die perfekten Accessoires zu seinem Kostüm.

Jetzt verstehe ich, warum er kleine, brünette Mädchen wollte. Unsere winzigen Körper lassen ihn riesig wirken. Seine Flügel wirken gigantisch, und er scheint endlos in die Höhe zu ragen. Wir schaffen den dunklen, seidigen Hintergrund zu seiner Aufmachung in Gold und Glitzer.

Als wir auf die Party kommen, beginnt diese gerade. Männer mit Flügeln und elegante Damen tummeln sich auf der in mehreren Ebenen angelegten Terrasse und auf dem Golfplatz darunter. Fackeln und Feuerstellen flackern vor dem golden schimmernden Himmel kurz vor Sonnenuntergang und erleuchten das Gelände.

Bunte Lampions wehen im Wind wie an Schnüren festgebundene Ballone. Überall stehen hohe Bistro-Tische, die mit golden und silberfarbenen Korkenzieherschleifen und glitzerndem Konfetti dekoriert sind und die die festliche Atmosphäre unterstreichen.

Die Brandung schlägt gegen die Klippen am Ende des Golfplatzes, während auf der anderen Seite die Wellen sanft an den Strand rollen. Der Rhythmus des Meeres verbindet sich auf elegante Weise mit der Musik des Streichquartetts.

Ich werfe einen Blick auf den Ozean hinaus und frage mich, wie die Flucht von Alcatraz wohl mittlerweile läuft. Ist der Widerstand tatsächlich auf dem Weg zur Insel? Oder wird sich Jake, der Kapitän, aus seinem Lehnsessel hochstemmen und das Richtige tun? Dann lasse ich meinen Blick über die glitzernden, eleganten Gäste schweifen und frage mich, wie ich meine Schwester hier finden soll.

Uriel strahlt und ist sichtlich in seinem Element, während er seine Gäste begrüßt. Zuerst folgen ihm Andi und ich in genau zwei Schritten Abstand, doch nach einer Weile wird die Menge dichter, und wir haben bloß noch genügend Platz, um einen einzigen Schritt hinter ihm zu stehen. Die Sache wird noch komplizierter, als er schließlich hinunter auf den Golfplatz geht. Nichts bringt ein Mädchen dazu, sich derart unbeholfen zu bewegen, wie das Aufeinandertreffen von Gras und High Heels.

Immer wieder dringen Gesprächsfetzen zu mir. Zwei Wörter höre ich dabei ziemlich oft. »Apokalypse« und »Botschafter«. »Apokalypse« wird laut und offen ausgesprochen, während »Botschafter« immer nur leise und mit einem vorsichtigen Unterton verwendet wird.

Die anderen Frauen sind genauso aufreizend und bunt gekleidet wie wir. Hauchzarte Flügel, gelockte Haare und Augenmasken, die bunt auf ihren Gesichtern funkeln. Manche tragen lange Seidenkleider, während andere in kurzen Kleidchen der 1920er Jahre auftreten.

Die Engel haben zurückgekämmte Haare und tragen altmodische Smokings oder Anzüge. Sie tragen ebenfalls Augenmasken und Flügelabdeckungen, die die Farbe und das Muster ihrer Flügel verändern. Manche Augenmasken sind bloß mit Make-up aufgemalt wie unsere. Andere Engel tragen Anzüge mit Schulterpolstern und schmalen Hosen, ausladende Ketten und Hüte.

Die Frauen umschwirren die Engel, lachen und flirten. Ihre Augen wirken jedoch alles andere als entspannt. Viele von ihnen versuchen verbissen, sich einen Engel zu angeln, während andere einfach bloß verängstigt aussehen. Offensichtlich nehmen jedoch alle die Anweisung, sich einen Engel zu suchen, der sie beschützt, sehr ernst.

Hier auf dieser Party sind Uriels Zwillingstrophäen nicht die einzigen Frauen, die so verängstigt wirken, dass sie im Inneren laut zu brüllen scheinen.

Es sind zwar viele Frauen hier, aber auch viel mehr Engel als auf der letzten Party im alten Horst. Und im Gegensatz zu damals ist diese Party voller muskelbepackter Krieger mit finsterem Blick.

Ich sehe, dass die meisten Frauen Flügel tragen, und damit eher Feen als Engeln gleichen. Und selbst wenn sie Flügel mit Federn tragen, sind diese zu klein, um echt zu wirken. Es scheint unwahrscheinlich, dass jemand diese Frauen mit Engeln verwechseln könnte.

Wenn ein Engel heute Nacht der Versuchung nachgeben sollte, würde er sich morgen früh deshalb schuldig fühlen. Außerdem würde er wissen, dass er den anderen unmöglich weismachen kann, es wäre bloß ein dummer Fehler gewesen.

Und Uriel wäre dann seine einzige Hoffnung auf Erlösung.

Ich wusste natürlich bereits vorher, dass Uriel ein manipulativer Mistkerl ist. Vermutlich hat er wochenlang solche Partys veranstaltet, um Engel und Menschentöchter langsam aneinander, an den Alkohol im Überfluss und an die Kostüme heranzuführen. Und nun gewähren die Masken und die Flügelabdeckungen den Engeln genügend Anonymität, um zu tun, wonach auch immer ihnen der Sinn steht, ohne das Gefühl haben zu müssen, beobachtet zu werden. Es wäre wohl äußerst seltsam gewesen, wenn Uriel eine solche Party bereits vorgeschlagen hätte, kurz nachdem sie auf die Erde gekommen waren.

Das Wort »vorsätzlich« kommt mir in den Sinn.

Ich habe mittlerweile genug Gespräche mitangehört, um mir langsam Sorgen zu machen.

Große Sorgen.

52

Demzufolge, was ich aus den Gesprächsfetzen zwischen den Hotelangestellten aufschnappen kann, ist das hier nicht bloß eine Party, sondern ein Bankett. Auf der Tagesordnung stehen Drinks, Menschentöchter in knappen Kleidern und weitere Drinks. Danach Abendessen und noch mehr Drinks. Und schließlich Tanzen mit den Menschentöchtern und Drinks, Drinks, Drinks.

Im Großen und Ganzen soll also heute Abend der Alkohol in Strömen fließen. Ich nehme an, Uriel hat auch noch einen Plan B. Falls die Engel in dieser Nacht nicht von sich aus ihre Regeln brechen, stellt er einfach sicher, dass sie sich morgen nicht mehr daran erinnern können, dass sie die Regeln gar nicht gebrochen haben.

Uriel schwebt von einer Gruppe zur nächsten, schüttelt Hände und stellt sicher, dass sich alle wohlfühlen. Er bietet Andi und mich denjenigen Engeln an, die noch keine Frau an ihrer Seite haben, doch sie lehnen alle höflich ab, ohne uns auch nur eines Blickes zu würdigen.

Ich erkenne langsam, wie groß das Vorhaben ist, das Uriel sich ausgedacht hat. Bereits jetzt weisen viele der Soldaten weitere Drinks ab und wehren sich gegen die Annäherungsversuche der Frauen.

Manche der Gäste heißen Uriel freundlich willkommen und schlagen dabei kurz mit ihren Flügeln. Diese Geste scheint dem zu ähneln, wenn Soldaten salutieren. Sie brauchen dafür nicht viel Platz, zeigen aber Respekt.

Im alten Horst hatte niemand derart reagiert. Uriel hat wohl Fortschritte mit seiner Kampagne gemacht. Damals hat ihn außerdem noch niemand »Euer Gnaden« genannt.

Erleichtert erkenne ich, dass ihn manche Engel bloß mit einem kurzen Nicken und einem höflichen Lächeln begrüßen. Und sie nennen ihn Uriel, Erzengel und manchmal sogar Uri statt Euer Gnaden.

»Glaubst du wirklich, wir nähern uns dem Jüngsten Tag, Uri?«, fragt ein Krieger. Er hat nicht mit den Flügeln vor Uriel salutiert und bringt ihm auch sonst keinen sonderlichen Respekt entgegen, doch auf seinem Gesicht ist echtes Interesse – und vielleicht ein Stück Hoffnung? – zu sehen.

»Auf jeden Fall«, erwidert Uriel und klingt dabei vollkommen überzeugt. »Erzengel Gabriel hat uns aus einem bestimmten Grund hierhergebracht. Zwei Erzengel und zwei ganze Legionen an Soldaten auf die Erde zu bringen kommt der Apokalypse schon sehr nahe.«

Ja, wo er recht hat, hat er recht, nicht wahr?

Ich frage mich, was Raffe wohl von dieser Party halten würde.

Bevor Uriel sich noch in die Unterhaltung vertiefen kann, drängen sich weitere Engel dazwischen, und er geht wieder dazu über, jedem zur Begrüßung zuzunicken und seinen Mund zu einem überschwänglichen Lächeln zu verziehen.

Die Party hat gerade erst begonnen, doch meine Füße schmerzen jetzt schon. Meine Zehen fühlen sich an, als würden sie in einem Schraubstock stecken, der jede Minute enger wird, und die Stöckel meiner Schuhe bohren sich wie ein elektrischer Bohrer in meine Fersen.

Ich überlege, ob ich mich einfach in die Menge treiben lassen und mich darin verlieren soll. Würde ich es bis an den Rand schaffen, um von dort schließlich zu verschwinden?

Gerade als ich ernsthaft darüber nachdenke, dringt plötzlich das Geschrei einer Frau vom Strand hoch, gefolgt von einem unnatürlichen Knurren. Das durchdringende Geräusch wird schnell vom Donnern der Wellen, den Gesprächen und der Musik verschluckt.

Andi und ich wechseln einen gehetzten Blick, bevor wir unsere identischen Posen wieder einnehmen. Wir verwandeln unsere Gesichter in Masken – starr und distanziert. Aber ich bin mir sicher, dass jeder, der uns genau ansehen würde, sofort die Wachsamkeit und Angst in unseren Blicken erkennen würde.

Uriel schlägt sich zu einer Bühne am Rand der Party durch. Er schiebt sich gerade durch die Menge, als er jemanden entdeckt und eine Sekunde länger ansieht als die anderen.

Mir wird erst bewusst, wie genau ich Uriel eigentlich beobachte, als mir auffällt, wie sich sein Körper plötzlich verändert. Seine Schultern und sein Gesicht schalten auf Autopilot, während er in Gedanken offensichtlich irgendwo anders ist.

Die Veränderung ist so minimal, dass ich mir sicher bin,

dass sie niemand sonst bemerkt hat. Außer vielleicht Andi, die ihn genauso sorgfältig beobachtet wie ich.

Uriels Blick fällt auf einen riesigen Engel am Rande der Menge. Dieser Engel trägt schneeweiße Flügel, die mit goldenen Federn durchsetzt sind und eine dazu passende goldene Maske über den Augen. Er wirkt absolut engelsgleich, abgesehen von dem spöttischen Lächeln auf seinen Lippen.

Allerdings hält er seine schneeweißen Flügel ausgestreckt, als wäre er unsicher, ob er überhaupt hierhergehört. Einem der Flügel fehlt ein Stück, das mit einer Schere herausgeschnitten wurde. Diese Flügel haben sich für immer in mein Gedächtnis eingebrannt.

Beliel.

Ich erkenne die beiden Engel neben ihm aus dem Video, das Doc mir gezeigt hat. Ihre Flügelabdeckungen schimmern bronze- und kupferfarben, aber ich würde meine nächste Mahlzeit darauf verwetten, dass einer der beiden orangebraune Flügel darunter versteckt. Das dort drüben ist der Rostrote, der so gerne kleine Mädchen wie meine Schwester entführt.

Ich balle automatisch die Fäuste und muss mich richtig anstrengen, mich wieder zu entspannen.

Beliel und Uriel wechseln einen Blick, dann nickt Beliel Uriel kaum merklich zu. Der Erzengel wendet ohne eine weitere Reaktion zu zeigen den Blick ab, doch er lächelt dem nächsten Gast nun umso freundlicher zu und wirkt entspannter als vorhin.

Ich werfe einen schnellen Blick auf die Engel in Beliels Nähe. Natürlich ist Paige in der Gruppe von Engeln nirgendwo zu sehen. Eigentlich bin ich mir nicht einmal sicher, ob ich Doc wirklich glauben soll, dass Paige sich von Beliel angezogen fühlt, aber offensichtlich ist mein Herz anderer Meinung.

Uriel tritt zu einer weiteren Gruppe Soldaten. Die hier gehören wieder zu der Euer-Gnaden-Fraktion. Alle lächeln und schlagen mit den Flügeln. Während Uriel weiter durch die zahlreichen maskierten und verkleideten Engel schlendert, erregt einer von ihnen meine besondere Aufmerksamkeit.

Es ist ein Krieger mit den üblichen breiten Schultern und dem adonisgleichen Körper. Er trägt eine Flügelabdeckung aus weißen und silberfarbenen Federn, die im Zwielicht funkeln. Die dazu passende Maske besteht aus ineinander verschlungenen Federn, die nichts außer seinen Augen und seinem Mund unbedeckt lassen. Selbst seine Stirn bleibt teilweise unter seinen zerzausten, dunklen Haaren verborgen.

Etwas an ihm lässt mich vergessen, dass sich die Absätze meiner Schuhe in meine Fersen bohren und die Menge viel zu nahe an mich herangerückt ist. Ich vergesse sogar den monströsen Politiker vor mir. Etwas an dem Engel wirkt nämlich vertraut, obwohl ich nicht sagen kann, was genau es ist. Vielleicht ist es der Stolz, mit dem er seinen Kopf hält, oder die Art, wie er sich so selbstbewusst durch die Menge bewegt, als würde er erwarten, dass alle von sich aus vor ihm zurückweichen, wenn er auf sie zutritt.

Obwohl der Engel Beliel scheinbar nicht mehr Beachtung schenkt als alle anderen, bewegt er sich, wenn Beliel sich bewegt, und hält inne, sobald Beliel innehält.

Ich richte meine ganze Aufmerksamkeit auf den Krieger und suche nach dem kleinsten Hinweis, dass es sich bei ihm wirklich um Raffe handelt.

Würde er sich in einer Gruppe Menschen bewegen, würde er als gottähnliches Wesen aus ihnen herausstechen, und es ist mal wieder mein typisches Glück, dass wir gerade jetzt von einer Unmenge an Muskelpaketen umgeben sind, für die Frauen überall auf der Welt sterben würden. Bloß schade, dass die Gefahr, tatsächlich in ihrer Gegenwart den Tod zu finden, ziemlich groß ist.

Ich mustere den Engel so eingehend, dass er es schließlich bemerkt und in meine Richtung sieht.

Mir ist klar, dass ein Soldat wie er vermutlich sämtliche Engel in seiner Umgebung einer Einschätzung unterzogen hat. Er weiß über die Waffen Bescheid, die sie bei sich haben, und kennt den besten Fluchtweg. Doch als Engel hat er bis jetzt sicher noch keine weitere Notiz von den Menschen genommen, die sich ebenfalls auf der Party befinden.

Und in diesem Moment sieht er mich an, als würde er erst jetzt bemerken, dass ich auch da bin, was wieder einmal beweist, dass die Arroganz der Engel keine Grenzen kennt. Das ist, wenn ich so darüber nachdenke, ein weiterer Hinweis darauf, dass es sich bei diesem Engel tatsächlich um Raffe handeln könnte.

Er mustert mich eingehend. Die geschnittenen, in Locken gelegten, mit Pfauenfedern geschmückten Haare, das blaue und silberfarbene Make-up, das in Schnörkeln um meine Augen und über meine Wangenknochen verläuft, und das seidene Kleid, das sich an meinen Körper schmiegt.

Doch erst als wir uns in die Augen sehen, trifft mich das Wiedererkennen wie ein Blitz.

Das dort drüben ist zweifellos Raffe.

Er hingegen kämpft noch immer gegen das Wiedererkennen an.

Einen Moment lang blicke ich hinter seinen Schutzwall und sehe den Aufruhr dahinter.

Schließlich war er dabei, als ich starb. Das hier muss also ein Irrtum sein.

Dieses glitzernde Mädchen ähnelt in keiner Weise der Obdachlosen, mit der er unterwegs war.

Und dennoch …

Seine Schritte geraten ins Stocken, und er hält inne und starrt mich an.

53

Der Strom der Gäste fließt um Raffe herum, während er wie ein Fels in der Brandung steht. Er starrt mich an und scheint die glitzernden Stoffe, das bunte Treiben, die maskierten Gesichter und die Champagnerflöten um ihn herum nicht mehr wahrzunehmen.

Für ihn ist die Zeit stehen geblieben, doch für den Rest der Gäste läuft sie weiter. Beliel taucht immer weiter in der Menge unter, während Uriel sich auf Raffe zubewegt. Wenn Raffe nicht bald weitergeht, sitzt er in der Falle und muss Uriel begrüßen.

Die Engel um Raffe schlagen mit den Flügeln, als Uriel näher kommt. Wenn Raffe nicht auch mit den Flügeln schlägt, wird Uriel auf ihn aufmerksam werden. Vielleicht bleibt er stehen, um mit ihm zu sprechen. Wird er Raffes Stimme wiedererkennen? Eine Engel-Party zu besuchen, obwohl man Dämonenschwingen trägt, ist in etwa so, als würde man sich als Zielscheibe verkleidet in einer Schießbude verstecken.

Ich versuche, Raffe mit meinen Blicken zu warnen, während wir uns weiter auf ihn zubewegen, doch er scheint in Trance versunken und starrt mich weiterhin an.

Erst als es mehr oder weniger schon zu spät ist, blinzelt er, und sein Blick fällt endlich auf Uriel. Schnell zieht er den Kopf ein und wendet sich ab, doch er bewegt sich in die falsche Richtung, denn die Engel um ihn treten nach vorne, um Uriel zu begrüßen.

Mir fällt nichts ein, womit ich Raffe helfen könnte, ohne dass mir der Kopf abgeschlagen wird oder etwas ähnlich Schreckliches mit mir geschieht.

Aber wenn ich eine Möglichkeit finde, Uriel kurz abzulenken, wartet er vermutlich immerhin, bis wir alleine sind, um mich aufzuschlitzen oder mich an seine Schoßhunde mit den Skorpionschwänzen zu verfüttern.

Zumindest hoffe ich das.

Zwei Schritte lang breche ich aus dem Gleichklang mit meiner Zwillingsschwester aus und stolpere.

Ich taumle auf Uriel zu und pralle härter auf ihn als geplant.

Uriel fällt auf einen seiner Speichellecker, und Champagner spritzt auf seine Hand. Er fährt herum und starrt mich an. Seine Augen verheißen ewigwährende Folter.

Ich erwarte beinahe, dass gleich Skorpione hervorspringen, mich packen und mich in die Tiefen eines Gefängnisses zerren, wo tote Lakaien aus den Ecken kriechen, um mich in der einsamen Dunkelheit in Stücke zu hacken. Dabei muss ich meine Angst nicht einmal vortäuschen, während Uriels Blick auf mir ruht.

Aber wie vermutet wartet er, bis er sämtliche Federn geleckt hat, oder was auch immer Engel-Politiker sonst tun.

Bis dahin habe ich noch etwas Zeit, um mir zu überlegen, wie ich aus der Sache wieder herauskomme.

Als Uriel schließlich die rohe Gewalt in seinem Gesicht wieder durch einen Ausdruck ersetzt hat, der besser zu einem Politiker passt, und sich wieder seinen Bewunderern zuwendet, ist Raffe verschwunden.

Ein paar Minuten vergehen, bis sich mein Herzschlag wieder normalisiert hat. Ich halte den Blick nach vorne gerichtet und verhalte mich wie ein mustergültiges Accessoire. Aber ich schäme mich, als ich einen Blick zu Andi hinüber werfe und die Panik in ihren Augen sehe. Wenn ich nicht mehr da bin, ist sie für Uriel ebenfalls nicht mehr von Nutzen, nicht wahr?

Ich hoffe, Raffe hat es wenigstens geschafft, sich in irgendeine dunkle Ecke zurückzuziehen. Ich hoffe, Paige geht es gut und ich finde sie bald. Ich hoffe, Mom und Clara kommen zurecht und die Flucht gelingt. Und jetzt ist da auch noch Andi, die ich offensichtlich mitnehmen muss, wenn ich von hier verschwinde, denn es wäre wohl ihr Todesurteil, wenn ihre Zwillingsschwester einfach fortläuft oder getötet wird. Und dann noch all diese Menschen auf Alcatraz …

Es ist zu viel.

Alleine die Tatsache, dass ich für Mom und Paige verantwortlich bin, raubt mir beinahe den Verstand. Ich beruhige mich mit dem Gedanken, dass ich bloß ein Teenager bin und keine Heldin. Denn Helden haben die Angewohnheit, einen grausamen Tod zu sterben.

Irgendwie werde ich das hier überstehen, und dann werde ich das ruhigste Leben führen, das in der Neuen Welt möglich ist.

Wir folgen Uriel durch die Menge und auf die Bühne zu, die sich auf der dem Ozean zugewandten Seite des Rasens befindet. Auf der Bühne steht ein langer Tisch mit einem weißen Tischtuch. Das Tischtuch flattert im Wind, der vom Ozean hereinweht, und wird nur von Tellern und Besteck an seinem Platz gehalten. Auf den Plätzen neben dem leeren Stuhl in der Mitte sitzen Engel, die aussehen wie die Jünger beim letzten Abendmahl.

Uriel nimmt in der Mitte vor dem Tisch Aufstellung und blickt auf die Party hinunter. Ich frage mich, ob wir uns wohl setzen sollen, doch Andi und ich zögern beide und nehmen schließlich bloß unsere vorgegebenen Positionen an seiner Seite ein.

Wie auf ein Zeichen hin verebben plötzlich sämtliche Gespräche auf der Party, und alle Augen richten sich auf uns. Nun, auf Uriel natürlich, aber ich stehe so nahe bei ihm, dass ich das Gefühl habe, alle würden mich anstarren, obwohl es natürlich niemand tut.

Mein Blick schweift auf der Suche nach einem bestimmten, vor Sarkasmus triefenden Engel über die Menge.

Ich atme tief ein. Wünsche ich mir wirklich, dass Raffe noch hier ist? Er wurde vorhin bereits beinahe entdeckt. Es wäre glatter Selbstmord, nicht schnell von hier zu verschwinden.

Trotzdem frage ich mich, ob er mich wohl jetzt gerade sieht.

Meine Pose verlangt es, dass ich meinen Blick auf einen Punkt oberhalb der Menge gerichtet halte, doch er schweift immer wieder zurück zu den Gesichtern in der Menge unter uns.

»Willkommen, Brüder und Schwestern«, beginnt Uriel,

als sich alle beruhigt haben. »Wir haben uns heute Abend hier versammelt, um zusammen zu feiern. Ich habe erschreckende, aber auch gleichzeitig erstaunliche Neuigkeiten.« Das Publikum lauscht neugierig.

»Bis zu dem Zeitpunkt, als die Menschen unseren alten Horst angegriffen haben, gingen wir davon aus, dass sie sich so unterwürfig verhalten, wie es von ihnen erwartet werden kann. Doch nun ist mir zu Ohren gekommen, dass sie schreckliche Dinge vorhaben, die wir nicht dulden können.«

Uriel bedeutet jemandem, nach vorne zu treten. Ein Engel zerrt einen zusammengesackten Mann auf die Bühne. Dieser Mann trägt ausgeblichene Jeans, ein Rolling-Stones-T-Shirt und eine Brille. Er zittert und schwitzt und ist offensichtlich zu Tode verängstigt. Der Engel überreicht Uriel ein zusammengerolltes Tuch.

Uriel rollt es auf und lässt den Inhalt auf den Bühnenboden fallen.

»Und jetzt sprich, Menschensohn«, beginnt Uriel. »Erzähl jedem hier, was du in diesem Stück Stoff versteckt hast.«

Der Mann beginnt in lauten, kratzenden Atemzügen zu hyperventilieren und blickt verzweifelt auf die Menge hinunter. Als er nichts sagt, packt ihn der Wärter an den Haaren und reißt seinen Kopf zurück.

»Federn«, keucht der Gefangene. »Eine … eine Handvoll Federn.«

»Und?«, fragt Uriel.

»Ha … Haare. Eine Locke goldener Haare.«

»Und was noch, Menschensohn?«, fragt Uriel mit eiskalter Stimme.

Die Augen des Gefangenen schießen herum, er wirkt wie ein in die Falle geratenes, verzweifeltes Tier. Seine Wache reißt seinen Kopf erneut zurück, und es scheint, als würde er ihm jeden Moment das Genick brechen.

»Finger«, schluchzt der Mann. Tränen laufen über seine Wangen, und ich frage mich, womit er wohl sein Geld verdient hat, bevor unsere zivilisierte Welt den Bach hinunter ging. War er Arzt? Lehrer? Verkäufer in einem Supermarkt?

»Zwei ... abgetrennte ... Finger«, stößt er zwischen zwei keuchenden Atemzügen hervor. Seine Wache lässt ihn los. Er kauert sich zitternd auf der Bühne zusammen.

»Und woher hast du diese Federn, die Haare und die Finger?«

Der Wärter hebt eine Hand, und der Mann zuckt zusammen und schlägt schützend die Hand vors Gesicht.

»Ich habe sie von jemand anderem bekommen«, sagt der Mann. »Ich habe niemandem wehgetan. Ich schwöre es! Ich habe noch nie jemandem wehgetan.«

»Woher stammen sie?«, fragt Uriel.

»Das weiß ich nicht«, weint der Mann.

Die Wache packt ihn an den Armen, und ich kann seine Knochen beinahe brechen hören.

Der Mann schreit vor Schmerz auf. »Von einem Engel.« Er fällt weinend auf die Knie. Seine Augen zucken vollkommen verängstigt über die ihn feindselig anstarrende Menge. »Es sind Engelteile.«

Er flüstert beinahe, doch das Publikum schweigt, und ich bin mir sicher, dass ihn alle gehört haben.

54

»Engelteile«, wiederholt Uriel mit dröhnender Stimme. »Die Affen hacken unsere verwundeten Brüder in Stücke, bevor sie sich erholen können. Sie handeln mit unseren Federn, Fingern und anderen Körperteilen und benutzen diese als Währung. Und ihr wisst alle, wie schmerzvoll es ist, Finger nachwachsen zu lassen, ganz zu schweigen von den Teilen, die wir nicht wiederherstellen können.«

Die Engel grölen und rasen vor Wut.

Uriel lässt den Zorn der Menge anschwellen. »Wir haben so lange gewartet. Wir haben so lange zugesehen, während die Affen dieses wunderbare Land heimsuchten, und sie in dem Glauben gelassen, *sie* seien Gottes bevorzugte Geschöpfe. Dabei verstehen sie noch immer nicht, warum sie so lange bespiellose Freiheit auf dieser Erde genießen durften. Sie sind so arrogant und dumm, dass sie nicht einmal begreifen, dass niemand sonst ein legendäres Schlachtfeld zu seinem Zuhause gemacht hätte.«

Die Menge kichert und brüllt.

Uriel lächelt auf sie hinunter. »Aber ich habe erstaunliche Neuigkeiten für euch, meine Brüder und Schwestern. Neuigkeiten, die die Menschen endlich an ihren rechtmäßigen Platz verbannen. Neuigkeiten, die es uns erlauben, sie mit Gottes Segen zu bestrafen.«

Die Menge beruhigt sich wieder.

»Ihr habt die Gerüchte gehört«, fährt Uriel fort. »Ihr habt die Spekulationen gehört. Und ich kann euch sagen, sie sind wahr. Die Zeichen sind da. Wir haben nun endlich einen eindeutigen *Beweis,* warum uns Gabriel, der Botschafter, auf die Erde geführt hat.«

Das Publikum murmelt aufgeregt.

»Wir müssen uns nicht mehr länger immer wieder dieselben Fragen stellen, meine Brüder und Schwestern. Wir müssen uns nicht mehr darum streiten und darüber diskutieren, ob es sich um eine Übung oder um eine weitere kleine Plänkelei mit den Gefallenen handelt. Oder vielleicht auch eine weitere Warnung für die Menschheit, während sie uns mit Kieselsteinen bewirft.« Er hält inne, um die Dramatik zu steigern.

Die Menge schweigt.

Uriel lässt seinen Blick über sie wandern. »Die biblischen Heuschrecken sind hier.«

Leises Murmeln verwandelt sich von einem Moment auf den anderen in aufgeregtes Dröhnen.

Uriel lässt das Geräusch anschwellen, ehe er die Hand hebt, um die Engel wieder zum Schweigen zu bringen.

»Wie viele von euch wissen, gehört es zu meiner Aufgabe, den Abyssus zu besuchen. Gestern habe ich den *Brunnen des Abgrunds* geöffnet. Schwarzer Rauch stieg daraus empor und verdunkelte die Sonne und den Himmel. Und aus dem Rauch kamen die Heuschrecken über die Erde. Genau wie in der Vorhersehung hatten sie menschliche Gesichter und Schwänze wie mächtige Skorpione. Es waren Tausende und Abertausende, die in den Himmel stiegen.«

Wie auf sein Stichwort hin blicken alle Engel in dieselbe Richtung. Ich sehe die dunkle Wolke am Horizont, bevor ich höre, was die Engel hören.

Die Wolke explodiert, speit noch mehr Dunkelheit aus und wird immer größer. Das tiefe Summen wird zu einem donnernden Grollen.

Ich habe das schon einmal gehört.

Es ist das Geräusch eines Schwarms Skorpione.

Alle stehen schweigend und regungslos da, während die Wolke auf uns zurast.

Uriel hebt die Arme, als wollte er die Menge umarmen. »Hier haben wir unseren Beweis, Brüder und Schwestern. Das ist, worauf wir gewartet haben. Wofür wir *erschaffen* wurden. Das, wofür wir *gelebt* und *geatmet* haben. Das, wovon wir *geträumt* haben, ist endlich hier!«

Uriels Stimme dröhnt in meinem Kopf.

»Und wir werden zu …«

Göttern.

»… den *Gewaltigen!*«

Er atmet tief ein. »Endlich.« Ein weiterer Atemzug und seine Brust schwillt vor Befriedigung an. »Es ist Zeit für den Jüngsten Tag. Die legendäre Apokalypse beginnt JETZT!«

55

Während die Engel einen Moment lang brauchen, um Uriels Ankündigung zu verarbeiten, rast die Horde Skorpion-Heuschrecken weiter auf uns zu.

Ich will den Engeln zurufen, dass Uriel lügt. Dass die Skorpione keine biblischen Heuschrecken sind, sondern seine eigene Schöpfung. Aber ehe ich die Chance dazu bekomme, gerät die Menge völlig außer Kontrolle.

Die Krieger ziehen ihre Schwerter und stechen in den Himmel. Ihr Kampfgeschrei durchschneidet die Dämmerung.

Ihre Flügel spannen sich und befreien sich aus den Abdeckungen, die eigentlich der Tarnung dienen sollten.

Madelines sorgsam platzierte Federn fliegen überall herum. Glitzer und Stofffetzen schweben durch die Luft, sodass es aussieht wie auf einer Konfettiparade in der Alten Welt.

Ich trete ein paar Schritte zurück und wünschte, ich könnte mich einfach in Luft auflösen. Ironischerweise denkt Andi offensichtlich das Gleiche, sodass wir uns immer noch vollkommen synchron bewegen.

Mordlust steigt auf wie eine Wolke Pheromone. Die Luft ist dick und wird immer dicker.

Und dann geschehen furchtbare Dinge.

Ein Krieger, der neben uns auf der Bühne steht, packt den angeblichen Dealer, der die Engelteile bei sich hatte, und hebt ihn über seinen Kopf. Der Kerl windet sich ungelenk wie ein kleines Kind, und seine Brille fällt zu Boden. Dann wuchtet der Engel ihn in die Menge.

Hunderte Arme packen den armen Kerl und ziehen ihn zu Boden. Der Mann schreit und schreit.

Die Engel stoßen einander zur Seite, um den Mann zu packen. Blutige Fetzen seiner Kleidung und größere, feucht glänzende Brocken, über die ich nicht weiter nachdenken will, fliegen in alle Richtungen davon.

Die Krieger-Engel toben und brüllen, während sie einander aufgeregt zur Seite stoßen und diejenigen anfeuern, die den Mann, der inzwischen in ihrem Gewaltexzess ertrinkt, in Stücke reißen.

Und überall stehen Menschen herum.

Von der Bühne aus wirken sie klein und vollkommen verängstigt, als ihnen langsam klar wird, was hier gerade vor sich geht. Die meisten von ihnen sind Frauen, die in ihren dünnen Kleidchen und den Stöckelschuhen besonders verletzlich aussehen.

Die Skorpione fliegen donnernd über uns hinweg, und der Himmel verdunkelt sich. Der Wind nimmt unter den zahllosen Flügelschlägen immer weiter zu und vermischt sich mit dem Gebrüll der Menge. Die ungezügelte Energie stachelt die Mordlust der betrunkenen Krieger noch weiter an.

Immer mehr Menschen geraten in Panik und laufen davon.

Und wie Katzen, deren Instinkte von einer davonlaufenden Maus nur noch weiter angestachelt werden, stürzen sich die Engel auf sie.

Es ist ein Massaker.

Diejenigen Menschen, die inmitten der Engel gefangen sind, können nirgendwo hin, auch wenn sie es versuchen. Die Engel stehen viel zu dicht gedrängt, sodass sie ihre Schwerter nicht benützen können und die Menschen stattdessen mit bloßen Händen packen.

Schreie hallen durch die Nacht. Das Zentrum der Menge verdichtet sich immer weiter, während sich die äußeren Ränder langsam auflösen und immer mehr Menschen davonstürmen. Die Engel scheinen die Jagd zu genießen, denn sie lassen ihre Opfer erst ein Stück weit laufen, ehe sie sich auf sie stürzen.

Ein Krieger versenkt seine Faust im Bauch eines Kellners und zieht einen sehnigen, blutigen Klumpen hervor, bei dem es sich nur um dessen Eingeweide handeln kann. Diese schlingt er einer schreienden Frau um den Hals, als wären sie allerfeinster Schmuck. Die Engel um ihn brüllen zustimmend und recken voller Eifer die Fäuste in den Himmel.

Von der Bühne aus sehe ich, wie sich das Blut leuchtend rot und in rasender Geschwindigkeit über die Menge ausbreitet und einfach nicht aufhören will weiterzufließen.

Andi kreischt panisch auf. Sie dreht sich um und läuft davon, springt von der Bühne und verschwindet in der Nacht.

Meine Instinkte brüllen mir zu, es ihr gleichzutun, doch auf der Bühne befinden sich im Vergleich zu unten deutlich weniger Engel, und deshalb ist es hier – soweit ich es beurteilen kann – am sichersten. Doch während eines derartigen Aufstandes auf einer Bühne zu stehen, ist, als würde ich mich unter einer zehntausend Watt starken Glühbirne befinden, obwohl mich jede einzelne Zelle meines Körpers dazu drängt, mich im Dunkeln zu verstecken.

Selbst Uriel scheint nicht zu wissen, was er tun soll. Die Art, wie er ruckartig nach allen Seiten blickt, und sein angespannter Gesichtsausdruck, während er mit seinen Gehilfen spricht, verraten mir, dass das hier nicht geplant war.

Er wollte, dass sich alle betrinken und so aufgestachelt sind, dass sie heute Abend sämtliche Tabus brechen. Aber diese Entwicklung hat er offensichtlich nicht erwartet. Wäre er kein Politiker sondern ein Krieger, hätte er die Reaktion der Engel womöglich besser vorhergesehen. Dann hätte er gewusst, dass sie nur eine kleine Rechtfertigung brauchen, um die zivilisierte Fassade, die sie sich angewöhnt haben, fallen zu lassen.

Unten in der Menge stoßen die Engel einander auf ihrer Jagd nach den Menschen zur Seite und beginnen schließlich, auch aufeinander loszugehen.

Die Situation entwickelt sich von einem Massaker zu einer richtiggehenden Schlägerei. Einige Engel erheben sich in die Luft, um mehr Platz zu haben, und das Chaos nimmt damit quasi dreidimensionale Formen an.

56

Eine Bewegung, die ich bereits aus dem Augenwinkel registriert habe, erweckt nun endgültig meine Aufmerksamkeit. Jemand eilt durch die Menge auf die Bühne zu.

Ich versuche, nicht zuzulassen, dass sich meine Gedanken in die Richtung entwickeln, in die sie sich gerade entwickeln wollen. Aber ich kann nichts dagegen tun. Eigentlich gehöre ich üblicherweise nicht zu den Mädchen, die sich wünschen, als Jungfrau in Nöten von einem tapferen Ritter gerettet zu werden, aber egal, wie unwahrscheinlich es auch ist, es wäre jetzt ein echt verdammt cooler Zeitpunkt für Raffe, einfach hier aufzutauchen und mit mir in den Himmel aufzusteigen.

Aber es ist nicht Raffe.

Es ist Beliel.

Seine riesigen Schultern pflügen durch das Chaos, und er drängt sich immer weiter vorwärts. Ich halte in der Menge hinter Beliel nach Raffe Ausschau, doch ich kann ihn nirgendwo entdecken.

Ehrlich gesagt bin ich so enttäuscht, dass ich am liebsten losheulen würde.

Ich muss von hier verschwinden.

Alleine.

Alle sind abgelenkt. Das ist gut.

Überall laufen blutrünstige Engel herum. Das ist schlecht.

Weiter schafft es mein vor Entsetzen gelähmtes Gehirn einfach nicht.

Beliel klettert auf die Bühne und drängt sich durch die Engel, die um Uriel herumstehen.

Die Schreie, das Gebrüll und der Geruch nach Blut zehren an mir. Mein Gehirn und meine Muskeln verkrampfen sich, und ich brauche sämtliche Willenskraft, um nicht wie Andi in die todbringende Menge zu springen. Ich kann entweder hier stehen bleiben und warten, bis sich die Engel auch auf mich stürzen, oder ich laufe in den Tod und versuche entgegen aller Hoffnung, dass ich irgendwie davonkomme.

Bisher hatte ich noch nie eine richtige Panikattacke, und ich hoffe, dass ich auch jetzt keine bekomme. Aber es ist mir nur allzu bewusst, wie schwach und unbedeutend ich im Vergleich zu diesen Halbgöttern bin. Habe ich wirklich nur einen Moment lang geglaubt, ich könnte gegen ihren Willen meinen eigenen Plan durchziehen? Und auch nur einen von ihnen besiegen? Ich bin ein Niemand, ein Nichts. Eigentlich sollte ich unter den Tisch kriechen und weinend nach meiner Mommy rufen.

Bloß, dass ich nicht mal zu den Leuten gehöre, die sich auf ihre Mommy verlassen können.

Das sollte doch sogar ein Trost sein. Schließlich war ich immer für mich selbst verantwortlich, und bis jetzt bin ich doch ganz gut zurechtgekommen, nicht wahr?

Ich gehe im Kopf sämtliche Körperteile durch, die so verletzlich sind, dass Größe und Kraft keine Rolle spielen. Die Augen, der Hals, die Genitalien, die Knie – selbst die größten und stärksten Männer haben Schwachpunkte, bei denen es nicht viel Kraft braucht, um sie zu verletzen. Dieser Gedanke beruhigt mich genug, sodass ich mich endlich nach einem Fluchtweg umsehen kann.

Es gelingt mir, die Situation nun ein bisschen weniger panisch einzuschätzen, und ich sehe, dass sich jemand auf der Treppe zur Bühne befindet, der vorhin noch nicht da war.

Raffe steht dort so regungslos wie eine Statue und beobachtet mich.

Seine weiße Flügelabdeckung glitzert im Zwielicht wie ein Sommerhimmel voller winziger Sterne. Ich hätte nie vermutet, dass sich unter der Abdeckung sensenbestückte Dämonenschwingen befinden.

Erkennt er mich nun endlich wirklich wieder?

Uriels Männer springen nacheinander von der Bühne und erheben sich wie ein zusammengehörender Organismus mit zahllosen Flügeln in den Himmel. Beliel will als Letzter los. Er breitet seine gestohlenen Flügel zu voller Pracht aus und beginnt damit zu schlagen.

Doch Raffe springt nach vorne und stürzt sich auf ihn.

Sie krachen mit einem Knall auf die Bühne, allerdings nimmt niemand Notiz von zwei weiteren Engeln, die miteinander kämpfen.

Wir sind mittlerweile die Einzigen auf der Bühne. Unter uns befindet sich das kreischende Schlachthaus. Über uns fliegt eine scheinbar unendliche Anzahl an Skorpionen donnernd über den Himmel. Dazwischen befinden sich zahllose betrunkene Engel in einer Massenschlägerei, und einige krachen sogar im Flug gegeneinander.

Ein blutbesudelter Engel landet mit einem dumpfen Knall auf der Bühne.

Das sorgt für so viel Blut, dass es sogar auf mein Kleid spritzt. Die Schulter dieses Engels ist schlimm verletzt. Sie sieht so aus, als wäre er von einem abgebrochenen Laternenmasten gepfählt worden. Er scheint es jedoch nicht zu bemerken, denn er springt sofort auf und will mehr.

Plötzlich wird mir allzu bewusst, dass ich inzwischen der einzige Mensch weit und breit bin.

57

Was würde ich jetzt nicht für Raffes Schwert geben.

Der blutige Engel macht einen Schritt auf mich zu.

Ich schnappe mir ein scharfes Steakmesser vom Tisch und schlüpfe schnell aus meinen Stöckelschuhen.

Zumindest versuche ich es.

Einer der Schuhe steckt nämlich fest. Entweder ist mein Fuß angeschwollen oder der Schuh war zu klein.

Ich kenne keine einzige Kampftechnik, die keine gute Beinarbeit erfordert, und ich bin mir sicher, dass es nicht gerade empfehlenswert ist, mit einem nackten Fuß und einem Fuß in einem Stöckelschuh zu kämpfen.

Mein Kleid stellt ebenfalls ein Problem dar. Es ist bodenlang und enganliegend. Zwar sieht es wunderschön aus, aber es lässt mir nicht genug Beinfreiheit, um ordentlich zuzutreten. Meine Beine sind meine stärkste Waffe, und ich werde nicht aus reiner Sittsamkeit während des Kampfes um meinen Gegner herumhoppeln. Also schlitze ich das Kleid mit dem Messer bis hinauf zu den Oberschenkeln auf.

Dann halte ich das Messer im richtigen Winkel, sodass es zwischen die Rippen des Engels dringen wird, wenn ich schließlich zusteche.

Die Kehle wäre zwar ein besseres Ziel, aber ich bin im Vergleich zu dem Monster vor mir viel zu klein, um darauf zu zielen. Zumindest nicht beim ersten Stich. Wenn er erst einmal getroffen ist, können wir noch einmal darüber reden.

Fast lächelt er, als er das Messer sieht, und tut so, als würde es den Spaß nur noch steigern. Er hebt eine Augenbraue, als er sieht, dass ich es auf eine Art umklammert halte, als wüsste ich, wie man es verwendet. Doch sein Schwert bleibt im Schaft, als wäre er der Meinung, dieses Massaker und die Massenschlägerei wären eines Schwertes nicht würdig.

Seine Augen fixieren gleichzeitig mein Messer und mein Gesicht, was nicht allzu schwer ist, nachdem ich die Hände in Angriffsposition in Augenhöhe halte.

Doch mein hinteres Bein ist dank des Stöckelschuhes immer noch mehrere Zentimeter höher als mein Vorderbein. Ich sehe keine Möglichkeit, gute Beinarbeit zu leisten, wenn ich derart herumhumple. Also mache ich das Einzige, das mir noch übrig bleibt.

Ich trete ihm mit dem Stöckelschuh mitten ins Gesicht.

Das hatte er nicht erwartet.

Der Engel fliegt rücklings von der Bühne.

»Du bist es wirklich«, sagt Raffe.

Er starrt mich fassungslos an. Seine Faust schwebt in der Luft. Gerade war er dabei, die Hölle aus Beliel herauszuprügeln, der blutend und schwankend vor ihm steht.

Raffe wirft mir ein kaum merkliches Lächeln zu, das mein Innerstes zum Schmelzen bringt.

Nur Beliel muss natürlich den Augenblick ruinieren, indem er schnell seinen Kopf gegen Raffes Stirn rammt.

Raffe taumelt zurück.

Beliel mustert mich eingehend. Er lächelt, als wüsste er etwas, das niemand sonst weiß. Seine Zähne sind voller Blut, das von seinem Zahnfleisch tropft.

Er springt von der Bühne und beginnt mit den Flügeln zu schlagen.

Doch Raffe springt hoch und packt Beliels Bein. Er reißt es zurück und hindert ihn daran fortzufliegen. Schließlich will Raffe seine Flügel wiederhaben.

Ich reiße meinen verbliebenen Schuh vom Fuß, bereit, ihm zu helfen.

Bevor ich jedoch etwas unternehmen kann, zieht sich der blutige Engel, den ich von der Bühne getreten habe, aus der brodelnden Menge wieder zu mir herauf.

Mann, der sieht vielleicht wütend aus.

Der Absatz meines Schuhs hat ihn genau an der Nase getroffen, und es wirkt, als wäre diese mitten in seinem Gesicht explodiert. Seine ehemals festliche Maske sieht nun aus wie eine Fratze aus einem Horrorfilm.

Ich weiche zurück und werfe einen schnellen Blick auf Raffe. Er zerrt mit aller Kraft an Beliel, um ihn am Fortfliegen zu hindern. Das hier ist die perfekte Möglichkeit, um seine Flügel wiederzubekommen, denn ein weiterer Akt der Brutalität würde unter so vielen Gräueltaten kaum auffallen. Eine so gute Gelegenheit kommt womöglich nie wieder.

Raffe wirft mir einen schnellen Blick zu, und wir sehen uns in die Augen.

Der Wind bläst mir die Haare ins Gesicht und bauscht mein zerrissenes Kleid um meine Beine.

Ich bin mir nicht sicher, was demütigender ist – dass meine Nylonstrümpfe bis hinauf zu den Strumpfbändern zu sehen sind, oder dass meine Feenflügel süß im Wind flattern, obwohl ich gerade vor einem weiteren Kampf stehe.

Mein Gegner holt zu einem Schlag aus, der mich vielleicht unmittelbar töten wird, wenn er mich trifft.

Also mache ich mich bereit, mich zu ducken und auf ihn einzustechen. Ich rede mir ein, dass ich ihn niederstrecken kann, aber das heißt letztlich nur, dass ich das Unvermeidliche bloß hinauszögere. Denn ich weiß, wann ich einen Kampf verloren habe.

Seine Faust rast auf mich zu.

Bevor ich jedoch darauf reagieren kann, wird sein Arm von einem weiteren Arm gestoppt, der genauso muskulös ist. Raffe schlägt den Engel mit solcher Wucht nieder, dass dieser auf dem Rücken landet und dort liegen bleibt.

Beliel, der am Rand der Bühne balanciert, beobachtet uns mit einem bluttriefenden Lächeln, als würde ihm gefallen, was er sieht.

Dann springt er hoch.

Raffes wunderschöne weiße Flügel schlagen einmal und noch einmal, als wollten sie uns zum Abschied zuwinken.

Dann verschwindet der riesige Dämon in der kämpfenden Menge.

58

Raffe reißt meinem ohnmächtigen Gegner die Anzugjacke vom Leib und wirft sie über mich. Sie bedeckt meinen gesamten Oberkörper einschließlich meines Kopfes. Ich kann bloß durch den Schlitz im Kragen hinausschauen.

Ein warmer Arm umfasst meine Schulter wie ein Schild und drängt mich an den Rand der Bühne.

»Bleib dicht bei mir«, höre ich ein vertrautes Flüstern über meinem Kopf. Trotz des Brüllens der Menge und dem Donnern der Wellen löst sich in meiner Brust etwas, als ich Raffes Stimme höre.

Ich hebe den Kopf, um etwas zu sagen, doch er legt einen Finger auf meine Lippen und flüstert: »Sag jetzt nichts. Du würdest bloß meine Vorstellung der Jungfrau in Nöten, die von einem tapferen Ritter gerettet wird, zerstören, sobald du den Mund aufmachst.«

Ich bin so erleichtert, dass ich ohnehin bloß hysterisch loslachen würde, wenn ich jetzt den Mund aufmachen würde.

Also sehe ich nur noch durch den schmalen Spalt zwischen dem Jackenkragen, während ich in meinem warmen Kokon neben ihm her trotte. Er drückt mich fest an sich, führt mich und schirmt mich mit seinem Körper ab. Ich dränge mich an ihn und versuche, unsichtbar zu sein.

Wir steigen die vier Stufen von der Bühne hinunter und treten in die brodelnde, vor Gewalt rasende Menge.

Sobald wir die letzte Stufe hinter uns gebracht haben, werden wir von allen Seiten angerempelt. Ich umklammere mein Messer noch fester und mache mich bereit für alles, was womöglich als Nächstes kommt. Raffe rempelt einfach zurück und stößt die anderen äußerst unsanft zur Seite. Er hält mich hinter sich fest, während er durch die Menge vor uns pflügt.

Wir befinden uns schon ziemlich am Rand der Menge, doch wir müssen uns dennoch weiter durchkämpfen, bis wir eine offene Fläche erreicht haben. Dabei steigen wir über leblose Körper hinweg, und ich versuche, nicht hinunterzusehen.

Die meisten Engel sind so mit ihren eigenen Kämpfen beschäftigt, dass sie uns nicht weiter beachten. Zumeist kämpfen Engel gegen Engel, doch es sind auch noch ein paar Menschen übrig, die am Boden liegen und die Arme erhoben haben, um die auf sie niederprasselnden Schläge und Fußtritte abzuwehren. Einige Krieger schütteln angewidert die Köpfe, doch das ist nicht gerade ein Trost. Ein Teil von mir will mit dem Messer auf die Engel einstechen, die noch immer auf wehrlose Menschen losgehen, während ein anderer Teil einfach davonlaufen und sich verstecken will.

Raffe zieht mich so schnell weiter, dass ich mir keine weiteren Gedanken darüber machen kann. Ich kann in der dichten Menge kaum etwas erkennen und laufe in ihn hinein, als er plötzlich stehen bleibt.

Wir befinden uns inzwischen bereits am Rand der Menge und haben den Großteil der Kämpfe hinter uns gelassen. Vor uns liegt ein Felsvorsprung, der auf den im Dunkeln liegenden Strand abfällt. Zwischen uns und der Freiheit steht nur noch eine kleine Gruppe kämpfender Engel.

Zwei Engel sind ineinander verkeilt, während zwei andere einander umkreisen. Keiner von ihnen hat sein Schwert gezogen. Diese Kämpfe sind nicht dazu gedacht, jemanden zu verletzen, zumindest nicht einander. Die Engel wirken wie betrunkene Wikinger-Krieger mit höllisch bösartigen Charakterzügen – Engel, Uriel dachte, er hätte sie unter Kontrolle.

Einer der Engel wird in unsere Richtung geschleudert. Sein Arm berührt mich, als er vorbeifliegt. Ich wirble halb herum und taumle, und mein Kopf schlüpft unbeabsichtigt unter der übergroßen Jacke hervor.

»Was haben wir denn da?«, fragt der nach wie vor stehende Engel. »Es sind tatsächlich noch Menschen übrig?« Er stolziert auf uns zu und will mich packen.

Ohne Vorwarnung verpasst Raffe ihm einen Faustschlag ins Gesicht, gefolgt von zwei weiteren Schlägen, die so schnell kommen, dass sie nur als verschwommene Bewegung erkennbar sind.

Ich ducke mich aus dem Weg und trete aus Raffes Schatten. Der andere Engel taumelt nach hinten, doch Raffe folgt ihm nicht. Er bleibt in meiner Nähe.

Jetzt stehe ich vollkommen ungeschützt da. Ich lasse die Jacke fallen, begebe mich in Kampfposition und halte mein Messer von mir gestreckt.

Wie schon sein Vorgänger lächelt auch dieser Engel bloß, als er mein Messer sieht. Er sehnt sich nach einer größeren Herausforderung, und das hier ist, als würde er eine Ameise zertreten. Doch zumindest wirkt diese Ameise angriffslustig und hat ein Messer dabei.

Mein Rücken ist vollkommen ungeschützt, aber ich muss einfach davon ausgehen, dass die Engel so große Sportmänner sind, dass sie mich nicht von hinten angreifen, während ich mit einem von ihnen kämpfe. Denn das hier ist immerhin nichts anderes als Sport für sie.

Neben mir schlägt Raffe bereits einen weiteren Engel nieder. Er wirft ihn mit der Wucht einer Frontalkollision zu Boden.

Mein eigener Gegner macht seinen ersten Zug. Dabei grinst er so breit, dass man meinen könnte, ich hätte ihm gerade ein Geschenk überreicht.

Männer – sie sind es gewöhnt, bloß gegen andere Männer zu kämpfen. Sie erwarten, dass der Gegner die oberen Körperregionen angreift und dabei auf die Kraft seines eigenen Oberkörpers vertraut. Und sie unterschätzen uns Frauen einfach ständig.

Ich persönlich habe nicht allzu viel Kraft im Oberkörper – eigentlich gar keine im Vergleich zu den meisten Männern, und absolut keine im Vergleich zu diesen Kerlen. Wie bei vielen Kämpferinnen liegt meine Stärke in den Hüften und Beinen.

Der Engel stürzt mit ausgestreckten Händen auf mich zu und will mein Messer packen. Er geht davon aus, dass ich mich ebenso auf ihn stürzen werde.

Doch ich ducke mich nieder und beuge die Knie, sodass er mehr oder weniger über mich hinwegsegelt.

Dann katapultiere ich mich in letzter Sekunde hoch, vertraue auf die Schnellkraft meiner Beine und ramme ihm mein Messer in den Schritt.

Warum sollte man sich mit ihrer Stärke messen, wenn man doch auch die Schwachpunkte ins Visier nehmen kann?

Er rollt auf dem Boden herum wie ein ganz normaler Kerl, dem gerade jemand in die Eier getreten hat. Die Verletzung wird heilen. Aber er wird in nächster Zeit sicher keine Tabus brechen.

Ein anderer Engel fliegt mit dem Kopf voran an mir vorbei. Ich wirble herum und sehe, dass Raffe gerade auf seinen letzten Gegner einschlägt. Noch mehr Engel laufen angezogen von dem interessanten Kampf in unsere Richtung.

Raffe wirft einen Blick auf das blutige Messer in meiner Hand. »Wenn ich noch irgendwelche Zweifel gehegt hätte, dass du es tatsächlich bist, wäre das jetzt der letzte Beweis gewesen.« Er deutet auf meinen Gegner, der mit der Hand zwischen den Beinen auf dem Boden hin und her rollt.

»Er hätte uns auch ganz höflich vorbeilassen können«, erwidere ich.

»Es wurde auch Zeit, dass ihm jemand einmal etwas mehr Respekt beibringt. Und ich wollte immer schon einmal ein Mädchen kennenlernen, das mit schmutzigen Tricks kämpft.«

»Es gibt keine schmutzigen Tricks, wenn es darum geht, sich selbst zu verteidigen.«

Raffe schnaubt. »Ich weiß nicht, ob ich mich über ihn lustig machen oder mich vor dir verneigen soll.«

»Komm schon, das ist doch nicht so schwer.«

Er grinst mich an. Sein Blick lässt etwas in mir schmelzen,

als würden Teile tief in unserem Inneren miteinander kommunizieren, ohne dass ich es so richtig mitbekomme.

Ich wende zuerst den Blick ab.

Dann lasse ich das Messer in mein Strumpfband gleiten. Wenn es fest genug sitzt, um die Strümpfe an ihrem Platz zu halten, während ich kämpfe, wird es auch mein Messer sicher verwahren. Irgendwie bin ich froh, dass diese Dinger nun doch noch einen Sinn haben.

Als ich den Blick hebe, sehe ich, dass Raffe mich beobachtet. Plötzlich fühle ich mich peinlich berührt.

Raffe packt mich jetzt um die Taille und hebt mich wie in einem altmodischen Film hoch. Ein Arm umfasst meinen Rücken, der andere hebt meine Beine hoch.

Instinktiv schlinge ich meine Arme um seinen Hals. Einen Moment lang bin ich verwirrt, und die seltsamsten Gedanken schwirren durch meinen Kopf.

»Halt dich gut fest«, sagt er.

Dann läuft er mit mir auf den Felsvorsprung zu. Zwei Schritte davor brechen seine Schwingen unter der Flügelabdeckung hervor. Madelines funkelnd weiße Federn explodieren hinter uns, und seine gigantischen Fledermausschwingen breiten sich aus, befreit von ihrer Maskerade.

Freiheit in Form von Dämonenschwingen. In diesem Moment will ich gleichzeitig lachen und weinen.

Ich liege sicher in Raffes Armen, und wir steigen in den Himmel empor.

59

Wir gleiten durch die Luft.

Ich klammere mich noch ein wenig fester an ihn, und er verlagert mein Gewicht, sodass ich meine Beine wie ein kleines Kind um seine Taille schlingen kann. Er fühlt sich warm an, auch wenn der kalte Wind vom Ozean gegen meinen Rücken peitscht.

Wir steigen immer weiter in den Himmel und haben bald eine furchterregende Höhe erreicht, doch Raffe hält mich fest umklammert, und ich fühle mich einfach sicher.

Das Gefühl hält jedoch nicht lange an. Zwischen Raffes Flügeln hindurch erhasche ich einen Blick auf das, was hinter uns vor sich geht.

Egal ob betrunken oder nicht, die Engel haben scheinbar keine Schwierigkeiten damit, weiterhin abzuheben. Der Anblick der Dämonenschwingen muss sie wohl angelockt haben, denn es verfolgen uns weit mehr Engel, als auf dem Strand zu sehen waren. Sie steigen durch den Nebel hoch, der immer wieder von dem hellen Schein der brennenden

Fackeln durchbrochen wird, während wir über den schwarzen Wellen dahingleiten.

Engel sollten eigentlich herrliche Lichtgestalten sein, doch die Engel, die uns verfolgen, wirken eher wie eine Wolke aus Dämonen, die aus dem Nebel emporsteigt. Raffe hatte wohl gerade einen ähnlichen Gedanken, denn er umklammert meine Taille fester, als wollte er sagen: »Die hier bekommt ihr nicht.«

Er fliegt eine abrupte Kurve und steuert von der Küste fort, wo sich der Nebel zu einer undurchdringlichen Decke verdichtet. Dann gleitet er näher ans Wasser heran, wo der Dunst noch dichter ist und die Wellen lauter.

Wir fliegen so tief, dass ich die Gischt des wogenden Wassers spüren kann. Das Meer unter uns schwillt an und wird zu einem wilden Strudel. Es fühlt sich an, als wären wir von kilometerweiter, zorniger Brandung umgeben.

Raffe fliegt im Zickzack in die eine und dann in die andere Richtung und legt immer wieder scharfe, unvorhersehbare Wendungen ein, ehe er erneut geradeaus fliegt. Das hier sind Fluchtmanöver.

Der Nebel ist so dicht, dass tatsächlich die Chance besteht, dass die Engel bloß Schatten hinterher jagen. Und durch das Tosen der Wellen und des Windes können die Engel zudem Raffes Flügel nicht hören, die kraftvoll durch die Luft schneiden.

Ich hänge zitternd an seinem Körper. Die Gischt und der Wind sind so eiskalt, dass ich meine Arme um seinen Hals und meine Beine um seinen Oberkörper nicht mehr spüren kann.

Schweigend gleiten wir durch die Dunkelheit.

Ich habe keine Ahnung, wie nahe die anderen Engel sind

oder ob sie uns noch immer verfolgen. Inzwischen höre ich keinen Ton mehr und sehe nichts außer Nebel. Wir fliegen eine weitere scharfe Kurve in Richtung Ozean.

Und plötzlich taucht im Nebel vor uns ein Gesicht auf.

Dahinter folgen riesige Flügel mit nebelgrauen Federn.

Der Engel ist viel zu nahe.

Er prallt mit uns zusammen.

Wir verlieren die Kontrolle und wirbeln durch die Luft. Raffes Fledermausschwingen verheddern sich mit den Engelsflügeln.

Dann schlägt Raffe mit seinen Schwingen, und die ausgefahrenen, sensenartigen Haken graben sich tief in die Engelsflügel. Die messerscharfen Klingen durchtrennen die Federn, bis sie auf den Flügelknochen treffen.

Wir sind ein ineinander verkeilter Ball, der durch die Luft zischt.

Raffe stabilisiert uns mit einigen kraftvollen Flügelschlägen, doch er kann nicht gleichzeitig mit den Schwingen kämpfen und fliegen.

Schließlich hat Raffe kein Schwert mehr.

Stattdessen hat er nur mich. Fünfzig Kilo totes Gewicht, das ihn bloß aus dem Gleichgewicht bringt und ihn beim Kämpfen behindert. Er hält mich mit den Armen umklammert, sodass er sie nicht benutzen kann. Und seine Schwingen müssen mehr Kraft aufwenden, um uns beide in der Luft zu halten.

Jetzt kann ich nur noch daran denken, dass ich nicht noch einmal in Raffes Armen sterben will. Ich will ihn nicht noch einmal derart verletzen.

Der Engel zieht sein Schwert.

Ich habe mit Holzstöcken trainiert und weiß, dass es Waffen gibt, die einen gewissen Abstand zum Gegner erfordern, um effektiv eingesetzt werden zu können. Und ein Schwert gehört zu diesen Waffen.

Im Moment hat der Engel genug Platz, um uns aufzuspießen oder mit dem Schwert auszuholen und uns aufzuschlitzen. Doch wenn er sich in einer Umklammerung mit uns befindet, würde er es gerade noch schaffen, uns einen unbedeutenden Schnitt zuzufügen.

Unter uns ist bloß Wasser. Es ist zwar bestimmt verdammt kalt, aber ich werde nicht sterben, wenn ich hineinfalle. Zumindest nicht sofort.

Irgendwie ist es schon faszinierend, wie oft wir uns über unsere Überlebensinstinkte hinwegsetzen, um zu überleben. Ich schlinge meine Beine fester um Raffes Taille und stoße mich mit dem Oberkörper von ihm ab.

Er lässt mich für einen Moment überrascht los, ehe er die Arme wieder um meinen Körper schlingt. Mir bleibt jedoch genügend Zeit, um mit der einen Hand den Schwertarm des Engels und mit der anderen den Kragen seines Anzughemdes zu packen.

Schnell winkle ich meinen Ellbogen an und fixiere seinen Schwertarm, um zu verhindern, dass er das Schwert in unsere Richtung schwingt. Ich hoffe, er ist nicht stark genug, um mein Schultergelenk zu zerschmettern. Mit der anderen Hand ziehe ich ihn an mich heran.

Das alles passiert innerhalb einer Sekunde. Hätte der Engel meinen Angriff vorausgesehen, wäre ich niemals damit durchgekommen. Aber welcher Angreifer erwartet, dass ihn das Opfer in seine Richtung zerrt?

Er kann sich nicht mit seinen Flügeln in Balance halten,

weshalb es mir gelingt, den außerordentlich leichten Engel zu mir zu ziehen.

In derart unmittelbarer Nähe besteht nicht mehr die Gefahr, von dem Schwert aufgespießt zu werden, doch Raffe muss ziemlich unbeholfen fliegen, um zu vermeiden, dass er sich seine Schwingen an der Klinge verletzt. Wir taumeln knapp über den schwarzen Wellen durch die Luft.

Raffe hält mich mit einem Arm fest umklammert, während er mit der anderen Hand den Engel abwehrt, der versucht, auf ihn einzuschlagen.

Ich lehne mich dem Engel entgegen und packe den Griff seines Schwertes. Zwar werde ich es nicht schaffen, es ihm zu entreißen, aber vielleicht kann ich seine Aufmerksamkeit von Raffe ablenken. Und wenn ich wirklich Glück habe, dann kann ich das Schwert vielleicht sogar überzeugen, dass gerade jemand Unbefugter versucht, es hochzuheben.

Wir trudeln durch die Luft und sinken unbeholfen in Richtung Wasser, ehe wir wieder etwas an Höhe gewinnen und immer wieder über der Wasserfläche auf und ab taumeln.

Ich schaffe es, den Griff des Schwertes mit beiden Händen zu fassen zu bekommen, und obwohl ich es nicht aus der Umklammerung des Engels befreien kann, kann ich es ein wenig aushebeln.

Sobald ich das tue, wird das Schwert plötzlich schwer. So schwer, dass der Griff des Engels nachlässt.

»Nein!«, schreit der Engel. Seine Stimme klingt ernsthaft entsetzt, als das Schwert ihm aus der Hand zu gleiten droht.

Raffe versetzt ihm einen Faustschlag mit seinem freien Arm. Der Engel taumelt zurück.

Dann lässt er sein Schwert los. Und es verschwindet in den Wellen.

»Nein!«, brüllt er erneut und blickt entsetzt und ungläubig auf die Stelle, an der sein Schwert im dunklen Wasser versunken ist. Ich nehme an, es gibt wohl keine Taucher-Engel, die Schwerter und andere wertvolle Gegenstände vom Grund des Ozeans herauftauchen.

Der Engel stößt einen Kampfschrei in unsere Richtung aus, und sein Gesicht ist vor Mordlust verzerrt. Dann stürzt er auf uns zu.

Und plötzlich tauchen zwei weitere Engel aus dem Nebel auf.

Wenn man bedenkt, welchen Lärm der erste Engel gerade noch veranstaltet hat, ist es wohl nicht verwunderlich, dass weitere Engel angelockt wurden, aber ich zucke dennoch erschrocken zusammen.

Sie stürzen sich zu dritt auf uns, und Raffe wirbelt herum und fliegt aufs offene Meer hinaus.

Es ist absolut unmöglich, dass er mit mir als zusätzlichem Gewicht schneller fliegt als sie.

»Lass mich fallen«, brülle ich ihm ins Ohr.

Raffe drückt mich noch fester an sich, als stünde dieser Vorschlag nicht zur Debatte.

»Wir wären beide sicherer, wenn ich im Wasser bin, anstatt dich während eines Kampfes zusätzlich zu behindern.« Er hält mich noch immer fest. »Ich kann schwimmen, Raffe. Es ist nichts dabei.«

Etwas Großes prallt von hinten gegen uns.

Raffe lockert seinen Griff. Und ich stoße mich von ihm ab.

Die ersten Momente im freien Fall fühlen sich an wie in Zeitlupe, und sämtliche Empfindungen sind doppelt so intensiv. Ich schlage reflexartig um mich, um das Erste zu packen, was mir zwischen die Finger kommt.

Eine Hand erwischt bloß Luft. Die andere packt jedoch die Spitze eines mit Federn bedeckten Flügels.

Der dazugehörige Engel kippt zur Seite und verliert die Kontrolle, als plötzlich mein ganzes Gewicht an einem seiner Flügel hängt. Ich umklammere ihn panisch.

Und wir stürzen zusammen ins Meer.

60

Jede Zelle meines Körpers wird schockgefroren und explodiert in winzige Eispartikel. Eisige Nadeln bohren sich in mich und verkeilen sich ineinander. Zumindest fühlt es sich so an.

Es wird noch schlimmer, als das Wasser über meinem Kopf zusammenschlägt, der der letzte warme Teil meines Körpers war. Am liebsten würde ich panisch aufschreien, doch meine Lungen sind so gefroren und zusammengepresst, dass ich nicht einmal mehr schreien kann.

Dunkle Wellen wirbeln mich herum, während ich wie eine Kanonenkugel untergehe. Ich verliere jegliches Gespür für meinen Körper und für die Richtung, in die ich mich bewege.

Irgendwann höre ich auf, mich zu drehen, doch jetzt weiß ich nicht mehr, wo oben und wo unten ist. Mein Körper versucht angestrengt zu zappeln, während die Luft in meinen Lungen immer weniger wird.

Ich hätte niemals gedacht, dass es einmal so weit kommen

würde, dass ich nicht mehr weiß, wo oben und unten ist, doch in der Dunkelheit und ohne Schwerkraft ist es einfach schwer zu sagen. Panisch versuche ich, mich für eine Richtung zu entscheiden.

Luftblasen schweben an mir vorbei, und plötzlich sehe ich schreckliche Wesen aus den tiefen Gewässern der Hölle zu mir emporsteigen. All die Nächte, die ich im Halbdunkel verbracht habe, während Mom ihren Singsang veranstaltet und Bilder von Dämonen gezeichnet hat, die mich in die Hölle hinabziehen würden, finden nun in diesem riesigen Sarg namens Ozean wieder zu mir zurück. Bewegen sich dort dunkle Schatten im Wasser, oder …?

Vergiss es.

Luft. Schwimm. Denk nach.

Ich habe keine Zeit, mich in sinnlosen, wirren Gedanken zu verlieren, die mir jetzt keine große Hilfe sind.

Luftblasen.

Da war doch etwas mit den Luftblasen.

Steigen sie nicht immer nach oben?

Ich lege eine Hand auf meinen Mund, um die Luftblasen, die daraus hervorblubbern, zu erspüren, und lasse ein wenig kostbare Luft aus meinen brennenden Lungen entweichen. Diese Luftblasen drücken sich kitzelnd an meiner Hand vorbei, und blubbern über mein Gesicht und mein Ohr.

Ich folge ihnen zur Seite, zumindest fühlt es sich wie die Seite an. Unterwasserströmungen können Luftblasen zwar in alle Richtungen ableiten, doch irgendwann steigen sie immer nach oben, nicht wahr? Das hoffe ich zumindest.

Also lasse ich noch ein wenig mehr Luft entweichen, versuche aber, nicht mehr als nötig zu verschwenden. Damit mache ich so lange weiter, bis die Blasen immer wieder meine Nase entlang nach oben steigen. Dann strample ich so fest ich kann und folge den Blasen so schnell, wie es mir meine brennenden Lungen erlauben.

Mir kommt bereits der verzweifelte Gedanke, dass ich wohl doch in die falsche Richtung unterwegs bin, als das Wasser plötzlich zu schimmern beginnt und heller wird. Ich strample noch energischer.

Endlich bricht mein Kopf durch die Wasseroberfläche, und ich nehme einen riesengroßen Atemzug. Der tosende Ozean schlägt eine Welle in mein Gesicht, und Salzwasser schießt in meine Lunge. Sie zieht sich zusammen, und ich versuche verzweifelt, das Husten unter Kontrolle zu bringen, damit ich nicht noch mehr Wasser einatme.

Plötzlich explodiert das Meer neben mir, und etwas taucht daraus hervor.

Ein Kopf, Arme, Flügel. Der Engel, mit dem ich gekämpft habe, hat ebenfalls den Weg nach oben gefunden.

Er fuchtelt wie wild herum, schnappt verzweifelt nach Luft und spritzt Wasser nach allen Seiten. Seine Federn sind mit Wasser vollgesogen, und es sieht so aus, als könnte er nicht sonderlich gut schwimmen. Immer heftiger fuchtelt er mit den Armen, flattert unkontrolliert mit den Flügeln und schlägt damit auf das Wasser ein, ohne etwas auszurichten.

Sein Herumgefuchtel hält ihn zwar über Wasser, aber es wirkt auch sehr anstrengend. Wäre er ein Mensch, hätte er wohl bereits seine ganze Energie verbraucht und würde jetzt einfach ertrinken.

Ich wende mich von ihm ab und trete Wasser. Mir ist so kalt, dass ich meine Arme beinahe nicht mehr heben kann.

Der Engel lässt einen Flügel nach vorne fallen und versperrt mir damit den Weg. Er fuchtelt weiter mit den Flügeln und pfercht mich richtiggehend ein.

Unbeholfen taste ich nach meinem Messer. Ich hoffe, es steckt noch in meinem Strumpfband. Meine Hand ist so kalt, dass ich das Messer beinahe nicht spüre, aber es ist noch da. Es ist bloß ein normales Messer, kein Engelsschwert, aber ich kann den Engel dennoch damit verletzen. Er wird trotzdem den Schmerz spüren und zu bluten beginnen. Nun, in dieser Kälte spürt er vermutlich nicht allzu viel, aber ich muss es auf jeden Fall versuchen.

Er greift nach mir, und ich schneide ihm die Hand auf.

Sofort zieht er diese Hand zurück und packt mich mit der anderen an den Haaren. Ich steche ihm schnell in den Unterarm. Zwar lässt er mich jetzt los, aber er packt mich erneut mit der verletzten Hand, während er weiter Wasser in alle Richtungen spritzt.

Der Engel zieht mich an sich, und seine Arme umschließen meinen Körper und zerren mich nach unten. Rettungsschwimmer warnen immer davor, von einem Ertrinkenden im Todeskampf selbst unter Wasser gezogen zu werden.

Ich hole tief Luft. Er drückt meinen Kopf in das eiskalte Wasser, und es umfängt mich erneut.

Keine Ahnung, ob er mich in einem letzten Anfall von Wenn-ich-sterbe-dann-nehme-ich-dich-mit ertränken will, oder ob er einfach instinktiv so herumfuchtelt. Egal, wenn er so weitermacht, bin ich jedenfalls bald tot.

Langsam gerate ich ebenfalls in Panik. Ich schwinge das Messer und verpasse ihm weitere tiefe Schnittwunden am Oberkörper und an den Armen. Immer und immer wieder.

Sein Blut wärmt das Wasser.

Dann wird sein Griff schwächer, und ich schaffe es, die Wasseroberfläche zu durchbrechen und nach Luft zu schnappen. Er drückt mich nicht mehr unter Wasser, aber er hält mich immer noch fest umklammert.

»Du bist nicht das einzige Monster auf dieser Welt«, keuche ich. In Kalifornien gibt es riesige weiße Haie. Die Surfer und die Haie scheinen zwar eine Art Waffenstillstand geschlossen zu haben (zumindest vor den Engel-Angriffen), aber ab und an kommt es doch zu Haiangriffen. Und niemand hier wäre so dumm, mit einer blutenden Wunde ins Wasser zu steigen.

Ich verpasse ihm einen weiteren Schnitt quer über die Brust. Blut kräuselt sich im Wasser.

Unsere Blicke treffen sich. Er denkt, mit dem Monster hätte ich mich selbst gemeint. Vielleicht hat er sogar recht.

Ich bin zwar kein weißer Hai, aber diese Messerstecherei hier erinnert mich an meine Mom und ihre Opfer. Dieses eine Mal finde ich meinen Frieden darin, ihr ähnlich zu sein. Dieses eine Mal schöpfe ich Kraft aus ihrer Verrücktheit. Manchmal muss ich mich einfach fallen- und meine innere Mom herauslassen.

Ich steche immer wieder wie eine Verrückte auf ihn ein.

Endlich lässt er mich los.

So schnell ich nur kann strample ich von ihm fort. Das mit den Haien war nicht bloß ein Bluff.

Das Messer erschwert das Schwimmen, aber ich behalte es dennoch in der Hand, bis ich außer Reichweite des blutenden Engels bin. Erst dann stecke ich es wieder zurück in mein Strumpfband.

Ich bin so aufgestachelt, dass ich ein paar Schwimmzüge brauche, ehe ich erneut die eisige Kälte spüre. Mein Atem verdichtet sich vor meinem Mund zu einer Wolke, und meine Zähne klappern, aber ich zwinge mich dazu weiterzuschwimmen.

61

Ein mächtiges Krachen erschüttert auf einmal die Wasseroberfläche.

Ein Gewirr aus Flügeln, Armen und Beinen spritzt Wasser auf und erzeugt eine richtiggehende Strömung nach unten.

Es handelt sich um Raffe und zwei Engel, die im Kampf ineinander verkeilt sind. Sie pflügen taumelnd und kämpfend durch die Wellen.

Bald schon trennen sie sich jedoch voneinander, und jeder verwendet seine Energie nur noch darauf, nicht zu ertrinken. Sie fuchteln herum und gehen immer wieder unter. Die beiden feindlichen Engel haben ihre Schwerter gezogen, wodurch ihnen das Schwimmen noch schwerer fällt. Trotzdem klammern sie sich daran fest und kämpfen mit ihren schlaffen, nutzlosen Flügeln gegen das Wasser an.

Raffe ergeht es nicht viel besser. Von seinen ledrigen Schwingen rinnt das Wasser zwar besser ab als von den Federn der anderen, aber sie sind zu groß und plump, und er hat offensichtlich keine Ahnung, wie er damit schwimmen soll. Vielleicht gibt es im Himmel kein Meer.

Ich schwimme auf ihn zu.

Einer der Engel lässt sein Schwert los und brüllt schmerzerfüllt und frustriert auf. Er hat es vermutlich so lange wie möglich festgehalten, doch es ist schwer, sich über Wasser zu halten, während man versucht, ein Schwert zurück in den Schaft zu stecken, und noch schwieriger, mit einem Schwert in der Hand zu schwimmen.

Der andere Engel hüpft auf der Wasseroberfläche auf und ab und versucht, mit dem Schwert in der Hand nicht unterzugehen. Als er schließlich das dritte Mal untergeht, neigt sich die Schwertspitze plötzlich nach unten, als wäre sie zu schwer für ihn. Dann taucht der Kopf des Engels wieder auf, und er brüllt schmerzerfüllt: »Nein! Nein! Nein!«

Das Schwert versinkt im Wasser und verschwindet. Es hat dem Engel die Entscheidung abgenommen.

Abgesehen von ihren Kriegskameraden würde es mich nicht wundern, wenn ihre Schwerter das Einzige sind, zu dem Engel eine Beziehung aufbauen. Ich erinnere mich, wie überrascht, schockiert und verletzt Raffe reagierte, als sein Schwert ihn zurückwies.

Ich schwimme schneller. Zumindest versuche ich es. Aufgrund der Kälte fühlt sich mein Körper mittlerweile taub an und zittert so stark, dass es schwer zu sagen ist, ob ich überhaupt noch die Kontrolle über ihn habe.

Die Engel halten sich gerade noch über Wasser. Ich frage mich, wie lange sie noch durchhalten werden.

Gerade außerhalb der Reichweite von Raffes Flügeln halte ich schließlich inne.

»Raffe, hör auf so herumzufuchteln!«, rufe ich.

Er dreht sich in meine Richtung.

»Beruhige dich! Ich komme dich holen.«

Ich habe einmal gehört, dass sich die meisten Ertrinkenden nicht mehr beruhigen können. Sie müssen gegen ihren eigenen Überlebensinstinkt ankämpfen und einfach stillhalten, wobei sie dabei erst recht das Gefühl bekommen, auf diese Weise zu ertrinken. Es erfordert unendliches Vertrauen, sich darauf zu verlassen, dass man gerettet wird.

Raffe muss über enorme Willenskraft verfügen, denn er hört sofort auf, noch mehr herumzufuchteln. Er bewegt bloß ganz sachte die Arme und Beine, doch das reicht nicht, um ihn über Wasser zu halten.

Schon beginnt er zu sinken.

Ich schwimme so schnell ich nur irgendwie kann zu ihm.

Sein Kopf befindet sich bereits unter Wasser, als ich endlich bei ihm bin. Ich versuche, ihn hochzuziehen, doch seine riesigen Flügel sind zu schwer, und ich werde mit ihm hinuntergezogen.

Wir sinken beide auf den Meeresgrund zu.

Selbst jetzt beginnt er nicht wieder herumzufuchteln. Ich bewundere den eisernen Willen, den es benötigt, die eigenen Instinkte derart zu unterdrücken. Und auch das Vertrauen.

Unter Wasser kann ich ihm natürlich nicht direkt sagen, dass er seine Flügel einklappen soll, um den Widerstand zu reduzieren. Also greife ich hektisch nach einem der Flügel und schiebe ihn zurück.

Er versteht, was ich meine, und legt seine riesigen Flügel eng an den Körper an. Sie wirken so leicht und dünn wie Luft. Ich bin mir sicher, dass er sich wie ein Rochen im Wasser fortbewegen könnte, wenn er bloß wüsste wie.

Also strample ich einfach so fest ich kann und ziehe uns beide wieder hinauf in Richtung Wasseroberfläche. Zwar bin ich keine außerordentlich gute Schwimmerin, aber wie die meisten Kinder in Kalifornien habe ich genügend Zeit im Meer verbracht, um mich darin wohlzufühlen. Und Raffe ist aufgrund seiner hohlen Knochen – oder was auch immer – keine schwere Last.

Erleichterung packt mich, als sein Kopf endlich die Wasseroberfläche durchschlägt und er wieder atmen kann. Ich schlinge einen Arm unter seinem Arm hindurch um seine Brust und drehe uns beide auf den Rücken.

»Zieh die Beine an, Raffe. Und dann streck sie so fest du kannst von dir.« Seine Beine sind wie ein kraftvoller Motor. Sobald wir einen beständigen Rhythmus gefunden haben, bewegen wir uns recht schnell von den herumfuchtelnden Engeln fort. Der Engel, den ich aufgeschlitzt habe, kämpft noch immer mit dem Untergehen und befindet sich nicht allzu weit von den anderen entfernt. Ich weiß nicht, was passiert, wenn die Engel in einen Kampf mit ein paar Weißen Haien geraten, aber ich bin froh, dass ich bereits weit genug entfernt sein werde, um noch etwas zu erkennen.

Nachdem sich die Engel aber im Revier der Haie befinden, würde ich eher auf die Haie tippen. Wer sagt, dass Engel nicht doch auch getötet werden können?

Sie verschwinden bald im Nebel, und ich vertraue darauf, dass Raffes unerklärliche Instinkte uns weiter in Richtung Küste steuern werden.

Dem Wasser in Südkalifornien wird ja nachgesagt, es sei recht warm, aber über das Wasser in Nordkalifornien habe ich so etwas noch nie gehört. Es ist zwar nicht gerade wie in Alaska, aber es ist kalt genug, um darin zu erfrieren, zumindest fühlt es sich so an. Ich habe noch nie erlebt, dass ein Surfer hier ohne Neoprenanzug ins Wasser gegangen wäre. Doch Raffes Körper strahlt selbst in dem eiskalten Wasser noch genug Wärme ab, und ich nehme an, dass er mich damit am Leben hält.

Als wir schließlich müde werden, legen wir eine kleine Pause ein, indem Raffe seine Flügel öffnet. Die auf dem Wasser treibenden Flügel halten uns nämlich an der Oberfläche, ohne dass wir etwas tun müssen.

Als wir uns langsam der Küste nähern, wird das Meer unruhiger, und wir taumeln wild umher. Wir versuchen, unter den größeren Wellen hindurchzutauchen und steigen in den ruhigeren Wellentälern wieder auf.

Schließlich schaffen wir es, an den Strand gespült zu werden. Dort krabbeln wir gerade weit genug, um außer Reichweite der donnernden Wellen zu gelangen, bevor wir in einem Haufen durchweichter Haare und Klamotten zusammenbrechen.

Ich werfe einen Blick auf Raffe, um sicherzugehen, dass mit ihm alles in Ordnung ist.

Er schnappt keuchend nach Luft und starrt mich mit einem derart intensiven Blick an, dass ich mich zu winden beginne.

Fieberhaft überlege ich, was ich sagen soll. Wir haben nicht mehr richtig miteinander gesprochen, seit er unser Hotelzimmer im alten Engelshorst verließ, um seine Flügel wieder angenäht zu bekommen. Seitdem ist so viel passiert, und vor ein paar Stunden war er noch der Meinung, ich sei tot.

Ich öffne den Mund, um etwas Bedeutungsvolles und Erinnerungswürdiges zu sagen. »Ich …«

Aber ich bringe nichts heraus.

Deshalb strecke ich nur die Hand aus, denn ich will wenigstens seine Hand berühren und irgendeine Verbindung mit ihm aufnehmen. Doch zwischen meinen Fingern hat sich Seegras verfangen, und ich schüttle es instinktiv ab. Es landet mit einem schleimigen Klatschen auf Raffes Gesicht und rutscht daran herunter.

Raffe streckt sich auf dem Sand aus und lacht leise.

Sein Lachen klingt schwach und so, als würde er nicht genügend Luft bekommen, aber es ist dennoch das schönste Geräusch, das ich je gehört habe. So voller Wärme und Freude, wie es nur bei einem lebenden … ähm … Wesen der Fall ist.

Er streckt die Hand aus und packt meinen Arm. Dann zieht er mich zu sich in den Sand. Mein Kleid, das mittlerweile eher aus Sand denn aus Stoff besteht, rutscht hinauf, doch es ist mir egal.

Raffe zieht mich in seine Arme und hält mich fest.

Er ist wie eine warme Insel in einem Meer der Kälte. In seinen Armen zu liegen fühlt sich an wie das Zuhause, das ich nie hatte. Raffe lacht noch immer keuchend, und sein Lachen rumpelt durch seine Brust. Meine Brust bewegt sich im Gleichklang mit seiner, und ich muss lächeln.

Aber irgendwann verändert sich etwas. Er keucht und seine Brust zieht sich vor Krämpfen zusammen, die zwar wie ein Lachen klingen, aber keines sind. Dabei hält er mich so fest, dass selbst eine Armee von Skorpionen mich nicht aus seiner Umklammerung befreien hätte können.

Ich streichle seine Haare und flüstere die Worte, mit denen er mich beruhigt hat, als wir uns das letzte Mal gesehen haben. »Schhh«, sage ich. »Ruhig. Ich bin hier.«

Er ist so warm wie die Nachmittagssonne an einem Sommertag.

Wir halten einander auf unserer kleinen, wärmenden Insel umschlungen, verborgen von den Monstern der Nacht, durch den Nebel, der sich um uns ballt und wegen der Brandung, die unter uns an den Strand rollt.

62

Wir schaffen es schließlich, bis zu einem Strandhaus zu taumeln, das sich in einer Reihe von Häusern befindet, die im Nebel versteckt liegen. Vor den Angriffen lagen diese Häuser bloß einen Fußmarsch vom Wasser entfernt, aber nicht direkt am Strand. In der Neuen Welt sind sie von Unmengen an Schotter umgeben und liegen dem Meer nun am Nächsten. Viele von ihnen sehen noch so aus wie früher. Seepferdchen-Fahnen wehen im Wind, und auf der Veranda stehen hölzerne Liegestühle, die scheinbar nur darauf warten, dass ihre Besitzer wieder nach Hause kommen.

Erschöpft stolpere ich hinter Raffe ins Wohnzimmer und bin so erschöpft, dass ich meine Umgebung kaum wahrnehme. Im Inneren des Hauses sind wir vom Wind geschützt, und obwohl es nicht beheizt ist, fühlt es sich im Vergleich zum Strand ganz danach an. Ich bin durchnässt und voller Sand, und mein dünnes Kleid klebt wie Seidenpapier an meinem Körper.

Im Gegensatz zu mir ist Raffe äußerst aufmerksam. Er kontrolliert jede Ecke des Hauses, bevor seine Wachsamkeit ein wenig nachlässt.

Es gibt keinen Strom, weshalb die Zimmer abgesehen von dem nebeligen Leuchten des Mondes, das durch die Panoramafenster fällt, im Dunkeln liegen. Doch wir haben Glück. Es gibt einen offenen Kamin mit einer Kiste Holz, einer Schachtel Streichhölzer und einigen dekorativen Kerzen auf dem Sims.

Ich versuche, eine Kerze anzuzünden. Meine Hand zittert allerdings so stark, dass ich drei Streichhölzer abbreche, bevor ich es endlich schaffe. Raffe macht inzwischen Feuer. Sobald eine kleine Flamme hochzüngelt, entspannt sich etwas in meinem Inneren ein wenig, als hätte ich Angst gehabt, meine lebenserhaltenden Funktionen würden den Betrieb einstellen, bevor das Feuer entfacht ist.

Obwohl Raffe zittert, stemmt er sich hoch und schließt die Rollläden vor den Fenstern. Ich weiß nicht, wie er das schafft. Ich muss mich außerordentlich zurückhalten, um nicht direkt in den Kamin zu kriechen, damit ich dem Feuer näher bin.

Er nimmt sich sogar die Zeit, irgendwo im Dunkeln des Hauses Decken und Handtücher aufzutreiben und breitet eine Decke über mich. Meine Haut ist so gefroren, dass ich die sanfte Wärme seiner Hand, die über meinen Nacken streicht, kaum spüre.

»Wie fühlst du dich?«, fragt er.

Ich antworte mit klappernden Zähnen. »So gut, wie man es erwarten kann, nachdem man durch engelverseuchtes Gewässer geschwommen ist.«

Raffe legt seine Hand auf meine Stirn. »Ihr Menschen

seid einfach zu schwach. Wenn euch die Zeit nicht dahinrafft, dann eine Krankheit, Haie oder eine Unterkühlung.«

»Oder blutrünstige Engel.«

Er schüttelt den Kopf. »In einer Minute geht es dir noch gut, in der nächsten bist du für immer fort.« Dann starrt er grübelnd ins flackernde Feuer.

Aus meinen Haaren tropft noch immer eiskaltes Wasser in meinen Nacken und läuft über meinen Rücken, und mein Kleid klebt an mir, als bestünde es aus nassem Sand. Als hätte er gerade dasselbe gedacht, wickelt Raffe sich plötzlich ein Strandtuch um die Taille und steckt es über seinem Waschbrettbauch fest.

Dann schlüpft er aus seinen Stiefeln. Und aus seiner Hose.

»Was machst du da?«, frage ich nervös.

Raffe setzt seinen kleinen Strip unter dem Badetuch fort. »Ich versuche, mich aufzuwärmen. Und du solltest dasselbe tun, es sei denn, du willst, dass die wertvolle Wärme bloß in deine nassen Klamotten fließt.« Seine Hose landet mit einem Klatschen auf dem Teppich.

Ich zögere, während er sich neben mir vor das Feuer setzt.

Er öffnet seine Dämonenschwingen. Zuerst glaube ich, dass er sie ebenso trocknen will, doch offensichtlich hat er vor, damit die Wärme um uns einzuschließen. Meine Rücken- und Schultermuskeln entspannen sich ein wenig, als ich spüre, wie die Wärme mich umströmt.

Ich zittere und versuche, so viel Kälte abzuschütteln, wie ich kann. Raffe schließt den Kreis seiner Flügel enger, und die Wärme des Feuers zwischen uns steigt an.

»Du hast dort draußen echt gute Arbeit geleistet«, sagt er und wirft mir einen anerkennenden Blick zu.

Überrascht blinzle ich ihn an. Nicht, dass ich so etwas nicht schon einmal gehört hätte. Aber das hier ist irgendwie anders. Unerwartet.

»Du auch.« Ich will noch mehr sagen. Vorsichtig öffne ich den Tresor in meinem Kopf einen Spalt und will einen Blick hineinwerfen, ob ich etwas finde, das es wert ist, gesagt zu werden, doch sämtliche Erinnerungen drängen gegen die Tür und wollen heraus. Schließlich werfe ich die Tür mit einem Krachen zu und lehne mich dagegen, damit sie nicht aufbricht. Trotzdem kämpft meine Zunge mit all den Dingen, die ich ihm gerne gesagt hätte. »Ja, du auch.«

Er nickt, als würde er verstehen. Als hätte ich all diese Dinge, die aus meinem Tresor drängen, tatsächlich gesagt und er würde sie akzeptieren.

Wir lauschen eine Weile dem Knistern des Feuers.

Mittlerweile bin ich genügend aufgewärmt, dass ich ebenfalls mein sandbedecktes, nasses Kleid loswerden möchte, das mir die Wärme gleich wieder aus dem Körper zieht. Ich schlinge meine Decke enger um mich und beiße in die sich überlappenden Enden, um sie wie einen Umhang festzuhalten.

Raffe grinst, als er sieht, wie ich mich darunter hin und her winde und mit dem nassen Kleid kämpfe. »Ich bin mir sicher, ein ehrenwerter, moderner Mann würde dir jetzt den Rücken zuwenden, damit er nichts sieht, falls etwas hervorblitzt.«

Ich nicke und halte meine Decke weiter mit den Zähnen fest.

»Aber dann würden wir unsere Wärmekammer auflösen.« Er hebt einen seiner Flügel einige Zentimeter, um es mir zu demonstrieren. Sofort umfängt kalte Luft meine Beine.

Er senkt den Flügel wieder ab und zuckt mit den Schultern. »Du wirst dich also einfach anstrengen müssen.«

Ich winde mich weiter hin und her und schaffe es schließlich, den linken Ärmel abzustreifen.

»Und versuche, dabei nicht zu lachen«, meint Raffe. »Denn das könnte desaströs enden.«

Ich blinzle ihn an und werfe ihm einen bösen Blick zu, um ihn zu warnen, dass er mich ja nicht zum Lachen bringen soll.

»Kennst du eigentlich schon diesen einen Witz …?«

Jetzt reiße ich mir das dünne Kleidchen einfach vom Körper. Es war ohnehin schon ruiniert. Schnell ziehe ich es unter der Decke heraus und schleudere es davon.

Es landet auf Raffes Hose auf dem Teppich.

Raffe bricht in Gelächter aus. Es klingt wunderschön – so satt und sorglos. Und es bringt mich dazu, mit ihm zu lachen.

»Du findest immer so kreative Lösungen«, meint er noch immer kichernd. »Meistens beinhalten sie zwar, dass du etwas zerreißt, herunterzerrst, mit den Beinen trittst oder mit dem Messer bearbeitest, aber sie sind kreativ.«

Ich lasse die Decke mit den Zähnen los, denn nun kann ich sie wieder sicher mit den Händen festhalten. »Ich wollte bloß nicht, dass das nasse Kleid noch weiter an mir klebt, das ist alles. Und vermutlich wäre dein Witz ohnehin nicht besonders lustig gewesen.«

»Jetzt hast du mich aber verletzt«, erwidert er mit einem Lächeln.

Das Wort »verletzt« hallt durch meinen Kopf, und ich sehe, dass es ihm genauso ergeht, denn sein Lächeln verschwindet.

»Was ist dort im alten Horst passiert? Ich habe doch gesehen, wie du von diesem Skorpion gestochen wurdest. Ich habe zugesehen, wie du gestorben bist. Wie hast du überlebt?«

Also erkläre ich ihm, dass der Stich des Skorpions das Opfer nur lähmt und den Herzschlag und die Atmung verlangsamt, sodass es wirkt, als wäre man tot.

»Ich dachte ernsthaft, ich hätte dich verloren.«

Er hätte mich *verloren?*

Ich starre ins Feuer, ohne es wirklich zu sehen. »Ich dachte auch, ich hätte dich verloren.« Diese Worte gehen mir kaum über die Lippen.

Das Feuer knistert, sprüht Funken und frisst langsam das Holz auf. Es erinnert mich an das Feuer im Horst, als Raffe mich in Sicherheit brachte, obwohl er der Meinung war, ich sei tot.

»Danke, dass du mich zu meiner Familie zurückgebracht hast. Das war verrückt und gefährlich.«

»Ich habe mich damals einfach ein wenig verrückt und gefährlich gefühlt.«

»Ja, das habe ich gesehen.« Ich werde nie vergessen, wie er die riesigen Skorpionbehälter vor Wut zerschmettert und die Monster getötet hat, nachdem er mich scheinbar sterben gesehen hatte.

Seine Lippen zucken, als müsste er über sich selbst lachen. »Das muss ziemlich unterhaltsam gewesen sein.«

»Nein, das war es nicht. Es war eher …« *Herzzerreißend.* »Herzzerreißend.« Ich blinzle, als ich bemerke, dass ich das gerade eben tatsächlich laut ausgesprochen habe.

»Herz …«, Raffe starrt in die Flammen, »… zerreißend.« Er spricht das Wort aus, als wäre es neu für ihn, als hätte er es noch nie zuvor verwendet. Dann nickt er. »Ja. Ich denke, so kann man es auch nennen.«

Das Feuer knistert. Es ist schon überraschend, wie schnell es einen Körper wärmen kann.

»Ich wollte damit nicht sagen, dass es aussah, als wäre dein Herz gebrochen.« Ich stottere so stark, dass es klingt, als müsste ich das Reden erst neu lernen. »Ich meinte bloß, dass es schwer für mich war, dir ... zuzusehen.«

Er gibt nicht zu, dass sein Herz vielleicht doch ein wenig gebrochen war, streitet es aber auch nicht ab.

»Naja, okay. Vielleicht hast du wirklich ein kleines bisschen so ausgesehen, als wäre dein Herz gebrochen.«

Das hier ist so peinlich. Ich bettle mehr oder weniger darum, dass er es sagt. Ein Teil von mir schüttelt den Kopf, weil ich eine solche Idiotin bin, während der Rest aufmerksam nach einer Reaktion Ausschau hält.

Die orangeroten Flammen werden größer und wärmer. Das Knistern ist einschläfernd. Die Wärme ist herrlich.

»Du zitterst«, sagt Raffe. Er klingt zurückhaltend. Vielleicht auch traurig. »Stell dich unter die Dusche. Mit etwas Glück gibt es noch warmes Wasser.«

Raffe hält kurz inne, während ich den Atem anhalte.

Dann wendet er sich von mir ab.

Er steht auf und macht sich in die Dunkelheit des Hauses davon.

Sobald er seine schützenden Flügel gehoben hat, dringt die Kälte wieder zu mir hindurch. Ich sehe ihm nach, wie er im Schatten verschwindet, bis er nicht mehr zu sehen ist.

63

Ich sitze einige Zeit einfach nur da und sehe ihm weiter nach. Eigentlich will ich etwas sagen, weiß aber nicht was.

Schließlich stehe ich widerwillig auf und verlasse meinen Platz vor dem Kamin. Das Haus fühlt sich jetzt wieder kälter an. Ich mache mich auf der Suche nach dem Badezimmer auf den Weg ins obere Stockwerk.

Dort finde ich einige flauschige Badetücher, und die Tatsache, dass sie so sorgfältig gefaltet sind, verrät mir, dass sie wohl noch niemand benutzt hat, seit sie zum letzten Mal gewaschen wurden. Und das ist vermutlich schon einige Monate her.

Ich dusche bei Kerzenschein. Das Wasser ist lauwarm, aber im Vergleich zum Ozean fühlt es sich dennoch herrlich auf meiner durchgefrorenen Haut an.

Trotzdem halte ich mich nicht lange mit Duschen auf. Bloß lange genug, um mir den Sand vom Körper zu waschen, mich einzuseifen und mir so schnell wie möglich die Haare zu waschen. Währenddessen zittere ich noch immer, und die

Kälte dringt nach wie vor bis in meine Knochen. Ich kann es nicht erwarten, wieder trocken vor dem Kamin zu sitzen.

An der Badezimmertür hängt ein dicker Bademantel, und ich wünschte, ich könnte mich einfach hineinkuscheln. Doch dieser Luxus war den Menschen vor den Angriffen vorbehalten, die keine Angst haben mussten, jeden Moment von Monstern oder Plünderern aus dem Haus gejagt zu werden.

Ich durchwühle schnell einige Schränke und Schubladen nach passenden Klamotten. Das Beste, was ich finden kann, ist ein Sweatshirt-Kleid, das vermutlich für den Eigentümer ein Sweatshirt darstellte. Alles andere ist etwa vier Nummern zu groß. Also binde ich mir einen Schal als Gürtel um den Sweater und schlüpfe in eine Stretch-Hose, die mir angenehmerweise bis zu den Knöcheln reicht, obwohl es vermutlich eine Capri-Hose sein soll.

Ich bin mir sicher, dass ich noch etwas Passenderes gefunden hätte, aber ich will nicht zu lange im oberen Stockwerk verbringen, wo das Licht meiner Kerze durch die Fenster nach draußen fällt. Der Nebel sollte das winzige Licht zwar davon abhalten, allzu weit zu strahlen, aber warum sollte man ein unnötiges Risiko eingehen?

Im unteren Stockwerk taucht das Glühen des Kamins das Wohnzimmer in warmes Licht. Raffe steht auf einem Stuhl und befestigt mit Klebeband Decken über dem Panoramafenster. Er hatte wohl den gleichen Gedanken wie ich und befürchtet, dass jemand auf den Kerzenschein aufmerksam werden könnte.

Etwas an dem Anblick, wie er auf diesem Stuhl steht, um an den oberen Rand des Fensters zu gelangen, beruhigt mich. Es sieht einfach so normal aus.

Nun, zumindest wenn man die dunklen Flügel nicht beachtet, die hinter seinem Rücken hin und her fächern. Ich nehme an, er trocknet sie. Die sensenartigen Haken sind ausgefahren und glänzen im Kerzenschein. Er hat keine Federn mehr, die er putzen könnte. Ob er wohl stattdessen die Haken poliert?

»Du bist kein gefallener Engel, oder?« Die Frage ist mir herausgerutscht, bevor ich meinen Verstand einschalten und sie mir verkneifen konnte.

»Nach allem, was ich gehört habe, würde diese Tatsache mich für Menschentöchter doch bloß attraktiver machen.« Er befestigt das letzte Stück der Decke. »Was findet ihr bloß alle an den bösen Jungs?«

»Ich stelle hier die Fragen, Raffe. Ich meine es ernst.«

»Soll es vielleicht eine Art Wiedergutmachung sein?« Er springt vom Stuhl und dreht sich endlich um, um mich anzusehen.

Als er mich sieht, beginnen seine Schultern von einem lautlosen Lachen geschüttelt zu beben, das schließlich zu einem richtigen Kichern wird. Normalerweise gefällt es mir, wenn Raffe lacht, doch dieses Mal lacht er mich offensichtlich aus.

Ich werfe einen Blick an mir hinunter. Nun ja, ich muss zugeben, dass ich mein Outfit vielleicht doch ein wenig zu übereilt ausgewählt habe.

Was im Licht einer einzelnen Kerze wie ein gemustertes Sweatshirt in gedämpften Farben aussah, erweist sich nun im helleren Schein mehrerer Kerzen als Pullover im Leopardenmuster. Und nachdem er mir ja viel zu groß ist, hängt er überall hinunter und wirft eigenartige Falten. Das, was ich für einen Schal gehalten habe, ist eigentlich eine rote

Krawatte, und die scheinbar braunen Strümpfe passen in Wahrheit nicht zusammen, denn einer ist Pink und der andere Lila.

»Warum dürfen eigentlich alle aussehen, als wären sie gerade einer Jagdgesellschaft von Zombies entsprungen, und ich muss mir immer noch Gedanken über Mode machen?«

Er hört einfach nicht auf zu kichern. »Du siehst aus wie ein Shar-Pei im Leopardenmuster.«

Ich nehme an, er meint damit diese mopsartigen Hunde, die aussehen, als würden sie in ihren eigenen, gewaltigen Hautfalten ertrinken. »Das tut wirklich weh, weißt du? Es könnte mich vielleicht mein ganzes restliches Leben lang verfolgen, dass ich schon mit siebzehn wie ein faltiger kleiner Hund aussah.«

»Yep. Du bist ja auch wirklich ein äußerst sensibles Mädchen, nicht wahr, Penryn?«

Das Licht des Feuers lässt sein Gesicht weicher erscheinen und wärmt seine Haut.

»Aber wenn deine weiche Seite ein wenig Bestätigung braucht, dann muss ich zugeben, dass du mit den Flügeln einfach toll ausgesehen hast«, erklärt Raffe mit wehmütiger Stimme.

Ich fühle mich plötzlich peinlich berührt. »Nun ... danke ... denke ich.«

»Freut es dich denn nicht?«

»Ich habe bloß Angst, dass das nur die Vorstufe für einen weiteren deiner sogenannten Witze ist. Dass ich ... naja ... ähm ... dass ich zum Beispiel aussehe wie ein faltiger kleiner Hund mit Flügeln, dafür aber eine nette Persönlichkeit habe oder so.« Ich hebe den Blick zur Decke, um nachzudenken. »Okay, das war jetzt nicht gerade lustig, also wäre es wohl ein echt mieser Witz geworden.«

»Oh, mach dir keine Sorgen«, erwidert er beruhigend. »Ich würde niemals behaupten, du hättest eine nette Persönlichkeit.«

Ich werfe ihm einen bösen Blick zu, und er kichert über seinen eigenen Scherz.

Und einfach so ist er plötzlich wieder derselbe Raffe, den ich auf unserer gemeinsamen Reise kennengelernt habe.

Wir erhitzen Wasser auf dem Gasherd, der noch immer funktioniert, wenn man ihn mit einem Streichholz anzündet. Dann sitzen wir vor dem Kamin und trinken heißes Wasser aus Kaffeebechern, während ich ihm erzähle, was ich seit unserem letzten Treffen erlebt habe. Die Wärme fühlt sich so gut an, dass ich mich am liebsten zusammenrollen und einschlafen würde.

»Wo ist mein Schwert? Wo ist sie?«

Sie. Fast hatte ich vergessen, dass Raffe sein Schwert immer mit dem weiblichen Pronomen versieht. Ich atme tief ein. Bisher habe ich ihm nichts von meinen Schwertkampf-Träumen erzählt. Es wäre wohl ein wenig zu viel gewesen, hätte ich jetzt auch noch zugegeben, dass ich in seinem Leben herumgeschnüffelt habe.

»Ich musste sie unter einem Haufen Gerümpel am Pier 39 in San Francisco zurücklassen, als ich gefangen genommen wurde.«

»Du hast sie zurückgelassen?«

Ich nicke. »Ich hatte keine andere Wahl.«

»Sie ist nicht dazu geschaffen, alleine zu sein.«

»Ich denke, das sind wir wohl alle nicht.«

Unsere Blicke treffen sich, und eine Art elektrische Spannung fährt durch meinen Körper.

»Sie hat dich vermisst«, flüstere ich.

»Tatsächlich?« Seine Stimme fühlt sich an wie eine Liebkosung. Sein Blick ist so intensiv, dass ich schwören könnte, er blickt bis in meine Seele.

»Ja.« Röte steigt mir ins Gesicht. *Ich* ... »Sie hat die ganze Zeit an dich gedacht.«

Das Kerzenlicht wirft einen sanften Schimmer auf seine Mundpartie und seine Lippen. »Ich habe den Gedanken daran gehasst, sie verloren zu haben.« Seine Stimme gleicht einem leisen Knurren. »Ich hatte keine Ahnung, wie verbunden ich mich ihr fühle.« Er streckt die Hand aus und streicht eine nasse Haarsträhne aus meinem Gesicht. »Und wie groß die Gefahr ist, süchtig nach ihr zu werden.«

Sein Blick nagelt mich fest, und ich kann mich nicht mehr bewegen und nicht mehr atmen.

»Vielleicht muss ein Mädchen so etwas ab und zu hören. Vielleicht will sie auch mit dir zusammen sein.« Meine Worte sind nur noch ein eiliges Flüstern.

Er schließt die Augen und atmet tief ein. Dann schüttelt er den Kopf.

»Das geht nicht.«

»Warum nicht?«

»Regeln. Gepflogenheiten. Gefahr. Es ist gefährlich, mit mir zusammen zu sein.«

»Es ist gefährlich, ohne dich zu sein.« Ich rücke näher ans Feuer.

Er streckt die Hand aus und rückt die Decke über meinen Schultern zurecht. »Das ändert aber nichts an den Regeln.«

Ich schließe die Augen und spüre die Wärme, die seine

Finger ausstrahlen, während sie über meinen Nacken streichen. »Wen kümmern schon die Regeln? Das hier ist das Ende der Welt, weißt du nicht mehr?«

»Regeln sind wichtig für uns. Wir Engel sind eine Kriegerrasse.«

»Das habe ich schon bemerkt. Aber was hat das Eine mit dem Anderen zu tun?«

»Die einzige Möglichkeit, eine Gesellschaft von Killern Jahrtausende lang zusammenzuhalten, ist, einer strengen Befehlskette zu folgen und keinerlei Toleranz für Regelverstöße aufzubringen. Sonst hätten wir einander bereits vor sehr langer Zeit gegenseitig niedergemetzelt.«

»Selbst wenn die Regeln keinen Sinn mehr ergeben?«

»Manchmal ergeben sie durchaus Sinn.« Er grinst. »Aber darum geht es nicht. Der Punkt ist, dass Krieger den Befehlen folgen und sie nicht infrage stellen sollen.«

»Und was, wenn man dadurch die Dinge und Personen verliert, die man liebt?«

»Vor allem dann. Das ist meist die effektivste Art der Strafe. Ein richtiger Krieger sieht den Tod bloß als Belohnung. Aber wenn man ihm seine Menschentochter, seine Kinder, seine Freunde oder sein Schwert nimmt – dann ist das eine echte Qual.«

Jetzt kann ich mich nicht mehr zurückhalten. Ich beuge mich so weit nach vorne, dass mein Gesicht nur noch einen Kuss von seinem entfernt ist. »Wir sind ziemlich Furcht einflößend, nicht wahr?«

Raffe wirft einen beinahe unbewussten Blick auf meine Lippen. Aber er zuckt weder zurück noch beugt er sich auch nur einen Millimeter weiter nach vorne. Er hebt eine Augenbraue.

»Menschtöchter sind wahrhaftig gefährlich. Und auch wahrhaftig nervtötend.« Dann zuckt er mit den Schultern. »Auf süße Art und Weise. So wie ein kleiner Hund.«

Ich lehne mich zurück. »Langsam verstehe ich, warum dein Schwert dich verlassen hat.« Autsch. Das kam jetzt falsch rüber. »Tut mir leid, ich wollte damit nicht sagen, dass ...«

»Sie hat mich verlassen, weil sie den Befehl hatte, genau das zu tun, sollte sie jemals die Dunkelheit in mir spüren.«

»Warum?«

Er senkt den Blick in seinen Becher. »Weil ein gefallener Engel mit einem Engelsschwert zu gefährlich wäre. Deren Flügel verändern sich mit der Zeit, und wenn sie genügend Kämpfe überleben, wachsen ihnen schließlich eigene Waffen. Aber ein Engel, der sowohl die Flügel eines Gefallenen als auch ein Engelsschwert besitzt, wäre viel zu gefährlich.«

»Aber du bist doch kein gefallener Engel, nicht wahr? Warum hat dich dein Schwert trotzdem verlassen?«

»Die neuen Flügel haben sie irritiert.« Raffe nimmt einen Schluck und sieht aus, als wünschte er sich, es wäre etwas Stärkeres als Wasser. Er lächelt schief.

Ich seufze und stelle meinen Becher ab. »Deine Welt unterscheidet sich vollkommen von meiner. Habt ihr Kerle eigentlich irgendetwas mit uns Menschen gemeinsam?«

Raffe sieht mich an. Killer-Augen in einem makellosen Gesicht über einem adonisgleichen Körper. »Nichts, was wir offen zugeben würden.«

»Es führt kein Weg daran vorbei, nicht wahr?«, frage ich. »Wir sind Todfeinde, und ich sollte versuchen, dich und deinesgleichen zu töten.«

Er lehnt sich vor und legt seine Stirn auf meine. Dann

schließt er die Augen. »Ja.« Sein sanfter Atem streicht über meine Lippen.

Ich schließe ebenfalls die Augen und versuche, mich auf die Wärme zu konzentrieren, die von seiner Stirn ausgeht.

64

Raffe kehrt von seiner Nahrungssuche mit einer Packung Müsli und einem Glas Erdnussbutter zurück. Ich wollte eigentlich schon weiterziehen, aber er bestand darauf, dass Soldaten Nahrung benötigen, um kämpfen zu können. Außerdem meinte er, dass er Zeit bräuchte, um über seinen nächsten Schritt nachzudenken. Also hat er sich mit seinem äußerst praktischen Nachtblick auf den Weg gemacht, während ich mit meinen Kerzen im Haus zurückblieb.

Es sind Rosinen im Müsli, und sie schmecken so gut, dass ich mich wie im siebten Himmel fühle – oder besser im Nirwana oder an irgendeinem anderen wundervollen Ort, der mich nicht zu sehr an todbringende Engel erinnert.

Endlich sind wir einmal sauber, weshalb wir ganze Hände voller Müsli in uns hineinstopfen und uns die Erdnussbutter von den Fingern lecken können. Vermutlich befindet sich irgendwo in der Küche auch das passende Besteck, aber wen kümmert das? Es macht einfach Spaß, die klebrige

Köstlichkeit mit den Fingern aus dem Glas zu holen und sie wie Eiscreme herunter zu schlecken.

Rosinenmüsli und Erdnussbutter. Wer hätte gedacht, dass diese Kombination einmal so lecker schmecken würde? Wenn wir jetzt noch etwas Schokolade hätten, würde alles zusammen einen wunderbar knusprigen, erdnussigen Schokoriegel ergeben. Okay, vielleicht schmeckt es im Vergleich zum Essen in der Alten Welt nicht ganz so gut, aber im Moment ist es einfach unglaublich.

»Ich muss zurück in den Horst«, erklärt Raffe, während er den Finger in das Erdnussbutterglas steckt.

Ich halte mit meiner Handvoll Müsli auf halbem Weg zu meinem Mund inne. »Ernsthaft? An diesen Ort voller verrückter, blutrünstiger Neandertaler, von dem wir gerade noch mit unserem Leben davongekommen sind?«

Raffe hebt eine Augenbraue. Dann lutscht er sich die Erdnussbutter von den Fingern.

Ich schiebe mir das knusprige Müsli in den Mund und beginne zu kauen. »Bloß weil ihr wunderschön seid, heißt das nicht, dass ihr keine Neandertaler seid.«

»Davon ausgehend, was du mir erzählt hast, nehme ich an, dass Uriel die Möglichkeit, dass es zu einem solchen Massaker kommen könnte, gar nicht in Betracht gezogen hat. Aber jeder Soldat hätte ihm sagen können, dass genau das passieren würde. Versprich einem Haufen frustrierter Krieger, die keine klare Mission verfolgen, die Apokalypse, und schon hast du eine Balgerei am Hals.«

»Eine *Balgerei?*«

»Was? Ist dir das Wort etwa zu altmodisch?« Raffe nimmt sich noch mehr Erdnussbutter. Er scheint sie nicht mit dem Müsli vermischen zu wollen.

»Menschen wurden in Stücke gerissen. Und zwar buchstäblich. In blutige, kleine, grauenhafte Stücke. So etwas versteht man nicht gerade unter einer *Balgerei.*«

»Und es tut mir ja auch leid, aber ich konnte nichts dagegen tun.« Raffe klingt nicht, als würde es ihm tatsächlich leidtun. Er klingt kalt, berechnend und pragmatisch.

»Warum sind eigentlich alle so scharf auf die Apokalypse? Denkt ihr euch: Oh, super, jetzt können wir endlich diese armen, wehrlosen Menschen killen?«, frage ich verärgert. Ich tauche meine Handvoll Müsli in die Erdnussbutter und stelle sicher, dass einiges davon im Glas zurückbleibt. Und obendrein auch noch ein paar Rosinen.

»Die Freude über die Apokalypse hat nichts mit euch Menschen zu tun.«

»Was du nicht sagst.«

Raffe wirft einen Blick in das verunreinigte Erdnussbutterglas. Dann sieht er mich mit erhobenen Augenbrauen an und stellt es wieder ab, ohne etwas davon genommen zu haben. »Ihr Menschen seid bloß eine Nebensächlichkeit.«

»Eine ganze Spezies zu töten und auszurotten ist bloß eine Nebensächlichkeit?« Ich klinge, als würde ich ihm die Schuld geben, auch wenn ich weiß, dass er mit dem Plan, die Menschheit auszulöschen, nichts zu tun hat.

Zumindest *denke* ich, dass er nicht persönlich darin involviert ist, aber mit Sicherheit wissen kann ich es nicht, oder?

»Ihr Menschen habt mit vielen anderen Spezies genau dasselbe getan.« Er greift nach der Müslipackung.

»Das ist nicht dasselbe.« Ich schnappe mir das Erdnussbutterglas.

»Warum nicht?«

»Können wir jetzt bitte zu der Frage zurückkehren, warum deine Leute sich ein Fest daraus machen, meine Leute abzuschlachten?« Ich hole noch mehr Erdnussbutter aus dem Glas.

Er sieht zu, wie ich sie mir vom Finger schlecke.

»Sie feiern, weil sie bald die Möglichkeit erhalten werden, ihre Freunde zu befreien.«

»Engel haben Freunde?« Ich schließe meine Lippen um meinen Finger und sauge den letzten Rest der süßen Masse herunter.

Raffe rückt unruhig auf seinem Stuhl hin und her und starrt mich an. »Wenn man mit anderen Kriegern Seite an Seite kämpft, werden sie irgendwann zu Brüdern. Jeder von uns hat einen gefallenen Bruder. Ihre einzige Hoffnung ist der Jüngste Tag. An diesem Tag werden die gefallenen Engel endlich vor Gericht gestellt.«

»Sie müssen eine Ewigkeit der Bestrafung erdulden, noch *bevor* sie überhaupt vor Gericht gestellt wurden?« Ich will gerade erneut meinen Finger in das Glas stecken, als er plötzlich Müsli hineinwirft. Jetzt muss ich zuerst das Müsli essen, bevor ich noch mehr Erdnussbutter bekommen kann.

»Das System ist absichtlich so streng, damit sich alle an die Regeln halten. Nur so kann ein Kriegervolk unter Kontrolle gehalten werden.«

Noch einmal stecke ich meinen Finger in die Müsli-Erdnussbutter-Mischung und frage mich, ob er vielleicht wütend auf mich ist. »Und wenn sie schuldig gesprochen werden?« Ich ziehe meinen Finger aus dem Glas. Auf der Spitze befindet sich ein wenig Erdnussbutter. Ich schlecke sie herunter und genieße den süßen Geschmack bis zuletzt.

Raffe steht abrupt auf und beginnt, durchs Zimmer zu wandern. »Dann dauert die Ewigkeit noch länger.«

Natürlich kenne ich die Antwort auf meine nächste Frage bereits, aber ich muss sie trotzdem stellen. »Und wann kommt es zum Jüngsten Tag?«

»Am Ende der Apokalypse.«

Ich nicke. »Genau. Nach der sich alle sehnen.« Irgendwie verschafft es mir in letzter Zeit keine wirkliche Befriedigung mehr, wenn ich wieder einmal recht habe.

Er atmet tief ein und aus, als müsste er Dampf ablassen. »Machen wir uns auf die Suche nach meinem Schwert.«

Ich will eigentlich keine Zeit damit verschwenden, zum Pier 39 zurückzukehren, doch sowohl Raffes Schwert als auch Moms Peilgerät befinden sich dort. Und dieses Peilgerät ist immer noch meine größte Chance, Paige zu finden. Außerdem finde ich auf diese Weise vielleicht heraus, ob es Mom, Clara und die anderen von der Insel geschafft haben. Und wenn nicht, dann kann ich vielleicht doch noch etwas tun, um ihnen zu helfen.

Doc hatte gesagt, dass die Skorpione heute Nacht zu einer Mission aufbrechen, und mittlerweile weiß ich, dass Beliel ihren Flug über das Massaker in die Wege geleitet haben muss. Entweder ist die Flucht von Alcatraz inzwischen über die Bühne, oder sie ist schiefgelaufen. Und ich schaffe es einfach nicht, mir darüber Gedanken zu machen, was womöglich gerade in diesem Augenblick geschieht, falls der Plan tatsächlich nicht aufgegangen sein sollte.

Ich schnappe mir eilig einen übergroßen Mantel und ein Paar Tennisschuhe, die mir überraschend gut passen. In der Zwischenzeit besorgt sich Raffe ein böse aussehendes Küchenmesser und steckt es zusammen mit der Hülle in seinen Hosenbund.

Vor der Tür hat sich der Nebel mittlerweile gelichtet,

und die Nacht ist klar. Der abnehmende Mond und die Sterne spiegeln sich auf dem Meer, und zwischen uns und dem Wasser befindet sich ein Streifen Sandstrand, der von den Trümmern und Glasscherben der pulverisierten Häuser überzogen ist.

Das zerbrochene Glas reflektiert das Licht, das vom Himmel herabfällt, sodass es aussieht, als wäre der Strand so weit das Auge reicht von einem Teppich flackernder Glühwürmchen überzogen. Es ist ein so überraschend schöner Anblick, dass ich kurz innehalte, um ihn zu genießen. Wie kann etwas so Schönes aus solcher Zerstörung entstehen?

Ich werfe einen Blick auf Raffe, um zu sehen, ob er den Anblick ebenfalls genießt. Doch stattdessen ist sein Blick auf mich gerichtet.

Verlegen trete ich auf ihn zu. Die Tatsache, dass ich vorhin mit ihm geflogen bin, war im Überlebenskampf notwendig geworden, und wir dachten dabei an nichts anderes als an unsere Flucht.

Dieses Mal haben wir uns jedoch bewusst dazu entschieden, und ich muss bereits jetzt daran denken, wie er mich in seinen starken Armen hält und seine warme Haut über meine streicht.

Ich recke die Hände nach oben wie ein Kind, das hochgehoben werden will.

Er zögert einen Augenblick und sieht mich an. Denkt er gerade daran, wie er mich im alten Engelshorst in den Armen hielt und geglaubt hatte, ich sei tot? Wie muss es sich anfühlen, jemanden so oft festzuhalten, nachdem man so lange Zeit alleine war?

Raffe hebt mich hoch und drückt mich an sich, während ich die Arme um seinen Hals schlinge. Meine Wange streicht über seine. Ich spüre seine Wärme und widerstehe dem Impuls, mich an ihn zu schmiegen.

Er läuft zwei Schritte und dann erheben wir uns in Richtung Alcatraz in die Luft.

Wäre ich nicht schon einmal mit ihm geflogen, hätte ich wohl Angst. Ich befinde mich über dem Wasser, und nur seine Umarmung verhindert, dass ich in die eisige Kälte stürze. Doch er hat seine Arme eng um mich geschlungen, und seine Brust ist so wunderbar warm. Ich lehne meinen Kopf an seine muskulöse Schulter und schließe die Augen.

Er reibt mit der Wange über meine Haare.

Ich weiß, dass ich mir schon bald wieder Gedanken über Paige, Mom und Clara machen muss. Meine einzigen Ziele werden sein zu überleben, meine Familie wieder zusammenzubringen und sie vor sämtlichen Ungeheuern und anderen Menschen in Sicherheit zu bringen, die uns Böses wollen.

Aber jetzt, für einen kurzen Moment, gestehe ich mir zu, einfach nur ein siebzehnjähriges Mädchen in den Armen eines starken Mannes zu sein. Ich spiele ein wenig Was-wäre-wenn und überlege, welche Möglichkeiten sich vielleicht in der Alten Welt zwischen uns ergeben hätten können.

Bloß einen kleinen Moment lang.

Bevor ich auch meine Träume sorgsam in dem Tresor in meinem Kopf verschließe.

65

Anstatt die Halbinsel entlang nach Norden zu fliegen, überqueren wir sie in Richtung Osten, bis wir zur Bucht von San Francisco gelangen. Von hier aus wollen wir an der Küste der Halbinsel entlang die Bucht hoch bis nach San Francisco fliegen. Diese Route in Richtung Alcatraz ist zwar ein wenig länger, doch der Nebel über dem Wasser ist so dicht, wie wir es erwartet haben. Nachdem heute Nacht so viele Skorpione und Engel unterwegs sind, dachte Raffe, es wäre besser, sich über dem Wasser aufzuhalten, und er hatte recht.

Die Luft ist feucht und der Wind rau. Trotz meines Mantels ist Raffe meine einzige Wärmequelle, und ich kann nicht anders, als darin aufzugehen, während wir beide durch den Nebel gleiten.

Plötzlich neigt Raffe den Kopf, als würde er etwas hören.

Er schwenkt herum, um nachzusehen. Ich habe keine Ahnung, wie er es schafft, im dichten Nebel nicht die Orientierung zu verlieren, und noch weniger verstehe ich, dass er ein derart leises Geräusch lokalisieren kann, das ich noch nicht einmal höre.

Wir gleiten aus dem dichtesten Nebel heraus und schweben leise durch die letzten Ausläufer davon, die über der Bucht hängen. Das rauchige Mondlicht lässt die dunkle Wasseroberfläche sanft und ölig glänzen.

Ich höre erst nur das gedämpfte Brummen von Motoren, die durch das Wasser pflügen, bevor ich plötzlich die Schiffe sehe.

Unter uns arbeitet sich etwa ein halbes Dutzend Boote durch die Bucht. Das Ausflugsboot von Jake, dem Kapitän, ist nicht darunter. Natürlich gibt es keinen Grund, warum es hier sein sollte, aber ich hoffe trotzdem, dass es sich bei den Booten um die Flüchtlinge von Alcatraz handelt. Die Boote unter uns sind kleiner und schnittiger als das Ausflugsboot, aber immer noch groß genug, um Dutzenden Menschen Platz zu bieten.

Haben es Dei und Dum tatsächlich geschafft, ein Rettungsteam aufzustellen?

Wenn ja, bin ich wirklich beeindruckt. Es würde nämlich bedeuten, dass sie genügend Boote zusammenbekommen haben, um hoffentlich alle Gefangenen auf einmal zu befreien. Und es sieht so aus, als hätten sie sich klugerweise ebenfalls entschieden, die Dunkelheit und den Nebel zu nutzen und lieber über Wasser als auf dem Landweg zu fliehen.

Raffe gleitet hinunter und zieht direkt über den Booten leise seine Bahnen. Er ist so neugierig wie ich, was dort unten vor sich geht.

Die Decks der Boote sind voller Menschen, die sich Wärme suchend aneinanderdrängen. Jemand muss wohl unseren dunklen Schatten am Himmel ausgemacht haben, denn plötzlich gehen die Motoren aus und die Boote gleiten lautlos durch die Nacht. Ich sehe Männer, die ihre Gewehre in den Himmel richten, aber die meisten davon zeigen nicht in unsere Richtung, was wohl bedeutet, dass wir nicht allzu gut zu sehen sind. Und die beste Neuigkeit ist, dass keine der Waffen plötzlich losgeht.

Ich nehme an, die Männer haben den Befehl, erst im äußersten Notfall zu schießen, denn das Geräusch eines einzigen Schusses könnte eine ganze Horde Monster in ihre Richtung locken. Die Boote gleiten leise durch den Nebel. Wenn das hier wirklich die Flüchtlinge von Alcatraz sind, sind sie vermutlich schon seit Stunden auf dem Wasser, was wohl bedeutet, dass sie wahrscheinlich die meiste Zeit ohne Motor unterwegs waren.

Es ist kein Licht und keine einzige Bewegung auszumachen und auch nichts zu hören. Eine Ausnahme bildet lediglich das Dach des größten Bootes, das die Flotte anführt. Das Mondlicht, das durch den Nebel fällt und von den sanften Wellen reflektiert wird, ist hell genug, um zu erkennen, dass etwas auf dem Dach festgebunden wurde.

Es ist ein zuckender Skorpion.

Jemand beugt sich gerade über das sich windende Monster. Wir gleiten näher heran, und ich erhasche einen besseren Blick auf die Szene.

Der Körper und der Schwanz des Ungeheuers sind sorgsam gefesselt. Im Mund des Skorpions steckt ein Knebel, und er stößt ein gedämpftes Zischen aus, während er verzweifelt versucht, die Frau, die sich über ihn beugt, zu stechen.

Diese Frau ist so konzentriert auf ihre Aufgabe, dass sie uns gar nicht bemerkt. Sie malt etwas auf seine Brust.

Ich kann ihr Gesicht nicht erkennen, aber es kann sich hier eigentlich nur um eine Person handeln.

Meine Mutter ist also am Leben und offensichtlich unverletzt.

Sie wird von zwei Männern mit Gewehren flankiert. Den muskulösen Armen des einen und dem Yuppie-Hemd des anderen nach zu schließen sind es Tattoo und Alpha. Wenn dem tatsächlich so ist, dann muss Mom ihnen auf der Flucht gehörigen Respekt eingejagt haben, sonst würden sie sicher nicht hier stehen und sie bewachen, während sie den Skorpion bemalt.

Wir gleiten über das Boot hinweg, doch es ist zu dunkel für mich, um zu erkennen, was sie schreibt.

»Sie hat ihm mit Lippenstift ein Herz auf die Brust gemalt und schreibt gerade ›Penryn und Paige‹ ins Innere«, flüstert mir Raffe ins Ohr. Wir drehen in Richtung Pier ab. »Und jetzt malt sie Blumen auf seinen Bauch.«

Ich schüttle lächelnd den Kopf.

Plötzlich fühle ich mich viel leichter.

Und einen Moment lang umklammere ich Raffe so fest, dass es vielleicht für einen Außenstehenden so aussieht, als würde ich ihn umarmen.

66

Pier 39 sieht noch beinahe so aus, wie ich ihn in Erinnerung habe. Überall zerbrochene Balken, die in alle Richtungen ragen, zerstörte Gebäude, ein zur Seite gekipptes Boot.

Das Ausflugsboot von Jake, dem Kapitän, ist scheinbar gegen den Pier gekracht, und die zersplitterten Balken umrahmen es wie eine Krone. Das Boot liegt tiefer, als es eigentlich sollte, und ist dabei, langsam unter Wasser zu sinken. Ein Scheinwerfer an Deck brennt noch immer und wirft einen gespenstischen Lichtstrahl quer über den Pier.

Dann haben sich also doch nicht alle Gefangenen dazu entschlossen, die Halbinsel entlang die Bucht hinunter zu schippern. Einige haben scheinbar den kürzesten Weg aufs Festland genommen und sich dann in alle Windrichtungen verteilt. Das ergibt durchaus Sinn, wenn man der Meinung ist, die Überlebenschancen an Land wären größer als auf dem Wasser, oder wenn sich noch Angehörige in der Stadt befinden.

Ich vermute, es war wohl nicht Jake, der Kapitän, der

das Boot gesteuert hat. Es sei denn, er war ziemlich betrunken, was natürlich durchaus möglich wäre.

Wir kreisen über dem Pier und sondieren die Lage. Plünderer laufen in alle Richtungen davon, als sie unseren Schatten vor dem Mond wahrnehmen. Einige von ihnen sind noch Kinder. Die Gerüchte, dass auf dem Pier Wertgegenstände zu finden sind, haben sich scheinbar schnell verbreitet. Ich frage mich, ob diese Menschen eigentlich ahnen, wie gefährlich es hier für sie ist?

Sobald alle fort sind, landen wir leise im Schatten.

Raffe hält mich eine Sekunde länger fest, als notwendig wäre, bevor er mich absetzt. Und ich schlinge meine Arme noch etwas länger als notwendig um seinen Hals, bevor ich mich aus seiner wärmenden Nähe zurückziehe. Auf einen Außenstehenden wirken wir vermutlich wie ein Pärchen, das sich im Dunkeln küsst.

Licht fällt auf die Balken und Bretter, die aus dem Hafenbecken ragen. Unsere feuchte Atemluft kondensiert zu zwei Nebelwolken, die sich vermischen und die zusammen forttreiben, während wir die Umgebung im Auge behalten und lauschen, ob sich noch niemand in der Nähe befindet.

Dann höre ich jemanden weinen.

Eine Frau sitzt einsam auf den Trümmern einer zusammengefallenen Bonbonbude. Sie versucht zwar, leise zu sein, doch ihr sanftes Schluchzen ist dennoch zu hören.

Etwas an der zusammengesunkenen Frau und ihrer Stimme kommt mir bekannt vor. Ich gebe Raffe ein Zeichen, dass er zurücktreten soll, während ich mit ihr spreche. Dann gehe ich außerhalb des Lichtstrahles auf sie zu.

Es ist Clara. Sie hält ihren verschrumpelten Körper fest umschlungen und sieht noch kleiner aus als sonst. Auf ihren Wangen, die wie verwelkte Blätter aussehen, glänzen Tränen, während sie einsam und weinend dort sitzt.

»Hey, Clara. Ich bin's, Penryn«, rufe ich leise aus einigen Metern Entfernung, damit ich sie nicht zu Tode erschrecke. Clara schnappt nach Luft, und es ist offensichtlich, dass sie trotzdem beinahe einen Herzinfarkt bekommen hätte.

Sie lächelt und schluchzt zugleich, als sie mich erkennt. Sofort eile ich zu ihr und setze mich neben sie. Die zerbrochenen Balken sind hart und feucht. Ich kann nicht glauben, dass sie schon seit Stunden hier sitzt.

»Warum bist du denn noch hier? Du solltest so weit wie möglich von hier fort.«

»Hier an diesem Ort bin ich meiner Familie am nächsten.« Ihre Stimme bricht. »Wir haben hier so schöne Sonntage erlebt.« Sie schüttelt langsam den Kopf. »Außerdem kann ich nirgendwo sonst hin.«

Ich will ihr schon vorschlagen, dass sie ins Widerstandscamp zurückkehren könnte, als ich mich daran erinnere, wie die Menschen im Camp Clara und die anderen Skorpion-Opfer behandelt haben. Menschen, die ihre Angehörigen lieber lebendig begraben haben, als das Risiko einzugehen, dass sie sich so verändern, wie Clara es getan hat, würden jemanden wie sie vermutlich nie wirklich akzeptieren. Kein Wunder, dass sie nicht zusammen mit dem Widerstand die Bucht entlangschippern wollte.

Ich lege ihr einen Arm um die Schulter und drücke sie. Das ist alles, was ich gerade tun kann.

Sie wirft mir ein schwaches Lächeln zu, doch dann laufen ihr erneut Tränen über die Wangen, und ihr Gesicht verkrampft sich.

Irgendwo in der Nähe klappert etwas und rollt davon.

Wir erstarren beide, was wohl ein Zeichen dafür ist, dass Clara sich noch nicht endgültig aufgegeben hat.

Ein schmutziges kleines Mädchen mit verfilzten Haaren stürzt ein paar Schritte aus seinem Versteck hinter einem Auto hervor. Der Arm eines Erwachsenen schießt hervor und versucht, sie zurückzuziehen.

»Nein, sie ist es ganz sicher!«, ruft das Mädchen. »Ich habe sie gehört. Sie ist hier!«

Jemand flüstert von seinem Platz hinter dem Auto eindringlich auf sie ein.

Das Mädchen schüttelt den Kopf. Dann wendet es sich ab und läuft auf uns zu.

»Komm sofort wieder her!«, flüstert die eindringliche Stimme hinter dem Auto. Ein Mann sprintet geduckt dahinter hervor. Er hebt das kleine Ding hoch und läuft damit zurück. Das Mädchen wehrt sich wie ein ganzer Sack voller Welpen. Es strampelt mit den Beinen, windet sich und will schon laut losbrüllen, doch der Mann drückt ihm eine Hand auf den Mund.

Das gedämpfte Kreischen des Mädchens klingt verdächtig nach »Mommy!«

Neben mir sitzt Clara völlig erstarrt da.

Ein zweites Mädchen späht hinter dem Auto hervor. Dieses Mädchen ist ein wenig größer, aber genauso schmutzig, und seine Haare sind ebenso verfilzt. Mit großen Augen starrt es zu uns herüber.

»Ella?«, flüstert Clara so leise, dass sogar ich direkt neben ihr Probleme habe, sie zu verstehen. Jetzt steht sie beinahe keuchend auf. »Ella?« Sie taumelt kurz, dann läuft sie auf das Auto zu.

Oh-oh. Das kann jetzt wirklich wunderschön, aber auch äußerst tragisch enden.

Es ist dunkel, und ich bin mir ziemlich sicher, dass ihre Töchter noch nicht in allen Einzelheiten erkennen können, wie Clara mittlerweile aussieht. Also stehe ich auf und folge ihr unauffällig, falls sie Unterstützung benötigt. Ich kann ihr zwar nicht helfen, falls ihre Familie sie gleich verstößt, aber zumindest weiß sie dann, dass noch jemand für sie da ist.

Der Mann erstarrt auf dem Weg zum Auto. Er dreht sich mit dem Mädchen auf dem Arm um. Das Kind windet sich wild hin und her, und die gedämpften Schreie werden lauter. »Mommy!«

Das zweite Mädchen tritt vorsichtig hinter dem Auto hervor. »Mom?« Es klingt vollkommen verloren und unsicher.

»Chloe«, seufzt Clara und läuft in die Richtung des Mädchens.

Das ältere Mädchen geht jetzt langsam auf Clara zu. Ein riesiges Lächeln macht sich gerade auf meinem Gesicht breit, als Chloe plötzlich taumelnd innehält und ihre Mom mit weit aufgerissenen Augen anstarrt. Sie ist mittlerweile nahe genug, um ihre Mutter besser erkennen zu können. Ich sehe Clara so vor mir, wie meine Mutter sie sieht. So, wie alle sie sehen. Sie sieht wirklich so aus, als wäre sie nach einiger Zeit unter der Erde wieder aus ihrem Grab emporgestiegen.

Bitte, schrei jetzt nicht, Chloe. Das würde das Ende für Clara bedeuten.

Sie war stark genug, um in den Fängen des Skorpions zu überleben. Stark genug, um aus dem Keller emporzukriechen, in dem sie lebendig begraben wurde. Und stark genug, um den Monstern auf Alcatraz zu entkommen. Doch wenn ihre kleine Tochter jetzt bei ihrem Anblick zu schreien beginnt, würde das Clara in so viele tausend Stücke zerreißen, dass nichts und niemand sie jemals wieder zusammensetzen könnte.

Claras Schritte geraten ins Stocken, und sie bleibt ebenfalls stehen. Ihr Gesicht, das eben noch vor überraschter Freude erstrahlte, wirkt nun furchtbar unsicher.

Das jüngere Mädchen hat es mittlerweile geschafft, sich aus der Umklammerung des Mannes zu befreien, und läuft auf uns zu. Im Gegensatz zu seiner Schwester zögert es nicht, sich in Claras Arme zu stürzen.

»Ich wusste, dass du es bist!« Das kleine Mädchen sieht aus, als würde es vor Glück schmelzen, während es seine Mom umarmt. »Daddy wollte, dass wir warten, bis wir sicher sind. Wir haben dich ewig lange beobachtet. Du hast immer bloß geweint und geweint, also konnten wir es nicht genau sagen. Doch dann hast du plötzlich etwas gesagt, und ich wusste es! Ich habe deine Stimme gehört und wusste es. Siehst du Daddy? Ich habe es dir ja gesagt!«

Doch Daddy steht wie gelähmt einige Schritte entfernt und starrt Clara an.

Clara streichelt Ella mit zitternder Hand über den Kopf. »Ja, meine Kleine, du hattest recht. Ich habe euch so vermisst. So sehr.« Sie wirft Chloe und ihrem Mann einen ängstlichen, flehenden Blick zu.

Chloe macht zögernd einen Schritt auf sie zu. »Mom? Bist du es wirklich? Was ist mit dir passiert?«

»Ja, mein Schatz, ich bin es wirklich. Es geht mir gut«, antwortet Clara. »Jetzt geht es mir endlich wieder gut.« Sie streckt einladend einen Arm aus, und Chloe tritt vorsichtig auf sie zu.

Dad reißt das Mädchen zurück. »Ist es ansteckend?«

»Was?«, fragt Clara verwirrt.

»Bist du ansteckend?« Dad betont jedes einzelne Wort, als würde sie nicht mehr länger unsere Sprache sprechen.

»Nein«, flüstert Clara. Ihre Stimme bricht, und ich weiß, dass sie gerade noch durchhält. »Ich schwöre es.«

Chloe reißt sich von ihrem Dad los. Sie hält kurz inne und starrt Clara an, dann lässt sie sich zögernd von Clara umarmen. Doch sobald sie ihre Mutter spürt, klammert sie sich genauso fest an sie wie ihre kleine Schwester.

Claras Ehemann starrt sie an und wirkt, als wüsste er nicht, ob er zu seiner Familie laufen oder einfach wegrennen soll. Er steht da und hört zu, wie seine Kinder ihrer Mutter aufgeregt erzählen, dass sie hierhergekommen sind, weil sie gehört haben, dass auf dem Pier wertvolle Dinge zurückgelassen wurden. Wie sie ihren Vater angebettelt haben, noch ein letztes Mal hierher zurückzukommen. Und wie sie so getan haben, als würden sie hierherkommen, um am Sonntag zu Mittag zu essen, wie sie es früher immer gemacht haben.

Ich höre, wie Clara sich leise mit ihren Kindern unterhält, und in mir steigt das Bild einer Mom hoch, wie sie sich jedes Kind verdient hätte. Die Mädchen wirken glücklich und zufrieden in der Gegenwart ihrer Mutter. Das fühlt sich vermutlich echt gut an.

Und schließlich tritt auch ihr Dad wie im Traum auf Clara zu. Ohne ein weiteres Wort umarmt er die drei und beginnt zu weinen.

Beinahe kann ich den Pier so vor mir sehen, wie er aussah, als Clara und ihr Mann die Kinder jeden Sonntagmittag hierherbrachten. Ich höre die Möwen, rieche die salzige

Brise, die vom Meer hereinweht, und spüre die warme kalifornische Sonne. Und ich sehe ein Paar, das Hand in Hand hinter zwei vorauslaufenden Kindern her schlendert. Die Frau ist Clara, so wie sie früher aussah, mit rosiger Haut und einem Lächeln auf den Lippen. Sie hält einen Strauß Blumen vom Markt in der Hand und lacht gemeinsam mit ihrem Mann, während sie alle den gemütlichen Sonntag genießen.

Dann ziehe ich mich in die Dunkelheit zurück.

67

Ich bereite mich innerlich auf Raffes sarkastischen Kommentar über Claras Wiedervereinigung vor. Er lehnt an der Mauer eines Ladens, der beinahe noch unversehrt ist. Ein dunkler, bedrohlicher Schatten in der Dunkelheit. Hätte ich ihn nicht gekannt, hätte ich wohl einen riesigen Bogen um ihn gemacht.

Als ich nahe genug bin, um sein Gesicht zu erkennen, zeigt sich darauf jedoch keine Spur Sarkasmus. Er beobachtet Claras Wiedervereinigung mit ihrer Familie mit mehr Mitgefühl, als ich es je von einem Engel erwartet hätte, selbst von Raffe.

Doch dann erinnere ich mich daran, wie Beliel meinte, dass Engel nicht dazu geschaffen seien, alleine zu sein. Vielleicht versteht Raffe das hier also sogar besser, als ich es ihm zugestanden hätte.

»Ich entziehe dir hiermit deinen Kriegerstatus«, erklärt Raffe, während er immer noch Clara und ihre Familie beobachtet.

»Ich hatte den Kriegerstatus?«

»Ja, etwa dreißig Sekunden lang.«

»Und welches unverzeihliche Verbrechen habe ich begangen, um diesen hochrangigen Status wieder zu verlieren?«

»Eine wahre Kriegerin hätte sich zuerst um ihr Schwert gekümmert, bevor sie persönlichen Angelegenheiten nachgegangen wäre.«

»Für mich gibt es nur persönliche Angelegenheiten. Ich nehme jeden einzelnen Kampf persönlich.« Ich führe Raffe zu dem Haufen mit den zerbrochenen Balken und den Dachschindeln, unter dem ich das Schwert versteckt habe.

»Hmm. Das war eine gute Antwort. Vielleicht erhältst du deinen Status irgendwann wieder.«

»Ich kann es kaum erwarten.« Ich schiebe das zerbrochene Holz beiseite, bis ich das schmutzige Gesicht des Teddybären entdecke. »Da ist sie.«

Vorsichtig ziehe ich den Bären und das Schwert heraus. Dann schiebe ich den Brautschleier stolz zur Seite, um ihm den Schwertschaft zu zeigen.

Raffe starrt das verkleidete Schwert eine Sekunde lang an, bevor er etwas sagt. »Weißt du eigentlich, wie mächtig dieses Schwert ist?«

»Es ist die perfekte Tarnung, Raffe.«

»Dieses Schwert ist nicht bloß ein Engelsschwert. Sie ist das Schwert eines *Erzengels*. Sie steht höher als jedes andere Schwert, falls dir das noch nicht klar gewesen sein sollte. Sie versetzt andere Schwerter in Angst und Schrecken.«

»Und die anderen Schwerter beginnen in ihrem Schaft zu zittern, wenn sie sie sehen, oder wie?« Ich eile zu dem Müllhaufen neben Kapitän Jakes Boot.

»Ja, so ist es«, erwidert er und folgt mir. »Sie wurde

erschaffen, um ungeheuerlichen Respekt zu verbreiten. Aber wie soll das funktionieren, wenn sie als Teddybär in einem Brautkleid verkleidet ist?«

»Es ist kein Brautkleid, es ist ein Rock für ihren Schaft. Und er sieht süß aus.«

»Sie hasst süße Dinge. Sie will sämtliche süßen Dinge vernichten.«

»Niemand hasst süße Dinge.«

»Engelsschwerter schon.« Er hebt eine Augenbraue und starrt auf mich hinunter.

Ich sollte ihm jetzt wohl nichts von den vielen süßen Engelsfigürchen und Bildern erzählen, die es in der Alten Welt gab.

Moms Peilgerät sollte eigentlich auch hier sein, aber ich kann es in dem Schutthaufen nirgendwo entdecken. Stattdessen sehe ich ein abnehmbares Schlüsselband an einer Handtasche baumeln. Ich wollte den Bären eigentlich schon längst sicher am Schaft befestigen, und dieses Band scheint dafür optimal. Also stecke ich ein Ende an der angenähten Schleife um den Hals des Bären fest und das andere am Riemen des Schwertschaftes.

»Hast du ihr eigentlich schon einen Namen gegeben?«, fragt Raffe. »Sie mag mächtige Namen, vielleicht kannst du sie besänftigen, indem du ihr etwas Angemessenes aussuchst.«

Kurz denke ich an den Namen, den ich Dei-Dum vorgeschlagen habe, und beiße mir auf die Lippe. »Ähm, sie kann jeden Namen haben, den sie sich wünscht.« Ich werfe ihm ein aufgesetztes Lächeln zu.

Er sieht mich an, als wäre er bereits auf das Schlimmste gefasst. »Sie erhält immer bloß einen einzigen Namen von ihrem jeweiligen Besitzer. Wenn du ihr bereits einen Namen gegeben hast, muss sie ihn behalten, solange sie bei dir ist.«

Verdammt.

Er starrt mich an, als würde er den Namen bereits jetzt hassen. »Also, wie lautet er?«

Für einen Moment überlege ich, ob ich lügen soll, aber welchen Sinn hätte das schon? Ich räuspere mich. »Pooky.«

Er schweigt so lange, dass ich schon glaube, er hätte mich gar nicht gehört, bis er endlich etwas sagt. »Pooky.«

»Es war bloß ein Scherz. Ich wusste ja nichts von dieser Namensregelung.«

»Ich habe dir doch einmal erzählt, dass Namen Macht haben, nicht wahr? Ist dir bewusst, dass sie sich dem anderen Schwert vorstellen muss, ehe sie sich in einen Kampf begibt? Und sie ist jetzt gezwungen, etwas vollkommen Lächerliches zu sagen, wie etwa: ›Ich bin Pooky, Tochter einer uralten Linie von Erzengelschwertern.‹ Oder: ›Verneige dich vor Pooky, denn es gibt in Gottes gesamtem Reich nur zwei Schwerter, die mir ebenbürtig sind.‹« Er schüttelt den Kopf. »Wie soll sie sich so Respekt verschaffen?«

»Ach, komm schon. Ist das dein Ernst? So eine großkotzige Ankündigung flößt doch ohnehin niemandem Respekt ein, egal wie der Name lautet.« Ich schlinge den Riemen über meine Schulter, und das Bärenschwert ruht nun wieder an meiner Hüfte, wo es hingehört.

Ich entdecke Moms Peilgerät neben einer Handtasche. Schnell eile ich darauf zu und schalte es ein.

»Du wärst überrascht, wie viele potenzielle Gegner ich bloß mit der Ankündigung ›Ich bin der Erzengel Raphael, der Zorn Gottes‹ in die Flucht geschlagen habe.« Er starrt mich Furcht einflößend an.

Ich vermute, er hat durch seine Dämonenschwingen sogar das Recht verloren, seinen Namen und seinen Titel zu verwenden. Sein trauriger Blick verrät mir, dass er gerade dasselbe gedacht hat.

Ein gelber Pfeil erscheint auf dem Peilgerät. Er befindet sich in Half Moon Bay, in der Nähe des Engelshorstes. Ich seufze schwer. Wäre es zur Abwechslung einmal möglich, dass Paige sich an einem sicheren Ort aufhält, der einfach zu erreichen ist?

»Paige ist noch im Horst.«

Raffe wirft mir einen vernichtenden Blick zu. »Meinst du denselben Horst, aus dem ich dich gerade noch lebend retten konnte, während die Engel dort alle Menschen umgebracht haben, die sie in die Finger bekamen?«

»Danke übrigens.«

Er fährt sich aufgewühlt mit den Fingern durch die Haare. »Hör zu, ich bin mir sicher, ich finde irgendwo einen hübschen kleinen Bunker mit einem Nahrungsvorrat für zwei Jahre.«

»Ich glaube, solche Bunker sind mittlerweile alle bereits belegt.«

»Und *ich* glaube, ich finde jemanden, der dir seinen Bunker sehr gerne überlassen würde. Vor allem, wenn ich ihn nett darum bitte.« Er wirft mir ein trockenes Lächeln zu. »Du könntest dir eine kleine Auszeit gönnen und erst wieder herauskommen, wenn sich die Lage beruhigt hat. Dich einigeln, es aussitzen und in Sicherheit weiterleben.«

»Sei bloß vorsichtig. Sonst komme ich noch auf die Idee, du würdest dir Sorgen um mich machen.«

Er schüttelt den Kopf. »Ich mache mir bloß Sorgen, dass jemand mein Schwert wiedererkennen könnte, während du es trägst. Wenn ich rechtzeitig dafür sorge, dass du ein paar Jahre von der Bildfläche verschwindest, bleibt mir diese Schande womöglich erspart.«

Ich beiße mir auf die Lippe, um mir die nächste Frage zu verkneifen, aber ich schaffe es einfach nicht. »Und was machst du, während ich mich wie ein Eichhörnchen in einem Bau verkrieche?«

»Ich hole mir meine Flügel zurück. Und dann finde ich heraus, was mit meinen Leuten los ist und bringe alles wieder in Ordnung.« Er atmet tief ein. »Und sobald ich meine Angelegenheiten erledigt habe, kehre ich mit ihnen nach Hause zurück.«

Ich nicke und grabe meine Fingernägel in meine Handfläche, um nicht mit den Gedanken abzuschweifen. »Ich kann nicht behaupten, ich würde bei deinem Vorschlag nicht in Versuchung geraten, Raffe. In Sicherheit zu leben klingt wunderbar.« Dann lächle ich ihn an, aber das täuscht nicht über meine Trauer hinweg. »Und vielleicht komme ich auf dein Angebot zurück, sobald ich meine Familie wieder vereint habe. Ich meine, wenn du dann noch da bist und mir immer noch helfen willst.«

Er seufzt. »Ich sehne mich nach der Zeit zurück, als man euch Frauen einfach Befehle erteilen konnte und ihr keine andere Wahl hattet, als diese zu befolgen.«

»Glaubst du wirklich, dass es jemals so war? Ich bin mir ziemlich sicher, dass meiner Mutter noch nie jemand etwas befehlen konnte.«

»Da hast du wahrscheinlich recht. Die Widerspenstigkeit der Frauen in deiner Familie reicht vermutlich Generationen zurück. Ihr seid wie eine Plage, die übers Land zieht.«

»Solange diese Plage auch die Engel dahinrafft, bin ich mir sicher, dass die Menschheit nachsichtig mit uns sein wird.«

»Oh, für einen bestimmten Engel bist du in jedem Fall eine Plage. Gibt es etwas, was ich tun oder sagen kann, um dich davon abzuhalten, zum Horst zurückzukehren?«

Ich denke kurz nach. »Ich wünschte, es gäbe etwas. Mein Leben wäre dann viel einfacher.«

»Was, wenn ich mich weigere, dir dabei zu helfen?«

»Dann gehe ich zu Fuß oder fahre mit dem Auto.«

»Was, wenn ich dich irgendwo einsperre?«

»Dann nehme ich mein hübsches kleines Schwert hier und schlage mir den Weg frei.«

»Was, wenn ich nicht zulasse, dass du das Schwert mit in dein Gefängnis nimmst?«

»Das würdest du nie tun. Wenn du es schon nicht haben kannst, willst du zumindest, dass ich es habe, nicht wahr? Wir sind gemeinsam besser dran als alleine.«

Unsere Blicke treffen sich.

»Und abgesehen davon. Wer würde mich aus meinem Gefängnis rauslassen, wenn dir etwas zustößt?«

Er wirft mir einen schiefen Blick zu, als wäre der Gedanke, ihm könnte etwas zustoßen, einfach lächerlich.

»Beliel befindet sich vermutlich ebenfalls noch im Horst«, sage ich.

»Und wie kommst du auf die Idee?«

»Der Arzt, der Paige operiert hat, denkt, dass sie auf der Suche nach Beliel ist. Und wer weiß, welche seltsamen tierischen Instinkte sie ihr eingepflanzt haben? Vielleicht spürt sie, wo er sich aufhält.« Ich hebe Moms Peilgerät in die Höhe. »Ich orte Paige. Und Paige ortet Beliel. Du kannst mich nicht davon abhalten, Paige zu folgen, also warum ziehst du nicht gleich deinen eigenen Nutzen daraus und fliegst mich in den Horst?«

Er starrt mich böse an. »Ich musste dir schon einmal beim Sterben zusehen. Reicht das nicht?«

»Du musst bloß dafür sorgen, dass es nicht noch einmal passiert.« Ich werfe ihm ein sonniges Lächeln zu. »Ist doch ganz einfach.«

»Das Einzige, was hier einfach ist, ist dein Gemüt, du sture, kleine ...« Sein Murren wird immer leiser, bis ich ihn nicht mehr verstehen kann, aber ich nehme an, er schäumt nicht gerade vor Komplimenten über.

Schließlich streckt er die Arme aus.

Es ist echt nervtötend, ihm derart nahe zu sein, dass ich spüren kann, wie sein Herz an meiner Brust schlägt. Ich klammere mich an ihn, während er seine Schwingen ausbreitet und wir in den Nachthimmel hochsteigen.

68

Wir fliegen so knapp über dem Wasser, dass wir eigentlich gleich schwimmen könnten. Immer wieder glaube ich, dass wir durch die nächste große Welle hindurchfliegen werden. Die Gischt fühlt sich an wie eine eisige Dusche. Ich vergrabe mein Gesicht an Raffes Hals auf der Suche nach seiner unendlichen Wärme.

Es ist so kalt, dass mir beinahe die Arme abfallen. Und es ist kein Trost, dass das hier der einzige Weg ist, ungesehen zum Horst zu gelangen. Wären wir über den Landweg gekommen, hätten sie uns sicher entdeckt.

Raffe wirkt stoisch und ruhig, obwohl wir uns so nahe am Wasser befinden und er erst einmal in seinem Leben richtig geschwommen ist. Ich hingegen bin weniger entspannt. Schließlich muss ich immer wieder daran denken, dass das hier vielleicht das Letzte ist, was ich tue. Egal, was ich mache, ich bekomme die Bilder der außer sich geratenen, blutbesudelten Krieger nicht mehr aus dem Kopf.

Raffe drückt mich enger an sich. »Es ist wirklich an der

Zeit, dass du ein wenig zur Vernunft kommst. Du *solltest* Angst haben.«

»Ich zittere, weil mir kalt ist.«

»Du bist echt süß, wenn du Angst hast.«

Ich werfe ihm einen bösen Blick zu. »Ja, du bist auch echt süß, wenn du Angst hast.«

Er bricht tatsächlich in Gelächter aus. »Du meinst, ich bin einfach umwerfend gut aussehend, wenn ich *keine* Angst habe. Denn du hast mich noch nie erlebt, wenn ich Angst hatte.«

»Ich sagte, du bist ›süß‹, nicht ›umwerfend gut aussehend‹.«

Wir nähern uns der Küste.

Bis jetzt haben die Wellen, die an den Strand donnern und gegen die Felsen krachen, unseren kleinen Schlagabtausch übertönt, doch mittlerweile sind wir nahe genug, dass wir beide instinktiv die Klappe halten.

Natürlich haben wir keinen wirklichen Plan. Erst einmal müssen wir sehen, was im Horst vor sich geht, und uns dann etwas überlegen. Dieses Mal bewegen wir uns von der Seite auf den neuen Horst zu, damit wir unbemerkt an Land gehen können. Wir landen auf dem Strand unter dem Felsvorsprung am Rand des Hotelgrundstücks.

Versteckt hinter Felsen, Zäunen und Büschen schleichen wir uns so nahe wie möglich an den Lichtkreis am Rande des Rasens heran. Anstelle der alten Fackeln, die während der Schlägerei umgeworfen wurden, wurden bereits neue aufgestellt. Doch sie wirken wie zufällig platziert und so schief, als hätte sich niemand wirkliche Mühe damit gegeben.

Ich versuche, Raffes schleichenden, geschmeidigen Gang nachzuahmen, doch meine zu Eis gefrorenen Beine sind so steif, dass ich mich mehrere Male festhalten muss, um nicht nach vorne zu kippen. Er wirft mir einen Blick zu, der mir deutlich zu verstehen gibt, dass ich mich zusammenreißen soll.

Wir huschen zu einer Reihe niedriger Büsche und schleichen dahinter näher an die Rasenfläche heran. Am Rand des Rasens liegen überall Überreste der Party, die aussehen wie Müll, der an die Küste angeschwemmt wurde. Umgestürzte Partytische, umgedrehte Liegestühle, zerrissene Kostüme und andere zerbrochene Gegenstände.

Der Rasen selbst wird von einem gefleckten Teppich aus zertrampelten Flügelabdeckungen, Masken und anderen Dingen bedeckt, die mittlerweile kaum wiederzuerkennen sind. Ich sehe dunkle Flecken im Gras, die sich im Tageslicht vermutlich als rot entpuppen würden. Falls noch irgendwelche Diener übrig sind, haben sie offensichtlich keine Lust, herauszukommen und aufzuräumen.

Die Engel, die noch über den Rasen verteilt herumstehen, sind viel zu hinüber, um irgendetwas zu bemerken. Eine Gruppe steht singend in der Mitte, sie tragen noch immer ihre Masken. Die Stimmen der Engel klingen einfach wundervoll, aber sie schwanken und treten immer wieder nach den Trümmern, sodass sie eher wie betrunkene Piraten wirken, die von einem Raubzug nach Hause zurückgekehrt sind.

Eine weitere Gruppe Engel baut neben dem Luxus-Hotel gerade einen Tisch auf, auf dem sich mehrere Holzkisten befinden. Daneben stehen Stangen von unterschiedlicher Höhe.

Ein Engel schwebt über den Stangen und befestigt dreieckige, bunte Fahnen daran, die wie Ritterflaggen im Wind wehen, der vom Meer hereinbläst. Zwei Engel steigen mit einem Banner in den Händen hoch. Sie befestigen es an den beiden höchsten Stangen. Mehrere Symbole verlaufen wie Schriftzeichen über das Banner.

Raffe betrachtet es mit kalten, mörderischen Augen.

Ich werfe ihm einen fragenden Blick zu, denn ich will wissen, was die Aufschrift bedeutet.

Er lehnt sich zu mir, und seine Worte sickern kaum hörbar in mein Ohr. *»Wählt Uriel – und die Apokalypse beginnt schon morgen.«*

Ich verstehe nicht alle Einzelheiten der Engelpolitik, aber ich weiß, dass das nichts Gutes verheißt. Sie stellen gerade die Wahlurnen für die Wahl zum neuen Botschafter auf.

Die Engel befestigen ein weiteres Banner, dieses ist allerdings nach oben gedreht, sodass es auch aus der Luft gelesen werden kann. Einer der Engel, die das Banner ausrollen, ist ein Riese mit schneeweißen Flügeln. Beliel.

Raffe und ich wechseln einen Blick und machen uns auf den Weg in Beliels Richtung.

Während wir näher heranschleichen, findet Raffe eine Flügelabdeckung, die in einem Busch feststeckt. Die dunklen Federn sind mit einem zerrissenen Paillettenschleier bedeckt, doch der lässt sich leicht entfernen, sodass nur noch die Flügelabdeckung übrig bleibt. Raffe breitet sie über seinen Schwingen aus, und ich streiche die Federn glatt.

Eine weggeworfene Maske wird vom Wind über den Rasen gefegt, und Raffe fängt sie auf. Ich befestige sie an seinem Kopf. Sie ist tiefrot mit silberfarbenen Ornamenten um Augen und Wangen und bedeckt sein ganzes Gesicht bis auf den Mund.

Er steht auf, zieht mich ohne ein weiteres Wort neben sich in die Höhe und schiebt sich zwischen mich und den

Hotelrasen. Ich muss um ihn herumspähen, um die Engel noch zu sehen, was bedeutet, dass sie mich ebenfalls nicht sehen können. Raffe ist groß genug, um mich zu verdecken. Aus der Ferne sehen wir aus wie ein Krieger, der die ehemalige Party durchquert.

Ich befürchte, dass einige der Engel direkt über uns hinwegfliegen könnten, denn dann würden sie mich entdecken. Glücklicherweise leiden alle scheinbar unter einem gewaltigen Kater, sodass sie nicht die Energie aufbringen können, weiter zu fliegen als unbedingt nötig. Wir bewegen uns am Rand der Rasenfläche entlang und immer weiter auf Beliel zu. Ich halte mit Raffe Schritt, was nicht allzu schwierig ist, da er eher dahinschlendert.

Beliel steht hinter Uriel, am Rande von Uriels Gefolgsleuten, die gerade neue Anweisungen von ihm erhalten.

Raffe wirft einen Blick in den Himmel, und ich frage mich, ob er wohl etwas gehört hat. Und Beliel sieht zu derselben Stelle hoch. Er lehnt sich zu Uriel hinüber, und es folgt ein schneller Wortwechsel.

Die Engel halten einer nach dem anderen inne und blicken alle in den Himmel. Das dumpfe Dröhnen, das vorhin noch von dem Donnern der Wellen übertönt wurde, wird immer lauter und ist mittlerweile nicht mehr zu überhören.

Eine Wolke, noch dunkler als der Nachthimmel, kommt auf uns zu. Sie wirbelt herum, breitet sich aus, zieht sich zusammen und dreht sich einmal in die eine, dann in die andere Richtung.

Das wütende Surren Tausender Skorpionflügel ist zu hören, während die Skorpione über unsere Köpfe hinwegfliegen.

69

Schatten landen außerhalb des Lichtkegels der Fackeln am Rande der Rasenfläche. Raffe kann alles erkennen, doch es ist viel zu dunkel für mich, um auch etwas zu sehen. Ich erhasche jedoch einen Blick auf zahlreiche Gestalten, die wieder zurück in die Luft steigen, und glaube, durchsichtige Insektenflügel ausmachen zu können.

Aus den Schatten heraus tritt die kleine Paige.

Sie bewegt sich steif und vorsichtig, als wäre sie zur einen Hälfte Maschine und bloß zur anderen ein kleines Mädchen. Die Nähte, die über ihr Gesicht verlaufen, leuchten rot und schwarz im Licht der Fackeln, und ihre rasiermesserscharfen Zähne reflektieren die Flammen.

Jetzt, wo ich Bescheid weiß, sieht sie tatsächlich aus wie jemand, der sich unter starken Schmerzen fortbewegt, doch ihr Gesichtsausdruck verrät nichts dergleichen. Sie widersteht dem Schmerz. Vielleicht, weil es zu sehr wehtut, zusammenzuzucken oder das Gesicht zu verziehen. Ich wusste gar nicht, dass sie so hart sein kann.

Beliel neigt den Kopf und betrachtet sie eingehend, während sie auf ihn zugeht.

»Mein kleiner Wurm«, sagt er. »Bist du es wirklich?« Sein Mund verzieht sich zu einem überraschten, aber auch stolzen Lächeln. »Du kriechst ja gar nicht mehr länger durch den Dreck.«

Er streckt eine Hand aus. »Und du bist ganz alleine hierhergekommen, nicht wahr?«

Es bricht mir das Herz mitanzusehen, wie meine kleine Schwester ihre zarte Hand in seine legt.

Doc hatte recht. Tief im Inneren hatte ich gehofft, dass es anders wäre. Aber jetzt mitanzusehen, wie sie sich einem Dämon wie Beliel zuwendet, macht mir bloß bewusst, wie schlimm es für sie mit dem Rest von uns gewesen sein muss.

Paige sieht zu Beliel auf. Sie verrenkt den Kopf, um ihm in die Augen zu sehen. So, wie sie seine Hand hält, könnten die beiden beinahe Vater und Tochter sein.

Beliel öffnet seine gestohlenen Flügel ein wenig und hält Paiges Hand hoch, während er sich lächelnd Uriel zuwendet. *Siehst du? Sieh dir meine Trophäe an.*

Paige zieht jedoch an Beliels Arm, sodass er sich zu ihr hinunterbeugen muss. Einen Augenblick lang denke ich, sie will ihm einen Kuss geben. Beim Gedanken daran dreht sich mir der Magen um.

Stattdessen springt sie plötzlich mit einem Satz hoch und verbeißt sich in seinem Hals.

Dann schüttelt sie den Kopf wie ein wildgewordener Hund und reißt ihm ein Stück Fleisch heraus.

Beliel kreischt.

Blut spritzt in alle Richtungen.

Uriel und seine Gefolgsleute springen zurück. Alle anderen

halten in dem, was sie gerade tun inne und starren zu Beliel hinüber.

Das Surren über unseren Köpfen wird wieder hektischer. In der Ferne ändern die Skorpione ihre Richtung und kommen zurück, um erneut über uns hinwegzufliegen. Sind die Skorpione eigentlich nicht immer Beliels Befehlen gefolgt? Sind sie jetzt wütend geworden?

Paige spuckt das Fleischstück aus und packt Beliels Kopf, bevor er zurückzucken kann. Sie stürzt sich auf sein Gesicht.

Drei Skorpione tauchen aus dem Himmel herab.

Ich schnappe erschrocken nach Luft, denn ich vermute, dass sie sich auf Paige stürzen werden.

Doch stattdessen packen sie Beliel.

Sie stechen immer wieder zu und pumpen das lähmende Gift in seinen Körper.

Statt ihm den Rest zu geben, beginnt Paige, auf ihn einzutreten. Sie schreit ihn an, zerrt an seinen Haaren und beißt Stücke aus ihm heraus, die sie ihm ins Gesicht spuckt.

Und die ganze Zeit über weint sie.

Ich muss zugeben, ich bin vollkommen gebannt von dem Anblick meiner kleinen Schwester, die sich rasend vor Zorn über Beliel hermacht. Er ist nicht gerade ein kleiner Gegner, aber sie hat ihn vollkommen überrascht.

Noch nie zuvor habe ich eine Siebenjährige mit so viel Wut im Bauch gesehen. Und vor allem nicht Paige. Sie trommelt mit ihren kleinen Fäusten auf ihn ein, und mir wird klar, dass sie eigentlich eher gegen ihre eigenen Dämonen als gegen den Dämon namens Beliel kämpft.

Mein Herz zerfällt zu Asche, als ich sehe, was von meiner Schwester übrig geblieben ist. Ich spüre, dass meine

Lippen nass und salzig sind, und erkenne, dass ich zu weinen begonnen habe.

Der Wind, der vom Meer hereinweht, umfängt mich, und ich zittere wie ein Grashalm im Sturm.

70

Raffe läuft die Klippen entlang auf Beliel zu und stürzt sich auf einen der Skorpione. Er packt ihn, bevor er seine klauenartigen Finger in Beliels Rücken versenken kann.

Zuerst bin ich verwirrt. Warum beschützt Raffe Beliel?

Doch dann sehe ich, wie Blut von Beliels Hals auf die schneeweißen Flügel tropft, und ich verstehe. Gerade greift Raffe nach Paiges Hand, um sie daran zu hindern, eine Handvoll Federn auszureißen.

Stattdessen vergräbt sie sich jetzt erneut in Beliels Haaren und reißt Büschel davon aus. Weiße Federn bauschen sich auf, während die Gruppe miteinander kämpft.

Die Engel auf dem Rasen beobachten Raffe, Beliel, Paige und die drei Skorpione neugierig. Niemand scheint auf die Idee zu kommen, einzugreifen und Beliel zu helfen. Ich nehme an, dass diejenigen, die mit ihm zu tun hatten, ihn nicht leiden können, und alle anderen spüren, dass er nicht zu ihnen gehört.

Raffe trägt noch immer seine Maske, doch er ist nicht

der einzige kostümierte Engel hier. Und niemand beachtet mich, als seien die Menschen, die vor ein paar Stunden noch so im Zentrum der Aufmerksamkeit standen, nicht mehr wirklich von Bedeutung.

Ich sehe mich nach einem möglichen Versteck um. Es gibt nichts, es sei denn, ich wollte mich hinter einem Busch verstecken, der so weit entfernt ist, dass ich nichts mehr erkennen könnte. In unmittelbarer Nähe befinden sich bloß das Meer, die Klippen, Gras und Fackeln.

Zuerst sind es nur ein paar Engel, die zusehen, doch dann strömen immer mehr herbei. Die seltsame Situation hat wohl ihre Neugierde geweckt. Sie drängen sich um mich und schubsen mich zur Seite. Die Engel, die zu spät gekommen sind, müssen sich in den Himmel erheben, um noch etwas zu sehen.

Über unseren Köpfen schwebt eine Wolke Skorpione, die immer wieder heruntertaucht, bloß um sich wieder zurückzuziehen. Sie wirken wie ein Schwarm Bienen, der nervös vor dem Bienenstock herumschwirrt.

Schließlich haben die Engel einen Kreis um die Kämpfenden gebildet, und ich befinde mich in der Mitte. So viel dazu, keine Aufmerksamkeit zu erregen. Ich streichle das weiche Fell des Teddybärschwertes und versuche, ruhig zu bleiben.

Beliels gequälte Schreie hallen durch die Nacht.

Alle sehen zu, wie er gnadenlos in Stücke gerissen und gestochen wird. Abgesehen von Raffe, der ja nur seine Flügel beschützen will, kommt ihm niemand zur Hilfe. Die anderen Engel zucken nicht einmal voll Mitgefühl für ihn zusammen.

Beliel hatte recht. Er ist tatsächlich ungeliebt und nirgendwo erwünscht.

Endlich blickt Paige, die sich keuchend und weinend über Beliel hergemacht hat, auf. Sie scheint die anderen Engel zum ersten Mal wirklich wahrzunehmen. Selbst in dem düsteren Licht kann ich sehen, wie sich Angst und Unsicherheit auf ihrem Gesicht breitmachen, während ihr Blick gehetzt von einem kaltherzigen Krieger zum nächsten wandert.

Das Licht der Fackeln fällt auf die Engel, und rot flackernde Schatten zucken über ihre furchtbar brutalen Gesichter.

Ihr Blick hält inne, als sie mich entdeckt. Dann blinzelt sie mehrere Male, als wäre sie nicht sicher, ob ich es tatsächlich bin. Ihr Gesicht verzieht sich, und es entsteht der unheimliche Eindruck, als würde sich das zusammengeflickte Monster langsam zurückziehen und eine furchtbar verängstigte Paige zurücklassen.

Sie sieht wieder aus wie in dem Video, das in Beliels Zelle aufgenommen wurde. Winzig, einsam, verloren. Ein kleines Mädchen, das sich an den Gedanken klammert, dass seine große Schwester kommen wird, um es zu retten.

Ich strecke meine Arme nach ihr aus, und mir wird bewusst, wie lange es her ist, seit ich sie zum letzten Mal berührt habe. Sie ist nicht mehr die Paige, die ich einmal kannte, aber ich kann sie nicht bloß als Monster abstempeln. Wenn wir hier sterben sollten, dann will ich zumindest meine kleine Schwester in den letzten Augenblicken unseres Lebens tröstend in den Armen halten.

Paige senkt den Blick und wirkt unsicher. Tränen ziehen Spuren über ihre blutverschmierten Wangen.

Ich trete in die Mitte des Kreises und gehe auf sie zu. Sie weint immer heftiger, je näher ich komme. Als ich vor sie trete, schlingt sie so fest sie kann ihre Arme um meine Taille.

Dann sieht meine kleine Schwester zu mir hoch.

Mom hatte recht. Ihre Augen sind so, wie sie immer waren. Braune, von langen Wimpern umrahmte Augen voller Erinnerungen an Lieblichkeit und Licht, Gelächter und Freude – gefangen in dem geschundenen Gesicht einer Toten.

»Ist schon gut, meine Kleine«, flüstere ich in ihre Haare, während ich sie umarme. »Ich bin da. Ich bin bei dir.«

Ihr Gesicht verzieht sich, und ihre Augen leuchten: »Du bist zu mir gekommen.«

Ich streichle ihre Haare. Sie sind noch genauso seidig wie früher.

71

Beliel liegt vor Raffe im Schmutz. Er blutet aus unzähligen klaffenden Wunden, Bissen und den Stellen, an denen ganze Stücke herausgerissen wurden. Die drei Skorpione drücken ihre offenen Münder auf seine Wunden und beginnen, ihn auszusaugen wie riesige Blutegel mit Stacheln an den Schwänzen.

Er brüllt und schlägt beinahe gelähmt mit letzter Kraft nach ihnen. Seine Haut beginnt auszutrocknen und zu verknittern. Bald schon wird er in sich zusammenschrumpfen, und sein Körper wird aussehen wie Dörrfleisch.

Raffe wirft einen Blick auf die Engel, die um ihn herumstehen und dann wieder zurück auf Beliels verschrumpelte Haut. Offensichtlich will er nichts allzu Drastisches vor den Engeln veranstalten, selbst wenn er noch immer seine Maske trägt. Aber er kann auch nicht zulassen, dass seine Flügel ausgesaugt werden und verdorren. Und sogar wenn er Beliel von den Skorpionen befreien könnte, würden bloß noch mehr vom Himmel herabtauchen.

Raffe breitet einen von Beliels gestohlenen Flügeln aus und hält ihn fest umklammert. Dann zieht er das Küchenmesser, das er in unserem Unterschlupf gefunden hat, aus seinem Hosenbund. Er hebt es hoch, und die Klinge reflektiert die Flammen der Fackeln, kurz bevor er sie niederfahren lässt.

Beliel, der noch immer nicht vollständig gelähmt ist, kreischt auf, als Raffe den Flügel am Flügelgelenk abtrennt.

Der Flügel fällt zu Boden.

Die anderen Engel beobachten die Szene fassungslos.

Raffe hebt erneut das Messer.

Ein paar Krieger stürzen sich mit nach hinten geklappten Flügeln und erhobenen Fäusten auf Raffe. Sie glauben, er würde gerade einem Engel die Flügel abschneiden und wollen ihresgleichen verteidigen. Ich nehme an, es macht einen Unterschied, einen Engel im Kampf gegen ein kleines Mädchen und ihre Freunde sich selbst zu überlassen, oder ihm zur Seite zu stehen, während ein anderer Engel versucht, ihm die Flügel abzuschneiden.

Doch sie sind nicht schnell genug. Raffe trennt auch Beliels zweiten Flügel ab.

Der schneeweiße Flügel fällt zu Boden. Er wirkt noch immer prächtig und voller Leben.

Raffe tritt nach dem ersten Engel, der auf ihn zueilt.

Dann kämpft er mit bloßen Händen gegen die ersten beiden, die sich auf ihn stürzen.

Er brüllt sie an. Vermutlich versucht er zu erklären, was hier wirklich vor sich geht, doch seine Worte gehen in dem Surren der Skorpione über ihm, dem wütenden Toben der Engel und dem Donnern der Wellen unter.

Er kann sich gut gegen die ersten beiden Engel verteidigen, doch dann zieht der dritte sein Schwert.

Die einzige wirksame Waffe, über die Raffe verfügt, sind seine Dämonenschwingen, die noch immer unter der Flügelabdeckung verborgen sind. Er weicht ein wenig zurück und zögert offensichtlich, sie vor so vielen Engeln zu zeigen, auch wenn es dank der Maske unwahrscheinlich ist, dass ihn jemand erkennt. Sein Angreifer lässt ihm jedoch keine andere Wahl, denn er hat bereits sein Schwert gezogen.

Raffe breitet seine Dämonenschwingen aus.

Die Engel verfallen in Schweigen. Das Surren der Skorpione verebbt, während sie sich wieder weiter entfernen. Und Raffes sensenartige Haken fahren mit einem Klicken aus.

Die Haken zischen auf Raffes Gegner nieder und schlagen ihm das Schwert aus der Hand. Es fliegt durch die Luft und landet auf dem Rasen.

Raffe senkt den Kopf und starrt dem Engel mit Furcht einflößendem Blick entgegen. Er hat seine riesigen Fledermausflügel hinter sich ausgebreitet, und die Haken glänzen rot im Licht der Fackeln. So sieht er aus wie der Teufel persönlich.

Die zwei abgetrennten Flügel liegen rechts und links neben Beliel. Die weißen Federn flattern im Wind und wirken auf dem blutgetränkten Rasen surreal und fehl am Platz. Raffe ragt über Beliel auf, und seine festliche Maske trägt nur noch mehr zu seinem Furcht einflößenden Anblick bei.

Alle starren ihn an. Es sind nur noch das sich immer weiter entfernende Surren der Heuschrecken und das Donnern der Wellen gegen die Klippen zu hören.

Und dann hallt das Geräusch Hunderter Engelsschwerter durch die Nacht, die aus ihren Schäften gezogen werden.

72

Ich atme abgehackt, und ich glaube, ich spüre meine Finger nicht mehr. Nein, hier sehe ich keinen Ausweg mehr für uns.

Raffe ragt über Beliel auf und mustert die Krieger, die ihn umzingeln. Sein Blick wirkt erbittert, aber es ist offensichtlich, dass die Situation ziemlich aussichtslos ist. Selbst wenn Raffe in Bestform wäre, könnte er wohl kaum eine ganze Legion seiner eigenen Leute zurückschlagen. Immer davon ausgehend, dass er es überhaupt will.

Paige und ich sind genauso umzingelt wie Raffe. Meine Schwester scheint zwar einige neue Tricks auf Lager zu haben, doch auch für uns sieht es jetzt nicht gerade gut aus. Ich sehe mich nach einer Lücke in der Wand um, die die Engel gebildet haben, und durch die ich mich mit Paige unbemerkt in Sicherheit bringen kann, aber da ist nichts.

Wir sitzen in der Falle.

Sie haben sich um uns verteilt und blockieren sämtliche Richtungen. Zum Rasen und zum Wasser hin und in den Himmel empor. Ich nehme an, das hier ist nicht das erste

Mal, dass sie ihre Beute derart einkesseln. Sie wissen, wie sie am tödlichsten vorgehen, das muss ich ihnen zugestehen.

Mehrere Engel treten mit gezogenen Schwertern auf Raffe zu. Er mustert sie abschätzig, ehe er einen kurzen Blick auf die Flügel vor ihm wirft, als wolle er sich ihren Platz genau einprägen. Dann steigt er über Beliels Kopf und baut sich vor seinen Flügeln auf, um in den Kampf zu treten.

Die Skorpione beobachten Raffe argwöhnisch, saugen aber weiter jedes Leben aus Beliel, der immer mehr verschrumpelt. Als schließlich ein Engelsschwert auf Raffes Flügelhaken trifft, zucken die Skorpione zusammen und fliegen davon.

Beliel starrt blicklos in den Himmel, während er aus seinen zahlreichen Wunden blutet. Wüsste ich es nicht besser, würde ich annehmen, er wäre tot.

Raffe versucht, die Engel davon abzuhalten, auf seinen Flügeln herumzutrampeln, doch er kämpft um sein Leben und kann nicht viel ausrichten.

Ich beuge mich zu Boden und hebe schnell einen der weißen Flügel hoch, bevor noch jemand hinauftritt. Eilig falte ich ihn zusammen und gebe ihn Paige.

»Halt das hier. Und lass nicht zu, dass irgendetwas damit passiert.«

Vorsichtig ducke ich mich auf der anderen Seite zu Boden und krieche über den Rasen, um mir auch noch den anderen Flügel zu schnappen, gerade bevor ein Engel darauf steigen will. Über mir blockt Raffe in einem wilden Tanz die Schwerthiebe mit seinen Dämonenschwingen ab und sticht immer wieder zu.

Langsam krieche ich mit dem Flügel rückwärts, um ihm nicht im Weg zu sein. Dann falte ich den zweiten Flügel genauso und gebe ihn Paige. Die Flügel sind leicht, aber sie bedecken mehr oder weniger ihren ganzen Körper, während Paige sie mit den Armen umklammert hält.

Ich führe Paige aus dem Zentrum des Kampfes. Doch plötzlich stellt sich uns ein einzelner Krieger in den Weg und starrt böse auf uns herab.

Im Licht der Fackeln wirken seine Flügel wie Flammen, aber ich weiß, dass sie unter einer Straßenlaterne orange und braun wären. Es ist der Rostrote, der Paige aus reiner Boshaftigkeit entführt hat.

Er sieht genauso aus wie auf Docs Überwachungsvideo. Verbittert und gemein. Er macht einen Schritt auf uns zu.

»Da bist du ja«, meint der Rostrote und streckt die Hand nach Paige aus. »Jetzt warst du letzten Endes also doch zu etwas zu gebrauchen, nicht wahr? Es wurde aber auch langsam Zeit, dass jemand diesem Abschaum den Garaus macht.«

Ich schiebe Paige hinter mich und reiße den Bären von meinem Schwert. Beinahe bin ich froh, dass ich noch die Gelegenheit erhalte, gegen ihn zu kämpfen. Denn ich hege einen ganz besonderen Hass auf den Rostroten, der so gerne hilflose kleine Mädchen entführt.

73

Der Rostrote blickt auf mich herab, als wäre ich nichts weiter als eine Mücke. »Und was hast du jetzt vor? Willst du mich mit deinem Teddybären verprügeln?«

Ich ziehe mein Schwert und begebe mich in Kampfposition.

Er bricht tatsächlich in Gelächter aus. »Willst du wirklich mit diesem Blechschwert gegen mich kämpfen, Kleine?«

Ich kann beinahe Raffes Wut spüren, die zu mir herüberweht, während er immer noch gegen mehrere Krieger gleichzeitig kämpft.

Der Rostrote schwingt sein Schwert in meine Richtung.

Ich wehre seinen unbeugsamen Schlag automatisch ab. Das Traumtraining hat offensichtlich Früchte getragen, zumindest bis zu einem gewissen Grad.

Der Rostrote wirkt überrascht. Aber das hält ihn nicht davon ab, sofort zum nächsten Schlag auszuholen. Ich merke, dass er den Kampf mittlerweile ernster nimmt.

Sein Schwert kracht wie ein Vorschlaghammer auf mich nieder.

Die Erschütterung des Aufschlages fährt bis in meine Knochen und hinunter zu meinen Knöcheln. Meine Zähne schlagen so fest aufeinander, dass ich mich wundere, warum sie mir nicht gleich ausfallen.

Überraschenderweise stehe ich noch.

Aber nur mit Mühe und Not.

Es ist offensichtlich, dass ich nicht mehr allzu viele direkte Schläge einstecken kann. Jetzt weiß ich, warum in keinem meiner Traumtrainings ein Gegner mit einem Schwert vorkam.

Der Rostrote hat wohl angenommen, dass ich schon beim ersten Schlag in die Knie gehen würde. Er hebt sein Schwert erneut und wirkt dabei ziemlich genervt.

Ich ducke mich und dränge mich unter seinen Schwertarm. Das ist zwar vermutlich keine empfehlenswerte Taktik, aber es gibt einen Grund, warum man für einen Schlag mit dem Schwert ausholen muss. Wenn ich mich zu nahe bei ihm befinde, kann er mich zwar treffen, aber die Wucht des Aufpralls wird geringer.

Ich versuche, ihm ins Knie zu treten, aber er hat es vorausgesehen und weicht zur Seite. Im Gegensatz zu den anderen Gegnern, gegen die ich in letzter Zeit kämpfen musste, ist der Rostrote nicht betrunken und auch kein Amateur.

Er holt zu einem weiteren Schlag aus.

Schnell ducke ich mich. Und spüre sein Schwert über meinen Kopf hinwegzischen.

Ich gerate aus dem Gleichgewicht und habe nicht mehr genug Zeit, um mich für eine gute Abwehrhaltung zu stabilisieren.

Es bleibt gerade noch genug, um mein Schwert in die Höhe zu reißen und den Schlag zu blocken.

Der Rostrote trifft mich erneut mit knochenzerschmetternder Wucht. Mein Kopf vibriert so stark, dass ich schon glaube, er fällt ab. Ich verliere beinahe mein Schwert, schaffe es aber unglaublicherweise, mich irgendwie daran festzuklammern.

Aber dann stolpere ich und sinke auf die Knie.

Am Rande meiner Wahrnehmung höre ich Paige hinter mir brüllen. Paige hat vielleicht ein Mördergebiss, aber sie ist nicht stark genug, um einem Kriegerengel mit Schwert gegenüberzutreten, und ich bin froh, dass sie sich dessen bewusst ist.

Aus dem Augenwinkel sehe ich, wie Raffe sich seinen Weg durch die Schwerter und Hiebe in meine Richtung bahnt. Aber er kämpft gegen zu viele Gegner, die sich immer wieder gleichzeitig auf ihn stürzen.

Eine Welle der Wut durchflutet mich. Die Wut, von der ich dachte, sie käme von Raffe, stammt eigentlich von mir.

Nein, nicht von mir.

Von meinem Schwert.

Der Rostrote war Teil der Gruppe, die Raffes Flügel abgetrennt hat. Danach musste das Schwert Raffe verlassen. Und nun ist sie an mich gebunden. An eine schwächliche, kleine Menschentochter. Seit dem Angriff musste sie eine Beleidigung nach der anderen ertragen und wurde sogar ausgelacht. Und nun folgt die letzte Demütigung – der Rostrote ist dabei, uns zu Boden zu schlagen. Und zwar mit nicht mehr als zwei, drei Schlägen.

Verdammt, sie ist wirklich sauer.

Gut. Ich bin es auch. Dieser Mistkerl hat meine Schwester entführt, und man sieht ja, was danach aus ihr wurde.

Wir können genauso gut gemeinsam untergehen. Zumindest können wir unsere geballte Wut in einen letzten Schlag legen. Ich hoffe, ich treffe ihn an einer Stelle, an der es wirklich wehtut.

Der Rostrote besitzt tatsächlich die Frechheit, mir zu bedeuten, ich solle schnell wieder aufstehen. Vermutlich kann er nicht mit der Gewissheit leben, die schmächtige Menschentochter getötet zu haben, während sie am Boden lag.

Also balle ich meine gesamte Wut, während ich wieder in Kampfposition gehe.

Der Rostrote und ich heben unsere Schwerter.

Ich brülle und schlage mit aller Kraft zu, gerade als er seinen Schlag ausführt.

Paige brüllt meinen Namen. Raffe brüllt ebenfalls, während er die anderen Krieger zur Seite drängt, um zu mir zu gelangen.

Als die beiden Schwerter aufeinandertreffen, spüre ich den Aufprall weder in meinen Knochen noch schmecke ich Blut. Es ist, als würde alle Kraft des anderen Schwertes von meinem absorbiert, bevor diese mich treffen kann. Und dann leitet mein Schwert die gewaltige Kraft um.

Das Schwert des Rostroten zerbricht in tausend Stücke.

Es klingt, als würde Glas zerbrechen und jemand vor Schmerz aufbrüllen. Ein scharfkantiges Stück trifft einen Flügel des Rostroten und zerschneidet ihn.

Ich schwinge mein Schwert erneut, und es durchschlägt seine Brust.

Es ist ein klarer Schnitt, der nicht zu sehen ist, bis schließlich das Blut aus der Wunde zu sickern beginnt, die von einem Arm zum anderen verläuft.

Der Rostrote krümmt sich zusammen.

Er liegt blutend auf dem zertrampelten Rasen und hat seine Augen schockiert und ungläubig aufgerissen. Sein Körper zittert. Sein Atem klingt abgehackt und angestrengt.

Er ringt nach Luft.

Eins … Zwei …

Seine Augen starren ins Leere.

Es ist kein Leben mehr in ihnen.

Ich starre ihn noch eine Sekunde lang an, um sicherzugehen, dass er auch wirklich tot ist und Engelsschwerter tatsächlich Engel töten können.

Dann hebe ich den Blick. Raffe und die anderen Engel sind im Kampf erstarrt. Alle starren uns an.

Eine Menschentochter. Die einen Kriegerengel getötet hat. In einem Schwertkampf.

Unmöglich.

Ich bin ebenfalls erstarrt. Noch immer halte ich das Schwert in der Hand, bereit, ein weiteres Mal zuzuschlagen.

Erneut werfe ich einen Blick auf den toten Körper des Rostroten und versuche zu begreifen, dass ich gerade einen Kriegerengel getötet habe.

Und dann passiert noch einmal etwas Unglaubliches.

Eben noch sind wir von Engeln mit gezogenen Schwertern umgeben, doch im nächsten Augenblick lässt einer von ihnen den Arm sinken, und sein Schwert fällt bleischwer auf den Rasen. Der Engel starrt verständnislos auf sein Schwert hinunter.

Ein weiteres Schwert fällt zu Boden.

Und dann noch eines.

Es werden immer mehr, bis schließlich alle Schwerter zu Boden gehen und auf dem Gras landen wie Untertanen, die sich vor ihrer Königin verneigen.

Die Engel starren vollkommen schockiert auf die Schwerter zu ihren Füßen.

Dann richten sich erneut alle Blicke auf mich. Oder besser gesagt wohl eher auf mein Schwert.

»Wow.« Das ist so ziemlich das Intelligenteste, das mir im Moment einfällt.

Hat Raffe nicht irgendwann erzählt, dass ein Erzengelschwert den anderen Schwertern Furcht einflößt, wenn es erst einmal geschafft hat, sich ihren Respekt zu verdienen?

Ich senke den Blick und sehe auf das Schwert in meiner Hand hinunter. *Warst das wirklich du, Pooky?*

74

Paige läuft auf mich zu. Sie hält die Flügel noch immer fest umklammert. Dann vergräbt sie vorsichtig ihr Gesicht in meinen Rippen, wie früher, wenn sie einen Albtraum hatte und umarmt werden wollte.

So fest ich kann schlinge ich meinen freien Arm um sie. Ich könnte schwören, dass ihre Schultern knochiger sind als früher. Doch dieser Gedanke führt mich an all die dunklen Orte, die ich nicht aufsuchen will, weshalb ich ihn einfach ignoriere. Und angesichts der Wand aus Kriegerengeln, die uns noch immer umgibt, wird ihr Hunger ohnehin nicht mehr lange ihr größtes Problem sein.

Ich ziehe sie mit mir, während ich vorsichtig auf Raffe zutrete. Die Engel stehen immer noch unter Schock, weshalb mich niemand aufhält, obwohl ich gerade einen von ihnen getötet habe. Dann nehme ich Rücken an Rücken zu Raffe Aufstellung, und wir halten Paige und seine abgetrennten Flügel zwischen uns.

Ich weiß, dass Paige mittlerweile ohne Weiteres jemanden

umbringen könnte, aber das ändert nichts an der Tatsache, dass sie das hier ebenso wenig überleben wird wie wir. Und wenn es etwas gibt, das ein Mädchen ihres Alters niemals tun sollte, dann ist es, um ihr Leben zu kämpfen, während die ältere Schwester neben ihr steht.

Deshalb hoffe ich, dass ihre letzten Momente auf dieser Erde voller Gewissheit sind, dass jemand für sie da ist, der sie beschützt.

Wir geben sicher einen tollen Anblick ab. Raffe mit seiner roten Maske und den Dämonenschwingen, die er in all ihrer sensenbesetzten Herrlichkeit weit von sich streckt. Eine dürre Menschentochter im Teenageralter, die ein Engelsschwert schwingt. Und ein kleines, aufgeschlitztes und wieder zusammengenähtes Mädchen, das aussieht und sich verhält, als wäre es direkt einem Albtraum entsprungen, und das ein Paar Engelsflügel umklammert hält.

Meine Haare wehen mir ins Gesicht, und ich merke, dass sich das Surren der Skorpione wieder zu einem Donnern verstärkt hat. Sie müssen eine Schleife gedreht haben und fliegen nun erneut in unsere Richtung. Es fühlt sich an wie ein Sturm, der sich ganz in der Nähe zusammenbraut.

Die Kriegerengel haben langsam ihren Schock überwunden und kommen mit bloßen Händen auf uns zu. Doch mittlerweile haben sie es nicht nur auf Raffe, sondern auch auf mich abgesehen. Vermutlich gefällt es ihnen nicht besonders, wenn Menschentöchter einen von ihnen töten. Oder sie wollen mein Schwert.

Ich schwinge es in die Richtung eines Engels, der mir zu nahe kommt. Er duckt sich und versucht, meine Haare zu packen. Also trete ich ihm in den Bauch.

Soweit ich sehen kann, sind wir von einer unendlichen Anzahl an Kriegern umzingelt. Und es ist offensichtlich, wie die Sache ausgehen wird. Es wird nicht lange dauern, bis uns die Kraft ausgeht.

Wir wissen es. Und sie wissen es ebenfalls.

Trotzdem kämpfen wir einfach weiter.

Ich schwinge mein Schwert gerade einem muskulösen Krieger entgegen und versuche, seine Kehle zu treffen, als ihn etwas plötzlich zu Boden wirft.

Ein Skorpion.

Einen Moment lang taumeln die beiden in einem Wirrwarr aus Flügeln über das zertrampelte Gras, und der Skorpionstachel blitzt auf. Der Skorpion kämpft nicht wirklich gegen den Engel, es sieht eher so aus, als würde er bloß versuchen, wieder in die Luft zu steigen, um davonzufliegen. Doch das wird der Engel nicht zulassen.

Ein weiterer Skorpion stürzt auf Raffes Gegner. Sie rollen im Schmutz herum, die Arme, Beine und Flügel ineinander verkeilt. Drei weitere Skorpione fallen plump auf die Engel herab.

Ich brauche einen Moment, um zu begreifen, was hier vor sich geht.

Die Skorpione über unseren Köpfen haben an Höhe verloren und stechen wie ein Schwarm Wespen immer wieder auf uns herab. Dabei krachen die Skorpione am unteren Rand des Schwarms mit den Engeln zusammen, und die Kollisionen lassen die Krieger zu Boden gehen wie frisch gemähtes Gras.

Ich bezweifle nicht, dass ein Engel einen Skorpion niederringen könnte, ohne auch nur ins Schwitzen zu geraten, doch die Skorpione sind bei Weitem in der Überzahl und verhalten sich wie hirnlose Ungeheuer, die unkoordiniert gegen die Engel krachen. Manche versuchen zwar, im letzten Moment eine tödliche Kollision zu verhindern, aber sie scheinen nichts gegen die Bewegung ausrichten zu können, in der sich der Schwarm als Einheit fortbewegt, und krachen einfach in die Engel.

Die schiere Kraft ihrer Körper, die immer wieder in die Menge stoßen, lässt alle der Reihe nach flach zu Boden gehen.

Alle, außer mir, Raffe und Paige.

Der Schwarm teilt sich um uns und mäht jeden nieder, der sich ihm in den Weg stellt, während wir unversehrt bleiben.

Der Wind, der durch ihre Flügelschläge entsteht, lässt mich in Paiges Richtung zurücktaumeln, bis sie mehr oder weniger zwischen mir und Raffe eingeklemmt ist. Ich greife hinter mich und packe ihre kleine Hand. Sie drückt sie fest.

Raffe stellt sich hinter uns und breitet die Flügel aus, um uns zu schützen.

Doc hat sich vielleicht geirrt, was Paiges Gefühle für Beliel betrifft, aber ich bin langsam davon überzeugt, dass Paige tatsächlich eine besondere Gabe hat. Was auch immer Doc im Verborgenen mit ihr angestellt hat, sie hat scheinbar eine spezielle Verbindung zu den Skorpionen. Sie schwirren um sie herum und schützen sie mit ihren Körpern.

Und es kommen immer mehr. Manche stechen zu, andere nicht, als wüssten sie nicht genau, was sie tun sollen. Aber selbst diejenigen, die zustechen, verweilen nicht bei ihren Opfern. Sie gleichen eher einem Überfallkommando, als wüssten sie, dass sie in große Schwierigkeiten geraten werden, wenn sie zu lange hierbleiben.

Der Schwarm steigt hoch und hinterlässt einen Rasen voller auf die Knie gesunkener oder auf dem Bauch liegender Engel. Alle starren in den Himmel, und fragen sich, was wohl als Nächstes geschehen wird.

Wir sind die Einzigen, die noch aufrecht stehen.

Der Schwarm dreht ab und fliegt davon, um schließlich erneut auf uns zuzukommen.

Die Engel, die auf die Knie gesunken sind, werfen sich auf den Bauch und schlagen schützend die Arme über ihre Köpfe.

Die Situation würde womöglich anders aussehen, wenn sie ihre Schwerter benutzen könnten, doch keiner scheint das Risiko eingehen zu wollen, von seinem Schwert abgewiesen zu werden, auch wenn es nur für einen einzigen Kampf ist.

Ich sehe mich um und versuche zu entscheiden, was wir als Nächstes tun sollen. Nachdem die Skorpione es bis jetzt nicht auf uns abgesehen haben, scheint es sinnlos, sich ebenfalls auf den Boden zu werfen.

Der Schwarm fliegt weiter auf uns zu. Der starke Wind lässt meine Augen tränen und reißt mich beinahe von den Beinen.

Doch dann teilt sich der Schwarm erneut vor uns und lässt uns unversehrt, während alle anderen sich flach auf den Boden kauern müssen.

Paige, die noch immer die zusammengefalteten Flügel umklammert hält, schlüpft zwischen Raffe und mir hervor und legt sich auf Beliel. Raffes Flügel befinden sich nun zwischen ihnen, und die flaumigen Federn flattern im Wind.

Beliel ist so ausgedörrt, dass er kaum mehr wiederzuerkennen ist, und liegt wie ein Toter auf dem Bauch. Die Flügel auf seinem Rücken bedecken ihn wie eine weiße Decke und sehen im Gegensatz zu ihm ziemlich lebendig aus.

Ein Skorpion fliegt auf Paige zu und versucht, sie hochzuheben, doch sie lässt Beliel nicht los.

Mir wird kalt, als ich sehe, wie nahe der gebogene Schwanz mit diesem riesigen Stachel meiner Schwester kommt. Ich will ihn mit dem Schwert abschlagen. Doch Raffe streckt die Hand aus, um mich daran zu hindern, als wüsste er, woran ich gerade gedacht habe.

»Steck sie fort«, flüstert er und deutet mit dem Kopf auf mein Schwert.

Ich zögere, denn mir fallen zahllose Gründe ein, warum ich das Schwert weiter gezogen halten sollte. Doch dann wische ich das Blut an meiner Hose ab und stecke das Schwert zurück in den Schaft an meiner Hüfte. Jetzt ist nicht der richtige Zeitpunkt, um eine Diskussion vom Zaun zu brechen.

Noch mehr Skorpione werden langsamer und schweben direkt über Paige. Vier von ihnen packen Beliel unter den Armen und an den Beinen, während zwei weitere an seinem Gürtel ziehen. Sie heben ihn hoch, und Paige sitzt auf ihm wie eine Prinzessin auf einer Dämonensänfte.

Ich strecke die Hand nach ihr aus und will sie von ihm herunterziehen.

Doch Raffe packt meine Hand und läuft hinter Paige her, während die letzten Skorpione des Schwarms an uns vorbeifliegen. Er schwingt mich hoch und zieht mich in seine Arme.

Ich klammere mich so fest an ihn, wie es meine zitternden Muskeln erlauben.

Wir laufen einige Schritte, dann steigen wir über der Klippe in den Himmel empor.

75

Die Engel erheben sich sofort aus ihrer zusammengekauerten Haltung und fliegen uns hinterher. Einige wirken schwerfällig, als wären sie gestochen worden, doch viel zu viele scheinen es recht gut verkraftet zu haben. Raffe schlägt kräftig mit den Flügeln, während wir über die rauschenden Wellen hinwegfliegen.

Hinter uns hebt eine Horde Engel von der Klippe ab.

Das Donnern der Skorpionflügel wird lauter, als der Schwarm abdreht und zurückfliegt. Die Skorpione fliegen so nahe an uns vorbei, dass ihre Insektenflügel beinahe meinen Kopf streifen, während sie auf die Engel zustürzen.

Ich blinzle, als die Insektenkörper an mir vorbeirauschen. Dann schaue ich über Raffes Schultern, und mein Blickfeld wird im Rhythmus von seinen Flügelschlägen kleiner und wieder größer.

Der Schwarm taucht ab und kracht gleich hinter uns mit den Engeln zusammen.

Es folgt ein harter Aufprall, als wäre die Titanic gerade

mit dem Eisberg kollidiert, und die Engel werden zur Seite geschleudert. Jetzt sehe ich bloß noch Insektenflügel. Keinem einzigen Engel gelingt es, den Schwarm zu durchbrechen. Ich nehme an, dass das hier nicht gerade das ist, was Uriel im Sinn hatte, als er die Skorpione erschuf.

Der Schwarm dreht erneut ab und fliegt wieder in unsere Richtung. Es ist kein einziger Engel mehr zu sehen.

Wir befinden uns mitten im Schwarm.

Über uns, vor uns und unter uns fliegen Skorpione. Hinter uns ist die Masse an Stacheln und Flügeln so undurchdringlich wie eine Wand aus riesigen Insekten.

Wir sehen uns nervös um, bis schließlich genug Zeit vergangen ist und wir uns keine Gedanken mehr machen müssen, dass uns die Skorpione vielleicht doch noch angreifen.

Neben mir sitzt meine kleine Schwester auf dem, was von Beliel noch übrig ist. Sie hat ihre Beine um seine Taille geschlungen und drückt Raffes abgetrennte Flügel mit ihrem Körper gegen seinen. Die Spitzen der schneeweißen Flügel hängen herab und flattern im Wind.

Beliel gibt ein schreckliches Bild ab. Sein Kopf hängt schlaff hinunter, überall fehlen Teile seines Körpers, und er blutet noch immer. Seine Haut und seine Muskeln sind faltig und ausgesaugt, und er sieht zerbrechlich und tot aus.

Die beiden werden von sechs Skorpionmonstern getragen, die alle mit ihren durchsichtigen Flügeln schlagen, und wirken außergewöhnlich bizarr. Paige dreht sich in meine Richtung und wirft mir ein scheues Lächeln zu, das sofort erstarrt, als die gezackten Nähte über ihren Wangen zu sehr spannen.

Mein Dad hat mir einmal erklärt, das Leben werde kompliziert, sobald man erwachsen wird. Ich nehme an, das hier hat er nicht damit gemeint. Meine Mom hat ihm damals zugestimmt, und ich nehme an, *sie* hat genau solche Dinge wie diese hier gemeint.

Ich rolle mich in Raffes Armen zusammen. Wir fliegen im Einklang mit dem Schwarm, als hätte Raffe seine Instinkte an die seiner Flugkollegen angepasst. Es ist offensichtlich, dass er dazu bestimmt ist, Teil eines Ganzen zu sein, das viel größer ist als er selbst.

Raffe ist warm und stark, und ich fühle mich zu Hause. Unsere Gesichter kommen einander näher, als der Schwarm abdreht. Einen Moment lang spüre ich seinen Atem über meine Wange streichen.

Wir fliegen dorthin, wo uns der Schwarm hinführt und werden landen, wenn sie landen. Und ich bin mir sicher, dass ich bei vollem Bewusstsein und auf alles vorbereitet sein muss, wenn wir schließlich an unserem Bestimmungsort angekommen sind. Doch bis dahin kann ich mich der Gewissheit hingeben, dass meine Familie für den Moment in Sicherheit ist und ich wieder mit Raffe zusammen bin.

Die Sonne geht langsam auf, und der dunkle Ozean unter uns schimmert in Blau, Gold und Grün.

Ein neuer Tag in der Neuen Welt bricht an.

Danksagung

Vielen Dank an meine Test-Leser, die geholfen haben, das Buch auf das nächste Level zu heben: Nyla Adams, Aaron Emigh, Jessica Lynch Alfaro, John Turner, Adrian Khactu, Eric Shible und David L. M. Preston. Zusätzlichen Dank an Aaron Emigh, der mir bei den Kampfszenen beratend zur Seite stand, und an Steaphen Fick für die Schwertkampfstunden und die Tipps zum Kämpfen mit dem Messer. Und natürlich ein riesiges Dankeschön an die Leserinnen und Leser von *Angelfall* für ihren unbändigen Enthusiasmus und ihre Unterstützung.

Julie Kagawa

Unsterblich – die internationale Bestsellerserie

In einer Welt, in der Vampire herrschen, ist es besser, kein Mensch zu sein

»Eine geniale Geschichte!« ***Publishers Weekly***

»*Julie Kagawas* Heldin ist klug und mitreißend, und die Leserinnen werden sie gerne auf diesem düsteren Abenteuer begleiten« ***Kirkus Review***

978-3-453-31711-6

Tor der Dämmerung
978-3-453-31711-6

Tor der Nacht
978-3-453-31750-5

Tor der Ewigkeit
978-3-453-31815-1

Leseprobe unter **www.heyne.de**

HEYNE ‹